陕西师范大学中国语言文学一流学科建设成果
陕西师范大学优秀著作出版基金资助出版

西北皮影戏剧本语言文化研究

刘 琨 著

陕西师范大学出版总社

图书代号　ZZ23N1975

图书在版编目（CIP）数据

西北皮影戏剧本语言文化研究／刘琨著．—西安：陕西师范大学出版总社有限公司，2023.10
ISBN 978-7-5695-3633-1

Ⅰ.①西… Ⅱ.①刘… Ⅲ.①皮影戏—戏剧语言—研究—西北地区　Ⅳ.①I207.38

中国国家版本馆 CIP 数据核字（2023）第 087205 号

西北皮影戏剧本语言文化研究
XIBEI PIYINGXI JUBEN YUYAN WENHUA YANJIU

刘　琨　著

责任编辑	孙瑜鑫
责任校对	杨雪玲
封面设计	金定华
出版发行	陕西师范大学出版总社 （西安市长安南路 199 号　邮编 710062）
网　　址	http://www.snupg.com
经　　销	新华书店
印　　刷	西安市建明工贸有限责任公司
开　　本	720 mm×1020 mm　1/16
印　　张	19.25
字　　数	401 千
版　　次	2023 年 10 月第 1 版
印　　次	2023 年 10 月第 1 次印刷
书　　号	ISBN 978-7-5695-3633-1
定　　价	57.00 元

读者购书、书店添货或发现印装质量问题，请与本社高等教育出版中心联系。
电话：(029)85303622（传真）　85307864

《西北皮影戏剧本语言文化研究》序

赵学清

刘琨副教授的《西北皮影戏剧本语言文化研究》即将出版,可喜可贺!书付梓之前,嘱我为序。我们曾在汉学院共事多年,同时担任学院的副院长,刘琨工作踏实,为人正直,学问也求真求实,各方面非常优秀。她的这一著作的研究内容也是我主持的2013年度国家社科基金重大项目"中国西北地区戏曲歌谣语言文化研究"的子课题之一,所以我也乐意在这里说一说相关情况。

中国西北地区有丰富的戏曲和歌谣,它们是中国民间文学的重要内容,在中国民间文学史上占有重要地位。如秦腔是中国最古老的剧种之一,北方广泛流行的梆子戏深受秦腔影响;再如流行于青海、甘肃、宁夏、新疆等地的"花儿"是西北世代相传的民歌,广受当地人民喜爱;另如陕北盲人说书,依附于民俗信仰仪式,至今尚有长篇书目160余篇,是很有价值的民间叙事文学,等等。西北类似的戏曲歌谣极为丰富,在民间广泛流行,对民间信仰、民间精神和民风民俗等产生着重要影响。在中国文化发展中,它们是不可或缺的重要内容,同时在全球化时代,也是坚持发展民族文化的重要资源。由于受到现代文化的冲击,这些戏曲和歌谣亟待重视,需要我们认真加以整理研究。当然,国家也从文化战略的高度给予关注,如上面列举的秦腔、"花儿"、陕北说书等在2006年都被列入首批国家级非物质文化遗产名录。因此,我们选择西北地区戏曲歌谣语言文化作为研究对象。具体研究分为五个子课题:秦腔语言文化研究、西北皮影戏剧本语言文化研究、西北民间说唱文学语言文化研究、"花儿"语言文化研究、陕北民歌语言文化研究。五个子课题的大致内容如下:

一、秦腔语言文化研究

该子课题主要包括两部分内容：秦腔语言研究和秦腔文化研究。语言方面的研究主要有：秦腔的语言特色、秦腔的用字、秦腔的用韵、秦腔与关中方言等。文化方面的研究内容主要有：秦腔与秦地人的关系、秦腔所反映的家国观念等。

二、西北皮影戏剧本语言文化研究

该子课题主要选取西北有代表性的皮影戏曲：华阴老腔、华县碗碗腔、阿宫腔、弦板腔、环县道情等，从整体上研究其各自的语言用字、用韵、词汇、语法状况，进而从语言研究角度发掘皮影戏剧本所蕴含的文化信息。

三、西北民间说唱文学语言文化研究

该子课题选取最具代表性的曲种如陕北说书、甘肃河洲贤孝、凉州贤孝、兰州鼓子等，较全面系统地搜集、整理西北民间说唱文学曲目，考释方言词的语源或本字，注释方言词的语义等。

四、"花儿"语言文化研究

该子课题首先进行了穷尽性的资料收集整理工作，同时完成多次田野调查。在此基础上，该课题系统整理"花儿"歌词，考释"花儿"中方言词的语源或本字，注释方言词的语义，研究其中蕴含的语言文化特征等。

五、陕北民歌语言文化研究

该子课题主要在对陕北民歌资料进行收集整理的基础上，开展了两个方面的研究：一是陕北民歌的语言研究，二是陕北民歌的民俗文化研究。

经过课题组八年的努力工作，2021年初该重大项目顺利结项。刘琨的这一书稿作为其中的子课题之一，材料扎实，创见迭出，结论可信，质量上乘。

《西北皮影戏剧本语言文化研究》主要选取西北地区的华阴老腔、华县碗碗腔、阿宫腔、弦板腔、环县道情等开展调研。这些资料的获取并不容易，作者一方面到有关图书馆、文化馆、戏曲资料馆、戏剧团等查阅收集剧本资料，另一方面走访地方艺人等，得到大量皮影戏唱词及演出剧本的原始资料。为了更好完成该项目，作者先整理剧本近百部，并精选一部分剧本进行校注和评析，完成《西北皮影戏剧作精选注析》一书。在此基础上，本书对剧本语言的用韵、词汇、语法、修辞、用字等展开全方位的考察，进而从语言研究角度发掘皮影戏剧本所蕴含的地域民俗文化特点及其文化功能。

我认为，本书的创新至少有以下三个方面。第一，作者首先进行了大量的田野调查。通过扎实的田野调查和走访各地文化馆艺术馆等，整理了大批的文本与音像资料，这为对皮影戏剧作语言文化的深入研究打下扎实基础。西北皮影戏剧作的语言文化研究在利用文献资料的基础上，还需要做更加深入细致的田野调查，主要是因为戏曲歌谣语言文化的深入研究不能局限于文本本身，还必须将其与产生的历史背景、存续的文化空间和听众接受等联系起来。作为口传文学的皮影戏剧作，文本只是构成这一文学艺术品类的部分内容。除了文本语言，还应关注皮影戏语言的表演性质，即将皮影戏剧作语言作为民俗语言加以研究。对此，黄涛先生说得很有道理："可将作为民俗现象的民间语言概括为：它是民众在特定文化背景下进行的模式化的语言活动，是一种复合性的文化现象，包括以口语为主的语言形式及其运用规则，类型化的语言行为及与之关联的生活情境，和支配语言行为并与语言的意义、功能凝结在一起的民众精神或民俗心理。从这种观点出发的语言民俗研究，就要把民间语言置于民众生活的整体之中，放在具体的文化情境之下来考察，而不是将研究对象从民众生活中抽离出来进行孤立静止的研究。"[①]以这样的视角研究西北皮影戏的语言文化，显然田野调查是其中必不可少的环节。这里仅举剧本用字和演唱的差异就可以看出田野调查的重要性。如陕西省艺术研究所所藏阿宫腔皮影戏剧本《四贤册》中有下面一段唱词："梁惠王：寡人御名吉荣。韩、赵、魏三分晋地，魏国势大，自立国号，梁惠王在位。自朕登极以来，四方宁静，八方宾服，不料河内天遭荒旱，河内守将有表到京，命孤搭救，我不免宣大夫上殿，与朕分忧。"

为什么梁惠王叫"吉荣"呢？这是因为梁惠王是姬姓，魏氏，名罃（yīng）。"姬罃"写作"吉荣"，一方面是书写简化的原因，一方面也因为关中方言有些地方"罃""荣"同音。

还有一些方言中的无字词，在剧本中都以同音字的形式记录了下来。如弦

---

① 黄涛.作为民俗现象的民间语言[J].文化学刊,2008(3):15.

板腔剧本《屎巴牛招亲》中,出现了很多方言词:"亲不玲珂"意思是特别好看;"磨愣各水"又作"磨愣割缝",是合适的意思;"胡卖牌(派)"就是乱显能的意思等。这些内容都必须将剧作与实际演唱结合起来考察,再利用方言调查等手段,才能认识清楚。

第二,该研究对语言学学科发展的意义。西北皮影戏剧本的语言文化研究可以丰富汉语语言学内容,对中国当代语言学发展有重要的学科意义。传统的语言文字学的研究较多集中在传统典籍,研究者对戏曲和歌谣作为语言研究材料的关注还不够。这些鲜活的语言材料,应该与其他口语和方言有着同样的地位。从民俗学的角度研究皮影戏剧作语言,应该关注其作为表演形式的口头语言性质。皮影戏剧作语言文化研究正是继承了"五四"新文化运动重视民众口头语言的学术传统,也是保护非物质文化遗产的重要举措。

作者正是将皮影戏剧本语言研究与戏曲学、民俗学等结合起来,才发现了皮影戏剧本的很多语言特点,拓展了汉语语言学的研究内容。如传统戏曲中某一类题材会有较为固定的程式。皮影戏传统剧本多取自古代英雄战争故事,人物、情节多有重叠,题材较为单一,就存在明显的程序化特点。如一场武戏,多按照战前准备、矛盾激化、出征打仗、决出胜负、宴请将士的发展顺序进行,情节较为固定。除了情节外,戏文中还使用大量的套语和固定格式。如描写战争场面、切换情节时,都会用到一些固定的语句。如果是军情有变,往往会说"帅旗无风自动,必是……",如:

士　卒:报——营中帅旗无风自动。

姜子牙:帅旗无风自动,必是贼人偷营,我自有道理。军校,晓于韦护巡内营,杨任巡外营,小心一二。

(唱)安排打虎牢笼计,准备偷营劫寨人。

——《渑池关》《华阴老腔剧本选辑》

剧情随后是军情呈报,便会说"帅旗无风自动,必有大事(军情)来报"。如:

司九堂:本公司九堂,自幼昆仑山学艺,下得山来,刘王见爱,招为东床驸马。奉王旨意把守恩阳二关。早坐帐下,帅旗无风自动,必有军国大事来报。

卒：（上）报,敖总兵到。

——《恩阳关》《陕西传统剧目汇编·华剧·第六集》

第三,该著作对语言文化的研究有新的贡献。在经济迅速发展的现代社会,文化发展的意义有被忽视的危险。各地迅猛的城镇化进程每时每刻都在加速对非物质文化遗产的破坏,生活方式的改变导致人们不愿意再学习和传承很多宝贵的"非遗文化";信息化和现代传媒也在使口耳相传的民间文学和文化失去市场,等等。这一切都需要我们警醒。

该书第九章中,作者还专门研究了西北皮影戏的文化功能。如书中提到,个体应该积极入世,承担起社会责任,这是儒家思想倡导的精神。儒家思想自汉代以后成为正统。皮影戏剧本也深受儒家文化影响,崇尚"仁""礼",注重个人使命,强调"修身、齐家、治国、平天下"。如描写剧中人物好学读书,也是以诵读儒家经典为主。如：

王　忠：兄弟上山打柴,待我先看书。学而第一,子曰"学而时习之不亦说乎……",哎呀！不好,兄弟快来！

——《白狗卷》《中国皮影戏全集9剧本4》

剧本的角色也多有忠臣义士,秉持着"天下兴亡,匹夫有责"的信仰。在剧本中,会引用古代儒家经典原文,表达人物思想,如：

李元吉：啶！你明明贪生怕死,玩吾大法,该当何罪？

罗　成：元帅,岂不闻古之欲明明德于天下者,先治其国；欲治其国者,先齐其家；欲齐其家者,先修其身；其身正,不令而行,其身不正,虽令不从。

——《罗成征南》《华阴老腔剧本选辑》

剧本中罗成的回答直接引用了儒家经典《礼记》中《大学》篇以及《论语》中的语句,表达自己的思想立场。

作者所谈的皮影戏在今天的文化功能很有意义。虽然从整体上说,西北地区戏曲歌谣已经是历史上的作品了,但其中所蕴含的思想观念、民族心理和文化习俗等,依然沿袭留存在百姓的日常生活中。同时也反映出,普通民众虽然不一定都能读懂《论语》《孟子》等传统经典,但通过戏曲歌谣的唱词,我们可以看到这些儒家的观念已经通过通俗易懂的形式渗透到了普通民众的心理中。这也是传统的戏曲歌谣在今天具有重要文化功能的主要原因。

除了以上所说,该书的优点还有不少,请读者自己阅读感受。总体看来,刘琨此书下了极大功夫,材料充实,思路清晰,方法得当,分析有据,结论公允,填补了西北皮影戏剧本语言文化研究的很多空白。希望作者继续努力,在西北皮影戏剧本语言文化研究方面取得更大的成绩!

目 录

绪论 1

第一章 西北皮影戏剧本语言文化研究简论 3
 第一节 西北皮影戏剧种概述 3
 第二节 西北皮影戏研究概述 8
 第三节 西北皮影戏剧本语言文化研究的意义 13

第二章 西北皮影戏剧本用字研究 15
 第一节 手抄剧本的用字情况 15
 第二节 整理剧本的用字情况 20
 第三节 西北皮影戏剧本的主要用字问题 23

第三章 西北皮影戏剧本词汇研究 29
 第一节 西北皮影戏剧本中的古语词 29
 第二节 西北皮影戏剧本中的俗语 58
 第三节 西北皮影戏剧本中的方言词 61
 第四节 西北皮影戏剧本中的戏曲特色词 71
 第五节 西北皮影戏剧本词汇的使用特点 73

第四章 西北皮影戏剧本语法研究 90
 第一节 西北皮影戏剧本语法概述 90
 第二节 西北皮影戏剧本语言词类使用例释 95
 第三节 西北皮影戏剧本语法结构例释 107

第五章　西北皮影戏剧本用韵研究 … 128
　第一节　韵文材料的韵例分析 … 128
　第二节　韵文材料的韵字特点 … 137
　第三节　西北皮影戏剧本的韵辙系统 … 141
　第四节　西北皮影戏剧本的押韵特点 … 153
　第五节　韵字归属的特殊情况分析 … 158
　第六节　西北皮影戏剧本用韵反映出的方音特点 … 164

第六章　西北皮影戏剧本修辞及表达特点研究 … 170
　第一节　西北皮影戏剧本的修辞方法 … 170
　第二节　西北皮影戏剧本语言的文白交融特点 … 185
　第三节　西北皮影戏剧本语言的描摹性 … 187
　第四节　西北皮影戏剧本的程式化特点 … 199

第七章　西北皮影戏剧本版本对比研究 … 211
　第一节　不同剧种的剧本语言对比 … 211
　第二节　不同版本的剧本语言对比 … 221
　第三节　不同版本剧本角色设定及其语言特点的对比 … 247

第八章　西北皮影戏中的地域民俗文化 … 255
　第一节　西北皮影戏的地域文化特点 … 255
　第二节　西北皮影戏中的西北民俗 … 262

第九章　西北皮影戏的文化功能 … 269
　第一节　西北皮影戏的实用功能 … 269
　第二节　西北皮影戏的娱乐功能 … 276
　第三节　西北皮影戏的教化功能 … 280

参考文献 … 288

绪 论

地方戏曲是研究地方方言、民俗、民族文化的重要材料。语言是文化的载体,戏曲语言更是在意义表现和艺术表现完美结合的基础上,对文化的极佳阐释。

皮影戏是广泛流传于中国民间的一种古老而独具特色的民间戏曲艺术。近年来由于现代影视艺术的冲击,许多皮影戏面临消亡的危险,亟待抢救与保护。2006年国家非物质文化遗产第一批名录收入的西北地区皮影戏有陕西的华县皮影戏、华阴老腔皮影戏、阿宫腔皮影戏、弦板腔皮影戏,甘肃的环县道情皮影戏。这些皮影戏的剧本是研究西北戏曲的珍贵材料,也是研究西北方言、民俗、文化的重要材料。

目前,皮影戏剧本缺乏系统整理,且研究多限于对其声腔、音乐表现等艺术层面的探讨,对其语言及文化层面的研究几近空白。语言是文化的载体,戏曲语言更是在意义表现和艺术表现完美结合的基础上,对文化的极佳阐释。我们的研究内容主要分为两大部分:西北皮影戏语言研究和西北皮影戏文化研究,西北皮影戏语言研究是本书的重点。

本书选择西北有代表性的皮影戏曲,华阴老腔、华县碗碗腔、阿宫腔、弦板腔、环县道情等,从整体上研究他们各自的语言用字、词汇、语法、用韵状况,进而从语言研究角度发掘皮影戏剧本所蕴含的文化信息。

本书进行的主要研究工作有:

1.系统整理西北皮影戏剧本,精选一部分剧本进行校注和评析,以此作为研究的材料基础。非物质文化遗产保护的使命不仅仅在于抢救和保护,更在于如何传承。整理剧本是建立西北皮影戏剧本资料库的基础,为"非遗"传承提供可靠的语料资源和剧本文本。

2. 对不同版本剧本的用字情况进行了对比,分析了皮影戏剧本的主要用字特点。

3. 全面研究西北皮影戏剧本中的词汇,梳理其中古语词、方言词、俗语等的词义源流及文化意蕴。分析方言词的语义及表达特点,探讨西北皮影戏剧本中词汇的使用特点,为词汇学和近代汉语史研究提供参考。

4. 通过研究皮影戏剧本的语体及修辞特点,从语言形式层面分析其艺术风格形成的原因。

5. 分析剧本的押韵、节律,归纳各种声腔的用韵特点及韵辙分类。结合剧本中语言的声律特点,探求西北方言的语音面貌及语音的变化情况。

6. 选择了一些有代表性的皮影戏剧本,对现存传本、手抄本、整理本等不同的版本从不同的角度进行对比,探索剧本不同的语言和风格。

7. 从民俗和文化功能的角度研究西北皮影戏剧本,探讨皮影戏剧本语言中的民俗及其文化意蕴,探寻其中所反映出的民族文化精神。拓宽西北皮影戏的研究领域,提升其研究高度。任何一个民族的语言都与其历史、文化、信仰等有不可分割的关系,地方戏剧语言更是地方民俗的一种载体,积淀了异常丰厚而生动的民间民俗文化。民俗文化研究的缺失对于地方戏剧的存在和发展是相当不利的,非常有必要在此方面扩大研究范围和加大研究力度。

本书从研究西北皮影戏剧本的语言开始,进而探索并理解西北皮影戏文化的形成原因及特点,研究力图多维度、多角度,注重西北皮影戏的语言本体研究,也注重语言和文化的紧密联系。

《西北皮影戏剧本语言文化研究》是中国西北地区戏曲歌谣语言文化研究的重要组成部分,对传承非物质文化遗产、思考传统文化现代传承等有着积极的意义。

第一章　西北皮影戏剧本语言文化研究简论

第一节　西北皮影戏剧种概述

皮影戏属于傀儡戏的一种，是一种古老而独具特色的民间戏曲艺术。皮影戏广泛流传于中国民间，几乎遍及全国各省区，并因各地所演的声腔不同而形成多种多样的皮影戏，如陕西的华县、华阴老腔、阿宫腔、弦板腔皮影戏，甘肃的环县道情皮影戏，山西的孝义、曲沃碗碗腔皮影戏，河北的唐山、冀南皮影戏，浙江的海宁皮影戏，湖北的江汉平原皮影戏，广东的陆丰皮影戏，辽宁的复州、凌源皮影戏等。皮影戏种类繁多，其区别主要在声腔和剧目方面，各地的皮影戏剧种都具有鲜明的地方特色。

皮影用兽皮或纸板剪制而成，可以制作成为各种人、物、景形象，造型逼真。影人一般分头、身、四肢等几部分，主要为侧影。人物肢体各部位灵活连接，方便演出时由艺人操作，摆出各种动作。影人带有服装及装饰，能够代表其身份地位。除了皮影，皮影戏演出的道具主要为影窗，即投影用的幕布，俗称"亮子"。影窗并不大，以白纸作幕，以便单人操作。此外还需要油灯一盏，用以提供光源。

皮影戏的具体形成时代尚无确考，起源于何，众学者也有不同的说法。但可以肯定的是，皮影戏最晚在宋代已经成熟并开始盛行。自北宋起，随着商品经济的繁荣和市民阶层的兴起，民间文娱活动日益丰富，为皮影戏的兴盛提供了有利的环境。经过宋、金、元、明四个历史时期的发展，流行全国各地的皮影戏在清代呈现出鼎盛局面。

皮影戏是我国重要的民间传统艺术,近年来由于现代影视艺术的冲击,观众和演出市场日益减少,许多皮影戏面临消亡的危险,亟待抢救与保护。国务院先后于2006年、2008年、2011年、2014年和2021年公布了五批国家级项目名录(前三批名录名称为"国家级非物质文化遗产名录",《中华人民共和国非物质文化遗产法》实施后,第四批起名录名称改为"国家级非物质文化遗产代表性项目名录"),将这些优秀的文化遗产项目纳入重点保护范围。陕西的华县皮影戏、华阴老腔皮影戏、阿宫腔皮影戏、弦板腔皮影戏、甘肃的环县道情皮影戏是2006年国家非物质文化遗产第一批名录收入的西北地区皮影戏[①],具有很强的代表性。本书的研究则聚焦在这五种皮影戏剧本的语言文化研究。

一、陕西省华阴老腔皮影戏

老腔是流行于陕西省华阴市一带的地方戏,当地俗称"老腔影子"。老腔约产生于乾隆以前,发源地为华阴泉店村,是以当地民间说书艺术为基础发展形成的一种皮影戏曲剧种。久为华阴市泉店村张家户族的家族戏(只传本姓本族,不传外人)。泉店村地处黄河、渭河、洛河交界的地方,是汉代京都的粮仓基地,也是向西通往长安的水路码头。

老腔的起源对其风格形成有重要的影响。由于船工众多,老腔的声腔就有船工号子的曲调特点,采用一人唱、众人帮合帮腔的形式(民间俗称为"拉波")。老腔的唱腔粗犷刚直、磅礴豪迈、高亢激昂。早期没有乐器,就用木板拍击船板来代替,衍变为现在剧中用的檀板。檀板的拍板节奏,构成了该剧种的特点。伴奏音乐不用唢呐,而用锣鼓代替。老腔地方色彩鲜明,擅长表演以古代战争为题材的历史戏,富有突出的历史和文化价值,世代流传,久演不衰。唱词结构形式比较多样,有对句、四句及多句体。每句有五字句、七字句、八字句或十字句等。

国家级非物质文化遗产项目皮影戏(华阴老腔)代表性传承人有张喜民(1947年生)、王振中(1937年生),两人皆为陕西华阴人。目前张喜民先生还活跃在老腔表演的一线。

---

① 中国非物质文化遗产网,http://www.ihchina.cn/project.html。

二、陕西省华县碗碗腔皮影戏

华县碗碗腔皮影戏,主要流传于陕西关中东府渭南华阴、华县及大荔一带,所以也称其为东路碗碗腔。碗碗腔又称时腔,碗碗腔皮影戏又称华县皮影戏,或华剧。碗碗腔名谓来源主要有三:一说是主要节奏以打击小铜碗而得名;二说是领奏乐器月琴旧时称为"阮咸",后就称戏曲为"阮儿腔",化为碗碗腔;三说是因为演出皮影时需要油灯碗。关于碗碗腔产生和形成的年代,"据史料和老艺人追忆大约产生在清乾隆年间(1736—1795),并产生了著名戏曲家李芳桂及其作品八本两折,称为'十大本'"[1]。

明末清初,碗碗腔主要唱板就已形成,有慢板、慢紧板、紧板、滚白、叠腔、三不齐、单句送等。唱腔板式齐备,伴奏乐器很有特性。声腔特点是清丽典雅、委婉幽雅、辗转缠绵,表现形式丰富多彩,擅长情感丰富细腻的故事题材。唱词结构有六种,其中最基本的结构是七字句和十字句,平仄声律和唱词格律也颇有讲究。

国家级非物质文化遗产项目皮影戏(华县皮影戏)代表性传承人有潘京乐(1929年生)、魏金全(1964年生)、刘华(1943年生)、汪天稳(1950年生),皆为陕西华县人。其中潘京乐先生是目前华县皮影戏舞台上最年长的表演大师,有皮影戏"活化石"之称。

三、陕西省富平阿宫腔皮影戏

阿宫腔是关中皮影戏中的一种,也称北路秦腔,产生于清代末年,原流行于关中中北部地区礼泉、兴平、咸阳、泾阳、三原、乾县、高陵、富平等地,中华人民共和国成立前后在咸阳地区逐渐消失,现仅富平县尚存。阿宫腔原以灯照皮影的形式演出,1958年始变为舞台戏曲形式。阿宫腔的来源,民间传说有三种[2],一是认为阿宫腔是由秦朝阿房宫中歌女所唱的曲调衍变而来。阿宫腔句末拖腔带有"噫咽"之音,这"噫咽"之音就是宫娥、内侍语音的遗响。二是认为"阿

---

[1] 鱼讯.陕西省戏剧志·渭南地区卷[M].西安:三秦出版社,1994:74.
[2] 鱼讯.陕西省戏剧志·渭南地区卷[M].西安:三秦出版社,1994:71-72.

宫",实际是"遏工",即在唱腔上所独具的遏止功夫,誉之为"三放①"不及"一遏"。三是认为唱腔遏到了"宫"调上,故名"遏宫腔"。

阿宫腔的唱腔旋律不沉不躁、清悠秀婉,具有翻高遏低的艺术特点,其唱腔行腔中的"翻高""低遏""一唱三遏"为其特色。阿宫腔音乐长于刻画、抒发人物复杂的心理活动。阿宫腔的声腔分"欢音"和"苦音"两种,欢音表现喜悦、欢快、明朗、轻快的情绪,苦音表达悲伤、怀念、凄凉、愤怒的情感。② 阿宫腔的音乐表现形式体现在唱腔、曲牌和打击乐三部分:唱腔属于板式变化体音乐,且板式结构非常严谨,是以板式变化来达到特定情感的戏曲音乐形式。阿宫腔的板式共分六大类:慢板、二六板、二导板、带板、垫板、滚板。曲牌分弦乐曲牌和管乐曲牌两大类。打击乐分为开场曲、动作曲、板头曲三类。

阿宫腔班社中"焕娃子皮影班"对于阿宫腔的传承发扬和保存作出了突出贡献。"焕娃子皮影班"是班主段天焕(1899—1982)于清末民初组织成立的。1958年正式更名为富平县阿宫剧团。1980年,段天焕老艺人完成了37部阿宫腔传统剧的录音,为地方戏曲保留了重要的音像资料。

四、陕西省乾县弦板腔皮影戏

弦板腔又称"板板腔",因主要伴奏乐器"二弦子"和敲击乐器"板子"而得名。皮影戏流传于陕西关中乾县、兴平、礼泉、咸阳等地。据王绍猷先生考证,皮影戏"弦板腔",起源于宋代。清嘉庆五年(1800)前后,"弦板腔"与"道情"同台演唱,而后独台演出,形成独特剧种。③

板子是弦板腔所独具的乐器,分为"二板子"与"扎板子"两种,敲起来声音响亮。早期表演时采用艺人左手摇二板子,右手扎板子的说唱形式。后来加入了弦乐伴奏,形成了浑厚、清脆、明快的声腔特色。弦板腔由东向西发展,曲调唱腔有些近乎陇东道情。弦板腔的板式有十多种。正板(即慢板)是它的核心板路。另外,用得较多的还有紧板、滚白、撇板等。"气死人"(即阴死板)、"伤

---

① 放:特指秦腔的拖音。
② 鱼讯.陕西省戏剧志·渭南地区卷[M].西安:三秦出版社,1994:72.
③ 鱼讯.陕西省戏剧志·咸阳市卷[M].西安:三秦出版社,1994:54.

音子"、"提头"等,实际上是变化局部唱腔的正板。"伤音子"是在正板、紧板的首句加上了一个较长的拖腔,基本属于一种带字叫板的唱法。其余的"尖板""三不齐"等,一般都是短暂的插入性板式,很少独立使用。在散唱或唱腔叫板结束时,常带有"嗨嗨"式假声或"噫——呀"的齐声唱腔,别具风韵。弦板腔的唱词,主要是七字句和十字句,也有六字句、八字句、九字句。①

国家级非物质文化遗产项目皮影戏(弦板腔)代表性传承人有丁碧霞(1944年生)、李育亭(1946年生),皆为陕西乾县人。

五、甘肃省环县道情皮影戏

环县道情皮影是"道情"与皮影相结合的产物。道情源于古代道教音乐,诞生于唐,兴盛于宋,并以歌曲和说唱形式在社会上广为流传。环县隶属甘肃省庆阳市,地处陕甘宁三省交界,此地古代属秦陇文化圈,也是多民族文化相互交融之地。"环县道情皮影"这一艺术形式正是在这样的地理位置和文化背景中孕育而生的。环县道情皮影产生形成于宋元时代,明清至民国初趋向成熟、兴盛。

环县道情皮影曲调受到陕西道情皮影和本地民歌、小曲的影响,表演形式吸收融合了陕西、内蒙古、宁夏等地的民歌、说书等艺术形式,有很强的叙述性的说唱特点,极其具有抒情性。剧本以历史故事、民间传说、宗教民俗、乡土风情等题材为主。道情音乐为徵调式,分为伤音、花音两种声腔,有坦板、散板、飞板三种板式。唱腔音乐以板腔体形式为主,少量兼有曲牌体。音调高亢激越、圆润悠扬,节奏自然,旋律优美。其中慢板类、飞板类的主要特征即是唱词以七字头(句)和十字头(句)为主。②

国家级非物质文化遗产项目皮影戏(环县道情皮影戏)代表性传承人有高清旺(1963年生)、史呈林(1947年生),皆为甘肃环县人。高清旺是"魏派"的杰出代表,也是环县境内著名的雕刻艺人之一。史呈林是"史派"继承人,是目

---

① 鱼讯.陕西省戏剧志·咸阳市卷[M].西安:三秦出版社,1994:56.
② 环县道情皮影志编纂委员会.环县道情皮影志[M].兰州:甘肃文化出版社,2006:61.

前环县道情皮影演出技艺最全面的道情皮影艺人之一。2002年,甘肃省民间文艺家协会授予史呈林"甘肃道情皮影艺术家"称号。

第二节 西北皮影戏研究概述

西北地区皮影戏是研究西北戏曲的珍贵材料,也是研究西北方言、民俗、民族文化的重要材料。目前的研究主要集中在介绍皮影戏剧种、整理戏剧剧目,探寻皮影戏源流,探讨皮影戏的艺术特征,分析皮影戏的生存现状及传承问题,语言及民俗文化研究等五个方面,限于对声腔、音乐表现等艺术层面的探讨,对语言及文化层面的研究还没有展开。现有西北皮影戏的研究主要有以下几个方面:

一、介绍皮影戏剧种,整理戏剧剧目

中华人民共和国成立后,在党的文艺"双百"方针的指引下,传统戏剧的研究受到重视,开始进行专门的剧本整理。1957年,陕西省成立了剧目工作室,专门负责挖掘整理传统剧目,由陕西省文化局主持编写的《陕西传统剧目汇编》,从1958年起直至80年代完成,是较大规模的对传统剧目的汇编工作。其中由陕西省文化局汇编的《陕西传统剧目汇编·华剧》(1958—1961)共九集,是收录碗碗腔剧目最多的本子。富平县人民政府为抢救阿宫腔剧种,邀集幸存的老艺人,以段天焕为首,开始了剧本整理汇编工作。1958年10月至1963年12月连续编印了《陕西传统剧目汇编》中的阿宫腔一集,选录了十二个剧目。这一期间抄写的由段天焕等人口述的五十四个剧本,至今未经整理,保存于陕西省文化局档案室。

甘肃省文化部门对陇东道情音乐及剧本进行了搜集和整理。《陇东道情传统剧目》(由环县文化馆收藏,未正式出版发行)就是在此基础上汇编而成的,共十本,含80多个传统剧目。1953年10月,第一部研究陇东道情音乐的专著《陇东道情》(邸作人搜集,高士杰汇编),由甘肃省文化事业管理局音乐工作组首次编印出版,该书较全面地收录了陇东道情音乐的板路、曲牌及打击乐谱。同时,一些学者开始撰写皮影戏研究文章,如徐谦夫的《灯影"阿宫腔"介绍》(《当代

戏剧》,1959年第10期)。田汉及马少波等人的《陕西戏曲在北京演出评论集》(东风文艺出版社,1959年),对东府阿宫腔、碗碗腔等给出了比较全面的介绍和高度评价。20世纪60年代,《当代戏剧》刊发了不少皮影戏研究文章,引起了很多学者的关注。

20世纪90年代之后,出现了由政府组织修订的地方戏曲志类专著,主要有:鱼讯主编《陕西省戏剧志·渭南地区卷》(1994年)、鱼讯主编《陕西省戏剧志·咸阳地区卷》(1994年)、中国戏曲志编辑委员会主编《中国戏曲志·陕西卷》(1995年)、中国曲艺音乐集成全国编辑委员会编《中国曲艺音乐集成·陕西卷》(1995年)、《中国戏曲音乐集成》编辑委员会编《中国戏曲音乐集成·陕西卷》(2005年)、陕西省地方志编纂委员会编《陕西省志·文化艺术志》(2005年)、文化部民族民间文艺发展中心编《中国民族民间艺术资源总目·戏曲卷》(2009年),这类专著部分章节简单介绍了各种戏曲种类的流行地域、音乐唱腔、常演剧目、班社等基本信息

进入新世纪,对于皮影戏的介绍更为全面细致。由环县道情皮影志编撰委员会编写的《环县道情皮影志》(甘肃文化出版社,2006年)较全面地记载和介绍了有关环县道情皮影的大事记、剧目、道情音乐、皮影艺术、影戏风格流派、班主、名人传略及传承谱系等方方面面的内容。由甘肃省环县《环县道情皮影》编委会编写的《环县道情皮影》(中国社会出版社,2006年)则从"道情皮影戏是综合的民间艺术""环县道情皮影艺人和流派传人""环县皮影的造型""环县皮影的雕刻制作""环县道情皮影文化遗产保护工作"五个方面对环县道情皮影作了较详尽的介绍。这两部专著由环县皮影保护中心的工作人员走访了全县现有的四十七个戏班及艺人,在普查所获大量原始资料的基础上结合前人的研究,整理、汇编而成,是集体力量和智慧的结晶,为进一步研究环县道情皮影提供了详尽的资料。陕西华阴市政协文史委员会也先后编辑了《华阴老腔》《华阴老腔剧本选辑》,杨甫勋先生几十年从事老腔的记录整理工作,先后出版《华山老腔》《华阴老腔》两部书。剧本的整理,也开始转向专业性。如由渭南市临渭区文体局整理的《李十三十大本》(2000年),2011年10月《李芳桂剧作全集校注》(李芳桂著,王相民校注,三秦出版社)出版,对李芳桂的十大剧本进行了点校勘误注释等,张蕖、张崇文整理的《李十三皮影戏碗碗腔剧作全集校注》。2015年魏

力群主编的《中国皮影戏全集》由文物出版社出版。

二、探寻皮影戏源流

张晋元的《皮影戏的渊源与流播》(《当代戏剧》,1998年第3期)认为,影戏起源于秦汉,并指出影戏的腔调音乐以陕西碗碗腔皮影最为古老,碗碗腔在隋唐时得到发展,宋元时逐步完善,明清时已是人才济济,班社林立,进入历史的巅峰。

目前关于老腔的起源主要有三种观点:曳船说、兵营说和孟儿说。曹冠敏(《当代戏剧》,1988年第6期)从剧种、声腔、"影人"造型三方面探寻老腔源起时间,认为老腔的声腔可能产生于西汉,而形成老腔影戏则应该在宋代。支山彳(《当代戏剧》,1989年第3期)指出老腔的剧本和唱腔中,较明显地保留着说唱音乐的痕迹和古老的民间音调,同时又初步具备了板腔体戏曲剧种的基本特征,是一个由说唱音乐向板腔体过渡的、正待发展的戏曲剧种。

阿宫腔是清末民初流行于富平一带的灯影戏,是秦腔的一个流派,因而又被称为北路秦腔。关于阿宫腔的名字,吕自强《为"遏工腔"正名》(《陕西戏剧》,1984年第4期)认为称"阿宫"是把遏工腔杜撰为阿宫腔。孟君正《阿宫乎?遏工乎?》(《陕西戏剧》,1984年第8期)根据阿宫腔的唱腔特点认为"阿宫"不能称之为"遏工"。曾长安《阿宫腔之我见》(《当代戏剧》,2008年第2期)指出阿宫腔原名窝工调,因其具有翻高遏低的特点,故改名为遏宫腔,称遏宫腔为阿宫腔是"字音之误,时尚之误,源流之误,史实之误"。曾长安《阿宫腔音乐》(2013)、杨丁旺《阿宫腔音乐大全》(2015)等著作是首批针对阿宫腔的研究专著,对阿宫腔进行了全面深入的研究,包括溯源、名考、戏曲音乐、发展、表演艺术、剧目、唱段选录七个部分。

围绕环县道情皮影戏的起源与形成,主要产生了以下两种观点:其一,认为环县道情皮影戏应起源于兴隆山道观建成之时(明万历元年即公元1573年),距今已有400多年的历史,如李海洋的《环县道情皮影》(《档案》,2004年第1期),贾红杏的《道情皮影戏与敬家班》(《文史月刊》,2005年第7期)。其二,康秀林的《环县道情皮影探源》(《陇东报》,2007年9月16日)一文认为解长春是环县道情皮影戏的奠基人,根据他的表演年代判定环县道情皮影形成距今应有

160余年的历史。

梁志刚《关中皮影》(2007)、魏力群《中国皮影艺术史》(2007)、刘利生《皮影》(2008)、梁志刚《关中皮影》(2012)、李跃忠《中国皮影》(2013),从中国皮影及关中皮影的全局视角上,探讨了皮影戏的起源、形成与发展、分布和流派、现状、道具、表演艺术、文化功能、戏班、传承与保护等问题。王衡《秦东地方戏主要剧种考察》(2013)讨论了陕西东府戏曲主要种类的发展情况。

三、皮影戏的艺术特征研究

马雅琴的《陕西东路皮影戏的审美价值》(《当代戏剧》,2011年第5期)从审美对象、审美主体两个角度论述了东府皮影戏高超的艺术价值。高海平的《写意精神——非物质文化遗产背景下的陕西华县皮影艺术研究》(陕西人民美术出版社,2009年)认为,东府皮影具有非常强的写意精神。赵国婷的《浅谈陕西皮影艺术与民俗文化特征》(《中国美术馆》,2008年第3期)对东府皮影给出了更高的评价,认为它是民间美术中的集大成者,它广泛吸收地方戏曲、民间剪纸、民间年画艺术的造型特征,具有黄河流域母体文化的艺术特征及内涵。

师玉丽的《浅析陕西华阴老腔的唱腔艺术特征》(《当代戏剧》,2006年第2期)主要从老腔唱腔的唱词、音阶、板式、吟诵调等艺术形式入手,说明老腔古朴悲壮、粗犷豪放的艺术特征。杨洪冰(《中国音乐》,2010年第3期)论述了老腔艺术在声腔旋律、艺术个性色彩、表演方式三个方面的独特之处。

董欣蕾的《阿宫腔唱腔音乐特点探究——以新编现代戏〈天女〉为例》(2018年)讨论了阿宫腔的唱腔音乐。孙航、王瑜玮的《阿宫腔音乐的活化石——陕西艺人惠存孝的艺术人生》(2012年)介绍阿宫腔老艺人的同时,介绍了阿宫腔的艺术特点。

最早研究碗碗腔音乐的是《碗碗腔音乐》(王依群等编,西北人民出版社,1953年),之后,张志文的《碗碗腔的节拍特点》(《当代戏剧》,1996年第3期)介绍了东府碗碗腔的音乐特点。张泓《碗碗腔研究》(上海戏剧学院博士论文,2008年)第三章从造型艺术、制作工艺、演出形态及音乐四个方面研究碗碗腔表演艺术的特殊性。

荣梅的《灯影里的绝唱——环县道情皮影艺术考》(西北师范大学硕士论

文,2005年)从工艺美术学的角度对环县皮影的艺术造型、创造历史、制作流程、造型分类作了详细的描述,并从宗教、戏曲及民俗文化的关系中探讨环县皮影艺术的文化内涵。该成果是对环县皮影从工艺美术学的角度进行系统分析论证和综合研究的最早探索。

四、皮影戏的生存现状及传承问题的分析和思索

随着现代生活的冲击,表演艺人和观众不断流失,很多地方的传统皮影戏生存面临巨大的威胁。《富平阿宫腔采访手记》(《当代戏剧》,2008年第2期)介绍了富平阿宫剧团人才流失、资金短缺、生存艰难的情况之后,《陕西日报》(2010年9月19日)登载了《濒危剧种阿宫腔,能否绝处逢生?》一文,报道了富平阿宫剧团令人心酸的现状。很多学者开始思考皮影戏的保护问题。郑明钧《中国当代皮影戏保护之管窥》(《民族艺术研究》,2006第5期)论述了皮影戏的历史源流、现状、特征及其文化内涵,并提出如何保护中国当代的皮影戏问题。苏军(《当代戏剧》,2010年第6期)认为老腔艺术地域性强、传承模式单一的特点严重影响了老腔艺术的良性发展,从而提出了打破封闭式家族传承模式等多项具体措施来促进老腔艺术的传承和发展。丁静、高娟(《当代戏剧》,2010年第5期)在分析老腔研究现状的基础上指出,日后老腔的研究应该和老腔的发展现状密切结合起来,使老腔的表演、创作实践与理论研究形成一种互相影响、互相促进的关系。仵小龙的《阿宫腔的保护与传承》(《当代戏剧》,2018年第5期)讨论了阿宫腔的现状与保护传承。

五、皮影戏语言及民俗文化研究

目前对皮影戏剧本语言的研究,集中在个别剧作家的作品上。清末李芳桂创作了著名的碗碗腔十大本,流传甚广,影响力大。蔺振杰主编的《李十三研究》收录了众多学者对李十三十大本不同角度的研究。田晓荣的《李芳桂皮影戏剧本语言研究》(2013年)对李芳桂十大本中的方言词汇、语法、修辞等进行了考察,再如王麦巧的《〈李十三十大本〉中的"加"——兼及现代秦东方言》(2012年)、石晓博的《〈李十三十大本〉中的关中方言词语解读》(2012年)、韩佳蔚的《"锁定"在方言中的民间文化记忆——〈李十三十大本〉方言词例释》

(2014年)等,更是将研究范围具体到方言。

皮影戏产生的意义和存在的价值还要从其与民俗文化的关系中去寻找答案,民俗文化研究的缺失对于皮影戏的存在和发展是相当不利的,非常有必要在皮影戏民俗研究方面扩大研究范围和加大研究力度。近十几年来,高月红的《甘肃陇东皮影民俗文化探究》(《艺术与设计(理论)》,2009年第12期)对环县皮影的制造工艺、造型特点及影人的服饰图案花纹和色彩的特点加以描述,并从民俗角度入手对环县道情皮影文化加以解释。青海师范大学张凡的硕士论文《华县皮影戏的民俗文化研究》(2013年)就皮影戏的巫术功能、心理调适功能、娱乐审美功能和教育教化功能四个方面对皮影戏的民俗文化功能进行阐释,以揭示皮影戏对人们内心、情绪、精神等方面的广泛影响。另有如马雅琴的《论李十三"十大本"的民俗价值》(2011年),田敏的《碗碗腔与乡村民众生活研究——以孝义碗碗腔为个案》(2012年),张凡的《华县皮影戏的民俗文化研究》(2012年)等。王衡的《老腔文化研究》(2015年)是一部较为全面地分析老腔文化的著作。这些研究都是非常有益的尝试,应该进一步深入下去。

从以上研究情况来看,皮影戏研究大多集中于从声腔、美术、音乐等角度分析其戏剧艺术的独特性、探寻其历史演变和未来发展,而在皮影戏语言和民俗文化研究方面的成果较少,且集中在对个别的作品的研究上。戏剧除了音乐表现以外,剧本语言的词汇、修辞及音韵特点也应该是艺术的重要表现因素,对语言的研究必不可少。研究西北地区皮影戏语言文化对传承非物质文化遗产、促进方言和汉语史研究、丰富语言民俗学理论等有着重要的意义。

第三节 西北皮影戏剧本语言文化研究的意义

戏曲语言的文化特色突出。地方戏曲的演出一般都拘于某一地域内部,戏曲语言也具有浓厚的地方特点。拿华阴老腔来说,其在演唱中语言性非常强,常把说、念、唱交织在同一个唱段中,老腔的语言不仅保留着秦东不少的方言俗语词汇,还和声腔音律结合得非常紧密。老腔语言的词汇及声韵特点都会对方言学和汉语语音史研究提供重要参考。研究西北地区皮影戏语言文化具有重要的意义:

第一,有助于更好地传承非物质文化遗产。非物质文化遗产保护的使命不仅在于抢救和保护,更重要在于如何传承。皮影戏这种艺术形式,积淀了异常丰厚而生动的民间民俗,对其语言及民俗的研究,从文化遗产保护的视角看尤为重要。

第二,充实中华戏曲语言研究的内容,同时为方言学和汉语语音史研究提供参考。目前对于皮影戏的研究多集中在其音乐形态、表演特征等方面,对其戏曲语言的考察则几乎是空白。本书对所收集的皮影戏剧本韵文材料进行了全面的考察,探讨其用韵特点,考察戏剧中涉及的方言演变。同时,对皮影戏剧本中的词汇、语体及修辞情况进行了探究。皮影戏语言的词汇及声韵特点都会对方言学和汉语语音史研究提供重要参考。

第三,为语言民俗学提供有价值的材料,丰富语言民俗学理论。相对于研究充分、语言规范的书面语,挖掘整理鲜少涉及的民间文学材料,关注其生活化的口语成分,这对特定时代和地区语音面貌的描写具有重大意义。皮影戏戏剧艺术受剧种和传播方式的限制,保留原始风貌的成分多于其他剧种,语言中蕴藏的民俗风情更加纯粹和朴质。

总之,西北地区皮影戏语言文化研究将会拓宽皮影戏的研究领域,提升皮影戏的研究高度。中国五千多年的悠久文明,不仅反映在众多的历史文献、文物等具象的物件上,更反映在各地异彩纷呈的民间文艺形式上。中国西北地区是中华文明的重要发祥地,这一地域保留了众多的民间文学艺术形式。加强对西北地区优秀民间文学形式的研究,有利于发扬中华优秀传统文化,更有利于国家文化建设。

第二章 西北皮影戏剧本用字研究

第一节 手抄剧本的用字情况

在田野调查中,我们走访了一些皮影戏艺人,在他们家中,看到了其搜集的部分手抄剧本。剧本规格多是大开本,用毛笔手抄在传统的麻皮纸上,文字是由右向左竖排,字体较大,易于在演出时翻看。皮影戏在表演时,演唱者隔着皮影的幕布唱戏,观众只闻其声,故而演唱者不需要背诵戏文,可以在演出过程中随时查检剧本内容。也正是因此,虽是依据剧本演唱,却可以根据实际情况进行一定的发挥,为演唱者留出了表现余地。而艺人自身的文化水平,就对剧本语言的影响很大。笔者见到过一些老腔剧本的手抄本,有些出现明显的传抄字误,有些为了便于识记,在原稿上进行了简化的标注修改。

在翻阅手抄本剧本时,可以发现艺人抄写用字的特点主要是人、物、地名写法不一,繁体简体字不分,同音替代字多,别字也较多等。我们使用几个手抄剧本的例子来进行说明。

下图是碗碗腔手抄剧本《紫霞宫》第一场中的部分内容,剧本首页注明时间是光绪元年(1875)正月二十五,署名永兴裕记,由李五常保存。文字内容附在图片后:

(a)   (b)

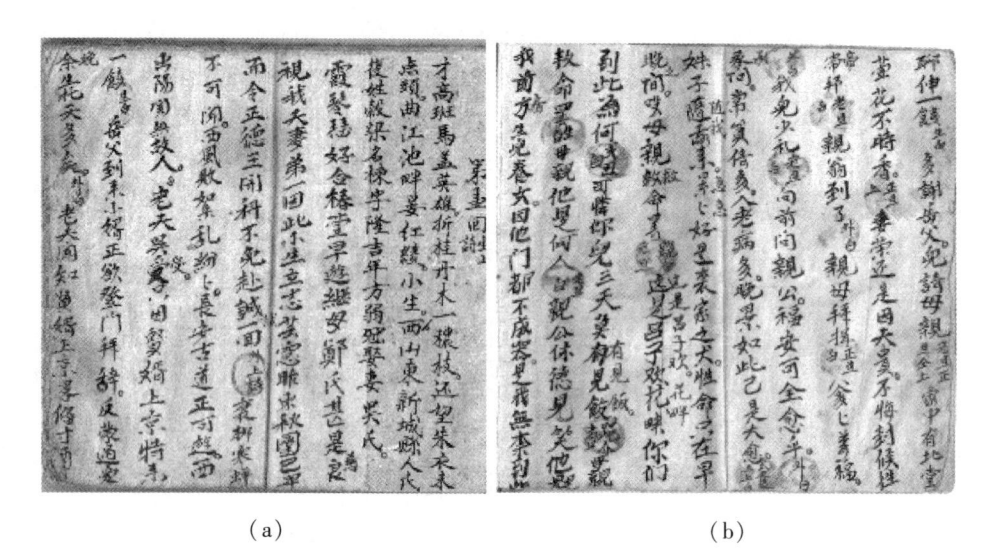

图 1   碗碗腔手抄剧本《紫霞宫》局部

谷梁栋：(上诗)才高班馬盖英雄,折桂丹木一穠枝。

     还望朱衣未点頭,曲江池畔晏红綾。

    小生,西山東新城縣人氏,復姓穀梁名棟,字隆吉,年方弱冠,娶妻吳氏,霞,琴瑟好合,椿萱早遊,継母鄭氏,甚是慈良,視我夫妻弟一。因此小生立志芸窗。昨歲秋闈巳早而令,正德王闹科,不免赴試一囬。

(外上诗)

吳 受：(诗)衰柳寒蟬不可闻,西風敗絮乱紛~。

    長安古道正可遊,西去陽関無故人。

    老夫吳受,只因賢婿上京,特来一餞。

谷梁栋：岳父到来,小婿正欲登門拜辞,反蒙過愛,晚生托天多矣。

吳 受：老夫闻知賢婿上京,畧俻寸酌,聊伸一餞。

谷梁栋：多謝岳父。兒請母親。

(老旦正旦仝上)

鄭 氏：(念)家中有北堂,萱花不時香。

(正旦上)

吳晚霞：(念)妻荣还是因夫貴,不悔封候往帝邦。

郑　　氏：親翁到了。

吴　　绶：親母拜揖。

吴晚霞：爹～萬福。

吴　　受：我兒少礼。

郑　　氏：向前問親公,福安可全愈乎。

吴　　受：承問。常貧債多,人老病多。晚景如此,已是大愈。

(弎丑上)

吕子欢：姝子随我来。

　　　　(念)急急好是喪家之犬。性命只在早晚之間。

　　　　哎,母親救命罢。(跪)

郑　　氏：这是吕子欢,花畔,你们到此為何。

吕子欢：可憐你兒三天莫有見饭。母親,救命罢。

谷梁栋：母親他是何人。

郑　　氏：親公休德見笑,他是我前房生兒養女。因他門都不成器,是我無奈到此。

通过查究,这部分的主要用字问题有:

(1)别字较多。其中"琴瑟"写为"琴瑟",这应属于笔误。"秋闱(闈)"写成了"秋圍","已畢"写成了"已畁","過爱"写成了"過爱",这几组属于形近错别字。

(2)繁、简字混用。手抄剧本以繁体字为主,但也有已经简化的字,如"蝉""闻",还有一些简化不完全的字,如"闲(開开)""阒(關关)""贤(賢贤)"。

(3)出现的异体字(或局部异体字)较多。如"窻—窗""囬—回""遊—游""畧—略""俻—备""衷—丧"。这些字之间的关系有时不是完全的异体字关系,而是局部异体字的关系,如"遊—游"。

我们再看一例,以下几张是1980年腊月由李五常抄写的《借赵云》剧本图片,文字内容附后:

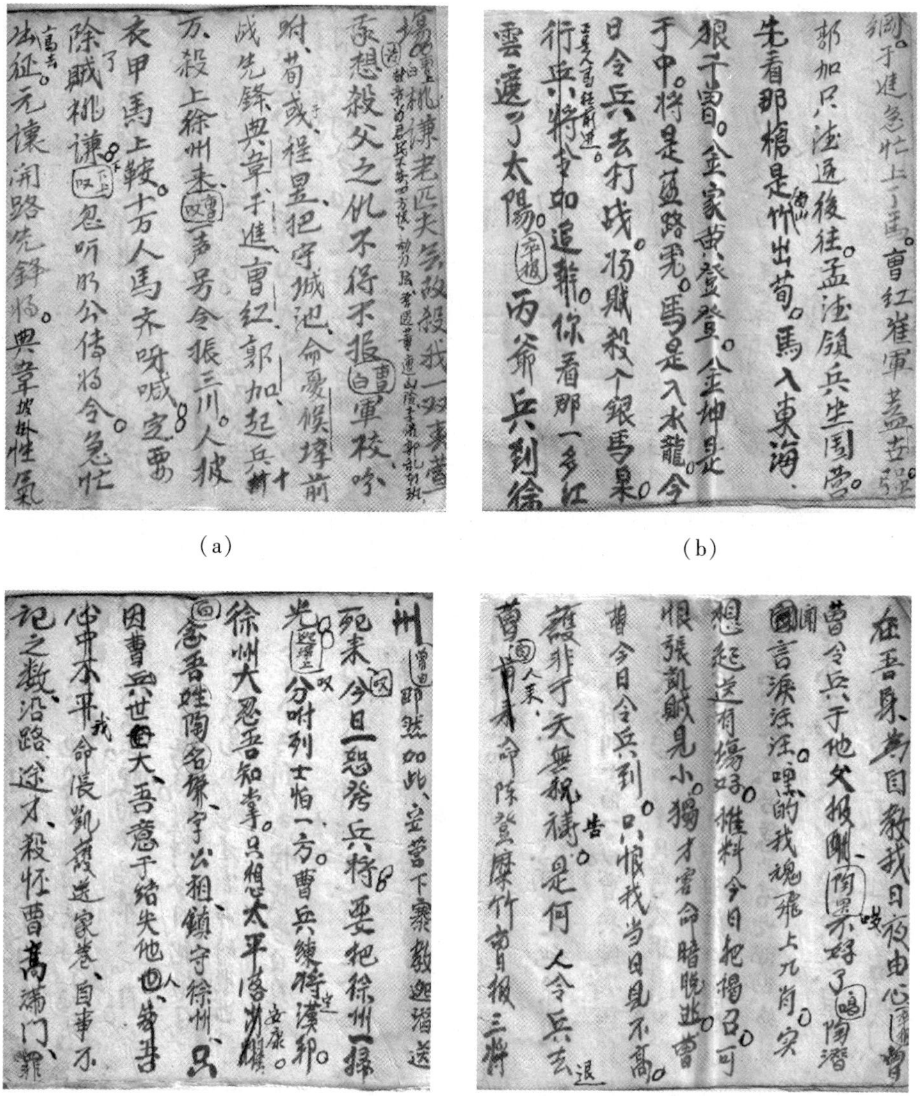

(a) (b)

(c) (d)

图2 《借赵云》手抄剧本图

曹　操：（上白）桃谦老匹夫，无故杀我一双春萱，□想杀父之仇不得不报。

（白）军校，吩咐荀彧、程昱把守城池，命夏侯惇前战先锋，典韦、于进、曹红、郭加起兵十万，杀上徐州来。

（叹）一声号令振三川，人披衣甲马上鞍。

　　　十万人马齐呀喊，定要除了贼桃谦。（下）

第二章　西北皮影戏剧本用字研究　19

下上叹：忽听明公传将令。急忙出征上馬去。

元讓闹路先鋒將。典章披掛性氣綱。

于進急忙上了馬。曹红崔軍蓋世强。

郭加只德遂後往。孟德領兵坐圍營。

先看那槍是南山竹出筍。馬入東海狼千曾。金家黄登登。金坤是于中。將是藍路虎,馬是入水龍。今日令兵去打战。將賊殺个銀馬泉。正是人馬往前進。你看那一多红雲遮了太陽。

辛　　：(报)丙爺兵到徐州。

曹　白：即然如此,安营下寨,教逃潜送死来。

(叹)今日一怒發兵將,要把徐州一掃光。(下)

逃　潜：(上)(叹)分咐列士怕一方。曹兵練將定漢邦。

徐州大忍吾知掌。只想太平落安康。

(白)念吾姓倒名谦,字公祖,鎮守徐州,只因曹兵世大,吾意于結失他人,我命張凱?送家卷,自事不記之数,沿路途才,殺怔曹高滿門,罪在吾身,為自教我日夜由心。

辛　　：(报)曹曹令兵于他父报酬。

陶　　：(哭)唉,不好了。

(唱)陶潜闻言涙汪汪。嘿的我魂飛上九肖。

实想起送有場好。稚料今日把禍召。

可恨張凱賊見小。獨才害命暗脱逃。

曹曹今日令兵到。只恨我当日見不高。

護非于天無祝祷告。是何人令兵去退曹。

(白)人来。命陈登、糜竹、曹报三將来見。

通过细考,主要用字问题有:

(1)剧本中的人名与通行用字不同,多为同音替代字。"夏侯惇"写作"夏候埻","于禁"写作"于進","曹洪"写作"曹红","郭嘉"写作"郭加","张闿"写作"张凯","曹操"写作"曹曹","糜竺"写作"糜竹","曹豹"写作"曹报"。值得注意的是,一个名字有不同写法,如"陶谦"在手抄剧本中写作"桃千""陶千""桃谦""逃潜""陶潜"等多种字形。

(2)繁体字和简体字混用,仅在这四页出现的繁体字有殺、軍、鋒、韋、進、馬、賊、氣、蓋、後、領、槍、東、龍、銀、雲、陽、爺、發、掃、練、漢、鎮、張、淚、飛、見、高、護、無等。

(3)别字较多,主要是同音别字。如"性氣綱"应该是"性气刚","崔軍"应该是"催军","蓝路虎"应该是"拦路虎","丙爺"应该是"禀爷","分咐"应该是"吩咐","知掌"应该是"执掌","世大"应该是"势大","结失"应该是"结识","家卷"应该是"家眷","途才"应该是"图财","由心"应该是"忧心","九肖"应该是"九霄","獨才"应该是"图才"。另外,繁简混用也导致了一些别字的产生,如"狼千曾"应该是"浪千层","层"的繁体字是"層"。"报酬"应该是"报仇","仇"字比"酬"笔画要简省,估计抄写的人是想写"仇"的繁体字"讎",因识记不清,才写成了"酬"。也有一些别字是单纯的字形书写错误,如"護送"中的"護"字写错了。

第二节 整理剧本的用字情况

下面,我们选择华阴老腔剧本《定军山》剧本两个不同版本进行对比,看看经整理后剧本用字的大概情况。剧本《定军山》开场是曹操的道白和唱词:

曹操:(上,诗)官居一品压朝班,志气凌云星斗寒。	曹操:(上诗)官居一品压朝班,志气凌云星斗寒,
虽然未登龙凤位,独分献帝半面天。	虽然未登龙凤位,独占当今半面天。
老夫曹孟德。因吾染病,服药无愈,后因管辂神卜,算吾有火光之灾,不料金祎、韦晃、耿纪三人造反,被曹休所杀,全家押在漳河,尽皆斩首,方遂吾意。只因曹洪有本到来,言说张郃失了瓦口关,刘备要取汉中,刘哗叫吾亲自领兵去征,	(白)老夫曹孟德,只因吴大晏在群臣庄,只弄神术,管路神卜,莫吾有火光之灾,不料玺魏、更记、魏患三人谋反,被曹休,杀了玺魏,将更记、魏患二贼全家押在张郃营下,尽皆斩首,方遂吾愿。只因曹洪有书到来,言说张郃失

少不得点兵。军校,命夏侯惇为先锋,曹休、徐晃、许褚、杨修随后,发大兵四十万,早集南郑来。

(唱)五臣空怀扶汉志,那知天命不顺从。
刘备要占汉中地,不由老夫气满胸。
(下)
……

曹　操:吾素与蔡邕相善,他有一女名叫蔡琰,乃卫仲道之妻,后被北方掳去,于此地生二子,作胡笳十八拍,流入中原。

——《定军山》《华阴老腔剧本选辑》

了瓦口关,刘备要取汉中,刘花言道,叫吾率领大兵去征,少不得点兵。军校,命夏侯敦、曹休、徐晃、许诸、杨修,大兵四十万,早上南郑来。

(唱)奸贼空怀扶汉中,谁知天命不依从,
除却反贼把命丧,血染漳河水浪翻。
……

曹　操:(白)我想蔡容庄袁善他有一女,名叫蔡晏,乃是卫到界之妻,当年被达旦国掳去,与胡人为妻,生下二子,作胡笳十八拍,流入中原……

——《定军山》《华阴老腔》

经过比对,我们发现:

首先,人名用字就有很多不同。"管辂"与"管路"、"金祎"与"玺魏"、"韦晃"与"魏患"、"耿纪"与"更记"、"刘哗"与"刘花"、"夏侯惇"与"夏侯敦"、"蔡邕"与"蔡容"、"蔡琰"与"蔡晏"。可以看出,这些人名字的差异主要是语音相近的字。以下为这些字的中古音比较,声韵调信息据《广韵》:

辂:来纽暮韵,去声。　　路:来纽暮韵,去声。
祎:影纽支韵,平声。　　魏:疑纽未韵,去声。
晃:匣母荡韵,上声。　　患:匣母谏韵,去声。
纪:见纽止韵,上声。　　记:见纽志韵,去声。
哗:匣母麻韵,平声①。　花:晓纽麻韵,平声。

---

① 哗字未收入《广韵》,声韵信息见《集韵》。《集韵·卷三》:"哗:讙也,或從口"。

惇：章纽谆韵，平声。　　敦：端纽灰韵，平声。
邕：影纽钟韵，平声。　　容：以纽钟韵，平声。
琰：以纽琰韵，上声。　　晏：影纽翰韵，去声。

《三国演义》第六十九回"卜周易管辂知机，讨汉贼五臣死节"中，人物姓名使用的是"管辂""金祎""韦晃""耿纪""刘晔""夏侯惇""蔡邕""蔡琰"等，与《华阴老腔剧本选辑》中的人物姓名相同。

剧本的传抄主要依赖口耳相传，所以会根据语音来选择词语，用字就难免出现讹误。大部分人、地名称有不同的同音替代字。而大家比较熟知的人物名字就相对统一一些，如：曹休、徐晃、杨修等。

上例还有一处差异比较特别，剧中曹操在提到三人造反时念白说道：

"……全家押在漳河，尽皆斩首，方遂吾意。"（《华阴老腔剧本选辑》）

"……全家押在张郃营下，尽皆斩首，方遂吾愿。"（《华阴老腔》）

文史委员会《华阴老腔剧本选辑》的剧本中是"押在漳河"，而杨甫勋先生的《华阴老腔》剧本是"押在张郃营下"。然而《华阴老腔》剧本中之后的曹操唱词中，又出现了"血染漳河水浪翻"。前一句"除却反贼把命丧"语义有些模糊，应该是张郃除却反贼，反贼把命丧，反贼血染漳河。按照词典的解释，漳河是水名，山西省东部有清漳、浊漳二河，即漳水有二源。其发源都在山西省，河水都流入河南省。漳河的地理位置应该在山西河南一带，是历史上魏国的统辖地域之内，但不知是否是如今漳河之地。不论真实情况如何，"张郃""漳河"音同，不同剧本用字的差异还是应属于同音替换。

我们在《定军山》剧本两个不同版本中，找出了一些混用"与""于"这两个字的语例：

曹　操：军校，传于大军，一齐随吾，叫徐晃为先锋，早上汉水，于夏侯渊报仇来。	曹　操：（白）军校，传与大军随吾前去，徐晃为先锋，早上汉水，与夏侯渊报仇来。
＊　＊　＊	＊　＊　＊
士　卒：报——主公，曹操领兵四十万，来于夏侯渊报仇，张郃又将粮草移于汉水北	报　：主公，曹操领兵四十万与夏侯渊报仇，张郃又将粮草囤于汉水脚下。

	山脚下。		
	＊　＊　＊		＊　＊　＊
刘　备：	先生不知,这如今曹操领大兵<u>于</u>夏侯渊报仇,张郃又将粮草移于汉水北山脚下,先生这该怎处?	刘　备：	(白)先生,探军报到曹操领兵四十万来与夏侯渊报仇,张郃又将粮草囤积<u>于</u>汉水脚下,却该如何用兵?
	＊　＊　＊		＊　＊　＊
刘　备：	(唱)好个老将黄汉升,还有常山赵子龙。 真乃金梁白玉柱,他<u>于</u>刘备定太平。(下)	刘　备：	(唱)好个老将黄汉升,还有常山赵子龙, 真乃金梁白玉柱,他<u>与</u>孤家定江山。(下)
	＊　＊　＊		＊　＊　＊
曹　操：	呀,此人当年英雄尚在,不可轻敌。只看吾山头红旗打战,指东围东,指西围西,<u>于</u>我围住捉拿。	曹　操：	(白)呀,此人当年英雄尚在,军校,早传吾令,碰上赵云时,不可轻敌,只看吾山头招旗打战,指东围东,指西围西,<u>与</u>我围住。
	——《定军山》《华阴老腔剧本选辑》		——《定军山》《华阴老腔剧本选辑》

可见,"与""于"不分是普遍情况。

第三节　西北皮影戏剧本的主要用字问题

通过对手抄剧本和整理剧本中用字的考察,我们发现,皮影戏剧本的主要用字问题有:

一、异体字较多

在剧本中,或不同的剧本版本间,都出现了大量的异体字。有些异体字是完全异体关系,如庵(菴)、桩(椿)、雕(鵰)、果(菓)等。有些则是局部异体字关系,如本章第一节中提到的"游(遊)",在游玩、邀游等用法上,属于异体关系。从形义关系来看,"游"跟游泳义更符,旅游、游行等用法跟"遊"更符。"遊"大概是为了分化"游"的游玩义而造,但最终并没有完成分化,其功能还是被"游"所归并,故而视作异体关系更好。从文献用例来看,除了在表示游泳、流动这类直接与水有关的用法外,其他时候"遊""游"几乎完全同步。故有学者提出这应该属于局部意义上的异体关系。

不管是手抄剧本还是整理后的剧本,局部异体字出现的频率都较高。如:

谷梁棟:岳父到了。小壻正欲登门拜辞,反蒙过舍。

吴　绶:闻得贤壻上京,特备薄酌,聊申一饯。

——《紫霞宫》《陕西传统剧目汇编·华剧·第一集》

这一小段中"婿"写为"壻"。"婿"在"女儿丈夫、夫婿"这一意义上与"壻"是异体字关系。"壻"字出现的时间更早。《说文解字·卷二·士部》:"壻,夫也。从士胥声。《诗》曰:'女也不爽,士貳其行。'士者,夫也。读与细同。婿,壻或从女。""壻"还有水名之义,与"婿"为局部异体关系。再如弦板腔剧本、环县道情剧本中都常出现"仝"字,"仝"可称姓,也同"同"。又如,"咽"写作"嚥",在指吞食、吞咽之意时,"嚥"同"咽",而"咽"还有"喉咽""阻塞"之意。再如一些剧本中,"嘴"写作"咀","咀"可同"嘴",但"咀"还有"咀嚼"之意。

另外,有时因为异体关系也出现了词义的转移,如"煞"有"极、很"之意,皮影戏剧本中也常见气煞、羞煞、愧煞、想煞等,如:

姜子牙:(哭)叫一声黄飞虎、崇黑虎、文凭、崔英、蒋雄,你们都在哪里,好不想煞我也。

——《渑池关》《华阴老腔剧本选辑》

姜　维：（哭）却不哭煞人来，痛煞人也！我想这哭之无益，不如早上天
　　　　水求救来。

——《天水关》《华阴老腔剧本选辑》

"煞"都是极其、非常之意，做补语。"煞"还同"杀""刹"，和这两字是局部异体关系，一般局部异体字的关系是限制的，"煞"同"杀"，表示杀戮之意时两字可以互换。而在皮影戏剧本中，"杀"也有极其、非常之意，常见"气杀""羞杀"，如：

崇黑虎：原有如此之事，真道令人气杀。待吾起兵前去破敌了！

——《金鸡岭》《陕西传统剧目汇编·阿宫·第一集》

二、别字多、同音替代字多

在前面二节提到的内容中，皮影戏剧本中多处都出现了别字，这些别字多是同音字。又如：

陈碧玉：（上）（唱〔花音慢板〕）

小桶挑来大江浪，父女耕读过时光。

爹爹年迈没绛账，碧玉自小爱田庄。

天阔地大精神爽，浇菜绣花作文章。

——《紫金簪》《陕西省乾县弦板腔剧团剧本》

文中的"绛账"应为"绛帐"。绛：红色。汉代马融学问渊博，常坐在高堂上，设置红纱帐，传授生徒。见《后汉书·卷六十上》："尝坐高堂，施绛纱帐，前授生徒，后列女乐，弟子以次相传，鲜有入其室者。"后世常用绛帐指师长立讲座，传道授业。除了此例，皮影戏剧本中出现"宝帐""军帐"时，"帐"也常写为"账"。

再如，皮影戏剧本中常有"兵扯+地名"的表达，例如"兵扯山海关""兵扯汴梁"等，意为派兵前往某地。然而不少剧本中也出现了"兵撤+地名"的表达，如"兵撤闯城山""兵撤长安"等，其中有的是撤兵之意，如：

李自成：(上)杀得我兵难以取胜，兵撤河北省。

——《白狗卷》《中国皮影戏全集9 剧本4》

而有的就是出征之意，与"兵扯"相同。如：

吴　荣：免，将兵可曾点齐？

吴　彪：齐备多时，单候参参到来传令。

吴　荣：吩咐我军，兵撤长安！

吴　彪：讨令，兵士们，兵撤长安。

——《裙边扫雪》《环县道情皮影改编新创剧目选集》

同音替代字的情况也很多，多出现在人名、地名中，前节已有讨论，此不赘述。

三、受方言影响，出现一些俗字、方言字

戏曲本就有较强的地方性特点，皮影戏剧本中也出现了一些因方言而产生的俗字、方言字等。如关中方言中将指示代词"那"读为"wù"或"wò"，有方言词典写为"兀"，可读阴平，也可读去声。阿宫腔剧本《百宝箱》中出现了很多次"咓"字，用作指示代词"那"，如：

孙　富：嘿嘿，咓是我的碎计，为朋友的，不说咓话。

——《百宝箱》《陕西传统剧目汇编·阿宫·第一集》

"咓"字读作"wài"，读音其实和"wù"或"wò"有差距。有时因为方言语音，剧本用字还会出现误字，如：

苍　蝇：么么！你那都不顶人。

众：你娃胡卖牌(派)啥？你又不叮不蜇，你娃有个啥厉害呢？

——《屎巴牛招亲》《陕西传统剧目汇编·阿宫·第一集》

关中方言中"顶"读作"jīng"，即"顶""惊"是同音字，"顶人"即"惊人"。再如关中方言中，"搀"和"搇"读音相同，在搀扶的义项上，"搀"同"搇"。再如手抄本的《四贤册》：

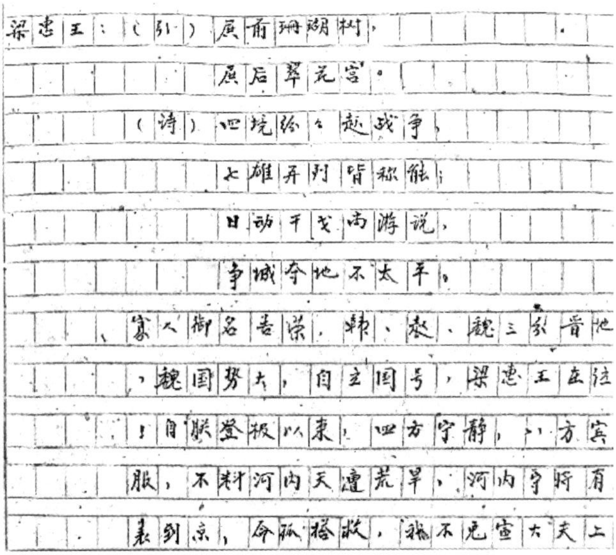
梁惠王：（引）殿前珊瑚树，
殿后翠花宫。
（诗）四境纷纷起战争，
七雄并列皆称能；
日动干戈而游说，
争城夺地不太平。
、寡人御名吉荣，韩、赵、魏三分晋地
，魏国势大，自立国号，梁惠王在位
！自朕登极以来，四方宁静，八方宾
服，不料河内天遭荒旱，河内守将有
表到京，命孤搭救，我不免宣大夫上

图 3　陕西省艺术研究所所藏阿宫腔皮影戏剧本《四贤册》

梁惠王：寡人御名吉荣。韩、赵、魏三分晋地，魏国势大，自立国号，梁惠王在位。自朕登极以来，四方宁静，八方宾服，不料河内天遭荒旱，河内守将有表到京，命孤搭救，我不免宣大夫上殿，与朕分忧。

梁惠王是姬姓，魏氏，名罃（yīng）。“姬罃”写作“吉荣”，一方面是书写简化的原因，一方面也因为关中方言有些地方“罃”“荣”同音。

还有一些方言中的无字词，在剧本中都以同音字的形式记录了下来。如弦板腔剧本《屎巴牛招亲》中，出现了很多方言词：“亲不玲玕”意思是特别好看；“磨愣各水”又作“磨愣割缝”，是合适的意思；“胡卖牌（派）”就是乱显能的意思；“那达”就是哪里；“磁鬼”或“瓷鬼”就是脑子不灵光的人。

四、繁、简字混用

从教学的便利性和流通的经济性来看，减省汉字的笔画是文字发展的趋势。然而文字简化也无法完全脱离文字的传承性和汉字本身的特点。从 20 世纪汉字简化的主要事件中，也可以看出汉字的使用和汉字的规范不断相互影响作用。1935 年 8 月，《第一批简体字表》公布，这是政府第一次大规模推行简化汉字。1956年通过《汉字简化方案》,1964年国务院公布《简化字总表》,1986年10月,国务院宣布废止《第二次汉字简化方案(草案)》后,国家语委经国务院批准重新发布《简化字总表》,并作了个别调整。

皮影戏剧本的汉字使用出现很多繁简字混用的例子,反映出当时用字的真实情况。如:

谷梁栋:岳父到了。小堉正欲登门拜辞,反蒙过舍。

吴　绶:闻得贤堉上京、特备薄酌、聊申一饯。

——《紫霞宫》《陕西传统剧目汇编·华剧·第一集》

这一套剧本汇编的出版时间为1958年10月。"门""闻""贤""饯"都使用了繁体字,而"辞""过""备"使用了已经简化的字。再如:

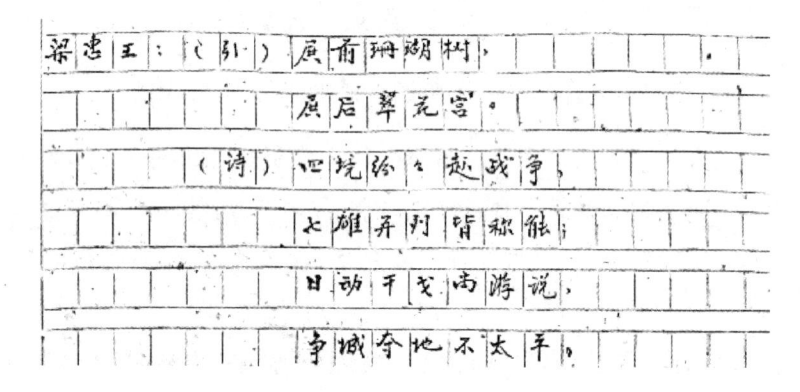

图4　陕西省艺术研究所所藏阿宫腔皮影戏剧本《四贤册》

梁惠王:(引)展前珊瑚树,展后翠花宫。

(诗)四境纷纷起战争,七雄并列皆称能;

日动干戈尚游说,争城夺地不太平。

其中"殿"写作"展","展"是二简字,通行过一段时间又被废止。皮影戏剧本中"舞"写作"午","阎"写作"闫",也是《简化字总表(第二版)》①中的简化字用法。

---

① 中国文字改革委员会.简化字总表(第二版)[M].北京:文字改革出版社出版,1977.

第三章　西北皮影戏剧本词汇研究

词汇是语言的重要要素,对西北皮影戏剧本的词汇进行研究,可以进一步理解皮影戏文化的形成原因及特点,同时对传承非物质文化遗产、丰富西北方言民俗研究等有着积极的意义。这一章,我们将重点研究西北皮影戏剧本中的古语词、俗语、方言词等,探讨皮影戏剧本的用词特点。

第一节　西北皮影戏剧本中的古语词

地方戏作为一种艺术形式,虽然通俗性和乡土性是其主要特点,但地方戏并不是一味从俗媚俗,好的戏曲作品也有一定的文化传承和教化意义,剧本故事及语言俗中有雅,雅蕴于俗,大大提升了戏曲的审美艺术水平。戏曲是说唱相间的表现形式,唱段通常是七言、十言诗歌,且有其押韵规律。剧本语言的典雅性主要体现在众多的念白、唱段中的选词用语之中,具体体现在古语词入戏、成语典故入戏、古诗文入戏等方面。

在皮影戏剧本中,特别是一些传统剧本中,使用了大量的古语词,如：

梁惠王：(唱慢板)梁惠王打坐银安殿,为着此事锁眉尖；

宁大夫上殿拿本谏,河东粟移河内救民之安；

叫常随与孤趱车辇,后宫陆军先对梓童言。(同下)

——《四贤册》《陕西传统剧目汇编·阿宫·第一集》

景帝王：梓童今日为何面带愁容？是了,想是文武大臣难为与你？

——《裙边扫雪》《环县道情皮影改编新创剧目选集》

此两例中"梓童"犹"子童",是皇帝对皇后的称呼。再如：

姜　维：哎,好一诸葛亮！果真前来,杀贼逃走,回见元帅来。

（唱）杀得蜀兵逃了命，紧守城池见元戎。（下）

——《天水关》《华阴老腔剧本选辑》

姜子牙：（上，唱）子牙领兵为元戎。

——《渑池关》《华阴老腔剧本选辑》

杨宗保：（唱）我的父在洪州现为统领，一个人怎伺候两个元戎？

——《破洪州》《华阴老腔剧本选辑》

李　渊：（唱）寡人当殿令世民，忽有元吉来争先。

命他挂了元戎印，兵伐山东立大功。

——《五虎投唐》《华阴老腔剧本选辑》

以上数例中的"元戎"是主将、元帅的意思。《陈书·卷五·本纪第五》："元戎凯旋，群师振旅，旌功策赏，宜有飨宴。"《封神演义·第八回》："这黄飞虎乃是元戎，殷、雷二将乃是麾下，何敢强辩，只得回去不表。"《全元杂剧·醉思乡王粲登楼》："贤士乃簪缨世胄，堪为元戎帅首也。"元戎在古文献中还指大的战车。《广博物志》："元戎车在军前启突敌阵，周所制也。"《诗经·小雅·六月》："元戎十乘，以先启行。"但"战车"这一词义在皮影戏剧本中不常见。

有时在皮影戏剧本中，使用的词语虽然是普通的名词，但其在古典文献中已经形成了相对固定的比喻义，如"鹰鹞"，就是鹰和鹞。鹰鹞泛指猛禽。如《文选·卷第十九》："虎豹豺兕，失气恐喙。雕鹗鹰鹞，飞扬伏窜。"《元史·卷八十九·志第三十九》："掌人匠一万三千有奇，岁办税粮皮货，采捕野物鹰鹞，以供内府。"因是猛禽，就有了英勇之士的比喻义，如《秦王逸史·第一部分》："玄信打马撩斜走，世民不舍紧追跟。好似雕鹏追紫燕，犹如鹰鹞扑鹌鹑。"《西游记·第二十回》："鸟鹊怎与凤凰争？鹁鸽敢和鹰鹞敌？"皮影戏剧本中常用"鹰鹞"形容勇猛的军士，如：

韩　德：（唱）头戴包巾烈火飘，锁子金甲襟罗袍。

护心宝镜似月样，丝鸾宝带紧束腰。

率领人马似鹰鹞，捉拿孔明走一遭。（下）

——《天水关》《华阴老腔剧本选辑》

诸葛亮：（上，唱）设下打虎牢笼计，鹰鹞有翅难飞越。

吾命崔亮劝杨陵,料此贼必有诡计。

——《天水关》《华阴老腔剧本选辑》

黄天化、周纪:(唱)二人催马如鹰鹞,金鸡岭下要会高。(下)

——《金鸡岭》《华阴老腔剧本选辑》

司马懿:(上,唱)摧动人马伐西蜀,要将成都一鼓收。

率兵领将如鹰鹞,管教诸葛自送头。

——《空城计》

自唐传奇起,特别是宋元之后随着民间戏曲俗文学的兴起,词汇也出现了很多新时期的特点,词语形式及词义都有了多样的发展,也产生了一些新词或新义。如"清奇"一词最初是指诗文风格清新奇妙,唐司空图《二十四诗品》有"清奇"一品;也指歌声美妙奇异,如《东京梦华录·卷七》:"歌叫之声,清奇可听。"之后就多形容人物清秀不凡了,如《梼杌闲评·第二回》:"丰姿秀丽,骨骼清奇。"《初刻拍案惊奇·卷二十八》:"忽见一个青衣小童,神貌清奇,冰姿潇洒,拱立在禅床之右。"《封神演义·第八十七回》:"飞廉见三人气宇清奇,就命赐坐。"《今古奇观·第六卷》:"那李白,生得姿容美秀,骨格清奇,有飘然出世之表。"《西游记·第五十一回》:"那小童男,生得相貌清奇,十分精壮。"在皮影戏剧本中,描述人物外貌时,也用到了"清奇",如:

清虚真君:贫道清虚道德真君,身居青峰山紫阳洞,教训一个弟子,名曰黄天化,相貌清奇,后必有贵。

——《四圣归天》《华阴老腔剧本选辑》

皮影戏剧本中使用古语词,使得剧本语言典雅化,在剧本中常见的古语词并不生僻,语义与文化方面都有一定的传承性。

附:皮影戏剧本常用古语词例释

性气

诸葛亮:(唱)好个赵云性气刚,年老七旬气昂昂。

今日领兵强先行,要于吾主保家邦。(下)

——《天水关》《华阴老腔剧本选辑》

赵　云:(唱)自幼生来性气刚,逢故遇将逞豪强。

力除韩德父子丧,魏兵个个胆落慌。(下)

——《天水关》《华阴老腔剧本选辑》

马　遵:(上,诗)平生发胆性气刚,赤心保国镇边疆。
　　　　魏王驾前虎狼将,忠胆义烈定家邦。

——《天水关》《华阴老腔剧本选辑》

典　韦:(上,唱)典韦扳鞍性气刚。
于　禁:(上,唱)于禁飞身上了马。

——《借赵云》《华阴老腔剧本选辑》

刘　备:(唱)三弟性气太刚强,当先破敌去争功。
　　　　急忙吩咐赵云将,随后上阵战一场。(下)

——《借赵云》《华阴老腔剧本选辑》

性气:性情,脾气。在剧本里常常是"性气刚"的组合。自秦汉起,"性气"一词就出现在文献中。《后汉书·列传第四十六》:"蕃性气高明,初到,龚不即召见之。乃留记谢病去。龚怒,使除其录。"《北史·卷九十五·列传第八十三》:"悉拳发垂耳,性气捷劲。居处器物,颇类赤土。"宋《太平广记·卷六十三》:"大历中,有书生班行达者,性气粗疏,诽毁释、道,为学于观西序。"《初刻拍案惊奇·卷三十二》:"只是铁生是个大户人家,又且做人有些性气刚狠,没个因由,不敢轻惹得他。"《西厢记·第二折》:"小姐年纪小,性气刚。"

惧怯

曹　操:哎,孟德观见赵云持枪勒马,全无惧色,又见营门大开,孔明必有诡计,我心中惧怯,不敢前进。左右,急速退兵。

——《定军山》《华阴老腔剧本选辑》

程　武:驸马,赵云有勇无谋之辈,何惧怯也?来日将人马入峪,山峪左右埋伏人马,驸马领军讨战,赵云若入牢笼,伏兵四起,俱可擒之。

——《天水关》《华阴老腔剧本选辑》

虢　公:孤家虢公是也。戎人动兵前来,众将开关迎敌!(番兵对杀番将败介、里克上)

里　　克：戎将莫要惧怯,大司马兵到了!

　　　　　　——《百里奚拜相》《陕西传统剧目汇编·华剧·第七集》

惧怯:恐惧,害怕,胆怯。《金史·列传第六十四》:"章宗召见,问:'汝入宫殿中,亦惧怯否?'对曰:'君臣,父子也。子宁惧父耶?'"《东周列国志·第八十二回》:"王子姑曹挺身独战二将,全无惧怯。"《三国演义·第九十回》:"蛮兵望见蜀兵远退,皆大笑作贺,只疑蜀兵惧怯而退,因此夜间安心稳睡,不去哨探。"《水浒传·第六十七回》:"贼兵今日输了两将,必然惧怯,乘虚正好劫寨。"

纳降

魔礼青:好一姜尚,姬发父子西岐作乱,你等焉敢助恶反叛朝廷。吾今
　　　　奉旨西征,若能束手纳降,还则罢了,若待迟延,悔之何及?

　　　　　　——《四圣归天》《华阴老腔剧本选辑》

赵　　云:(上,唱)听军报罢怒气生,可恨小贼发来兵。
　　　　　来至阵前高声骂,魏贼个个早纳降。

　　　　　　——《天水关》《华阴老腔剧本选辑》

纳降:投降,接受投降。《后汉书·列传第六十一》:"今海内一统,唯黄巾造寇,纳降无以劝善,讨之足以惩恶。"《晋书·列传第四十六》:"斩首千余级,纳降二千人。"文天祥《〈指南录〉自序》:"城中诸将官,纷纷自往纳降。"《东周列国志·第三十四回》:"尔君已被我拘执在此,生杀在我手。早早献土纳降,保全汝君性命。"《三国演义·第一百六回》:"公孙渊父子,只得下马纳降。"《杨家将传·第四十回》:"总管有命,请列位大臣明日商议纳降文书,并不得持寸刃相见。"

收伏

诸葛亮:关兴、张苞听令。你二人各带本部人马,安定要路两边埋伏,
　　　　等崔亮约行五里前后截杀。他必然去上天水,吾同马岱自来
　　　　收伏。

　　　　　　——《天水关》《华阴老腔剧本选辑》

杨　　戬:玉泉山金霞洞来的。奉师父之命,前来收伏魔家四将。

　　　　　　——《四圣归天》《华阴老腔剧本选辑》

收伏:降伏、制伏。《三国演义·第八十七回》:"南蛮之地,离国甚远,人

多不习王化,收伏甚难。"《西游记·第六回》:"故调十万天兵,天罗地网收伏。"

收伏,也写作"收服":

  清虚真君:今命你下山收服魔家四将,但你万万不可忘本,必尊道德。今去可与你父相会,不可有误。切记!

          ——《四圣归天》《华阴老腔剧本选辑》

文卷

  诸葛亮:呀,也不要你立文约,也不要你写文卷,只要你应承一声。

          ——《天水关》《华阴老腔剧本选辑》

文卷:公文案卷。《宋史·志第一百一十六》:"兼领贡院,掌受诸州解发进士诸科名籍及其家保状、文卷,考验户籍、举数、年齿而藏之。"《梼杌闲评·第一回》:"门子捧过文卷,乃是黄河图、淮河图、盱眙等志。"《水浒传·第二十回》:"分付贴书后司张文远,将此文书,立成文案,行下各乡各保,自理会文卷。"

皮影戏剧本中,泛指文书、文章。

信炮

  姜　维:(诗)忽听得信炮连天,见蜀兵围我如山。
     伯约放下破天胆,叫贼目下丧黄泉。

          ——《天水关》《华阴老腔剧本选辑》

  多振威:(上,诗)威威烈烈坐教场,将士纷纷站两旁。
     军中信炮三声响,安邦定国扫八方。

          ——《打回羌白》《华阴老腔剧本选辑》

  李世民:(诗)奉旨领兵坐教场,对对武士列两旁。
     军中信炮三声响,安邦定国二秦王。

          ——《五虎投唐》《华阴老腔剧本选辑》

信炮:军队中作为接应信号所放的炮。在元代之前的文献中,此词很少出现。元明清小说中,多出现"信炮"一词,有时指武器,有时指军事行动的信号。《全元曲杂剧·关云长千里独行》:"等张飞来入的营中,俺这里一声信炮响,四下里伏兵,尽举围上采,那其间方可拿得张飞。"《封神演义·第三回》:"急令众将上城,支起弓弩,架起信炮、灰瓶、滚木之类,一应完全。"《三国演义·第一百一回》:"忽然魏军中信炮连声,三军大惊,又不知何处兵来。"

得脱、走脱

赵　云:(杀介)好杀也! 你看他兵势甚重,将我围住,从辰至午不能得脱,吾今人困马乏,不免下马休息片刻,抖擞精神,杀条血径,好来逃走。

——《天水关》《华阴老腔剧本选辑》

得脱:谓得以脱身。先秦文献中《楚辞章句·卷九》:"幸而得脱,其外旷宇些。"《史记·齐悼惠王世家》:"齐王惧不得脱,乃用其内史勋计,献城阳郡。"《晋书·列传第十三》:"澄争得脱,逾窗而走。"《三国志·魏书·王毋丘诸葛邓钟传》:"凌及兄晨,时年皆少,逾城得脱,亡命归乡里。"《宋史·列传第七十二》:"澶渊之役,苟从诸将言,北兵无得脱者。"《东周列国志·第二十六回》:"臣复去周,得脱子颓之祸。"《初刻拍案惊奇·卷之二》:"我身既得脱,仇亦可雪。"

脱身逃走之意还可以用"脱走",《后汉书·列传第六十》:"后事泄,国相以下,密就掩捕,俭得脱走,遂并收褒、融送狱。"《明史·列传第一百五十六》:"四年四月,文诏克其城。嘉胤脱走,转掠至阳城南山。"《三国演义·第九十二回》:"赵云从辰时杀至酉时,不得脱走。"《水浒传·第六回》:"且说高衙内自从那日在陆虞候家楼上吃了那惊,跳墙脱走。"

元明清小说中,也多用"走脱"。《东周列国志·第五十六回》:"乃以辔授齐侯,齐侯登车走脱。"《水浒传·第一百零九回》:"降者三万人。除那逃走脱的,其余都是十死九活,七损八伤。"《西游记·第七十三回》:"那七个蜘蛛精跑出来吐放丝绳,将我捆住,是我使法力走脱。"皮影戏剧本中也有用"走脱":

苗　泽:啊! 也不知走得脱也,走不脱?

——《西凉遇马超》(渭南市人民政府网站文化频道——华阴老腔剧本)

番　将:哈,是我一步来迟,官兵上了达尔山,小靶子!

(应)四山围定,莫叫走脱一人了。

——《地风剑》《环县道情皮影改编新创剧目选集(第二辑)》

白　达:走脱了一个女子,料尔成不了什么大事,那个猎户小子,急出海捕批文四处查找。来呀! (应)回朝交旨。

——《地风剑》《环县道情皮影改编新创剧目选集(第二辑)》

高继能：传下：四面围定,休教走脱一人！（杀,高继能使袋,崇黑虎使鹰,黄飞虎杀高继能死,孔宣上）

——《金鸡岭》《陕西传统剧目汇编·阿宫·第一集》

金鼓

太史慈：只为慈母常蒙明公周济,某自辽东归来,闻得金鼓之声,奉母之命,特来报明公之恩。

——《借赵云》《华阴老腔剧本选辑》

金鼓：泛指金属制乐器和鼓。古时作战壮声势的器具。击鼓则表示进军,鸣金则示意收兵。《春秋左传·僖公》："三军以利用也。金鼓以声气也。"《晋书·志第十一》："是冬,阅兵,魏王亲执金鼓以令进退。"《三国志·卷三十六》："（夏侯）渊众甚精,（黄）忠推锋必进,劝率士卒,金鼓振天,欢声动谷,一战斩渊,渊军大败。"《朱子语类·卷第五十二》："又如言不畏三军者,出门闻金鼓之声,乃震怖而死。"《东周列国志·第八十八回》："只闻得金鼓乱鸣,四下呐喊,竖的旗上,俱有军师'孙'字。"《封神演义·第七十四回》："周兵呐一声喊,杀进城中来,金鼓大作,天翻地覆,城中大乱,百姓只顾逃生。"《水浒传·第七十七回》："四下里金鼓乱响,正不知何处军来。"金鼓也用来指战事。

独夫

姜子牙：（唱）纣王无道败纲常,宠信妲己害忠良。

独夫遗臭枉为君,生灵涂炭实可伤。

可怜三十六世子,尽遭魔手丧无常。

——《四圣归天》《华阴老腔剧本选辑》

独夫：指无道之君,也引申为暴虐无道的君主。《荀子·议兵篇第十五》："汤武之诛桀纣也,拱挹指麾,而强暴之国莫不趋使,诛桀纣若诛独夫。故泰誓曰:'独夫纣。'此之谓也。"《梁书·卷一·本纪第一》："独夫扰乱天常,毁弃君德,奸回淫纵,岁月滋甚。"《宋史·卷四百四十一·列传第二百》："桀、纣怀凶德以害世,而民谓之独夫。"《三国演义·第三十回》："逆耳忠言反见仇,独夫袁绍少机谋。乌巢粮尽根基拔,犹欲区区守冀州。"

无道

玉鼎真人：（唱）纣王暴虐害忠臣,众仙齐伐无道君。

甲子年间洪福尽,该数西周一统君。(下)

——《四圣归天》《华阴老腔剧本选辑》

众　：我把你**无道**的昏皇,把这昏皇与我杀了!剐了!

——《九华山》《环县道情皮影改编新创剧目选集(第二辑)》

无道:不行正道,做坏事,多指暴君或权贵者的恶行。《晏子春秋·第三卷·内篇问上第三》:"士逢有道之君,则顺其令;逢无道之君,则争其不义。"《晋书·卷四十六·列传第十六》:"周之封建,使国重于君,公侯之身轻于社稷,故无道之君不免诛放。"《旧唐书·列传第一》:"故有道之君,以逸逸人;无道之君,以乐乐身。"《东周列国志·第六十九回》:"孰与事无道之君,敛万民之怨乎?"

目下

周武王:武王听言大喜。请问相父何日起兵?

姜子牙:卜就黄道吉日,<u>目下</u>便可起兵。

——《金鸡岭》《华阴老腔剧本选辑》

姜子牙:啊,真乃好道术也!<u>目下</u>,魔家弟兄,何以破之?

——《四圣归天》《华阴老腔剧本选辑》

众英雄:既然如此,挂出调将牌,<u>目下</u>起兵。

——《罗通扫北》《华阴老腔剧本选辑》

李倩倩:哥哥面上有些晦气、后来虽有大贵、<u>目下</u>还有不吉利处、倒是不去还好。

——《玉燕钗》《陕西传统剧目汇编·华剧·第一集》

张崇简:不远。

(唱)<u>目下</u>寓居扬子江。上下至苏杭。

千层浪里列战场。料无人阻挡。

——《蝴蝶媒》《陕西传统剧目汇编·华剧·第一集》

百里奚:(上引)勿美胸中富,难堪<u>目下</u>贫;(坐)

——《百里奚拜相》《陕西传统剧目汇编·华剧·第七集》

目下:眼下,现今、现在。《晋书·列传第十六》:"故虑经后世者,必精目下之政,政安遗业,使数世赖之。"《初刻拍案惊奇·卷二十二》:"若不是你归来,我性命只在目下了。"《三国演义·第五十一回》:"瑜曰:'刘备屯兵油江,必有取南郡之意。我等费了许多军马,用了许多钱粮,目下南郡反手可得……'"《二刻拍案惊奇·卷十一》:"秀才一表非俗,目下偶困,决不是落后之人。"《警世通言·第三十一卷》:"你目下虽如此说,怕日后挣得好时,又要寻良家正配,可不枉了我一片心机?"

厚交

崔　亮:丞相,此乃杨府土地,太守杨陵与我同郡,实有厚交。

——《天水关》《华阴老腔剧本选辑》

厚交:深厚的交情。《史记·淮阴侯列传》:"今足下虽自以与汉王为厚交,为之尽力用兵,终为之所禽矣。"《艺文类聚·卷二十五》:"秦知王以己之故归燕地,必德王,燕无故得十城,燕亦德王,是王弃强仇而立身厚交也,齐王大悦,乃归燕城。"《东周列国志·第九十八回》:"信陵君招贤纳士,天下亡命者皆归之,又且平原君之厚交,必然相庇。"

逞雄

赵　云:(上,唱)子龙马上怒气生,可恨小贼太逞雄。

一时误中你的计,今想得生万不能。(下)

——《天水关》《华阴老腔剧本选辑》

逞雄:显示自己雄壮有力。《二刻拍案惊奇·卷四十》:"俺呵一班儿弟兄逞雄,脱离省祸丛。"《明珠缘·第三十回》:"万事转头空。何似人生一梦中。蚁附蝇趋终是幻。匆匆。枉向人前独逞雄。"《西游记·第十九回》:"那时酒醉意昏沉,东倒西歪乱撒泼。逞雄撞入广寒宫,风流仙子来相接。"

另外,文献中也有使用"逞威""逞英豪"等的语料。《明史·列传第一百二十四》:"非欲其结党逞威,挟制百僚,排斥端人正士也。"《水浒传·第十二回》:"杨志逞威,拈手中神枪,来迎索超。"《封神演义·第八十一回》:"两阵上旗幡齐磨,四对将各逞英豪。"《西游记·第十七回》:"自小神通手段高,随风变化逞英豪。"皮影戏剧本中也有例子:

罗延庆:(唱)大蟒喷毒雾逞威,枪刺儿前心两肋。

——《小商河》《华阴老腔剧本选辑》

杨再兴:(诗)平贼灭寇把国保,万马军中逞英豪。

英雄放下破天胆,赶尽杀绝气方消。(下)

——《小商河》《华阴老腔剧本选辑》

诛戮

赵　云:吾乃常山赵子龙。尔等中吾计策,早献城池,免遭<u>诛戮</u>。

——《天水关》《华阴老腔剧本选辑》

诛戮:杀戮。《全汉文·卷四十五》:"诛戮佞邪之臣及左右执左道以事上者,以塞天下之望。"《抱朴子内篇·卷六》:"害人之身,取人之位,侵克贤者,诛戮降伏。"《南齐书·卷五一·列传第三十二》:"帝既诛戮将相,旧臣皆尽,慧景自以年宿位重,转不自安。"《旧唐书·列传第一百三十六》:"大周革命,万物惟新,唐朝旧臣,甘从诛戮。反是实。"《东周列国志·第八十二回》:"草野匹夫,妖言肆毁,合加诛戮!"《封神演义·第七十三回》:"末将胡升一向有意归周,奈吾弟不识天时,以遭诛戮。"《警世通言·第十二卷》:"后因大军来讨,攻破城池,贼之宗族,尽皆诛戮。"

伤情

姜子牙:(唱)斜门外道伤众生,不由子牙好<u>伤情</u>。
　　　　我兵屡战不能胜,但等数日再交锋。(下)

——《四圣归天》《华阴老腔剧本选辑》

诸葛亮:(上,唱)昨日沔阳拜坟茔,思想孟起好<u>伤情</u>。
　　　　马超当年英杰俊,渭水打战有声名。

——《天水关》《华阴老腔剧本选辑》

佘太君:(唱)我老爷李陵碑前把命终,为国捐躯好<u>伤情</u>,
　　　　单丢六郎杨延景,被贼困在洪州城。

——《破洪州》《华阴老腔剧本选辑》

伍尚志:(唱)那日晚与公主洞房初逢,不料她扯佩刀甚是<u>伤情</u>。
　　　　她言道不姓杨姚门烈女,若成亲除非见表兄岳飞。

——《小商河》《华阴老腔剧本选辑》

马　岱:(唱)走一里来爬一里,放声哭泣奔西凉。
　　　　一路苦愁受不尽,我似孤雁好<u>伤情</u>。

——《西凉遇马超》(渭南市人民政府网站文化频道——华阴老腔剧本)

伤情：伤怀、伤心。《文心雕龙·辨骚第五》："故《骚经》《九章》，朗丽以哀志；《九歌》《九辩》，绮靡以伤情。"汉代班彪《北征赋》："日晻晻其将暮兮，睹牛羊之下来。寤旷怨之伤情兮，哀诗人之叹时。"《梁书·卷二十七·列传第二十一》："咨余生之荏苒，迫岁暮而伤情。"唐代元稹《寄乐天》诗："闲夜思君坐到明，追寻往事倍伤情。"宋代柳永《仙吕宫·笛家弄》："遣离人、对嘉景，触目伤情，尽成感旧。"《二刻拍案惊奇·卷六》："可怜金生在床上一丝两气，转动不得。翠翠见了十分伤情。"《水浒传·第一百十回》："宋江吟诗罢，不觉自己心中凄惨，睹物伤情。"

起解

诸葛亮：吾命王平去到天水城下，幸喜皆遇。吾想冀县军粮必乏。左右，听吾吩咐，你们搬运粮草<u>起解</u>，魏延在中，姜维必然出城劫粮。

——《天水关》《华阴老腔剧本选辑》

起解：押送罪犯或货物上路。《梼杌闲评·第二十五回》："你拿的刘鸿儒在那里？胆敢得钱买放，今各上司立等要人，你们速去拿来起解。"《封神演义·第三十三》："且送下囹圄监候，俟余党尽获起解。"《明珠缘·第三十九回》："他们还装模做样的，竟俨然以钦差上司自居，要运司府县行属官礼，讨册籍，要将这几项钱粮即日起解。"《水浒传·第十四回》："目今朝内蔡太师是六月十五日生辰，他的女婿是北京大名府梁中书，即日起解十万贯金珠宝贝与他丈人庆生辰。"

贼目

姜　维：(诗)忽听得信炮连天，见蜀兵围我如山。

伯约放下破天胆，叫<u>贼目</u>下丧黄泉。

——《天水关》《华阴老腔剧本选辑》

贼目：贼人的头目。《宋史·列传第二百一十二》："贼目为'项鹞子'，闻其钲则相率遁去。"《明史·列传第一百五十五》："八月朔夜半，袭贼范家滩，斩一红甲贼目。檄诸将合剿。"

玉柱、金梁

姜子牙：(唱)观杨戬超群出类，一定能剿灭敌人。

他是擎天白玉柱,周朝驾海紫金梁。

——《四圣归天》《华阴老腔剧本选辑》

刘　备：(唱)好个老将黄汉升,还有常山赵子龙。

真乃金梁白玉柱,他于刘备定太平。(下)

——《定军山》《华阴老腔剧本选辑》

擎天玉柱、架海金梁：支撑天空的玉柱、架在海上的金桥,比喻能够身肩重任的栋梁之材。《金元曲·刘玄德醉走黄鹤楼》："想周瑜破了百万曹兵,他正是擎天玉柱,架海金梁,他有甚歹意。"《岳飞精忠·第四折》："四个将军,乃擎天玉柱,架海金梁,永安社稷,威镇边疆。"《西游记·第三十回》："一个是擎天玉柱,一个是架海金梁。银龙飞舞,黄鬼翻腾。"

龙阙

宋　王：宫人,站车。

(唱花音慢板)王元达征海贼不见回报,思想起叫寡人暗把心操。

将身儿,坐龙阙,只见宫人前来报。

——《九华山》《环县道情皮影改编新创剧目选集(第二辑)》

龙阙：帝王的宫阙。岑参《送韦侍御先归京》诗："闻欲朝龙阙,应须拂豸冠。"韦庄《和集贤侯学士分司丁侍御秋日雨霁之作》："洛岸秋晴夕照长,凤楼龙阙倚清光。玉泉山净云初散,金谷树多风正凉。"朱敦儒《望海潮》："银汉诏虹,瑶台赐碧,一新瑞气祥烟。重到帝居前。怪鹊桥龙阙,飞下人间。父老欢呼,翠华来也太平年。"

丹墀

王元达：(念)耳听金钟三声响。

司马恭：(念)文臣武将叩丹墀。

——《九华山》《环县道情皮影改编新创剧目选集(第二辑)》

范思增：(引)醉时卧白雪。梦里到丹墀。父台在上,生员打恭。

——《紫霞宫》《陕西传统剧目汇编·华剧·第一集》

丹墀：指宫殿的赤色台阶或赤色地面。《汉书·卷九十七下》："俯视兮丹墀,思君兮履綦。"《南齐书·卷四十七·列传第二十八》："臣自奉望宫阙,沐浴恩私,拔迹庸虚,参名盛列,缨剑紫复,趋步丹墀,岁时归来,夸荣邑里。"《宋书·卷三十九·志第二十九》:"殿以胡粉涂壁,画古贤烈士。以丹硃色地,谓之丹墀。"李嘉祐《送王端赴朝》诗:"君承明主意,日日上丹墀。"《辽史·卷五十三·志第二十二》:"毕,揖进士第一名以下丹墀内面殿鞠躬,通名,四拜。"《东周列国志·第六十二回》:"偃随之行,至一大殿宇,上有王者冕旒端坐,使者命偃跪于丹墀之下。"《封神演义·第四回》:"苏护身服犯官之服,不敢冠冕衣裳,来至丹墀之下俯伏"。

晏架(驾)

  王 义:哎呀,你听。昔日有一君主,所生二位殿下,一名伯夷,一名叔齐。只因君王身染重疾在床,将他弟兄唤在殿前再三叮咛,日后父王<u>晏架</u>,国家江山你弟兄二人让位而坐。

           ——《白狗卷》《中国皮影戏全集9剧本4》

剧本中"晏架",应为"晏驾",指车驾晚出,古代称帝王死亡的讳辞。《旧唐书·志第五》:"不在迁藏之例,臣窃未谕也。昔者高宗晏驾,中宗奉遗诏,自储副而陟元后。"史书文献中也常用"宫车晏驾"喻指皇帝死亡。《史记·卷一百七》:"上未有太子,大王最贤,高祖孙,即宫车晏驾,非大王立当谁哉!"北魏郦道元《水经注·卷五》:"明年,宫车晏驾,征解渎侯为汉嗣,是为灵帝。"《宋书·卷十三·志第三》:"故须明年改元,因此改历。未及施用,而宫车晏驾也。"

皮影戏剧本中,还常常用"驾"指帝王。驾为古代车乘的总称,亦特指帝王的车,故而转指帝王,如:

  张 奎:本帅张奎是也。纣王<u>驾</u>前为臣,奉旨出征,镇守渑池关。

           ——《渑池关》《华阴老腔剧本选辑》

  众:(内应)上朝。(众拜王依次落座)万岁龙体<u>驾</u>安。

           ——《九华山》《中国皮影戏全集9剧本4》

  刘 冲:(上)海南王刘冲。接到费相爷密信,约我起兵,於中秋节攻打汴梁,助他杀<u>驾</u>夺位,事成后与我平分江山。

           ——《九华山》《中国皮影戏全集9剧本4》

  刘 英:下官刘英。嘉庆王<u>驾</u>前称臣,官拜吏部侍郎之职。今是吾王大朝之日,不免上殿见驾一回。外班!

——《地风剑》《环县道情皮影改编新创剧目选集(第二辑)》

大坐

张金孝:母亲讲哪里话,自古常言讲的确好:人挪一步活,草挪一步死。我夫妻逃难,抛母在家天理何容!母亲不愿前去,<u>大坐</u>草堂听儿道来。

——《白狗卷》《中国皮影戏全集9 剧本4》

大坐:盘腿正坐。《宋书·卷四十二·列传第二》:"太尉江夏王义恭当朝,锡箕踞大坐,殆无推敬。"李贺《赠陈商》:"公卿纵不怜,宁能锁吾口。李生师太华,大坐看白昼。"《红楼梦·第六回》:"锁子锦的靠背和一个引枕,铺着金线闪的大坐褥,旁边有银唾盒。"《儿女英雄传·第三十回》:"便从椅子旁边拐拦上迈过去,站在椅子上,盘腿大坐下来。"

败走

哪 吒:张奎<u>败走</u>,回禀丞相来。

(唱)小小哪吒神通广,杀的张奎难躲藏。

任你使尽暗里箭,难防哪吒手中枪。

——《渑池关》《华阴老腔剧本选辑》

赵 云:好一夏侯楙,昨日<u>败走</u>,焉敢又来?

——《天水关》《华阴老腔剧本选辑》

王元达:可喜,一战贼寇<u>败走</u>,来呀!(应)进城安民赏军,主上报捷。

——《九华山》《环县道情皮影改编新创剧目选集(第二辑)》

李双喜:领了爹爹将令下山迎敌。来,杀下山去。(下又上)

可喜一战红天祥<u>败走</u>,丢下粮响。众将们掳了他兵粮草,收兵上山。

——《白狗卷》《中国皮影戏全集9 剧本4》

李 俊:可喜,一战番犬<u>败走</u>,去见元帅。(下)

——《地风剑》《环县道情皮影改编新创剧目选集(第二辑)》

败走:战败逃跑。《春秋左传正义·卷二十三》:"桓子不知所为,鼓于军中曰'先济者有赏!'中军、下军争舟,舟中之指可掬也。"杜预正义:"晋之三军,上军在左,中军在中,下军在右。言晋之中军、下军败走,在上军之右者皆移,唯上军未动。"《史记·项羽本纪》:"秦嘉军败走,追之至胡陵。"《宋史·岳飞传》:"飞单骑持丈八铁枪,刺杀黑风大王,敌众败走。"

黉门

> 杜　荣:这是王忠,你身在<u>黉门</u>,日听王法,夜读五经,何事不知,何理不懂。宋百良告你劫盗家财,拐骗妻母。此事是你读书人做的吗?
>
> ——《白狗卷》《中国皮影戏全集9剧本4》

> 谷梁栋:小生复姓谷梁名栋、字隆吉、山东新城縣人氏。年方弱冠、娶妻吴氏晚霞、琴瑟和好。先君<u>黉門</u>凤彦、早赴玉楼。
>
> ——《紫霞宫》《陕西传统剧目汇编·华剧·第一集》

黉:古代的学校。《后汉书·卷七十六》:"农事既毕,乃令弟子群居,还就黉学。"黉门:学宫之门,借指学宫,学校。《全唐文·第三部·卷二百八十一》:"或执戟丹墀,策名戎秩;或曳裾庠序,高步黉门。"《官场现形记·第一回》:"教他儿子攻书,到他孙子,忽然得中一名黉门秀士。"《镜花缘·第二七回》:"况令郎身入黉门,目前虽以舌耕为业,若九公刻了此方,焉知令郎不联捷直上?"黉门客指秀才,读书人。明代汤显祖《牡丹亭·榜下》:"黄门旧是黉门客,蓝袍新作紫袍仙。"

六料

> 张金孝:母亲那知。只因本郡天遭荒旱三载<u>六料</u>没收,饿死黎民大半。孩儿心想奔上远方逃荒躲难,不知母亲心意如何?
>
> ——《白狗卷》《中国皮影戏全集9剧本4》

> 宋百良:我小子中州人氏,姓宋名百良的便是。只因本郡天遭荒旱,三载<u>六料</u>未收,饿死百民千万。
>
> ——《白狗卷》《中国皮影戏全集9剧本4》

六料即六谷。一说为稻、黍、稷、粱、麦、瓜(菰米)。《初刻拍案惊奇·卷三十三》:"不想遇着荒歉之岁,六料不收,上司发下明文,着居民分房减口,往他乡外府趁熟。"

恓惶

> 杨蕊莲:(唱伤者慢板)老爹爹年纪迈怎把仗打。征番贼数月余不见

回家。

恓惶泪掉坐府下。(切)

奴乃杨蕊莲。西地番王作乱,爹爹奉旨领兵征剿,去了数月,不见回报。一言未罢,只见院子来也。

——《地风剑》《环县道情皮影改编新创剧目选集(第二辑)》

恓惶:悲伤、忧戚、烦恼不安。古文献中常见,如《旧唐书·列传三十六》:"天下之人,闻者为臣流涕。况陛下慈念,岂不愍臣恓惶?"韦应物《简卢陟》诗:"恓惶戎旅下,蹉跎淮海滨。"《喻世明言·第三十三卷》:"把一条杖儿在手中,一路上打将这女孩儿去。好恓惶人!令人不忍见。"

恓惶虽是古语词,但仍存在于关中方言中,如关中俗语有"不听老人之言,必落恓惶之泪"[①]。秦腔剧本中表达愁苦郁闷之意多用"恓惶"一词。

"恓惶"又作"凄惶""悽惶",如:

高元贵:(接唱〔正板〕)见夫人问得我舌结口哑,手捶胸只怪我把事做差。

叫夫人你不必凄惶泪洒,

——《紫金簪》《陕西省乾县弦板腔剧团剧本》

杨　虎:(唱)见夫人她哭得凄惶泪悼,我心中好一似扎上钢刀。

——《马霄篡位》《陕西传统剧目汇编·弦板·第三集》

方文贵:我的好汉兄弟呀!

方文珍:哥哥,再莫要悽惶,对弟讲来。

——《四贤册》《陕西传统剧目汇编·阿宫·第一集》

海捕

白　达:走脱了一个女子,料尔成不了什么大事,那个猎户小子,急出海捕批文四处查找。来呀!(应)回朝交旨。

——《地风剑》《环县道情皮影改编新创剧目选集(第二辑)》

海捕:旧时对于逃亡或者藏匿的人犯,用文书通行各地进行缉捕。《水浒传·第三十一回》:"已自家中无事。只要缉捕正身。因此已动了个海捕文书,

---

① 景尔强.关中方言词语汇释[M].西安:陕西人民出版社,2000:333.

各处追获。"《红楼梦·第四回》："因发签差公人立刻将凶犯族中人拿来拷问,令他们实供藏在何处,一面再动海捕文书。"

韬略

　　李　绶：(唱)到北番出奇兵逆贼早破。保封疆安万民永息干戈。
　　　　　　既与那臣子分问心得过。也显儿是英雄素习<u>韬略</u>。
　　　　　　　　　　——《火炎驹》《陕西传统剧目汇编·华剧·第一集》
　　曹　操：(唱)兵到南郑便发旗,贤才<u>韬略</u>多武艺。
　　　　　　那年恢复中原地,要在凌烟把名题。(下)
　　　　　　　　　　——《定军山》《华阴老腔剧本选辑》
　　瓜天龙：(上,诗)男儿立志在疆场,胸怀<u>韬略</u>锁边疆。
　　　　　　凌烟阁上表名姓,八方声名万古扬。
　　　　　　　　　　——《杨公圣挂帅》《华阴老腔剧本选辑》

韬略：原指《六韬》《三略》等古代的兵书,后引申为用兵的计谋。《旧唐书·列传第六十六》："赵王係幼禀异操,夙怀韬略,负东平之文学,蕴任城之智勇。"《明史·列传第二百十》："论文有孔、孟道德之文章,论武有孙、吴韬略之兵法。"《喻世明言·第二十二卷》："乃自荐素谙韬略,愿往淮扬招兵破贼,为天子保障东南。"《三国演义·第三十七回》："闻令兄卧龙先生熟谙韬略,日看兵书,可得闻乎?"

细作

　　曹秀生：(唱)这一箭将人胆驚破。却怎么半路遇荆軻。
　　　　　　当陽縣何人敢刺我。恐怕邪教有<u>细作</u>。
　　　　　　拏来定要將皮剝。
　　　　　　　　　　——《香莲配》《陕西传统剧目汇编·华剧·第一集》
　　吴绛仙：这等事、世上无知之人、要说是玄事、假事、我老爷科甲出身、博物君子、必然是信的。当日秦晉交兵之日、晉國捉住秦國一个<u>细作</u>、杀到绛州市上、到第六日、却又活来了。这是鲁宣公八年之事。
　　　　　　　　　　——《十王庙》《陕西传统剧目汇编·华剧·第一集》

龙象乾：左右、四门紧守、严防贼人细作。若还拏住、即便见我。

——《万福莲》《陕西传统剧目汇编·华剧·第一集》

细作：暗探、间谍。《左传·宣公八年》："夏，会晋伐秦。晋人获秦谍，杀诸绛市，六日而苏。"《春秋左传正义·卷二十二》："谍，徒协反，间也，今谓之细作。"唐代白居易《请罢兵第二状》："臣伏闻回鹘、吐蕃皆有细作，中国之事，小大尽知。"明代汤显祖《牡丹亭》："你是个细作，不可轻饶。"《三国演义·第三十二回》："谭大怒，立斩逢纪，议欲降曹。早有细作密报袁尚。"

杀坏

士　卒：报爷，将杨戬杀坏，老爷的赤炎驹头首落地。

张　奎：气煞吾也！

——《渑池关》《华阴老腔剧本选辑》

士　卒：禀爷，我们琅琊郡搬取家眷，路过徐州，被陶谦杀坏。

曹　操：（哭）不，不，不好了，难见的爹娘呀——

——《借赵云》《华阴老腔剧本选辑》

張崇簡：（唱）速解缆绳整船索。莫待湖水落。

　　　　杀坏奸官救嫦娥。心中好快活。

——《蝴蝶媒》《陕西传统剧目汇编·华剧·第一集》

王　良：老爷説什么。

黄　璋：我命你去杀芸香、为何将刘得杀坏。

——《火炎驹》《陕西传统剧目汇编·华剧·第一集》

范質素：万一不遇，况我家院子被贼杀坏、我乃女流之辈、岂能在此居住。

——《清素菴》《陕西传统剧目汇编·华剧·第一集》

夏昌时：哎呀，父台！若是高府丫头被人杀坏，必与李善甫有关。

——《紫金簪》《陕西省乾县弦板腔剧团剧本》

杀坏：杀死之意，近代词。元代李寿卿《伍员吹箫·第一折》："（楚平公）将伍奢并家属尽皆拏来杀坏了。"《水浒传·第六十二回》："若将这两个一时杀坏，诚恐寇兵临城，一者无兵解，二者朝廷见怪，三乃百姓惊慌，城中扰乱，深为未便。"《荡寇志·第一百四回》："杀散官兵，下城夺门，文武各官均被刺死，杀坏兵民不计其数。"

旗门

姜　维：吾今故来等你，交手便见高低。
赵　云：列开旗门！
　　　　（唱）白龙马走如飞压赛蛟龙。
　　　　　　　　　　　　——《天水关》《华阴老腔剧本选辑》
姜子牙：闪开旗门，唤二人来见。
辛　　：得令！（下，伯夷、叔齐上）
　　　　　　　　——《金鸡岭》《陕西传统剧目汇编·阿宫·第一集》
赵生春：与爷列开旗门，唤进前来。
侍　从：这一汉子大人唤你前去。
　　　　　　　　　——《白狗卷》《中国皮影戏全集9剧本4》
中　军：禀帅爷，有一内亲要见。
吴　荣：列开旗门。
　　　　　　——《裙边扫雪》《环县道情皮影改编新创剧目选集》

旗门：古代军队临时驻地树立旗帜表示的营门，也可以指行进中的仪仗队伍的旗帜。《康熙侠义传·第一二九回》："与百胜将朱瑞合兵一处，来到两军阵前，列开旗门，扎住队伍。"《水浒传·第八十八回》："次后大队盖地来时，前军尽是纛旗，一代有七座旗门，每门有千匹马，各有一员大将。"《封神演义·第二十八回》："子牙传令安营，竖了旗门，结成大寨。"

根芽

地　方：（唱）崔祥娃娃把柴打，带来那里女娇娃。
　　　　急忙报与官知晓，老爷公堂辩根芽。
　　　　　　　——《崔祥打柴》《陕西传统剧目汇编·华剧·第五集》
云　旗：嗳呀，万岁不听我劝，这该怎处？啊，有了，不免报与徐国公得知。
　　　　（唱）万岁不听我的话，报与国公说根芽。（下）
　　　　　　　——《追风骥》《陕西传统剧目汇编·华剧·第七集》
肖九堂：既愿做妻，站起，走，随我去到宋营，见了我那嫂嫂，一拜而成亲可。

(唱)幸喜拿了敖戎花,去见嫂嫂说根芽。(下)

——《恩阳关》《陕西传统剧目汇编·华剧·第六集》

根芽是植物的根与幼芽,可以用来喻事物的根源、根由。《全元曲·包待制智勘后庭花》:"你与我尽说缘由,细诉根芽。"《全元曲·谢金莲诗酒红梨花》:"这秀才忒撑达,将我问根芽。"《春秋列国志传·第八十六回》:"公子珍重,勿露根芽,公子入城即便开门,与鞅接应,事无不克!"

根芽也有生出的幼芽之意,故也用来比喻后嗣。如:

魏　贤:(唱摇板)我坐官哪一节伤天甚大,因甚事苍天爷绝我根芽。

——《四贤册》《陕西传统剧目汇编·阿宫·第一集》

累次

高兰英:老爷累次打战周兵,甚是劳苦,待为妻出马,你看如何?

——《渑池关》《华阴老腔剧本选辑》

张　奎:(上,唱)打回败仗好无幸,不由叫人心内惊。累次不胜,气煞吾也!

——《渑池关》《华阴老腔剧本选辑》

累次:屡次。宋代曾巩《英宗实录院申请》:"彼处累次陈请,乞搜探取借,应于合要照证文字。"《西夏书事·卷十》:"真宗以其累次侵边,或有变诈,命周文质监泾原军,曹玮知秦州备之。"《东周列国志·第五十一回》:"盾累次欺蔑寡人,寡人实不能堪,与卿何与?"《三国演义·第一百九回》:"吾见魏兵累次断吾粮道,今却用此计诱之,可斩徐质矣。"

虎将

刘　备:仁兄,不可灭那子龙之志。兄言子龙百无一能,不记那年磐河打战,袁绍麾下一将,名曰颜良,乃是本初麾下的虎将。

——《借赵云》《华阴老腔剧本选辑》

杨继业:(唱)我儿虽是猛虎将,一根枪怎挡百万狼。

忽然一计心头想,我家孩儿去相帮。

——《金沙滩》《华阴老腔剧本选辑》

虎将：勇将,勇猛的人。李白《赠张相镐二首》:"拥旄秉金钺,伐鼓乘朱轮。虎将如雷霆,总戎向东巡。"《三国志·卷五十二·吴书七》:"闻任陈长文、曹子丹辈,或文人诸生,或宗室戚臣,宁能御雄才虎将以制天下乎?"《东周列国志·第三十九回》:"臣请以君命问之,如其必死,诚如君言,倘尚可驱驰,愿留此虎将,以备缓急。"《三国演义·第四十五回》:"关云长,世之虎将也,与玄德行坐相随,吾若下手,他必来害我。"

权且

崔　亮：崔亮心下自想,若不用他人前去,又恐生疑。只得**权且**带领,料也无妨。呵!丞相命何人前去?

——《天水关》《华阴老腔剧本选辑》

权且：暂且,姑且。《宋史·列传第一百六十一》:"恐重为蜀祸,故权且从之尔,岂一日忘君父者?"《东周列国志·第三十三回》:"幸而胜固善,不幸而败,权且各图避难,再作区处。"《二刻拍案惊奇·卷十五》:"提控分付,我每也不好推辞,也不好较量,权且收着。"《封神演义·第四十二回》:"只因诸侯荒乱,暂借居此山,权且为安身之地,其实皆非末将等本心。"

情由

刘　备：拆书一观。(观介)观罢书内**情由**,原是贼人管亥抢劫州郡。孔北海于吾情深意厚,不得不往,将军站下,待吾点兵退贼。

——《借赵云》《华阴老腔剧本选辑》

刘宝林：母亲,孩儿言下一句,母亲满眼落泪,是何**情由**?

——《罗通扫北》《华阴老腔剧本选辑》

情由：事情的起因及经过情形。《敦煌变文集·捉季布传文》:"不期自己遭狼狈,将此情由何处申。"元代关汉卿《窦娥冤》第一折:"天若是知我情由,怕不待和天瘦!"《儒林外史》第五回:"汤知县把这情由,细细写了个禀帖,禀知按察司。"《东周列国志·第二回》:"太子故意遣数十宫人,往琼台之下,不问情由,将花朵乱摘。"《封神演义·第三十六回》:"太师焚香,将三个金钱搜求八卦妙理玄机,算出其中情由。"《水浒传·第三回》:"你等起来,放心,别作圆便。且等我问个来历缘故情由。"

根本

> 孔　明：（唱）一见匹夫气杀我，两眉倒耸眼圆睁。
> 　　　　　　　　临行吾曾嘱咐你，你同王平商议行。
> 　　　　　　　　谨守街亭为<u>根本</u>，仲达又非等闲人。
> ——《空城计》（渭南市人民政府网站文化频道——华阴老腔剧本）

> 薛万江：（手指高开道，唱）手指开道骂几声，无谋匹夫尔当听。
> 　　　　　　　　梁王怎样吩咐你，为何逆耳全不听。
> 　　　　　　　　沧州地面为<u>根本</u>，失沧州必失中山城。
> ——《五虎投唐》（渭南市人民政府网站文化频道——华阴老腔剧本）

根本：比喻事物的本源、根基。《旧五代史·卷三四·唐书一〇》："京师者，天下根本，虽四方有变，陛下宜居中以制之。"《新唐书·列传第八十二》："夫关中，王业根本在焉。"《明史·列传第十七》："金陵龙蟠虎踞，帝王之都，先拔之以为根本。"《元史·列传第三十六》："今欲略定西川下流诸城，当先定成都，以为根本，臣请往相其地。"

在皮影戏剧本中，"根本"还有"原本的情况"之意：

> 公孙瓒：贤弟，是你不知。赵云平生一身的<u>根本</u>，听兄与你细诉一番。
> 　　　　左右，（介）听我吩咐，看宴上来。
> ——《借赵云》《华阴老腔剧本选辑》

勒马悬望

> 费　龙：万岁！山海关军卒报道，王元达贪生怕死，<u>勒马悬望</u>，失误军机。今回东京有里应外合之心，万岁就该加罪於他！
> ——《九华山》《环县道情皮影改编新创剧目选集（第二辑）》

悬望本是盼望、挂念之意。张鷟《游仙窟》："积愁肠已断，悬望眼应穿。"《儒林外史·第一回》："你在此须要小心，休惹人说不是；早出晚归，免我悬望。"勒马是收住缰绳，使马停止前进。勒马悬望中的悬望，仅指远望，勒马悬望意指勒住马远望。《赵太祖三下南唐·第十一回》："出庄门向山跑上。果见高世子尚勒马悬望等候。"《元史演义·第十四回》："此时玉里吉待子未回，就勒马悬望。"

《九华山》剧本中此处的"悬望"有观望之意，指停军不前。

青锋、青锋剑

　　杨凤直：(唱花音代板)

　　　　　　本帅马上传将令,大小三军你们听。
　　　　　　一路公买要公用,莫要骚扰害百姓。
　　　　　　哪个犯了本帅令,三尺青锋不留情。
　　　　　　　　——《地风剑》《环县道情皮影改编新创剧目选集(第二辑)》

　　袁　华：(唱)到今日那怕你主意不定。管与你懂一个天大事情。
　　　　　　抽青锋满堂上雪花飘动。怒冲冲急出了巡按府中。
　　　　　　　　——《万福莲》《陕西传统剧目汇编·华剧·第一集》

　　李彦荣：(唱)昼夜间我如在针毡坐卧。想母亲和兄弟心似刀割。
　　　　　　这是我自己错瞒怨那个。军无粮难交战不死为何。
　　　　　　降北番定与我一家留祸。且不忠又不孝在世怎么。
　　　　　　忙抽青锋把头割。
　　　　　　　　——《火炎驹》《陕西传统剧目汇编·华剧·第一集》

青锋：青锋剑,宝剑,利剑。剑身寒光闪烁,锋芒毕露,故称青锋剑。《西游记·第三十七回》："又只见中军营里,有小小的一个将军,顶着盔,贯着甲,果肚花,十八札,手执青锋宝剑,坐下黄骠马,腰带满弦弓,真个是隐隐君王象,昂昂帝主容。"

小可

　　飞彦彪：小可姓飞名彦彪,南京凤阳人氏。父母双亡,只留兄妹二人,习就满身功夫。
　　　　　　　　——《九华山》《环县道情皮影改编新创剧目选集(第二辑)》

　　王　义：小可王义,领了母亲言命,奔上洛阳前去投军,不晓得路径,请问君子今奔何往?
　　　　　　　　——《白狗卷》《中国皮影戏全集9 剧本4》

　　李　俊：小可李俊,正行一天,赶不上宿头,此间有一古庙,待我进庙参神安歇便了。
　　　　　　　　——《地风剑》《环县道情皮影改编新创剧目选集(第二辑)》

　　崔　祥：(唱)崔祥听言胆战兢,冷汗淋漓怀抱冰。

莫非他是神仙到,如何得知小可名。

——《崔祥打柴》《陕西传统剧目汇编·华剧·第五集》

小可:自称谦辞。元代杨显之《潇湘雨·第四折》:"小可是临江驿的驿丞。"《水浒传·第四十回》:"小可不才,自小学吏。"《孽海花·第九回》:"只好待小可探探口气,明日再行奉复罢。"明清小说中也有"我""小可"连用的情况,如《英烈传·第七回》:"我小可,姓吴名祯,家兄名良,原是庐州合肥人。"《荡寇志·第九十三回》:"头领休要过谦,只我小可虽是风尘俗吏,生平却最爱结交江湖上好汉。"

高名上姓

  杨凤直:哎呀!救命恩人,你们站起来。请问恩人高名上姓,因何到此。

——《地风剑》《环县道情皮影改编新创剧目选集(第二辑)》

上姓:问人姓氏的敬辞,犹言贵姓。高名上姓:询问人姓名的客气用语,也作高名大姓。《红风传·第六回》:"朱大成说:'相公,高名上姓?那里人氏?来到苏州有什么贵干?'"《雍正剑侠图·第十六回》:"没及时问,现在成啦,请您别怪我失礼,请教高名上姓。"《全元曲·西华山陈抟高卧》:"(赵云)请问先生高名大姓,何处仙居?"

院子

  李 绶:院子、吩咐安排酒宴、书房请你二少爷钱行。

——《火焰驹》《陕西传统剧目汇编·华剧·第一集》

  杨蕊莲:(唱伤音慢板)

    老爹爹去征番不见回转。白达贼又领兵剿杀家园。

    同院子和丫环深山逃难,忽听得猛虎吼性命难全。

——《地风剑》《环县道情皮影改编新创剧目选集(第二辑)》

  魏 贤:这话莫说,我命院子以在大街市上,买个书童,若得可意之人,留他在府招亲。

——《四贤册》《陕西传统剧目汇编·阿宫·第一集》

院子:旧时称仆役。宋代欧阳修《归田录》卷一:"近时舍人院草制,有送润笔物稍后时者,必遣院子诣门催索,而当送者往往不磅。"《警世通言·第十九卷》:"小后生乱道胡说!且罚在书院里,教院子看着,不得出离!"《喻世明言·第三十六卷》:"捉笊篱的回过头来,看那个人,却是狱家院子打扮一个老儿。"

用膳、造膳、造饭

  魏 贤:哎夫人,你和女儿以在内宅用膳,我和定邦以在大庭用膳。

        ——《四贤册》《陕西传统剧目汇编·阿宫·第一集》

  汉 :妈妈,我腹中饥饿,又迷路径。

  婆 :既然如此,快快先到我家用膳。

        ——《九联珠》《陕西省乾县弦板腔剧团剧本》

  膳指饭食,文献中常指君王的饭食。《太平御览·卷一百四十六》:"太子奉冢祀、社稷之粢盛,以朝夕视君膳者也。"《红楼梦·第一百四回》:"雨村道:'谢罪的本上了去没有?'贾政道:'已上去了。等膳后下来,看旨意罢。'"

  在皮影戏剧本中,常见"膳""用膳"等。

  造膳:制作食物。如《银瓶梅·第二十二回》①:"此日,埋锅造膳已毕。二位元帅升帐。"皮影戏剧本语言中也有用例,如:

  康 氏:你二人可用什么茶膳,待老身与你造来。

        ——《九华山》《环县道情皮影改编新创剧目选集(第二辑)》

  宋 妻:你既然回来,拿回多少米面,待我与娘造膳,叫老娘充饥!

        ——《白狗卷》《中国皮影戏全集9 剧本4》

  而且同一剧本中也有"餐""膳"并称的情况,也有"造饭"之例,如:

  赵月娥:你看一双冤家,正在三餐,未曾见膳,难道说将他们活活饿死不成。

        ——《四贤册》《陕西传统剧目汇编·阿宫·第一集》

  赵月娥:兄长呀兄长!你想用什么茶饭,待弟妇与你去造。

        ——《四贤册》《陕西传统剧目汇编·阿宫·第一集》

---

① 《银瓶梅》,清代小说,原名《莲子瓶演义传》,描写唐玄宗年间侠士除奸平叛、报仇雪恨的故事。

赵月娥：二位冤家莫要啼哭，你爹爹霎时领粮回来，为娘与我儿造饭，再好充饥。

——《四贤册》《陕西传统剧目汇编·阿宫·第一集》

宿头

李　俊：小可李俊，正行一天，赶不上宿头，此间有一古庙，待我进庙参神安歇便了。

——《地风剑》《环县道情皮影改编新创剧目选集（第二辑）》

宿头：借宿之处。《初刻拍案惊奇·卷之三》："一日在山东路上，马跑得快了，赶过了宿头。"《水浒传·第四回》："智深道：'小僧赶不上宿头，欲借贵庄投宿一宵，明早便行。'"《施公案·第三八三回》："老丈，是俺等惊扰。只因贪赶路程，走过宿头，无处落店。"

心中思想

姜　维：（唱）老娘若有好和歹，报仇冤何年何月。
无奈心中思想着，实恨诸葛用计绝。

——《天水关》《华阴老腔剧本选辑》

心中思想即心中思考，在明清小说中常常出现，如《水浒传·第一百零三回》："心中思想道：'虽是逃脱了性命，却往那里去躲避好？'"《济公全传·第一百五十一回》："自己正在心中思想，忽听北边树林之内，有妇人啼哭的声音。"

在环县道情剧本中，"心中思想"不做状中短语，而做定中短语，和"以"（或"依"）一起构成介宾短语，意思是"按照我的意见……"，如：

翠　莲：天哪！这却怎处？

王　保：依小人心中思想，咱们速快逃走，再寻去处。

——《九华山》《环县道情皮影改编新创剧目选集（第二辑）》

王　忠：兄弟每日打柴供我读书，使我心中不忍。这是兄弟，你每天打柴供我读书，叫我心中难忍。以我心中思想，我不如将书本撂过，咱兄弟二人一同深山打柴，暂度时光，积攒钱粮，日后务农以度光阴，你看如何？

——《白狗卷》《中国皮影戏全集9 剧本4》

宋百良：哎哟！你看这个老害祸,一在世上就是你我大大的累赘。以我心中思想,把这个老害祸,挪到高窑里边,叫她修个戴罗神仙去。你我逃外岂不零干！

——《白狗卷》《中国皮影戏全集 9 剧本 4》

东　宫：儿呀,今夜晚上虽则将我儿救下,这东宫也非是我儿容身之地,但若走漏风声,我儿性命难保,以娘心中思想,趁此黑夜晚上,为娘将我儿偷偷送出东宫,奔上江东,搬你舅父,与你娘报仇。

——《裙边扫雪》《环县道情皮影改编新创剧目选集》

端详

　　杨　任：(上,唱)我今领了丞相令,命我前去巡外营。
　　　　　　我今来到营门外,用目端详八九方。

——《渑池关》《华阴老腔剧本选辑》

端详：细看、打量之意,明清小说中多有此用例。《西游记·第六十四回》："不知行者端详已久,喝一声：'且住！这厮不是好人！'"《红楼梦·第四一回》："一面说,一面细细端详了半日。"

端详也有始末、底细的意思,用作名词。现代汉语中很少用端详的这个义项,但在皮影戏剧本中较常见。

　　京　官：(上)哎嘿。
　　　　　　(诗)何人骚嚷洞房,令人气恼胸腔。
　　　　　　故此上前,细问端详。

——《屎巴牛招亲》《陕西传统剧目汇编·阿宫·第一集》

广烟墨：(唱)你的妻在家中听人言讲。说奴夫在狱中受此屈枉。
　　　　问相公因何事遭逢魔障。把实情对我们细说端详。

——《鸳鸯墨》《陕西传统剧目汇编·华剧·第二集》

李彦雄：(唱)爹爹不必把儿挡,听儿与你说端详。
　　　　舍命杀出重围地,要见元帅把兵搬。

——《马霄篡位》《陕西传统剧目汇编·弦板·第三集》

三　女：（同唱）吴知县为什么不察端详？望大人把李贼提到堂上，
望大人为国家除暴安良。望大人把明镜高悬堂上，
审清这冤枉案民呼上苍。

——《紫金簪》《陕西省乾县弦板腔剧团剧本》

王　忠：老爷息怒，宋百良他是个不孝之子。将他母活埋关山。我兄
弟打柴，深山遇见他母，请回家中全当我生母侍奉。这贼见
恩不报，反为仇恨。老爷不信他母现在门外，唤进前来一问
便知端详。

——《白狗卷》《中国皮影戏全集9 剧本4》

汉盘龙：（唱）有小王提龙衣跪在地上，尊了声龙国母细听端详。
拜谢你骂谗臣损躯命丧，儿封你忠魂魄转生娘娘。

——《裙边扫雪》《环县道情皮影改编新创剧目选集》

牢笼

邓婵玉：好匹夫！
（唱）那是我父灭周计，不料误入此牢笼。

——《土行孙成亲》（渭南市人民政府网站文化频道——华阴老腔剧本）

高兰英：（唱）夫妻安排计牢笼，要灭武王姜太公。

——《渑池关》《华阴老腔剧本选辑》

黄　忠：（诗）忽听得大喊一声，四下里尽是曹兵。
实指望偷劫粮草，谁料想误入牢笼。

——《定军山》《华阴老腔剧本选辑》

夏侯楙：（唱）赵云虽是老英雄，难脱天罗地网中。
暗里埋伏人和马，引诱老贼入牢笼。

——《天水关》《华阴老腔剧本选辑》

在皮影戏剧本中的"牢笼"，多指骗人的圈套，也可以作动词哄骗。
《朱子语类·第七十二》："其他费心费力，用智用数，牢笼计较，都不济事，
都是枉了。"《东周列国志·第六十四回》："舒此时已落范氏牢笼之内，只得唯
唯惟命，遂同谒平公，共商议应敌之计。"《封神演义·第六十回》："马元今入牢

笼计,可见西方有圣人。"《明史·列传第八十四》:"在内诸臣受其牢笼,知有嵩不知有陛下。在外诸臣受其箝制,亦知有嵩不知有陛下。"《三国演义·第三十二回》:"今又封赏吕旷、吕翔,带去军中,此乃牢笼河北人心。"

而在现代汉语中的"牢笼",主要指关禽兽的笼槛,比喻束缚人的事物。

第二节　西北皮影戏剧本中的俗语

俗语是凝缩了一定意义、通俗流行并已定型的语句。俗语由民间大众创作并广泛流传,有一定寓意,反映生活经验和智慧。俗语多用容易记诵的对偶、重复等语言形式,通俗形象且有趣。

皮影戏剧本中也有很多俗语的用例,如:

> 赵月娥:这是方郎,你父子既要前去,听妻叮咛!
>
> (唱慢板)未曾开言泪如雨,再叫方郎听明白;
> 你父子今日吃粮去,为妻把话说心里。
> <u>打虎还是亲兄弟,上阵还是父子兵</u>;
> 你父子杀前要顾后,莫把骨肉看得轻;
> 假若临阵功成就,早把书信捎家中。
>
> ——《四贤册》《陕西传统剧目汇编·阿宫·第一集》

这一例是丈夫要去参军,赵月娥交代丈夫的话。其中"打虎还是亲兄弟,上阵还是父子兵",说明了亲人的重要性。一些俗语也带有方言的特点,如:

> 孙　富:哎呀!黑娃,你看伢俩口,抱头恋恋不舍,伢把大爷比成<u>雪地镰把,成了凉桄桄了</u>,哎!黑娃,难道说叫咱人钱两丢,叫咱的丫环娃,给咱掺人!
>
> ——《百宝箱》《陕西传统剧目汇编·阿宫·第一集》

凉桄桄也作凉梆梆,陕西方言中是冷淡不搭理的意思。俗语"雪地镰把,成了凉桄桄了"生动地描写了杜十娘将孙富置于一边不予搭理的情形。

再如"顶平额宽"也作"平顶额宽",这一词语并不是简单地描述外貌,常用来形容有福之人、正直之人。如:

赵生春：（白）听他讲说一遍真真可怜，老夫半辈无后，观见那一相公生的顶平额宽，心想收他为螟蛉儿子，不知他心意如何！

——《白狗卷》《中国皮影戏全集9 剧本4》

魏　贤：观见这一孩子，生的平顶额宽，日后必有大福在贵。

——《四贤册》《陕西传统剧目汇编·阿宫·第一集》

"顶平额宽"源自近代文献的"额阔顶平"，如《西游记·第八十回》中描写唐三藏的外貌："那喇嘛和尚走出门来，看见三藏眉清目秀，额阔顶平，耳垂肩，手过膝，好似罗汉临凡，十分俊雅。"《水浒传·第十七回》描写宋江外貌："眼如龙凤，眉似卧蚕，滴溜溜两耳悬珠，明皎皎双睛点漆。唇方口正，髭须地阁轻盈，额阔顶平，皮肉天仓饱满。"都是用"额阔顶平"来说明有福、重要的人。在皮影戏剧本中，"顶平额宽"已是一个有衍生意义的俗语了。

附：皮影戏剧本常用俗语例释

当堂不让父,举手见高低

康　氏：咋的话。飞相公要和我女娃子比武呢。娃娃，有没的武艺都使出来。当堂不让父,举手见高低。

——《九华山》《环县道情皮影改编新创剧目选集（第二辑）》

"当堂不让父,举手见高低"是古代俗语，指即使父子同朝为官，也要各抒己见、争向献策，公事面前要铁面无私，决不徇私舞弊。《施公案·第一七六回》："主子开恩降旨,也别论我是王爵,他是庶民,只管叫天霸有什么本领,与奴才较量较量。俗云：'当堂不让父,举手不留情。'"《康熙侠义传·第九回》："这两句话是我们说评书说的,要到了鼓儿词大鼓书,他还混批呢！他说：'当堂不让父。'"

人挪一步活,草挪一步死

张金孝：母亲讲哪里话，自古常言讲的确好：人挪一步活,草挪一步死。我夫妻逃难，抛母在家天理何容！

——《白狗卷》《中国皮影戏全集9 剧本4》

在文献中，只找到"人挪活,树挪死"的俗语，《济公全传·第二十六回》："你我夫妻莫非待守坐毙不成？常言说得好：人挪活,树挪死。莫如你我投奔临安城……"这段俗语使用至今。

兵来将迎，水来土掩

陈　登：府君勿忧，自古兵来将迎，水来土掩，我想曹操领兵已来，岂可束手待毙？

——《借赵云》《华阴老腔剧本选辑》

"兵来将挡（迎），水来土掩"自元明开始出现，意指事情会有自然的发展进程并得以解决，常用来劝说别人不必焦虑担心。《醒世姻缘转·第十七回》："曹铭道：'兵来将挡，水来土掩。'"也有"水来土掩，将至兵迎""水来土掩，兵到将迎"的说法。《三国演义·第七十三回》："此书生之言耳。岂不闻水来土掩，将至兵迎？我军以逸待劳，自可取胜。"《水浒传·第十九回》："自古道：'水来土掩，兵到将迎。'此乃兵家常事。"

穷沾富恩，富沾天恩

宋百良：你怎么说怪话呢？我拿着棍子呢！不怕的。哎！掌柜的打发，自古常言穷沾富恩，富沾天恩。打发，打发。（犬咬）哎呀，大犬大犬，我不得活了！

——《白狗卷》《中国皮影戏全集9剧本4》

"穷沾富恩，富沾天恩"出自《训蒙增广改本》，原段落为"人无利心，谁肯早起？官员不贪，国泰民安。穷沾富恩，富沾天恩，人心淳厚，雨水调匀。穷不舍命，富不沾财，劫运一到，尽化成灰。"《训蒙增广改本》是清代硕果山人在《增广贤文》的基础上编写的。《增广贤文》不知何人所辑，其内容有前人名句、民俗谚语，内容丰富，反映了传统的人生态度和处世原则。原文两句一对，字数有长有短，参差不齐。清代硕果山人根据原文编成便于儿童阅读的四言、五言、六言等形式整齐的诗谣。

灯尖之火，草尖之霜

费　龙：万岁！海贼造反，乃是灯尖之火，草尖之霜，料尔成不了大事。依臣拿本相动，派一人领兵前去，征剿就是了。

——《九华山》《环县道情皮影改编新创剧目选集（第二辑）》

白　达：万岁！豆家二番造反，不过是灯尖之火，草尖之霜，料尔成不了什么大事。以臣本奏，可命杨凤直军中为帅，杨策、刘龙马战作先,此去必定马到功成。

——《地风剑》《环县道情皮影改编新创剧目选集(第二辑)》

灯尖之火,草尖之霜:俗语,形容存在时间不长的事物。

兵无粮自乱,马无草自死

  白 达:幸喜西地豆家二番造反,老夫当殿奏了一本,圣上命杨凤直领兵征剿,命老夫押运粮草。哼哼,<u>兵无粮自乱,马无草自死</u>,我不免按粮不动,何愁杨凤直老儿不死。来呀!(应)将粮草押回我府。(仝下)

——《地风剑》《环县道情皮影改编新创剧目选集(第二辑)》

俗语有"兵马未动,粮草先行",就是指出兵之前,先准备好粮食和草料,强调提前做好准备工作的重要性。"兵无粮自乱,马无草自死"则强调行兵大战时,粮草供应非常重要,足以影响战争的结果。

第三节　西北皮影戏剧本中的方言词

  皮影戏自产生一直到中华人民共和国成立,演出还拘于某一地域内部,有浓厚的地方特点。虽然很多传统剧本的语言以近代白话为主,但地方文人积极参与剧本创作,为了吸引观众,也加入了不少方言和俚语。先来看以下这一段戏文:

  袁　华:世人皆醉、惟我独醒。我問你這太子千秋、國泰民安、這八個字是怎樣的講法。

  众　　:都看、這<u>二架梁</u>。這樣多事、可笑可笑。

  袁　华:我笑你們、你笑那个。(謝瑤環帶长班暗上)哎。

     (唱)看今日真個是天翻地乱。却怎么才说個國泰民安。

       我太祖創基业点点血汗。那料想母狐精篡位夺权。

  众　　:好<u>紅磚</u>,駡起天子来了。

  袁　华:(唱)盧陵王他逼在房州不返。一心与武三思图谋江山。

      將忠臣和親王害死大半。豺狼性真与那呂后一般。

      張昌宗張易之宫中作乱。曾怀义在宫中委实难言。

众百姓何曾有忠心一点。反与那淫臭妇屈膝下参。

众　　：了不得了、骂起官府来了。

箫九三：做官的还不如你那嘴脸吗。

（袁华冷笑）

袁　华：哈哈。

（唱）俺平日胸藏着甲兵万万，岂肯与母狐精阿逢同眠。

众　　：越发了不得了。

袁　华：（唱）笑你们都睁着一对瞎眼。好一似井底蛙何曾见天。

众　　：骂的好、骂起我们来了。你都听、骂的深乎之了。

箫九三：<u>伙契</u>、咱把<u>这种</u>拴了。

袁　华：谁敢来拴我。

箫九三：来几个<u>冷娃</u>、把他拴到后殿、吊在梁上、凤凰单闪翅、先捶上一顿、放他去吧。

众　　：对对、一齐下手。

——《万福莲》《陕西传统剧目汇编·华剧·第一集》

在这一场戏中，袁华痛骂武则天，被乡亲们讥笑，众人用了"二架梁""红砖"来形容袁华。陕西方言中"二架梁"指有意、无意做事说话不合时宜的人①，"红砖"指胆大鲁莽的人②。"伙契"就是伙计、哥们儿的意思，"这种"是这个人的意思。"冷娃"是指有勇无谋，别人不敢干的事他敢干，不怕苦不怕死，常干莽撞事的小伙子③。

地方戏曲的表演离不开地方语言的浸润，选用方言词能够让语言意义得到更有效的传递，加强演出的艺术效果。下面，我们再以阿宫腔《屎巴牛招亲》一剧为例，结合剧情内容，对皮影戏的地方语言特点进行进一步的分析。

---

① 据《陕西方言大词典》，陕西城固、勉县等地使用此方言词。
　　熊贞.陕西方言大词典[M].西安：陕西人民出版社，2015：110.
② 据《陕西方言大词典》，陕西合阳等地使用此方言词。
　　熊贞.陕西方言大词典[M].西安：陕西人民出版社，2015：163.
③ 据《陕西方言大词典》，陕西长安、西安、城固等地使用此方言词。
　　熊贞.陕西方言大词典[M].西安：陕西人民出版社，2015：241.

《屎巴牛招亲》是阿宫腔的传统剧本,属于讽刺戏,讲述屎巴牛和蜘蛛之女杏花结姻缘却遭蝙蝠捣乱,最后虎王惩戒蝙蝠之事。剧情一开始,蜘蛛尤氏之女杏花想要以文招婿,出了一句诗文让院公马蜂张贴在门口,马蜂拿到诗文后说:

　　马　蜂:待我先看我姑娘写的啥么!我姑娘写的<u>亲不玲玕</u>,贴在门庭。

"亲不玲玕"在地方方言中指特别好看。

屎巴牛前去应对,看到他对的诗句,尤氏感叹说:

　　尤　氏:哎呀,我的娘娘婆,哎娃呀!你看这相公从前和我娃就没有见过一面,不知你两个咋对来,对的<u>磨愣各水</u>的,娃呀,你看这相公人物如何?

"磨愣各水"又作"磨愣割缝",方言中是相当合适的意思。

因两位才情般配,尤氏打听了屎巴牛的家庭情况:

　　屎巴牛:陕西关中书院,明伦堂后院有家,我名羌郎,我兄现居京官之职。

　　尤　氏:听你说来,你哥哥还戴<u>顶子</u>着哩。

屎巴牛的哥哥有京官之职,尤氏则称"戴顶子"。顶子是清代官员的冠顶饰物,戴顶子即做官的口语化表达。

在尤氏询问屎巴牛家庭情况时,女儿杏花也想知道详情:

　　杏　花:哎,妈呀!你问相公是那里人氏,高名上姓?

　　尤　氏:哎这娃,你把妈还<u>摇散活</u>家,妈给你问来,他说是陕西关中书院明伦堂,后院有家,他名羌郎,他兄现居京官之职。

　　杏　花:<u>敢</u>这样说起,他哥哥还戴顶子哩。

"散活"是关中方言,零散、散落之意。"摇散活"就是摇散了架的意思,生动说明了杏花急切的心情。"敢"即按照之意。

屎巴牛和杏花成了亲,牛虻等来闹婚,屎巴牛想劝大家不要为难新娘,大家的反应是他怕老婆:

　　牛　虻:头一晚上,你就害怕<u>婆娘</u>!

　　屎巴牛:列位,你岂不知:

　　　　　(念)官凭王法树凭根,不怕老婆是野人。

众　　　：这你要吃住劲怕老婆呢？

"婆娘"陕西方言中就是指妻子。"吃住劲"方言中指坚持、一直要,鼓着一股劲儿。

大家闹着不散,屎巴牛没办法,便让让杏花作一首诗,杏花很害羞:

屎巴牛：娘子,与他们作上一首诗,打发他们走了方好！

杏　花：哎,真真臊扎了,来的这一干人手。

"真真"意思是的的确确,实实在在。"扎了"是陕西方言中程度补语的一种表达形式,是"……得很"之意。

看杏花还是不愿作诗,闹婚的各位纷纷夸耀起自己的厉害手段,如：

牛　虻：列位,我看不要咱的道行,他不知道咱的厉害,羔郎兄,你把我认清了么,我是牛虻,我把那大犍牛两嘴喊的,他眠眠的叫唤,你揩得住我这一下？

蚊　子：么么,我是个长嘴蚊子,你两个黑了睡上,我照住你的软处冷叮！

蜜　蜂：我是个蜜蜂,你给我不作诗的时候,我照住我的新嫂子的脸上喊上两刺,叫她肿的连眉眼都寻不着。

苍　蝇：么么！你那都不顶人。

众　　　：你娃胡卖牌（派）啥？你又不叮不蜇,你娃有个啥厉害呢？

"眠眠"就是模拟牛叫的声音。"揩得住"就是受得住。"冷"并不是寒冷之意,陕西方言中用作副词,意思是使劲儿、不停地。"喊"（wēi）在字典里的解释是语气词或拟声词,在当地方言中,这一语音就是叮咬之意。"顶"在另一口述本中作"惊"（陕西部分方言中"顶""惊"同音）。"胡卖牌（派）"陕西方言中指乱显能之意。

好不容易闹婚的诸位走了之后,蝙蝠又来捣乱,屎巴牛之兄京官要加以阻止,遭到蝙蝠的辱骂:

京　官：(诗)何人骚嚷洞房,令人气恼胸腔。
　　　　　故此上前,细问端详。谁在我兄弟媳妇房子门外胡说啥呢？
　　　　　呼出呼出,哐呛。

蝙　蝠：那达来的这个磁鬼,磁的可憎,你爷蝙蝠,蝙蝠是你爷。

"端详"是细看、打量之意。"那达"也作"哪达",意思是哪里。陕西方言中"那里"作"兀达","哪里"作"那达""哪达"都可以,"达"也可以写作"嗒"。"磁"有时也可以写作"瓷",陕西方言指脑子不灵光之意。

蝙蝠和京官由对骂进而变为打斗:

蝙　蝠:这娃还在这<u>拧刺</u>的,再给你娃一个黑虎倒拉鞭,来一个小鬼掇胡基。

京　官:我问你个灾鬼,你把我端的咋咋?

蝙　蝠:我把你端起<u>敦</u>咋。

京　官:不敢,看把头上的病敦犯了。

蝙　蝠:我管敢不敢,我给你个连颠带敦,把娃敦的<u>血不痴痴</u>的,你但看着办去,我走了。

京　官:哎,这一下子把我敦重拉,敦破拉,打的好,打的好。

"拧刺"也作"拧次",陕西方言中指不听话、不顺从,能做而扭捏着不做。"敦"应为"蹾",意思是猛地往下放,着地很重。"血不痴痴"描述血淋淋的样子。

因为蝙蝠打伤了京官,京官告到了虎王台前,虎王命令彪虎抓来了蝙蝠:

虎　王:哎!尘世一上还有这样可恶的东西,彪虎将,显了原身,去拿蝙蝠子来见。

彪　虎:遵命。(急下,拿蝙蝠上)

蝙　蝠:哎,你看这个<u>争</u>狗,啥事吗,拿我往进走,你还把我拾着往里撂呀,这真是<u>一卯没安进去,半卯子;一杆子不够,半杆子</u>。

京　官:啥事,你娃把我打了,我来把你告下了。

蝙　蝠:哎!这谁在我后边说话呢?(转身看)原是屎巴牛,<u>伙连你要</u>呢,你咋把伙告下了。

京　官:你连我要呢,你把我敦的连皮都没了,我把你娃告下了。

蝙　蝠:哎,告下了谣,待我将<u>势子扎</u>起,着虎王爷先把我认得一下。

"争"方言里是厉害的意思。"一卯没安进去,半卯子;一杆子不够,半杆子"是陕西俗语,意思是事情没有做好,只做成了一半。也有一瓶子不满、半瓶子咣当之意。"伙连你要"中的"伙"是自称,"连"是跟、和。"伙连你要"就是

"我跟你玩儿呢"。陕西方言中,"扎势"就是摆架子,"将势子扎起"就是把阵势摆好。这里蝙蝠被告了,说明它要在虎王面前端起自己的架子。

最终,虎王判定惩戒蝙蝠:

  虎 王:彪虎将,将儿打出,白昼不准行走,夜晚任儿横行,起名夜蝙蝠,打出去。

  蝙 蝠:耍忙,看把我腿打<u>百毁</u>了着,拿我去就是了。(下)

"百毁"也作"掰毁",陕西方言中指使用不当手段把东西毁坏了,也有完蛋了之意。"百毁"用作动词补语时,说明毁坏程度的严重。

以上我们摘选了《屎巴牛招亲》剧本中一些语句,从中可以看出其语言上有鲜明的艺术特点。首先是使用了大量的地方方言词,如"伙连你耍""亲不玲玕""磨愣各水""散活""端详""那达""磁""拧刺""敦""血不痴痴""争""百毁"等。还有一些俗语,如"一卯没安进去,半卯子;一杆子不够,半杆子"。同时也有丰富的地方语言表达形式,如"戴顶子""吃住劲""扎了""揩得住""胡卖牌(派)""伙连你耍"等。

除了运用方言中的词汇、俗语、表述特点等,皮影戏剧本还善于结合剧中角色特点,设计其语言表达方式。如蜘蛛尤氏得知女儿杏花要和屎巴牛当面对诗,对于是否可以让两人见面是这样说的:

  杏 花:孩儿还要和他吟诗作对。

  尤 氏:唔,我娃和那相公还要见面呀?

  杏 花:正是。

  尤 氏:见面<u>家</u>和他见面,我娃<u>是见得人的人,不是见不得人的人</u>,随娘来见他,怕啥呢,这一相公,我家女儿要和你吟诗作对。

"家"是语气词,表达肯定语气,放在该句中,可以解释为"见面就和他见面"。"是见得人的人,不是见不得人的人"又通过肯定、双重否定两种形式加强肯定语气。再看京官描述被蝙蝠殴打的情形:

  京 官:你该倒是个狗屁哥,是问他两口为啥来,我老汉一个为啥来,叫蝙蝠子把我肩起当捶子着敦呢,你看<u>把我院里敦了多少</u>壕,<u>把我头上敦的连皮都没</u>了,兄弟媳妇子,你来看<u>把我老汉打了</u>。

这一段中连用了三个把字句说明"敦（蹾）"这个动作的力度和造成的结果,段末再用一个把字句进行强调。

皮影戏原本就是地方戏种,剧本语言中保留了大量的地方方言俗语,有着鲜明的地方特色。其剧本语言突出的地域性特点,使得戏曲演出在本地文化圈中极具感染力。但方言词语的意味很难进行解释,有些词语是某一地某一区的专有文化符号,如果没有相关语言文化背景的浸染,很难体会其中的准确意指。在此情况下,通用的、生动灵活的口语表达形式会帮助戏曲扩大其传播范围,吸引更多的观众倾入注意。

优秀的剧本中既有鲜明的地方语言特点,也有通用生动多样的口语表达形式,剧作者能够将这些特点结合起来进行发挥,使之成为表演的特色。

附：皮影戏剧本常用方言词例释

济事

　　公孙瓒：弟今来到北平郡,兄当分拨助你军。

　　　　　　执意弟要赵云去,不能济事枉费心。

　　　　　　　　　　　　　　——《借赵云》《华阴老腔剧本选辑》

　　公孙瓒：哈,哈,贤弟,我何曾道他武艺精纯,这赵云实实的不能济事,

　　　　　　万万的去不得,另选一大将去罢。

　　　　　　　　　　　　　　——《借赵云》《华阴老腔剧本选辑》

济事：犹成事,后常与"不"连用,表示否定。《春秋左传·庄公》："庄公之子犹有八人,若皆以官爵行赂,劝贰而可以济事,君其若之何！"《晋书·列传第五十五》："夫设官分职,军国殊用,牧养以息务为大,武略以济事为先。"《宋书·卷五十二·列传第十二》："夫设官分职,军国殊用,牧民以息务为大,武略以济事为先。"《三国演义·第七十回》："飞见不济事,把军退二十里,却和魏延引数十骑,自来两边哨探小路。"

相帮

　　诸葛亮：且慢,老将军既要前去,需得一个相帮方可。

　　　　　　　　　　　　　　——《天水关》《华阴老腔剧本选辑》

　　杨继业：(唱)我儿虽是猛虎将,一根枪怎挡百万狼。

忽然一计心头想,我家孩儿去相帮。

——《金沙滩》《华阴老腔剧本选辑》

相帮:帮助。《清平山堂话本·卷二》:"我在家,不多时,相帮做些道怎地?"《初刻拍案惊奇·卷三十一》:"要你们相帮我做这件事。我自当好看待你们,决不有负。"《三国演义·第五十二回》:"我并不要人相帮,只独领三千军去,稳取城池。"《水浒传·第七十八回》:"虽然贤弟去得,必须也用一个相帮去最好。"《西游记·第七十三回》:"师兄如若动手,等我们都来相帮打他。"

应承

诸葛亮:呀,也不要你立文约,也不要你写文卷,只要你应承一声。

夏侯楙:哎,我想先应承一声,逃得性命再说,只得应承便了。丞相,我就把姜维卖于丞相吧。

——《天水关》《华阴老腔剧本选辑》

应承:应允、承诺。关汉卿《玉镜台·第四折》:"你只要应承了这一首诗,倒被我勒掯的情和睦。"《红楼梦·第九十四回》:"别说他干了没有,就是干了,一个人干了混账事也肯应承么?"《东周列国志·第十二回》:"公子朔口中应承,只是支吾,那肯献出贼党。"《封神演义·第二十五回》:"妲己不敢强辩,随口应承。"《西游记·第九十六回》:"三藏闻言,十分欢喜,都就权且应承不题。"

失机/失机慌忙

张　奎:哎呀,不好。

(唱)张奎失机逃了生,吓得我胆战心又惊。(下)

——《渑池关》《华阴老腔剧本选辑》

马　遵:将军如何失机?

——《天水关》《华阴老腔剧本选辑》

曹　洪:(内白)待吾迎接!

(上,唱)曹洪听说丞相到,失机慌忙迎出城。

——《定军山》《华阴老腔剧本选辑》

失机:指错过时机、失误事机。而皮影戏剧本中"失机"实指"失机慌忙",陕西方言词,又作"失急慌忙",形容人做事没有计划、没有目标、忙乱无序、惊慌失措的样子①。

大姐娃

  康 氏：大姐娃，我女娃方才言道，你哥哥可是那飞彦彪吗。

  ……

  康 氏：咋的话。飞相公要和我女娃子比武呢。娃娃，有没的武艺都使出来。当堂不让父，举手见高低。大姐娃，你随将我来。

           ——《九华山》《环县道情皮影改编新创剧目选集（第二辑）》

娃，现代汉语为小孩。古代却有女子、美女之意。《方言·二》："娃，美也，吴楚衡淮之间曰娃，吴有馆娃之宫。"相传馆娃宫为春秋时吴王夫差为西施所建。皮影戏剧本中有"大姐娃"的称呼。

崽娃

  王 保：哪个崽娃子道谎哩。

  王 保：咦，这把人还气死呀。王保，我把你个崽娃子。

           ——《九华山》《环县道情皮影改编新创剧目选集（第二辑）》

  宋百良：那个崽娃子有此心肠了？

  宋百良：……我有心再进去，崽娃的狗将我往死哩咬哩，这一下完了，全完了！

           ——《白狗卷》《中国皮影戏全集9 剧本4》

崽娃：老年人对晚辈的一种昵称，也是骂人之词。《方言·十》："崽者，子也。"《新方言·释亲属》："今通谓子为崽。成都、安庆骂人则冠以崽字。"今陕西等地也称"崽娃子"。皮影戏剧本里多为骂人的话，上文中的王保、宋百良，都是剧中的奸恶之人。

怂货下家

  宋百良：哎哟听声音好像我妈，待我观看。哟！我想她死的骨头都烂了，怎么还在人世哩？我想世上同模同样的人多的是，我管她哩，待我先把这马尿泥抹与脸上，可怕啥哩，看你能认得

---

① 据《陕西方言大词典》，陕西长安、西安、临潼、渭南、乾县、洋县等地使用此方言词。
熊贞.陕西方言大词典[M].西安：陕西人民出版社，2015：386.

吗。你认不得我吗,我是中州人氏,姓宋名百良。你要知道我可不是个怂货下家。

——《白狗卷》《中国皮影戏全集9 剧本4》

怂货:也作㞞货,骂人的话,含成色不好、品质不佳的意味。下家:犹角色,方言中多含贬义。宋百良是剧中抛弃生母的不孝之子,其念白多有骂人之语,也凸显出他无赖流氓的不良习气。

零干

宋百良:娘子,是你不知,这个老害祸,在世上就是你我大大的连累。我把她放在破窑里边,叫他修仙去!咱二人逃荒躲难岂不零干吗?要她何用?

——《白狗卷》《中国皮影戏全集9 剧本4》

吕子欢:低声些、我背你来了。哎咦、我想她终是我的连累、不如用土一把、塞入口内、叫妹子凉凉去罢。省得忍饥受以饿、我也零干了。

——《紫霞宫》《陕西传统剧目汇编·华剧·第一集》

吴绛仙:(唱)他本是宋家女朱家宅眷。那有得右胁下红痣如钱。

误事处都只因上截一半。因此上弄了个不得零干。

——《十王庙》《陕西传统剧目汇编·华剧·第一集》

零干:不相干、不相连。陈忠实《白鹿原》第十八章:"快拆快拆,拆了这房就零干了,咱一家该着谢承你子霖叔哩。"陕西方言中也有善罢甘休之意,如"你把我娃打成这个样子了,我跟你不得零干"①。

红砖

宁继愈:(引)人人都说坐清官。坐了清官没银钱。

上司要钱官不清。弄的清官不安宁。

若要常把清官作。除非滥懂要红砖。

---

① 据《陕西方言大词典》,陕西长安、西安、临潼、渭南、蓝田、周至、陇县等地使用此方言词。

熊贞.陕西方言大词典[M].西安:陕西人民出版社,2015:253-254.

下官宁继愈、中州卫辉县人氏。……豁出这个脑袋不要、总与百姓干几件好事。因而这里百姓与我加了个官号、名叫<u>红砖</u>青天大老爷。青天上加红砖二字、可知教化百姓、非红甄不可。这便是教之道、贵以甄了。

——《紫霞宫》《陕西传统剧目汇编·华剧·第一集》

袁　华：(唱)看今日真个是天翻地乱。却怎么才说个国泰民安。
　　　　我太祖创基业点点血汗。那料想母狐精篡位夺权。

众　　：好<u>红砖</u>、骂起天子来了。

——《万福莲》《陕西传统剧目汇编·华剧·第一集》

刘　贞：(唱)总莫有把我的骨气细看。白石头也摆在水晶货摊。
　　　　再不去把禁子大大呼唤。他不过骂我是忤逆<u>红砖</u>。

——《虎皮传》《陕西传统剧目汇编·华剧·第三集》

韩　泳：(唱)公堂上点齐了三百乡勇。一个个却须要磨拳拍胸。
　　　　把平日<u>红砖</u>气一齐使用。新丰县岂容他毛贼横行。(同下)

——《红叶诗》《陕西传统剧目汇编·华剧·第二集》

红砖：胆大鲁莽的人[①]，也指勇气、义气。

第四节　西北皮影戏剧本中的戏曲特色词

皮影戏剧本中有一些词汇是带有典型戏曲特色的,或者代表典型的戏曲场景,或者表示典型的人或物的特征等。

如传统皮影戏剧本中多有描写战争主题的情节,"连环表"即连续的战书,"表"是战表,就是战书的意思。近代文献中并没有"连环表"的语料,仅有"战表"的用例。皮影戏剧本中有不少用例：

宋　王：(唱花音慢板)实可恨犬戎越域造反,打来了<u>连环表</u>要孤

[①] 据《陕西方言大词典》,陕西合阳等地使用此方言词。
　　熊贞.陕西方言大词典[M].西安：陕西人民出版社,2015：253-254.

江山。

——《九华山》《环县道情皮影改编新创剧目选集(第二辑)》

嘉庆王：宫人！(应)捧上龙桌。(应)待朕拆书一观可！

(牌子)哎咳呀！我当为着何来，原是西地豆家二番打来连环战表，要夺孤的十万里江山，众卿怎样行兵，与朕分忧。

——《地风剑》《环县道情皮影改编新创剧目选集(第二辑)》

唐　王：(白)寡人唐天子禧宗在位，昨天番邦仁发太子差人打来连环战表，要压孤家十万里锦绣江山，让孤好生不安。今日上朝宣来文武、且作商量。侍臣。

——《九联珠》《陕西省乾县弦板腔剧团剧本》

另外，秦腔中也有"连环表"一词，如《放饭》："恨西地黄龙贼越律造反，打来了连环表要主江山！"这是一个典型的戏曲用词。

再如"贼蛮"，在近代文献中也不多见，明代拟话本《石点头·第八回》："劈脸就打骂道：'贼蛮，发单钱又不兑出来，放甚么冷屁！'"应是对人含贬义的称呼。皮影戏中的"贼蛮"用来指外邦贼子，即外邦侵略者。如：

刘　汉：(唱)进帐去把元帅见，即讨将令征贼蛮。(下)

多振威：(上，唱)奉王旨意征贼蛮，推动人马到边关。

腰挎三尺青锋剑，好似蛟龙出水潭。

——《打回羌白》《华阴老腔剧本选辑》

佘太君：(唱)我老爷李陵碑前把命倾，为国损躯好伤情。

单丢六郎杨延景，被蛮贼围困洪州城。

——《天波府调兵》(渭南市人民政府网站文化频道——华阴老腔剧本)

再如"恩宽"一词，恩宽原义为加恩宽恕。文献中多作"天恩宽宥""圣恩宽大"等，如《宋史·志第九十四·乐十六》："乾坤并贶庆君欢，翘首圣恩宽。"《二刻拍案惊奇·卷四十》："邦彦之罪，皆臣妾之罪也。望天恩宽宥。"《水浒传·第一百十八回》："我王，臣虽不才，深蒙主上圣恩宽大，无可补报。"《明史·列传第一百四十三》："道周前日蒙成，上恩宽大，独其家贫子幼，其实可悯。"明末小说《梼杌闲评·第二十一回》："阉宫人役俱带着愁帽子，恐圣怒难测。纵然恩宽，监门人役少不得要问罪。"文献中出现的"恩宽"，多指皇帝的圣

恩。在皮影戏中,"恩宽"的用例如:

  清虚真君:站起来。
  黄天化:师父恩宽,唤弟子前来,有何教训?
           ——《四圣归天》《华阴老腔剧本选辑》
  哈拉达:(上)参见驸马!
  韩　昌:免。
  哈拉达:驸马恩宽,命小将进帐,哪路差遣?
           ——《金沙滩》《华阴老腔剧本选辑》
  窦建德:明公不可,请起!
  王世充:明公恩宽。
           ——《斩五王》《华阴老腔剧本选辑》
  杜　雲:站起来。
  二校尉:相爷恩宽。
      ——《九华山》《环县道情皮影改编新创剧目选集(第二辑)》
  柳　妻:哎,十娘请起!
  杜十娘:夫人恩宽。
        ——《百宝箱》《陕西传统剧目汇编·阿宫·第一集》
  李　绥:恩人起。
  艾　谦:太老爷恩宽。
        ——《火焰驹》《陕西传统剧目汇编·华剧·第一集》

可见,皮影戏剧本中,"恩宽"是敬辞,用于应答,表示谢意。无论对方是王侯将相,还是平民百姓,都可以使用"恩宽"表达感谢。

第五节　西北皮影戏剧本词汇的使用特点

一、双音节词语可以同义连用

同义连用是指相同或相近的词放在一起使用,在句中共同充当句子成分的语言现象。古代汉语中单音节词占优势,同义连用是一种重要的语言现象,也是汉语复合词产生的一种重要方式。先秦时的文献,就已经出现不少同义连用的语言现象,王其和通过研究《史记》中的同义连用词发现,到了《史记》时代,同义连用已经被广泛运用,这与汉代同义词数量的增多以及汉语双音节化的发展是密不可分的①。在学者们的研究中,同义连用主要指同义或近义的单音节词复合成双音节,甚至三、四音节词,然而,在近代汉语中,一些作品中也出现了同义或近义的双音节词进一步复合的情况。在皮影戏剧本中,我们可以看到一些例子。如:

关　公:呀呀呸。李俊醒悟苏醒,吾神非别,乃是扶魔大帝在此,因你后来与大清保国,吾神赠你神剑一口,助你边庭成功。

——《地风剑》《环县道情皮影改编新创剧目选集(第二辑)》

其中"醒悟""苏醒"都是让人清醒之意。再如:

嘉庆王:寡人听了一遍,龙心可喜,众卿听封:杨爱卿为国尽忠,封为镇殿候,三、六、九陪王伴驾……

——《地风剑》《环县道情皮影改编新创剧目选集(第二辑)》

伴驾谓陪伴皇帝,也指做皇帝的近臣。"陪王""伴驾"都是陪伴君王之意。再如:

番　将:哈!看看大功成就,闪上二位杰士,破了吾的飞砂阵,杀了我个措手不及。来呀!我兵不能取胜,留下降文软表,爬山逃。
(下)

——《地风剑》《环县道情皮影改编新创剧目选集(第二辑)》

此例中"降文""软表"同义连用,都是投降的表文之意。再如:

吴　荣:只是吾主昏庸,每日以在西宫吃酒作乐,唐丹奸贼,在朝横行,欺太子年幼,图谋不轨,我心想去到班部朝房,会上几家忠臣,上殿劝谏吾主,只得走走。

——《裙边扫雪》《环县道情皮影改编新创剧目选集》

班部指朝班的行列,朝房是供百官等候入朝之所。"班部""朝房"均是大臣们等待进宫入朝时的地方,属同义连用。再如:

---

① 王其和.《史记》同义连用研究[J].语言科学,2003(4):79.

杨蕊莲：(坐)奴乃杨蕊莲。母亲早亡，只生我兄妹俩个，多亏爹爹抓养成人。爹爹清早<u>朝王见驾</u>，这般时候不见回府，叫奴时刻担心。

——《地风剑》《环县道情皮影改编新创剧目选集(第二辑)》

唐　丹：(唱)离府门上殿去<u>朝王见驾</u>，早到了午门外整顿乌纱。

文武个个见咱怕。

——《裙边扫雪》《环县道情皮影改编新创剧目选集》

这两例中，"朝王""见驾"均指觐见皇帝，属同义连用。

以上的例子中，有些连用的词在近代作品中没有同例，如"班部""朝房"文献中两个词没有合着使用的情况。再如"降文""软表"在文献中也都是分别出现，如《旧唐书·本纪第十九下》："李琢、赫连铎又击败于蔚州，降文达，李克用部下皆溃，独与国昌及诸兄弟北入达靼部。"《资治通鉴·卷第一百六十五》："(梁元帝)叹曰：'文武之道，今夜尽矣！'乃使御史中丞王孝祀作降文。"文献中"降文"也作"降表"。《元史·列传第十》："奉诏征占城，以其国降表、贡物入见，帝嘉之，厚加赏赉。"《明史·列传第一百五十六》："刻期将遁，而大同总兵姜瓖降表至，自成大喜。"软表亦指降表。《唐朝开国演义》[①]卷一："今用黄金千两，蜀锦千匹，玉带、龙袍、名马，修软表一通，待臣去讲和，救取殿下。"

而在一些明清小说中，也有两个双音节词同义连用的情况，如"朝王见驾"，《施公案·第六七回》："只知老爷回转京城，朝王见驾，就要升官。"再如"随皇伴驾""陪王伴驾"，《太平广记·卷第一百九十一》："初在陈朝当官，常执伞随皇伴驾。"《刘公案·第一回》："官居相位，妹妹又是西宫妃子，陪王伴驾，故此在朝眼空四海，目中无人。"

二、叠音方式较为多样

叠音指重叠两个(或多个)音节而形成新的词语形式。此处我们称叠音，主要讨论词语通过重叠音节来使用的情况，故包括现代汉语词汇中的叠音词和重

[①]《唐朝开国演义》原名《大唐秦王词话》，共8卷64回。明代诸圣邻著，讲述唐太宗李世民自晋阳起兵到登上帝位的故事。

叠式复合词。现代汉语叠音词指由不成语素的音节重叠构成,是单纯词,如猩猩、皑皑、瑟瑟等。重叠式复合词是由相同的词根语素重叠构成的,如姐姐、刚刚等。因我们的考察重点不在研究构词方式,而是使用形式和表达效果,故单纯词的叠音词和重叠式复合词以下统称叠音词。

甲骨文、金文中就已经开始使用叠音词,先秦文献如《诗经》《楚辞》等,也大量使用了叠音词。汉语词汇自单音节向多音节发展,重叠音节就是一种构词方式。叠音也是古文诗词的一种修辞方式,在表达效果上,叠音还能突出表达、渲染气氛、增强韵律感等。

皮影戏剧本语言中,有大量词语叠音的用法,且体现出一些和现代汉语不同的特点。例如"实实",《诗经·鲁颂·閟宫》:"閟宫有侐,实实枚枚。""实实"有广大、充实之意。近代文学作品中,"实实"多为老实、的确之意,如《醒世恒言·第二十三卷》:"'你这妮子如何有在身边?实实的说与我听。'……小妮子便道:'若问别样心事,我实实不曾晓得。'"《红楼梦·第七十六回》:"黛玉道:'这可实实是你的杜撰了!'"《西游记·第二十二回》:"你端的甚么姓名,实实说来,我饶你性命。"《官场现形记·第二十回》:"卑职虽不才,要欺骗大人,卑职实实不敢!"

"实实"在皮影戏剧本语言中,多作实在、的确之意,如:

张　郃:……观见营门大开,我心中实实有些惧怯,不敢前进。(下)

——《定军山》《华阴老腔剧本选辑》

赵　云:(上,唱)……

归刘斩将有多少,杀得孙魏血水漂。

赵云实实不服老,扫灭魏邦兴汉朝。(下)

——《天水关》《华阴老腔剧本选辑》

赵　云:(唱)叫高祥和张翼快来相救,叫马岱邓伯苗何不向前?

四肢无力实实难以交战,眼看吾性命就在倾刻间。(下)

——《天水关》《华阴老腔剧本选辑》

张　飞:斩了蔡阳,我便认你。

关　羽:三弟,我实实扎挣不得了。

——《出五关》《华阴老腔剧本选辑》

百里奚：(唱)脱磨难不几日复受磨难,看吾君那光景<u>实实</u>可怜!
　　　　不由教人泪满面。(众同下)
　　　　　　　　——《百里奚拜相》《陕西传统剧目汇编·华剧·第七集》
方新郎：哎呀爹爹,你将孩儿卖了,莫要卖我哥哥。
方林郎：我,我<u>实实</u>的离不了我小兄弟。
　　　　　　　　——《四贤册》《陕西传统剧目汇编·阿宫·第一集》
朱振普：(唱)熊天官讲此话<u>实实</u>有过,与番奴怎能够罢兵求和。
　　　　我中华好儿女忠心可贺,岂能够让番奴贱踏山河。
　　　　　　　　——《九联珠》《陕西省乾县弦板腔剧团剧本》
赵生春：(上唱)南京地这几年天遭荒旱,亲父子不相逢<u>实实</u>可怜。
　　　　　　　　——《白狗卷》《中国皮影戏全集9剧本4》

　　通过检索现代汉语语料库发现,"实实"单独做状语只有不到十例,如"实实有净土,实实有莲花"(李叔同《弘一法师全集》)和几例"实实是……"。"实实"需和别的语素结合为"实实在在""严严实实""切切实实""确确实实""真真实实"①等,修饰谓语。可见,皮影戏语言中"实实"的用法,更接近近代汉语的特点。

　　皮影戏语言中出现的叠音的形式也较为多样。如 ABB 形式,A 可以是名词,如:

平秀吉：(念)占船纷纷列湖上,旌旗飘飘扑疆场;
　　　　杀刃不论将和相,抢夺哪怕遇帝王。
　　　　　　　　——《百宝箱》《陕西传统剧目汇编·阿宫·第一集》
王元达：(率官兵上诗)哗啦啦盔甲响亮,雾腾腾马蹄声鸣。
　　　　　　　　——《九华山》《环县道情皮影改编新创剧目选集(第二辑)》
李双喜：哗啦啦盔甲明亮,雾沉沉马蹄声鸣。
　　　　不知来将多少,杀得叫他抛甲逃生。
　　　　　　　　——《白狗卷》《中国皮影戏全集9剧本4》

---

① 北京语言大学 BCC 现代汉语语料库,http://bcc.blcu.edu.cn/

翠　　莲：两眼泪涟涟，两眼泪涟涟……
　　　　　　——《九华山》《环县道情皮影改编新创剧目选集（第二辑）》
董　　永：（上唱）可怜时运甚艰难，双亲俱丧六月天；
　　　　　　衣衫棺板无一件，我在大街泪涟涟；
　　　　　　——《槐荫树》《陕西传统剧目汇编·弦板·第三集》
天　　神：（坐诗）天上祥云飘飘，地上海水涛涛。
　　　　　　——《白狗卷》《中国皮影戏全集9剧本4》
洪武帝：（唱）想是奸相谋害我，急速出府意忙忙。（下）
　　　　　　——《追风骥》《陕西传统剧目汇编·华剧·第七集》
公孙瓒：只因汉室慌慌，穷寇四起，诸侯割霸，干戈不宁。
　　　　　　——《借赵云》《华阴老腔剧本选辑》

叠音ABB形式中的A也可以是形容词或动词，如：

洪武帝：（唱）寡人进府心惊慌，相府人儿乱嚷嚷。
　　　　　　——《追风骥》《陕西传统剧目汇编·华剧·第七集》
姜子牙（上，唱）黎民受尽千般苦，世乱慌慌不安康。
　　　　　　——《渑池关》《华阴老腔剧本选辑》
孔　　融：（唱）孔融心中喜盈盈，钦羡玄德将英贤。
　　　　　　——《借赵云》《华阴老腔剧本选辑》
黄飞虎：（唱）听言吓的魂不在，战战兢兢哭哀哀；
　　　　　　可怜吾儿把命废，今日一旦丧无常。
　　　　　　——《金鸡岭》《陕西传统剧目汇编·阿宫·第一集》
四仙姑：（唱）仙姬开言笑盈盈，叫声崔郎你且听。
　　　　　　——《崔祥打柴》《陕西传统剧目汇编·华剧·第五集》

皮影戏语言中出现AAB形式，B可以是形容词或者动词，如：

张金孝：（念）天上星星撒撒稀，地上穷人穿破衣。
　　　　　　——《白狗卷》《中国皮影戏全集9剧本4》
陶　　谦：（唱）可恨张闿贼小儿，图财害命暗暗逃。
　　　　　　——《借赵云》《华阴老腔剧本选辑》

关　公：醒来谨谨无言，吾神去也。
　　　　——《地风剑》《环县道情皮影改编新创剧目选集（第二辑）》

这一类用法较为特殊，多出现在唱词中，因唱词字数及节奏有所限定，有时因为韵律的需要，将修饰性的重叠成分放到了中心语的前面。

词语叠音后的修辞效果如何呢？我们来看一段老腔剧本《借赵云》的例子，因战情需要，刘备向公孙瓒借赵云为将，而公孙瓒怕折损大将不想借，以赵云才能不济为借口不愿答应，推脱说刘备误判了赵云的能力。公孙瓒的话中用了很多叠音词：

刘　备：（唱）叫声长兄须当听，休要执固灭英雄。
　　　　　　　赵云非比寻常辈，我识他的武艺精。

公孙瓒：你不识，你实实不识。

刘　备：仁兄——
　　　　（唱）休道弟不识贤愚，只是仁兄不允从。

公孙瓒：贤弟，这赵云实实的当不得一军，万万的不能济事，那有不从之理。

刘　备：仁兄——

公孙瓒：嗯……

刘　备：（唱）兄恐子龙不能济，弟看子龙必成功。

公孙瓒：玄德弟，你错了主意了，你大大的错了主意了。

……

刘　备：仁兄不记得，当日与袁绍打战，若非我刘备关张，怎能胜得袁绍？今日就不容弟帮助他人，况人之祸福岂能料乎？愿求赵云一面！

公孙瓒：罢了，你且转便转便，待我问过赵云，看他愿去不愿去。

刘　备：你将子龙唤上前来，你我当面问过。既不愿去，为弟即当告退，如何不容弟在？

公孙瓒：这个，你就把我缠的住住的。人来，唤赵云！
　　　　　　　　　　　　——《借赵云》《华阴老腔剧本选辑》

公孙瓒说明拒绝理由时用到的"你实实不识""这赵云实实的当不得一军"

"万万的不能济事""你大大的错了主意"等,用叠音词的口语化表达方式,凸显了公孙瓒不想借出赵云,但理由苍白无力的矛盾。"实实""万万""大大""住住"等词的叠音形式,使得口语特色突出,感染力强,很好地体现了公孙瓒刻意加强语气,以掩盖自己说谎的事实。《借赵云》是传统戏曲经典剧目,京剧、秦腔等都有,但均无公孙瓒推辞一段,都是直接给刘备借兵。老腔剧本中的这一唱段,语言特色非常鲜明,且为下一场景中刘备、赵云讨论天下英雄时对公孙瓒的评价做了极好的铺垫。

总体看来,皮影戏唱词中多出现词语叠音的形式,词汇特点与近代汉语更为相近,形式上比较多样,表演中能够呈现非常突出的表达效果。

三、词义有历史层次

随着历史的发展,词义的内涵与外延都有可能产生变化。皮影戏剧本中的一些词语,其词义不同于现代汉语,而与近代文献中的词语意义相同或接近。

如现代汉语中,"道理"指事理或情理。而在皮影戏剧本中,"道理"是处理或打算,常见词组有"再作道理":

> 黄　忠:(对介)好贼,擒吾牙将,哪用多说,休走!
> 　　　　(杀介,拿夏侯尚,立)不出三合,生擒夏侯尚。收兵回营,<u>再作道理</u>。
> 　　　　　　　　　　　　　——《定军山》《华阴老腔剧本选辑》

"再作道理"即再容处理,近代文学作品中也常出现。《初刻拍案惊奇·卷二十九》:"这事且只看县里申文到州,州里主意如何,再作道理。娘且宽心。"《东周列国志·第三十二回》:"不如且归宫拥立长公子,看群情如何,再作道理。"《封神演义·第八十八回》:"不若往朝歌,与袁洪合兵一处,再作道理。"《西游记·第八十三回》:"任他设尽千般计,难脱天罗地网中。到洞门前,再作道理。"

皮影戏剧本中也常见"我有道理"的词组:

> 诸葛亮:老将军下边休息。(赵云下)哎,这赵云从不夸别人之勇,何人知吾玄机,<u>我有道理</u>。左右,听吾传令,大军随吾,去到天水攻城,且看姜维是何等人材。
> 　　　　　　　　　　　　——《天水关》《华阴老腔剧本选辑》

"我有道理"即我有处置的办法。《梼杌闲评·第二十回》:"正在难分之时,只见一个人走了来,劝道:'二位莫打,我有道理。'"《封神演义·第十四回》:"我有道理:待我卖个破绽,一先戳死道人,然后再拿李靖。"高明《琵琶记》:"相公。你不必忧虑。我自有道理。不由我爹爹不从。"

"道理"还可以用作动词,即"说出道理"之意:

  刘 备:仁兄不可执固,灭却赵云之志,你且听弟道理来——。

                ——《借赵云》《华阴老腔剧本选辑》

再如现代汉语中的"在意"是留意、觉得重要,皮影戏剧本中,"在意"即小心,且常与"小心"同义连用,组成短语"小心在意":

  杨 任:一个看住一个打,小心在意。

                ——《渑池关》《华阴老腔剧本选辑》

  诸葛亮:你二人各带本部人马,同崔亮前去,吾率大军随后。进城之时,先杀匹夫。城内必有埋伏,汝二人需要小心在意。

                ——《天水关》《华阴老腔剧本选辑》

  孔 融:书已修就。将军可带此书出城,小心在意。(下)

                ——《借赵云》《华阴老腔剧本选辑》

  李嗣源:小心在意。

  史建瑭:放心,放心。

                ——《苟家滩》《华阴老腔剧本选辑》

在明清小说里,也常常出现"小心在意"连用的情况。《三国演义·第十九回》:"二弟切宜小心在意,勿犯曹公军令。"《初刻拍案惊奇·卷三十一》:"到那里,务要小心在意,随机应变。"《全元曲杂剧·裴少俊墙头马上》:"我耽着利害放您,则要一路上小心在意者。"《东周列国志·第五回》:"我此行不过月余便回,烦贤弟暂摄朝政,小心在意。"《三国演义·第十九回》:"我等正当淮南冲要之处。二弟切宜小心在意,勿犯曹公军令。"《水浒传·第六十一回》:"再三付盼吴用小心在意,休教李逵有失。"

"冤家"在现代汉语中是愁人或情人,泛指似恨实爱、给自己带来苦恼而又舍不得的人。而在皮影戏剧本,"冤家"多指儿女。如:

  赵月娥:哎!(唱摇板)二冤家莫啼哭且暂忍耐,你爹爹霎时间打粮回来。

　　　　　——《四贤册》《陕西传统剧目汇编·阿宫·第一集》

尤　　氏：老身蜘蛛之妻,我乃尤氏便是,员外去世,只留一个女儿,名叫杏花,冤家身长袖大,尚未许人。

　　　　　——《屎巴牛相亲》《陕西传统剧目汇编·阿宫·第一集》

宋　　母：(唱)见奴才把老姊肝胆气坏,骂一声宋百良不孝的奴才。

娘为你小奴才身得病在,娘怀你小冤家身受痛灾。

　　　　　——《白狗卷》《中国皮影戏全集9剧本4》

"烟尘"在现代汉语中是烟雾灰尘的意思,而在皮影戏剧本中,烟尘是烽烟和战场上扬起的尘土,借指战火:

夏侯楙：(上,诗)奉王圣旨出洛阳,提兵调将谁敢挡。

我国安宁凭将士,扫灭烟尘扶魏王。

　　　　　——《天水关》《华阴老腔剧本选辑》

周武王：(上,诗)尧眉舜目骨骼清,禹背汤肩自天生。

若把烟尘消灭净,万民融融乐太平。

　　　　　——《金鸡岭》《华阴老腔剧本选辑》

这一义项和古代及近代文献中的用例是一致的,如《旧五代史·唐书三十二》:"久在云中,谙熟边事,望烟尘之警,悬知兵势。"《太平广记·卷第四百九十二》:"边徼事繁,烟尘在望,朝廷以西郵陷虏,羌没者三十余州。"《警世通言·第二十一卷》:"老汉见天下分崩,要保佑太平天子早出,扫荡烟尘,救民于涂炭。"《全元曲杂剧·唐明皇秋夜梧桐雨》:"自高祖神尧皇帝起兵晋阳,全仗我太宗皇帝,灭了六十四处烟尘,一十八家擅改年号,立起大唐天下。"《西游记·第十一回》:"尽都是六十四处烟尘的叛贼,七十二处草寇的魂灵,挡住了朕之来路。"

四、同素异序词使用频繁

同素异序词是指由相同的语素按不同的排列顺序构成的词语。如普通话中的"详细",同素异序词就是"细详"。西北皮影戏剧本语言中,使用了大量的同素异序词,就如"细详":

李　甲：吾兄请听。

　　　　（唱）未曾开言泪两行，吾兄侧耳听细详；

　　　　　　她本是个烟花女，花费千金非寻常。（留板）

　　　　　　　　——《百宝箱》《陕西传统剧目汇编·阿宫·第一集》

孔　宣：（唱）将士站队听我讲，总爷与你说细详，

　　　　　　将养锐气战百胜，昼夜时刻要提防。

　　　　　　　　——《金鸡岭》《陕西传统剧目汇编·阿宫·第一集》

张七姑：君子既问，请听了：

　　　　（唱）多蒙君子问细详，不由教人泪悲伤！

　　　　　　家在山后本姓张，不幸双亲丧黄粱；

　　　　　　　　——《槐荫树》《陕西传统剧目汇编·弦板·第三集》

"细详"即详细，皮影戏剧本语言中常用作动词的补语。此处使用同素异序词，也是受到戏曲用韵影响。近代文献中也有"细详"一词，但常用作动词，与皮影戏用例情况不同，如《三国演义·第二回》："倘机不密，必有灭族之祸，请细详之。"《英烈传·第一回》："朕夜来得一奇梦，卿可细详主何吉凶？"《隋唐演义·第十六回》："细详张贤弟的心事，莫着弟爽利，待弟说了出来，到与二位执柯何如？"这几例都是带宾语的动词。再如"迟延"：

关　羽：（唱）滑州地面遇公佑，言说吾兄会汝南。

　　　　　　普天之下把兄访，速奔汝南莫迟延。

　　　　　　　　——《出五关》《华阴老腔剧本选辑》

李　俊：我有心报效国杀贼除患。只可惜时运差无有机缘。（吼）

　　　　正行走猛听得深山呼叫。赶上前去缚虎不可迟延。（留、下）

　　　　　　　　——《地风剑》《环县道情皮影改编新创剧目选集（第二辑）》

魔礼青：好一姜尚，姬发父子西岐作乱，你等焉敢助恶反叛朝廷。吾今奉旨西征，若能束手纳降，还则罢了，若待迟延，悔之何及？

　　　　　　　　——《四圣归天》《华阴老腔剧本选辑》

"迟延"即拖延，上述前两例使用"迟延"应是受到诗句入韵的影响，第三例念白没有押韵的要求，也用了"迟延"。"迟延"在近代文学作品和现代汉语中都比较常见。再如一些完全不受押韵要求影响的例子：

宋百良：哎哟！你看这个老害祸，一在世上就是你我大大的累赘。以我心中思想，把这个老害祸，挪到高窑里边，叫她修个戴罗神仙去。你我逃外岂不零干！

——《白狗卷》《中国皮影戏全集9剧本4》

"害祸"即祸害，指引起灾难的人或事物。近代文献中"害祸"出现得很少，《续水浒传·第十回》："莫说赏钱，他等若吃喝完了，不烧房子不害祸人，就算天大的恩德。"这一例中"害祸"当动词使用。《皇朝经世文统编·卷三十四》："若所产之物素未著名，断不可轻用馈遗，贻后人之害祸。"近代作品《白话〈宋书〉·范晔传》①："当年使者返回，徐谌之奉行皇上亲笔敕书，远远地警戒害祸，先预感到灾祸的可能性，叫他告诉朝中大臣们，共同拯救危难，不要使奸人占了先机。"这两例中"害祸"用作名词。再如"速快"：

赵　云：老将军速快逃走，有吾阻挡。

——《定军山》《华阴老腔剧本选辑》

马　遵：如此，速快开关，人马一拥向前，于我围了。

——《天水关》《华阴老腔剧本选辑》

张　飞：大哥，不用多言，速快起兵杀贼，于民除害。。

——《借赵云》《华阴老腔剧本选辑》

穆桂英：既有仙妙丹，速快取来。

——《恩阳关》《陕西传统剧目汇编·华剧·第六集》

平秀吉：众弟兄，有一汉子和一女子，杀法骁勇，你我速快逃走。

——《百宝箱》《陕西传统剧目汇编·阿宫·第一集》

霄　：兄弟言之有理，你我速快赶路了。

——《九联珠》《陕西省乾县弦板腔剧团剧本》

杨蕊莲：只得这样，你和丫环速快收拾行李包裹，待我下边更衣了！

——《地风剑》《环县道情皮影改编新创剧目选集（第二辑）》

---

① 谢圣明，黄立平．白话二十四史[M]．北京：中国华侨出版社，1999．
《宋书·卷六十九·范晔传》："昔年使反，湛之奉赐手敕，逆诫祸乱，预睹斯萌，令宣示朝贤，共拯危溺，无断谋事，失于后机。"

速快:犹迅速。在近代文献中查找,使用"速快"的语料不多。《西游记·第二十一回》:"跳在空中,纵觔斗云,径往直南上去,果然速快。"而文献中多用"速速",西北皮影戏中却很少用"速速"一词。

附:皮影戏剧本常用同素异序词例释

度用

　　张金孝:我家住奉阳地家境贫淡,
　　　　　父去世母在堂留我孤单。
　　　　　恨老天不落雨光遭年旱,
　　　　　每日间无度用逃走外边。

　　　　　　　　　　——《白狗卷》,《中国皮影戏全集9 剧本4》

　　王　义:为弟虽则年幼,两膀有千斤之力,一担能担五百斤干柴。担头加力,是够你我度用,何必兄长打柴?

　　　　　　　　　　——《白狗卷》《中国皮影戏全集9 剧本4》

度用:用度,费用,开支。《史记·白起王翦列传》:"於是始皇问李信:'吾欲攻取荆,於将军度用几何人而足?'李信曰:'不过用二十万人。'"《汉书·卷七十五》:"孝文欲作一台,度用百金,重民之财,废而不为,其积土基,至今犹存,又下遗诏,不起山坟。"《新唐书·列传第五十一》:"帝时诏王播造竞渡舟三十艘,度用半岁运费。"

祸殃

　　张　飞:(唱)翼德披挂怒胸膛,手中握定丈八枪。
　　　　　　此去定要灭贼党,救民为国除祸殃。

　　　　　　　　　　——《借赵云》《华阴老腔剧本选辑》

　　宋　母:家住在中州地宋家庄上,我的儿宋百良不孝儿郎。
　　　　　　因本郡遭年荒无法度养,逃出门中途路遭了祸殃。

　　　　　　　　　　——《白狗卷》《中国皮影戏全集9 剧本4》

　　姜　维:(唱)一见娘两眼泪落,气的我心肝碎裂。
　　　　　　老娘无故遭祸殃,这场冤枉哪里结?

　　　　　　　　　　——《天水关》《华阴老腔剧本选辑》

王　义：(唱)我今上前去告状,要与贼官见短长。

只说求神祈寿康,谁知反来招祸殃。

看来鬼神都是枉。(下)

——《九纹龙起义》《华阴老腔剧本选辑》

李　氏：(唱)昨晚一梦太不祥,我梦见乌云遮太阳。

莫不是我朝折大将,莫不是老爷遭祸殃?

心思恍惚坐后帐。

——《打回羌白》《华阴老腔剧本选辑》

郐丽娘：(唱)这是你今日将任上。谁知半路遭祸殃。

只说同把富贵享。那料才是这下场。

——《玉燕钗》《陕西传统剧目汇编·华剧·第一集》

曹　操：(唱)恨马腾起心不良,二匹夫自招祸殃。

幸苗泽予吾报信,这还是天理昭彰。

——《西凉遇马超》(渭南市人民政府网站文化频道——华阴老腔剧本)

东　宫：(唱)开言来把姐姐一声呼唤,听妹妹把详情对你细言

测八卦吓得我心惊胆战,我看你遭祸殃不过三天。

——《裙边扫雪》《环县道情皮影改编新创剧目选集》

祸殃：殃祸,灾祸。自先秦起,文献中就多有出现。《楚辞·九章·惜往日》:"甘溢死而流亡兮,恐祸殃之有再。"《史记·秦始皇本纪》:"内饰诈谋,外来侵边,遂起祸殃。义威诛之,殄熄暴悖,乱贼灭亡。"《晋书·列传第十》:"据非其位,乃底灭亡。珧虽先觉,亦罹祸殃。"《旧五代史·梁书十》:"招致灾患,引翼祸殃。"《明史·列传第二百一十二》:"仍令守臣切谕安南,毋贪人土地,自贻祸殃,否则议遣偏师往问其罪。"《东周列国志·第九十八回》:"臣闻无故之利,谓之祸殃,王勿受也。"《水浒传·第二十六回》:"平生作善天加福,若是刚强受祸殃。舌为柔和终不损,齿因坚硬必遭伤。"

慨感

文　宗：原是通大哥,救命之恩,何胜慨感。

——《九华山》《环县道情皮影改编新创剧目选集(第二辑)》

慨感：感慨。文献中无此用法。

恐惊

文　宗：多谢大哥恩义重，

通天蛟：贤弟多得受恐惊，

——《九华山》《环县道情皮影改编新创剧目选集（第二辑）》

恐惊：惊吓。《后汉书·列传第五十三》："明年帝崩，梁太后以杨、徐盗贼盛强，恐惊扰致乱"。《全唐诗·第二百八十三》李益《盐州过胡儿饮马泉》（一作过五原胡儿饮马泉）："莫遣行人照容鬓，恐惊憔悴入新年。"《全唐诗·卷五百二十四》杜牧《方响》："数条秋水挂琅玕，玉手丁当怕夜寒。曲尽连敲三四下，恐惊珠泪落金盘。"《云笈七签·卷八十七·诸真要略部》："多恐惊而无当捍之威，善直一而无繁顽之欲。"《全元曲·幽闺记》："远闻军马犯边城，怎奈奉旨登途也离乡背井。这场战争，这场恐惊，谁惯经？"

齐整

萧九三：着吹打起来、怎么只叩头、总不上香。待我上香，你們放的齐齐整整的。这柱香、老兄家保佑國泰民安。

——《万福莲》，《陕西传统剧目汇编·华剧·第一集》

飞玉娘：（接唱）小房内更衣多齐整，说罢是打花鼓一样相同。

——《九华山》《环县道情皮影改编新创剧目选集（第二辑）》

齐整：整齐。《晋书·载记第十四》："坚与苻融登城而望王师，见部阵齐整，将士精锐。"《魏书·列传第二》："路出秀容，尔朱荣见其法令齐整，有将领气，深相结托，约为兄弟。"《隋书·卷五十三·列传第十八》："方法令严肃，军容齐整，有犯禁者，造次斩之。"明清小说中大量出现"齐整"一词。《梼杌闲评·第二十九回》："二则假此奉承皇上欢喜，把一座后海子收拾得十分齐整。"《初刻拍案惊奇·卷一》："又早摆下几桌酒，为首一桌，比先更齐整。"《东周列国志·第三十六》："渡河船只，俱已预备齐整。"《封神演义·第三十六回》："话说张桂芳见子牙人马出城，队伍齐整，军法森严。"《水浒传·第一百九回》："队伍军马，十分齐整。王庆亲自监督。"《红楼梦·第四十回》："如今又见了这小屋子，更比大的越发齐整了。"

文献中，"齐整"也用作动词。《后汉书·列传第七一》："缪彤，汝修身谨行，学圣人之法，将以齐整风俗，奈何不能正其家乎！"《旧唐书·列传第九十八》:"杜绝蹊径,齐整法度,考课吏理,皆蒙垂意听纳。"《云笈七签·卷四十·说戒部三》:"夫斋以齐整身心为急。身心齐整,保无乱败。"

伤凄

  文 宗:(唱伤音代板)拜别爹爹泪如雨,到今天落个好**伤凄**。
       我今逃出京城地,不知凶来不知吉。
       父子何日才能遇。(切,下)
         ——《九华山》《环县道情皮影改编新创剧目选集(第二辑)》

伤凄:伤感悲痛。《太平广记·卷第一百二十〇》:"声甚伤凄,似是自悼不得成长也。"

狱牢

  宋 王:(唱伤音代板)费龙奸贼似虎豹,宋江山火炼冰消。
       不由寡人珠泪掉,无奈把忠臣收**狱牢**。
         ——《九华山》《环县道情皮影改编新创剧目选集(第二辑)》

  汉盘龙:寡人登基,天下大赦,一赦残粮残草,二赦**狱牢**中囚犯,外廉官连升三级,内廉官近台听封!
         ——《裙边扫雪》《环县道情皮影改编新创剧目选集》

狱牢:监狱。《淮南子·卷十六·说山训》:"执狱牢者无病,罪当死者肥泽,刑者多寿,心无累也。"《桃花扇·第三十出》:"俺正要省约法,画狱牢;那知他铸刑书,加炮烙。"

执固

  刘 备:仁兄不可**执固**,灭却赵云之志,你且听弟道理来——
         ——《借赵云》《华阴老腔剧本选辑》

  伯夷、叔齐:千岁、元帅不必**执固**,请听我弟兄一言。古人有云,子不言父之过,臣不彰君之恶。只闻以德而感君,未闻以下而伐上者。
         ——《金鸡岭》《华阴老腔剧本选辑》

执固:坚持。《吕氏春秋·卷第八》:"其藏於民心,捷於肌肤也,深痛执固,不可摇荡,物莫之能动。"

执固也有固执之意,《云笈七签·卷九十一·七部名数要记部》:"心如死灰,执固道源。"《梼杌闲评·第二十一回》:"他们一党俱是执固的,小爷既然喜他,皇爷又要用他,若大用了他,非我等之福也。"《精忠旗·第十七折》:"又不劳你王贵半分铜,却推三阻四,执固不通。"《宋书·卷八十五·列传第四十五》:"荷恩惧罪,不敢执固,焦魂褫气,忧迫失常。"《海国春秋·第二十八回》:"事有经权,将军请勿执固。"

第四章　西北皮影戏剧本语法研究

第一节　西北皮影戏剧本语法概述

戏曲的剧本经文人创作，再由艺人演绎，形成了一些特殊的语言风格，同时也具有了自己的语法特点。皮影戏演出时，艺人在幕后演唱，可以翻看剧本，无需背记台词。由于演出艺人的水平不一，且演出时根据现场环境、观众反应等，唱词都会有所调整。西北皮影戏剧本语言的词汇有明显的特点，语法也有一些特别之处。主要可以分为以下几个方面：

一、句式口语化

如前所述，皮影戏剧本的初期创作和演出后的改编，不同版本剧本会呈现出不同的语言特点。如在现代汉语中，"好我的＋称谓"结构用来称呼对方，表达劝说、解释、嘲讽等多种语气，常出现在对话中。"好我的＋称谓"结构也出现在皮影戏剧本中，如：

庆　童：哎，好我的姐姐呢！你说我给你把李公子扯进院来，重重有赏，莫给个啥啥么，你就可走咧？

——《百宝箱》《陕西传统剧目汇编·阿宫·第一集》

宋百良：你真说了个不当啥，我手中一文钱无有，把那个崽娃子抢了不成。这是刘氏妻，好我的干妈哩！我今天从大街市上所过，听得纷纷人言，都说奔上远方逃难。我便回得家来和你商议，也奔上远方逃荒躲难，你看如何？

——《白狗卷》《中国皮影戏全集9 剧本4》

杨凤直：我的众将官，你们躺在营外不去巡营，小心番犬偷营劫寨。

兵　　：好我的元帅哩，我们饿得实在站立不住了。

——《地风剑》《环县道情皮影改编新创剧目选集（第二辑）》

"好我的+称谓"是一个口语化程度高的结构，在改编传统剧本时，一些语言形式的改变，正是为了让戏剧的语言更加口语化，更有利于传播。如碗碗腔剧本《囊哉》由朱学根据清代秀才李芳桂的《清素庵》改编①，李芳桂原剧中是没有"好我的+称谓"这一结构的，而改编后的《囊哉》中则出现了5例，如：

吴志清：不会，……我家李兄必是于心不安，因而过船询问。好我的李兄呢，你这一去只怕把烂子给留下了。

吴志清：不然为何去而不还呢？唉，好我的嫂子哩，你这一留，怕把烂子给留下了。

吴志清：慢着，好我的嫂子，话未问清你就将箱子抬回，你知道箱子里装的什么？

——《囊哉》《碗碗腔剧本》

这说明为了突出皮影戏的演出效果，语言的风格应有一定的调整，多采用一些口语化表达的语句格式可以突出感染性，更有利于和观众的情感互动。

句式的口语化还表现在句式灵活，语序随机等方面，如：

家　丁：（白）管家，今儿也寻少年，明儿也寻少年，少年到底是个啥样吗？

福　　：人样个，啥样，反正我知道他叫个云公子，见了面我就能认得，走。

——《九联珠》《陕西省乾县弦板腔剧团剧本》

剧中当家丁问"到底是个啥样吗？"，熊福回答"人样个，啥样"，回答用短句的形式，且语言具幽默感，表达简洁但有力。再如：

杜十娘：奴家生命不辰，身落风尘，实想与李郎同偕到老，不料郎君相信不深，中途听了浪荡之言，要妾身反事他人。今天船舱众

---

① 朱学改编《囊哉》剧本见秦腔秦韵数据库 http://www.sxlib.org.cn/dfzy/qyqq/，李芳桂《清素庵》剧本参考1958年陕西省文化局编印《陕西传统剧目汇编·华剧·第一集》。

人,各有耳目,还是妾负了君,君负了妾?你如若不信,箱内层层抽出。

——《百宝箱》《陕西传统剧目汇编·阿宫·第一集》

百里奚:我非不言,大人与主相处极久,信任又深,言且不听,我居位日浅,岂能纳我之言?因此我所以不言。

——《百里奚拜相》《陕西传统剧目汇编·华剧·第七集》

上例中杜十娘的质问"还是妾负了君,君负了妾?","还是"并没有放在两个分句的中间,而是放在了首句前,口语中语序并不太固定。百里奚的念白"因此我所以不言"将"因此我不言"和"我所以不言"糅合在一句,也不同于"所以我不说",可视为从半文言向口语化发展的一个过渡,从一个侧面反映出传统剧本语言的口语化改变。

二、方言特征明显

地方戏曲的语言本身就带有强烈的地方特点,除了剧本语言中会使用很多方言词外,词类的运用、语法结构的选择也体现出一定的方言特征。如在陕西方言中,语气词"些"放在词尾或句尾[1],多表达祈使语气,具体有敦促、提醒、警告等意味。如:

方林郎:叔父作速<u>些</u>。

方新郎:爹爹麻利<u>些</u>。

——《四贤册》《陕西传统剧目汇编·阿宫·第一集》

"我把你(个) + 名词性成分"这一语言结构在陕西、山西、甘肃等地都能够见到[2],用于责骂、怪罪别人,名词性成分为詈词。此结构中去掉"我把你个",意义并不变,"把"字只是加强语气,表现强烈的主观情绪。西北皮影戏剧本语言中这一结构在不同剧种的剧本中都普遍存在。主要出现在对话中,用于责骂别人,如:

杜十娘:哎,<u>我把你狼心的个贼</u>呀!你看我和李郎非容易而到此,历尽

---

[1] 熊贞.陕西方言大词典[M].西安:陕西人民出版社,2015:470.
[2] 邢向东.陕北晋语语法比较研究[M].北京:商务印书馆,2006:227-240.

苦甘,你那奸淫之计,夺人之妻,断人恩爱,你真来人面兽心!

——《百宝箱》《陕西传统剧目汇编·阿宫·第一集》

景帝王:<u>我把你个贱妃</u>,你骂孤的爱妃莫说莫讲,又侮骂孤家,真正情理难容。

——《裙边扫雪》《环县道情皮影改编新创剧目选集》

乳　娘:王保,(应)<u>我把你忘恩负义的贼</u>!

——《九华山》《环县道情皮影改编新创剧目选集(第二辑)》

关　羽:<u>我把你无义之人</u>,提起桃园,放你起来。

——《出五关》《华阴老腔剧本选辑》

这些句例中,都表达了说话人强烈的不满情绪。在演出时,运用这样带有方言特点的语法结构,对调动观众情绪有着非常重要的作用。

三、受戏曲用韵影响

因演唱及表演的需要,皮影戏剧本中念、诗、唱等都有押韵的需要,在语言的设计上,因为要满足入韵的条件,有时会对语句结构进行调整,形成特殊的语法格式。如皮影戏剧本中,常有"哭嚎啕""恸嚎啕""泪嚎啕"的表达:

姜子牙:(唱)子牙心中似火烧,不由叫人<u>哭嚎啕</u>。
　　　　实想东征有场好,谁料你们丧荒郊。
　　　　若要今世重相会,除非南柯梦一场。

——《渑池关》《华阴老腔剧本选辑》

姜　母:(唱)老身城楼<u>恸嚎啕</u>,怎见我儿珠泪抛。
　　　　蜀魏争战各为主,我今无故受苦刑。
　　　　开言便把吾子叫,为娘与你说根苗。
　　　　不记先朝古圣语,母死你安归汉朝。

——《天水关》《华阴老腔剧本选辑》

武　王:(唱)仰面只把苍天叫,忍不住双目<u>泪嚎啕</u>;
　　　　孤的命薄如蒿草,至使忠烈赴阴曹;
　　　　三山门人丧多少,五岳仙长命不牢;

倒不如兵回西岐好，免得军民把难遭。

——《金鸡岭》《陕西传统剧目汇编·阿宫·第一集》

吴　荣：来呀！在十里长亭设下国母灵位，吩咐大小三军披麻戴孝，我们祭奠一回了。

（唱）吩咐三军齐挂孝，大小儿郎哭嚎啕。

——《裙边扫雪》《环县道情皮影改编新创剧目选集》

张七姑：（唱）仙姬女来哭嚎啕，谁知今日好难抛；
怨上帝，恨怎消，心中犹如钢刀搅！

——《槐荫树》《陕西传统剧目汇编·弦板·第三集》

"嚎啕"形容大声哭的样子，"恸"也是极悲哀、大哭。在明清小说中，多使用"嚎啕大哭""嚎啕痛哭"等，如《红楼梦·第九十八回》："宝玉一到，想起未病之先来到这里，今日屋在人亡，不禁嚎啕大哭。"《老残游记·第四回》："到了他父亲面前，嚎啕大哭。"《施公案·第四百十五回》："一路嚎啕痛哭，下山而去。"《三国演义·第一百十二回》："城已将陷，魏兵在城内嚎啕痛哭，声闻四野。"

"嚎啕大哭""嚎啕痛哭"是状中短语，然而"哭嚎啕""恸嚎啕"却不能算是中补短语。在上述皮影戏剧本中的几处用例来看，"嚎啕"放在"哭""恸"之后，是为了唱词押韵，这种情况应属于状语后置。

皮影戏剧本语言中，还有定语后置的情况，如：

高兰英：（唱）夫妻安排计牢笼，要灭武王姜太公。

——《渑池关》《华阴老腔剧本选辑》

姜子牙：（上，唱）太公假意恸哭声，张奎中吾计牢笼。
将贼引进玉山地，料他必进枉死城。

——《渑池关》《华阴老腔剧本选辑》

牢笼：关禽兽的笼槛，也指骗人的圈套。明清小说中有"牢笼计"的表达，意即骗人的伎俩。如《封神演义·第六十回》："马元今入牢笼计，可见西方有圣人。"《水浒传·第五十六回》："徐宁不解牢笼计，相趁相随到水头。"皮影戏剧本中，也有用"牢笼计"的例子：

诸葛亮：（上，唱）设下打虎牢笼计，鹰鹞有翅难飞越。

吾命崔亮劝杨陵，料此贼必有诡计。

——《天水关》《华阴老腔剧本选辑》

而《渑池关》中的两例，因押韵等需要，改为"计牢笼"，使句式中的定语放在了中心语的后面。

第二节　西北皮影戏剧本语言词类使用例释

一、语气词"加（咖、家）"

皮影戏剧本语言中，"加（咖、家）"常用在句末，作语气词，可以表达陈述、疑问、感叹等语气。表达陈述语气的如下面这些用例：

山　精：不是先生是谁。不用多言、我自然与你说话<u>加</u>。

——《玉燕钗》《陕西传统剧目汇编·华剧·第一集》

董　寅：这才是说白话哩。谁家梦里都成亲哩。照你这样说法、我再不做啥了、单单做梦<u>加</u>。我一梦梦到朝廷、三宫六院、我拣的成亲哩。再一梦梦到做了主考、我还要考你，还教你替我做文章<u>加</u>。

——《白玉钿》《陕西传统剧目汇编·华剧·第一集》

芸　香：既不怪我、我就说<u>加</u>。相公、只是太夫人眼前艰难、我小姐十分可怜。

——《火焰驹》，《陕西传统剧目汇编·华剧·第一集》

众　　：走,耍刀子<u>咖</u>,看热闹走。

（众同下、孟明与皇女上战介、杜氏上）

——《百里奚拜相》，《陕西传统剧目汇编·华剧·第七集》

黑　儿：哎！大爷,伢这一下给你交宝贝<u>咖</u>。

孙　富：吾大爷在。

——《百宝箱》《陕西传统剧目汇编·阿宫·第一集》

墨　捣：都迈开,点炮<u>咖</u>,大炮起了！（点介）钻眼了！

——《打台城》《陕西传统剧目汇编·弦板·第三集》

侯　　登：听哥道来！
　　　　（唱）叫妹子你站开听哥说话,哥教你一阵阵与哥哭咖：
　　　　　　　　——《卖人头》《陕西传统剧目汇编·弦板·第三集》
周　　氏：保儿、你劝你父将娘收下吧！
杨保儿：自然救你咖么,你听着！
　　　　　　　　——《双封剑》《陕西传统剧目汇编·弦板·第三集》
武芝兰：哎,兄弟,我看这都是你来,你给那个栽赃咖。
　　　　　　　　——《赵云认子》《陕西传统剧目汇编·弦板·第三集》
尤　　氏：哎这娃,你把妈还摇散活家,妈给你问来,他说是陕西关中书院明伦堂,后院有家,他名羌郎,他兄现居京官之职。
　　　　　　　　——《屎巴牛招亲》《陕西传统剧目汇编·阿宫·第一集》
牛　　虻：一个说取馍去,一个说摸大的,今天娶媳妇,他给咱吃细面家,羌郎兄,再说那,关关雎鸠。
　　　　　　　　——《屎巴牛招亲》《陕西传统剧目汇编·阿宫·第一集》

　　在这些表达陈述语气的用例中,有些是为了加强肯定,有的是为了舒缓语气,有的则略带夸张。
　　在表达疑问语气时,"加(咖、家)"多和"啥""什么""咋""几时""何处"等疑问代词连用。
乳　　娘：你就不该多嘴、如今看你说啥加。
姜秋莲：哎哎哎、乳娘呀。
乳　　娘：看你说啥加。说。
　　　　　　　　——《春秋配》《陕西传统剧目汇编·华剧·第一集》
刘　　贞：我的会相、就不说还相得著。你说啥加。
　　　　　　　　——《虎皮傳》《陕西传统剧目汇编·华剧·第三集》
胡　　冲：唤丫头！
丫　　头：（上）说啥咖？
　　　　　　　　——《追风骥》《陕西传统剧目汇编·华剧·第七集》
杨万春：（唱）辞别店主登古道,何必在此苦煎熬。
　　　　五千银子我不要,太平回家乐逍遥。

第四章 西北皮影戏剧本语法研究 97

杨保儿：(背身)我看老人家走的急急的,看你回去做什么去咖?
　　　　——《双封剑》《陕西传统剧目汇编·弦板·第三集》

乔宽大：我乔宽大该做什么咖?
于　佑：你与韩小姐同去安民。
　　　　——《红叶诗》《陕西传统剧目汇编·华剧·第二集》

武　成：好道,你也晓得读书无益,你看如今世事,儿把书读到几时咖。我有一事不对你说,你一世也不得明白。
　　　　——《赵云认子》《陕西传统剧目汇编·弦板·第三集》

武　成：你厌气死了,放下正事不务,只管读书,还想着咋咖!
　　　　——《赵云认子》《陕西传统剧目汇编·弦板·第三集》

武　成：好瓜娃哩,你往那里咖?你死不下,隔壁子小院有个枯井,深的没底底子……!
　　　　——《赵云认子》《陕西传统剧目汇编·弦板·第三集》

武　成：待我去看,谁在这里,无有一人。姐姐我闻得人说,我赵姐丈得了时了,今在西川,人称四皇叔。咱才教娃读书咖,依我之见,送你母子西川认父,享受荣华,姐姐,你把有夫之寡守到几时咖?
　　　　——《赵云认子》《陕西传统剧目汇编·弦板·第三集》

武　成：我可说啥咖呢?
武芝兰：你说是武门的儿子,是也不是?
　　　　——《赵云认子》《陕西传统剧目汇编·弦板·第三集》

宋百良：哎哟,骂了半天咋不见动静呢?不见动静,我就睡在门上,与这个崽娃子揣人命,看死了往何处抬家。
　　　　——《白狗卷》《中国皮影戏全集9剧本4》

"加(咖、家)"除了用于特指疑问,也可以用于反问句。如:

胡落雁：不用你伺候。
梅　香：是。如今那你有了人了,还用我咖,不用也罢,我还要奶娃去哩。
　　　　——《追风骥》《陕西传统剧目汇编·华剧·第七集》

庆　童：哎，好我的姐姐呢！你说我给你把李公子扯进院来，重重有赏，莫给个啥啥么，你就可走咖？

　　　　　　——《百宝箱》《陕西传统剧目汇编·阿宫·第一集》

句末带语气词"加（咖、家）"也可以用来表达感叹的语气，如：

崔　妻：仓儿、你还不知、你大姑娘被贼害死了。

仓　儿：怕怕死人加、这是谁来。

　　　　　　——《金碗钗》《陕西传统剧目汇编·华剧·第二集》

李巧云：（念）黑老鸦莫尾巴，我娘把我卖与我姑家；

　　　　娃子嫌我有垢甲，把我打了两斧把，

　　　　哎哟哟我死咖！（跑下）

　　　　　　——《飞云浦》《陕西传统剧目汇编·弦板·第三集》

语气词"加（咖、家）"在个别语例中，可以表示"……的话就"之意，如：

尤　氏：见面家和他见面，我娃是见得人的人，不是见不得人的人，随娘来见他，怕啥呢，这一相公，我家女儿要和你吟诗作对。

　　　　　　——《屎巴牛招亲》《陕西传统剧目汇编·阿宫·第一集》

此例意思是"见面的话就和他见面"。再如：

零　干：哎呀、老人家不知喝水加吗、喝酒加。

判　官：哼、取来。

零　干：是。（下，取酒水上）这是一瓶酒、一盆水、喝酒加你喝、喝水加少喝些、看喝的木头胀了着。

　　　　　　——《十王庙》《陕西传统剧目汇编·华剧·第一集》

此例意思是"喝酒的话你就喝，喝水的话你就少喝些"。

在近代文学作品中，"加（咖、家）"频繁出现，既可作结构助词，又可以作语气词。如有学者研究发现，"价"又写作"加""家""介""假"等，宋代就已经出现了结构助词的用法（相当于现代汉语"地"）[1]。在皮影戏剧本语言中，"加（咖、家）"仅有语气词的用法，且用于表达疑问语气的语料较多。在现代汉语中，"加（咖、家）"已经不再具有语气词的功能，而是被"啊""呢""吗"等替代。

----

[1] 石镘，董伟.近代汉语结构助词"个"与"价"[J].丝路学刊，1996（1）:30-33.

而在陕西方言中,还有句末加语气词"加(咖、家)"的用法。如"你干啥加？我上班加。"。

在个别剧本中,"咖"也作叹词,和其他语气词组成固定的表达形式,如"哎咖咖"或"哎呀咖咖"。如阿宫腔剧本《四贤册》中的人物方文珍和魏贤,其台词中多次出现这样的感叹方式:

方文珍：哎呀不好！

(唱)二冤家在家中腹中饥饿,一个个问他娘都要吃喝。哎咖咖。嘿,哎嘘！

……

方文珍：娘子,你看这大的荒年,我一家活活都要饿死,莫若将林郎卖了！哎呀咖咖,林郎儿走来。

……

方文珍：娘子话讲错了,你我夫妻的情,(见新郎在旁)哎呀咖咖,你我夫妻,情重恩深,说你别打个主意。

……

方文珍：哎呀咖咖,深感娘子,为丈夫的本领,我就实不如你。新郎儿走来。

……

魏　贤：哎呀咖咖,哎,你看夫人那个厌气样子,半辈无儿,她就离得,有了娃了,霎时间,她就离不得了。……

家　院：哎,真真把他咖①的,咻小达达给升了班辈子。(下)

——《四贤册》《陕西传统剧目汇编·阿宫·第一集》

二、语气词"些"

在陕西方言中,"些"可以作语气词,用在词尾或句尾②。使用语气词"些"的多为祈使句,表示敦促、提醒、警告等语气。同现代汉语的语气词"啊"。

---

① 把他咖的：陕西方言中用于表达不满的情绪,也作"把他家的"。
② 熊贞.陕西方言大词典[M].西安：陕西人民出版社,2015:470.

荀　息：(内)馬童牽馬隨上些！(上)主公這是垂棘之璧,那是屈产之乘,璧犹是耳,馬自长也。

——《百里奚拜相》《陕西传统剧目汇编·华剧·第七集》

鍾沉魚：(上)老哥哥隨上些。

(唱)急忙催馬奔四川,不住揚手緊加鞭。

——《追风骥》《陕西传统剧目汇编·华剧·第七集》

杜十娘：李郎在此少等,待妻进院辞别众家姊妹,你我去拜柳兄之恩。

李　甲：十娘作速些,十娘作速些。(杜十娘下)

——《百宝箱》《陕西传统剧目汇编·阿宫·第一集》

福　：你要快些。

婆　：知道。

福　：你要快些。

婆　：知道,女儿呀(哭)。

福　：哭啥呢些,打个灯笼也寻不下这好的象,快快扶新人上轿(引轿下)。

——《九联珠》《陕西省乾县弦板腔剧团剧本》

宋百良：刘氏妻,说你再不要啼哭了些。这是她老人家的罪孽,你埋怨为何？

——《白狗卷》《中国皮影戏全集9剧本4》

句末使用语气词"些",还可以用来表示分句之间的停顿,突出情绪的起伏顿挫,如：

秋　虹：哎哟哟,看你些！人家是尽好心来的,看你躁的哟。难道你都不看我家姑娘之面吗？

——《紫金簪》《陕西省乾县弦板腔剧团剧本》

宋百良：由了你了,由你些,你上了天了。我问你去还是不去？

——《白狗卷》《中国皮影戏全集9剧本4》

以上第一例中的"你看些"停顿后突出了责备的语气,第二例中的"由你些"停顿后突出了讽刺的语气。

三、助词"来"

"来"作动词,可以直接用作谓语,也可以用作趋向补语。在皮影戏剧本中,"来"出现在句末,作趋向补语的例子很多,如:

魔礼红:好一木吒,被吾使起混元伞,破了他的紫金瓶,收兵回营来。

——《四圣归天》《华阴老腔剧本选辑》

姜子牙:如此安营下寨,报纣兵归降来。

(唱)兵至渑池安营寨,且等纣兵归降来。(下)

——《渑池关》《华阴老腔剧本选辑》

高兰英:(上)杀了邓婵玉,只得牢守关门来。

——《渑池关》《华阴老腔剧本选辑》

杨　陵:待吾一观。哎!原是孔明解忌,左右,城内埋伏,先擒蜀兵来。

——《天水关》《华阴老腔剧本选辑》

但在有些例子中,句末"来"的趋向动作意并不明显,甚至有些模糊,如:

魔礼青:(上)军校,晓于魔礼红当先开路,魔礼海、魔礼寿随后,点兵十万,放炮三声,杀上西岐来。

——《四圣归天》《华阴老腔剧本选辑》

张　郃:如此,就在汉水安营,快将米仓粮草移于山背。速上南郑,报知魏王来。

——《定军山》《华阴老腔剧本选辑》

第一例魔礼青提及西岐是从敌对的角度,应该用"杀上西岐去"更加合适。第二例张郃命人速上南郑,应该用"报知魏王去"更加合适。再如:

管　亥:杀了宗宝。左右,前去叫骂,叫孔融将粮饷送出城来,还则罢了,如若不从,杀进城来,鸡犬不留。

——《借赵云》《华阴老腔剧本选辑》

这一例中"送出城来"和"杀进城来"同时用了"来",很明显"来"已不能简单理解为趋向动词了。

有学者研究,"'来'由表示动作位移的方向变成表示动作实现并有结果,词义开始虚化。大约在中晚唐,'来'由表示动作实现并有结果最终虚化成表示动作实现或完成的动态助词"①。

助词"来"可以表示动作实现,用于预设的语境,即动作虽然还没有开始,但可以预设动作的实现。这种用法用于解释以上几例就可以说通了,再如:

曹　操:军校,传于大军,一齐随吾,叫徐晃为先锋,早上汉水,于夏侯渊报仇来。

——《定军山》《华阴老腔剧本选辑》

曹　操:(笑)如此,就烦先生连夜造发石车破敌来。

——《官渡之战》《华阴老腔剧本选辑》

姜　维:(哭)却不哭煞人来,痛煞人也!我想这哭之无益,不如早上天水求救来。

——《天水关》《华阴老腔剧本选辑》

助词"来"也可以表示动作已经完成。"这种'来'可以看作事态助词,在功能上是确认、肯定新情况的出现,约相当于'了$_2$'……"②如:

尤　氏:哎这娃,你把妈还摇散活家,妈给你问来,他说是陕西关中书院明伦堂,后院有家,他名羌郎,他兄现居京官之职。

——《屎巴牛招亲》《陕西传统剧目汇编·阿宫·第一集》

牛　虻:走走走,官府爷,你在这和谁打架呢,你看新夫妇两口子也来了,官府,你倒底和谁打架来,把你打的满头的血。

——《屎巴牛招亲》,《陕西传统剧目汇编·阿宫·第一集》

汉　:(白)哥哥说那里话来,你看边关危急,不知多少人家流离失所,你我弟兄不过多走几步路程,算得了什么,况且朱伯父出兵在即,倘若一步去迟,如何事好。

——《九联珠》《陕西省乾县弦板腔剧团剧本》

在弦板腔和碗碗腔剧本中,还存在"去""来"连用的情况。其用法可以分为两类,一是"来"同"了","去来"就是"去了",表示动作"去"已经发生。如:

徐国保:(上)多谢尊神,我谢尊神!梦见无量老爷赐我神符柬帖,醒

---

① 梁银峰.汉语动相补语"来"、"去"的形成过程[J].语言科学,2005(6):28.
② 梁银峰.汉语动相补语"来"、"去"的形成过程[J].语言科学,2005(6):32.

来果在身边。梦边言语全记,穿戴甲锁,回营去来!呀!山门外无有马匹,上殿中无有甲锁,哎,不好呀!

(唱)国保只叫不好了。

见老爷身法后边,有一小小门户,入内一观,有道巾衲头。我这模样,怎敢回上军营,不免假扮道人,回军营去来!

——《杀马进》《陕西传统剧目汇编·弦板·第三集》

冯　异:好了,偷过!奔上幽州去来。(下又上)哎!我到了幽州,见了明王,听景公之言,也不容我姑侄相见,使我无奈悬樑自缢,有一老伯救我,说前面有一鸡子山,山上有两个大王,前去求他必然解围,待我前去。(下)

——《打台城》《陕西传统剧目汇编·弦板·第三集》

张秋联:昨日往那里去来。

张雁行:昨日去望朋友、自觉酒醉、因而未归。

——《春秋配》《陕西传统剧目汇编·华剧·第一集》

吴　妻:我儿这两日在那里去了。

稷　吾:逛去来。

——《十王庙》《陕西传统剧目汇编·华剧·第一集》

杜卢寻:于相公撞成这个模样、你做什么去来。快去买膏丹来。

禁　子:是。(下又上)膏丹到。

——《黄陵庙》《陕西传统剧目汇编·华剧·第三集》

另一种用法是"去来"表示"去"即将实现,即马上要"去"。如:

董　永:我不免奔上城中,哀告四方爷台,有人舍银三头五两,埋葬之后,为奴为仆我都情愿。这般时候不免奔上城中去来!

——《槐荫树》《陕西传统剧目汇编·弦板·第三集》

张七姑:这般时候,只得玉樑桥送子去来。

(唱)抱上冤家哭声恸!(下)

——《槐荫树》《陕西传统剧目汇编·弦板·第三集》

文秀英:众喽啰听令,山前出了赵大王的讳名,此山改名林凤山,你们好好把守山岗,我与公子奔西川认父<u>去来</u>!

——《赵云认子》《陕西传统剧目汇编·弦板·第三集》

公冶恺:你到底同谁<u>去来</u>。

莲　香:就同你<u>去来</u>。

公冶恺:问了半晌、才同我<u>去来</u>、好利咀的丫头。来、带回衙中听审。

——《金碗钗》《陕西传统剧目汇编·华剧·第二集》

表示"去"即将实现的"去来"用于祈使句中时,就是请求或者命令别人去的意思。如:

众夥计:董夥计这就不是,好好揭地,不是打铧,就是折犁,想必此地有个石头,这里有锹,挖起地来观看。

董　永:速忙<u>去来</u>。(夥计下又上)

——《槐荫树》《陕西传统剧目汇编·弦板·第三集》

雷　铜:雷铜。来至宕渠山下,传:我军擂鼓发喊,攻上山寨。(石打下又上)我军连攻数次,传:回营复命<u>去来</u>!

——《瓦口关》《陕西传统剧目汇编·弦板·第三集》

杨　柏:兵奔校场<u>去来</u>!(唱官音慢板)

杨柏奉命起身了,(同下)

——《夜战马超》《陕西传统剧目汇编·弦板·第三集》

肖化虎:将兵分作十队、各驾海船、杀奔福建<u>去来</u>。

喽　辛:得令。

——《藏金寺》《陕西传统剧目汇编·华剧·第三集》

可见,在皮影戏剧本语言中,"来"的助词用法较为常见,主要是用于表示动作的实现或完成。

四、助词"们"

助词"们"加在名词或代词后,表示复数。在皮影戏剧本语言中,值得注意的是一类较特殊的"名词+们"的用法,如:

夏　凉:(唱)逃荒年父女<u>们</u>投奔亲眷。无盘费怎过得万水千山。

……

夏云峰：天呀。

(唱)你将我<u>父女們</u>生路斩断。在中途向谁家去告艰难。

……

——《紫霞宫》《陕西传统剧目汇编·华剧·第一集》

婆　　：女儿带好瑶琴，随娘快快逃走。

英　　：是。

(合唱)骂一声贼熊广天良丧尽，直逼得<u>母女們</u>背井离乡，

　　　有一日狗奸贼犯在我手，我定要将贼子命丧无常。

(下)

——《九联珠》《陕西省乾县弦板腔剧团剧本》

杜　氏：如此我母子同奔西秦吧！

(唱)<u>母子們</u>少下了路途之债，离虞地同我儿又向秦来，

　　　恨强盗忘却了夫妻恩爱，只恐怕又作了梦里阳台。

(下又上)

儿呀！

(唱)且喜得一路上无人盘问，<u>母子們</u>得平安来到西秦。

——《百里奚拜相》《陕西传统剧目汇编·华剧·第七集》

宋　母：媳妇在哪里？

宋　妻：说是婆婆。

(唱)走上前忙跪倒把娘呼唤，叫几声老婆婆你听儿言

……

我只说<u>婆媳们</u>不能相见，谁料想今日里一处团圆。

——《白狗卷》《中国皮影戏全集9 剧本4》

方新郎：那是老爹爹。

方文珍：那是新郎。

方新郎：那是哥哥。

方林郎：那是小兄弟。

方新郎：正是。

方文珍：哎呀！

(接唱)见新郎把我的心肝疼烂,遭荒年父卖你无其奈间;
我只说父子们不能相见,谁料想到今日父子团圆。

——《四贤册》《陕西传统剧目汇编·阿宫·第一集》

以上文本中的"父女们""母女们""母子们""婆媳们"也可以表达为"父女二人(俩)""母女二人(俩)""母子二人(俩)""婆媳二人(俩)",略有不同的是剧本《四贤册》中的"父子们",剧中方文珍、方新郎、方林郎父子三人(方林郎为方文珍之侄,因兄长过世,认侄子为儿子)在军中意外相逢,方文珍称"父子三人"为"父子们"。

张谊生先生研究"们"的用法时曾提出,"名词+们"中有一类属于交互义,指一种彼此对等的同类聚合关系,其"N"多为逆向关系名词或短语[①]。例如:赵树理《小二黑结婚》:"夫妻们在自己卧房里有时免不了说玩话……"老舍《骆驼祥子》:"父女们在平日自然也常拌嘴,但是现在的情形不同了……"

张谊生认为,表交互义的"们"可以用"俩"替换,也可以改用"之间",不同的形式表义方式和语用重点有所不同。

经查考,元明之后的文学作品中,常出现这一类"们"的用法。《水浒传·第二回》:"父女们想起这苦楚,无处告诉,因此啼哭。"《红楼梦·第六十六回》:"薛姨妈也不念旧事,只感新恩,母子们十分称谢。"《红楼梦·第八十回》:"王夫人忙劝道:'快休乱说。不过年轻的夫妻们,闲牙斗齿,亦是万万人之常事……'"《西游记·第四十三回》:"他又在我海内遇着你的差人,夺了请帖,径入水晶宫,拿捏我父子们,有结连妖邪,抢夺人口之罪。"

有时还有"名词+数词+人"与"名词+们"并用的情况,如《崇祯惨史·第四十五回》:"父子二人来到左良玉府门,只见满门挂孝,父子们吃了一惊。"《丹忠录·第八回》:"'……再死未迟!难道我父子七人,逃不出一个?'父子们都带了刀,走近门边,拔刀便砍。"

根据张谊生先生所做的调查,"们"的表义功用和搭配范围已经发生了一些改变,并且还在发生变化。其中有一个变化,就是"们"的交互义已经日渐稀少,

---

[①] 张谊生."N"+"们"的选择限制与"N们"的表义功用[J].中国语文,2001,(3):201-211,287.

接近于消亡。① 通过对现代语料库的检索,发现"们"交互义的用例确实数量明显减少。

第三节 西北皮影戏剧本语法结构例释

一、"好一+名词"结构

在现代汉语中,常用"好一+量+名词"结构来表示感叹、强调的语气,表达对一个人或者一件事物的惊叹或不满,既可以用来突出人或事物的长处,也可用于突出其缺点。如"好一个大晴天"多用于赞叹天气好。"好一个美梦"既可以用来表示赞叹,也可以用于表示讽刺。

在皮影戏剧本语言中,人物对话中多见"好一+名词"这一结构,在两军对战时用于称呼敌方将领姓名,如:

高兰英:哇!好一邓婵玉,还不受死,自来送命。

邓婵玉:呀,哇!好一个高兰英,你夫妻设谋定计,杀了我丈夫,岂能与你干休?休走!

——《渑池关》《华阴老腔剧本选辑》

张 奎:好老匹夫!是你以臣代君,罪如山岳,又敢前来打兵。

姜子牙:好一张奎死贼,出言不善,休走!

——《渑池关》《华阴老腔剧本选辑》

姜 维:哎,好一诸葛亮!果真前来,杀贼逃走,回见元帅来。

——《天水关》《华阴老腔剧本选辑》

夏侯惇:好一关羽,你今私出许昌,过关斩将,黄河渡口杀吾部将秦琪,特来与秦琪报仇。

——《出五关》《华阴老腔剧本选辑》

---

① 张谊生. "N"+"们"的选择限制与"N们"的表义功用[J]. 中国语文,2001,(3):201-211,287.

魔礼海：好一哪吒，被吾玉琵琶破了乾坤圈，收兵回营来。

——《四圣归天》《华阴老腔剧本选辑》

红山头：好汉大爷饶命吧！

尚　达：好一毛贼，要我饶你不难，须要改邪归正！

——《追风骥》《陕西传统剧目汇编·华剧·第七集》

晁　阳：慢着，好一黄歇老匹夫，吾主不曾亏负于你，焉敢领兵前来，骚扰地界。

——《四贤册》《陕西传统剧目汇编·阿宫·第一集》

孔　宣：好一姜尚老贼！把打神鞭打来，被红光收住。拿住洪锦，杀的众门人个个逃走。

——《金鸡岭》《陕西传统剧目汇编·阿宫·第一集》

童　昌：好一索贼，高挂吴恺首级，欺吾太甚！传下，看了刀马，侍我迎敌一回！

——《拿童昌》《陕西传统剧目汇编·弦板·第三集》

皮影戏中帝王喝令大臣时，也会用"好一＋名词"结构。如有案件审问情节，"好一＋名词"结构用于官府称呼人犯：

隆庆王：原是孤的双封宝剑。还有奏表，待孤观看。好一奸贼，苦害忠良，想谋江山。侍臣，宣武士上殿！

——《双封剑》《陕西传统剧目汇编·弦板·第三集》

宏孝王：好一国贼，你明是马宵之子化龙，还想冒名进城？孤指日还朝，将你满门犯剿，掘地三尺，六亲不饶。

——《马宵篡位》《陕西传统剧目汇编·弦板·第三集》

宏孝王：押上来！（押上介）好一大胆的小民，有何冤枉，敢来点炮？

——《马宵篡位》《陕西传统剧目汇编·弦板·第三集》

张　苍：好一崔祥，拐骗谁家女子，这还了得！唤禁子。

——《崔祥打柴》《陕西传统剧目汇编·华剧·第五集》

包文正：好一崔祥，和那家妖怪作乱？还不从实招来。

——《崔祥打柴》《陕西传统剧目汇编·华剧·第五集》

第四章 西北皮影戏剧本语法研究 109

吴德利：走！好一狂徒，谩骂官府，哪里容得？人来！与我打！
　　　　　　　　　——《紫金簪》《陕西省乾县弦板腔剧团剧本》
杜　荣：好一奴才，你就盟誓上来，一盟就应！
　　　　　　　　　——《白狗卷》《中国皮影戏全集9 剧本4》
康　茂：好一胆大的丑贼，清平世界，竟敢习抢民女，若不是王法碍得，我定要切下你的狗头！
　　　　　　　　　——《拿童昌》《陕西传统剧目汇编·弦板·第三集》

除了交战、喝令、审问时称呼对方，"好一+名词"结构也用于对话时直接责骂对方：

周　氏：好一老狗，方才托咐你的儿女，把我保儿挂口不提。不免将他儿女一齐害死，方去我心头之恨了！
　　　　　　　　　——《双封剑》《陕西传统剧目汇编·弦板·第三集》
岳彦林：（内）好一卖国奸贼，你按了粮饷，扯你去见主公。（扯苏台虎上殿跪）主公在上，苏台虎奸贼按了粮饷，与臣作主罢！
　　　　　　　　　——《双封剑》《陕西传统剧目汇编·弦板·第三集》
鸨　儿：好一蠢才！难道说我要失却前言不成！哼，好不气杀人了！哎哟舅。
　　　　　　　　　——《百宝箱》《陕西传统剧目汇编·阿宫·第一集》
庞　　：走，好一大胆狂徒，竟敢夜入我家花园，若不走出，当心袖箭。
　　　　　　　　　——《九联珠》《陕西省乾县弦板腔剧团剧本》
马夫人：好一奸贼带领人马，竟敢进府，该当何罪？
朱从吉：走，好一老乞婆，你还佯装不知，因你马家劝军投降番邦，圣上大怒，命我带领人马抄杀你的满门，何不自带法绳？
　　　　　　　　　——《忠义贤》《陕西传统剧目汇编·弦板·第三集》

"好一+名词"结构也可以用于称呼家人，但语气颇为严厉，多有强烈的责备之意：

马　霄：好一蠢材，父将你抚养年已二九，为何口出不逊之言。
　　　　　　　　　——《马霄篡位》《陕西传统剧目汇编·弦板·第三集》
景帝王：好一贱妃，骂了孤的爱妃，又侮骂孤家，真乃情理难容。宫人，宣你家正宫国母上殿。

————《裙边扫雪》《环县道情皮影改编新创剧目选集》

方文珍：哼，好一贱人，好一贱人，你竟然动起手来了。

————《四贤册》《陕西传统剧目汇编·阿宫·第一集》

宋　妻：好一强盗，我和母亲活，活在一处；死，死在一起。哪个跟你前去？

————《白狗卷》《中国皮影戏全集9剧本4》

徐　升：吓！好一畜生，既念父子之情，就该孤身回来，怎么把公主带回来了，圣上闻知，必斩吾两门家眷。哼，我想不肖之子，要他何益。传！将畜生斩首。

————《杀马进》《陕西传统剧目汇编·弦板·第三集》

可见，在皮影戏剧本语言中，"好一+名词"结构主要用于喝令、责骂对方，这一结构中的名词可以是对方的姓名，也可以是詈词。"一"和名词之间不加量词（只有一例加了量词"个"）。

查阅明清时的小说演义，其中的"好一+名词"结构很少用于称呼对方，而且多是加上量词，成为"好一+量+名词"结构，表达赞叹或惊诧，突出感叹、强调的语气。如《东周列国志·第六十六回》："预备弓弩，一等陷下，攒箭射之，可怜好一员猛将，今日死于庸人之手。"《隋唐演义·第五十八回》："秦王道：'这小将骑的好一匹良马！'"《红楼梦·第五十二回》："宝玉笑道：'好一幅"冬闺集艳图"！可惜我迟来了！'"《水浒传·第五回》："早来到寺前。入得山门看时，端的好一座大刹。"《西游记·第三十六回》："那师父在马上遥观，好一座山景，真个是：山顶嵯峨摩斗柄，树梢仿佛接云霄。"《二刻拍案惊奇·卷十七》："这人姓魏，好一表人物，就是我相公同年，也不辱没了小姐。"而且语例中多是褒扬之意，这与皮影戏剧本中多表示责备之意是完全不同的。

二、"好(一)似+……"结构

"好似"是"好像、犹如"之意，在皮影戏剧本语言中，"好似"后可以直接接名词或名词性短语，如：

吕子欢：妹子随着我来。

(念)纍然好似丧家犬。性命只在眼目前。

——《紫霞宫》《陕西传统剧目汇编·华剧·第一集》

白　起：观见那一少将,面黄如金,骨瘦如柴,枪头好似雨点,照住咽喉,不时环绕,旗上出字,孟夫子旗号。

——《四贤册》《陕西传统剧目汇编·阿宫·第一集》

公孙瓒：哈,我看你脸黄肌瘦,好似有病之样,况你兵法不精,不如当面辞了玄德公吧。(介)

——《借赵云》《华阴老腔剧本选辑》

"好似"后也可以接主谓短语,如:

金　吒：(走,唱)丞相将令不敢停,好似弩箭离弦弓。天王之子谁不怕,要与纣兵动杀法。

——《四圣归天》《华阴老腔剧本选辑》

番　将：一心想把中华乱,我好似魔王下九天。

——《地风剑》《环县道情皮影改编新创剧目选集(第二辑)》

皮影戏剧本中,"好一似+……"这一结构也很常见,"好一似"后可以接名词或名词性短语,用例较少:

刘子明：(上唱)到此地好一似独飞孤雁,流尽了眼中泪湿透衣衫;

——《通天犀》《陕西传统剧目汇编·弦板·第三集》

"好一似"较多用于后接动词性短语,特别以主谓短语居多,如:

柳碧烟：(唱)发仁政施洪恩高如云汉。好一似黑暗中撥云见天。

——《蝴蝶媒》《陕西传统剧目汇编·华剧·第一集》

杨　虎：(唱)见夫人她哭得凄惶泪悼,我心中好一似扎上钢刀。

——《马霄篡位》《陕西传统剧目汇编·弦板·第三集》

袁　华：(唱)笑你们都睁着一对瞎眼,好一似井底蛙何曾见天。

——《万福莲》《陕西传统剧目汇编·华剧·第一集》

李彦贵：(唱)猛听得譙楼上莺声娇啭。好一似嫦娥女笑语广寒。

——《火焰驹》《陕西传统剧目汇编·华剧·第一集》

宋　妻：(唱)老母亲她受罪哪个能见,好一似百把剑穿我心肝。

——《白狗卷》《中国皮影戏全集9 剧本4》

索大有：有一贼名姚林势如猛兽，好一似楚霸王独战诸侯；

——《拿童昌》《陕西传统剧目汇编·弦板·第三集》

索大有：（上唱）深可恨童昌贼太得狂妄，杀我军好一似虎断群羊；

——《拿童昌》《陕西传统剧目汇编·弦板·第三集》

康　熙：（唱）听言罢倒叫孤泪如雨点，今离别好一似刀割心肝；

——《拿童昌》《陕西传统剧目汇编·弦板·第三集》

刘子明：（唱）谁意料从空中降下大祸，好一似展翅鸟飞进网罗；

——《通天犀》《陕西传统剧目汇编·弦板·第三集》

程珍楼：（唱）只哭的眼流血咽喉喑哑，这老贼好一似虎豹出柙；

——《通天犀》《陕西传统剧目汇编·弦板·第三集》

马继文：（唱）今日里大祸从天降，这才是为国无下场。

恨奸贼平地起风浪，好一似乌云遮太阳。

——《忠义贤》《陕西传统剧目汇编·弦板·第三集》

姜秋莲：（唱）好一似鱼吞钩说能搭救。这祸害多因是前世积修。

——《春秋配》《陕西传统剧目汇编·华剧·第一集》

"好一似"在明清时期作品中也常常出现，"好一似"后可以接名词或名词性短语，如《封神演义·第七十九回》："吾看你等好一似土蛙腐鼠，顷刻便为齑粉，何足与言？"《荡寇志·第一百十五回》："唐猛脚步如飞，那里奔得他过，只见他在前面好一似断线的风筝，轻如禽鸟，在山上一直飞去。"

"好一似"后也可以接动词性短语，如《西游记·第四十一回》："原来龙王私雨，只好泼得凡火，妖精的三昧真火，如何泼得？好一似火上浇油，越泼越灼。"《二刻拍案惊奇·卷三十三》："两下说得投机，就把苏氏娶了过来。好一似桃花女嫁了周公，家里一发的阴阳有准，祸福无差。"《警世通言·第四十卷》："身骑着海马号三花，好一似天门冬将军披挂。"《荡寇志·第八十三回》："云天彪只顾驱兵掩杀，那阵里的枪炮，好一似轰雷震电着地卷去。"

现代汉语中，用"好似"表达"好像、如同"之意。通过检索 CCL 语料库发现，"好一似+……"的语例非常少，主要是引用近代小说或诗文。如仅有的 10 例语料中，有 6 例引用的都是《红楼梦》的"好一似食尽鸟投林，落了片白茫茫大地真干净"①。

综合来看,在皮影戏剧本语言中,"好一似……"结构和"好似……"并用,意同于"好似……","好一似"就是"好像、犹如"之意。相较明清文学作品语言来说,在皮影戏剧本中,"好一似"后接动词性短语的语例更多。

三、"以+在+处所名词"结构

"以"作介词时,可以表示行动的时间、处所、范围等,相当于"在""于"②。字典举例中有《左传·桓公二年》一例:"初,晋穆侯之夫人姜氏以条之役生太子,命之曰仇。其弟以千亩之战生,命之曰成师。""条"和"千亩"是地名,但"以"在此并不是表示动作发生的地点,译文为:"晋穆侯的夫人在条地战役的时候生了太子,命名为仇,在千亩之战的时候生了弟弟,命名成师。""以"应该是表示动作发生的时间。再如《春秋左传·襄公二十六年》:"古之治民者,劝赏而畏刑,恤民不倦。赏以春夏,刑以秋冬。"《论衡·卷三》:"夫物以春生夏长,秋而熟老,适自枯死,阴气适盛,与之会遇。"《旧唐书·方伎传·神秀》:"神秀以神龙二年卒,士庶皆来送葬。"这些都是"以"表示动作时间的例子。介词"以"后如跟地点,多是表示行动变化发生的地点。如汉代王符《潜夫论·遏利》:"自古于今,上以天子,下至庶人,蔑有好利而不亡者,好义而不彰者也。"《汉书·卷九十五》:"今以长沙、豫章往,水道多绝,难行。"

可见,在文献中"以"作介词时,多表示动作发生的时间。在表示动作发生的地点时,多指行动变化发生的地点。这和介词"在"的用法并不一样。

然而在西北皮影戏剧本中,"以"和"在"有不少连用的例子,放在地点名词之前,共同担任表示动作发生处所的介词。如:

张崇简:自从起兵以来、屡战屡胜。今命兵丁<u>以在</u>蘆葦深处埋伏、我單身孤舟遊玩、专等杭州刺史到来、一鼓擒拿。此乃香鉺钓鱼之

---

① 北京大学中国语言学研究中心语料库,http://ccl.pku.edu.cn:8080/ccl_corpus/index.jsp?dir=xiandai。
② 汉语大字典编辑委员会.汉语大字典(缩印本)[M].武汉:湖北辞书出版社,1992:45.

計。战鼓声响、想是敌軍来也。

——《蝴蝶媒》《陕西传统剧目汇编·华剧·第一集》

石砚青：仁兄前行、以在峡口等候。

鹿　鸣：既然如此，我便告辞。

——《鸳鸯墨》《陕西传统剧目汇编·华剧·第二集》

内　待：旨下。皇帝詔日、閣臣之子令狐皓、以在玄都观中遇害。变起仓卒、兇犯逃走。

——《玄都观》《陕西传统剧目汇编·华剧·第二集》

高登眺：高登眺、大王营下挂了先行、闻人曾説、张小姐那晚从我家逃走、以在公堂喊冤、将大哥被公差拏去、我的案子还紧的了不得、这个时候、将这威风不要一耍、更待何时、傳下。

——《桃花观》《陕西传统剧目汇编·华剧·第四集》

柳遇春：下官柳遇春。以在都中候补，怎奈前缺未开，不久就要上任。

——《百宝箱》《陕西传统剧目汇编·阿宫·第一集》

庆　童：（内）（上）走！禀姐姐，你看李公子，以在湖岸上啼哭，不肯进院。

——《百宝箱》《陕西传统剧目汇编·阿宫·第一集》

方文珍：娘子随着我来。（进内）弟文珍夫妻，以在哥哥上边问安。

方新郎：伯伯万福。

——《四贤册》《陕西传统剧目汇编·阿宫·第一集》

白　起：秦国大将，武安君白起。是我从前兵败于齐，以在魏国借粮，遇见短贼庞涓，将我捆了一绳，得打四十，是我怀恨在心，秦王当殿掛我为帅，要报当初魏国爱辱之仇。

——《四贤册》《陕西传统剧目汇编·阿宫·第一集》

魏　贤：惠王驾前为臣。我坐官不知何事伤天甚大，半輩乏嗣无后，只有一女，起名桂姐，冤家生得心灵性巧。这话莫说，我命院子以在大街市上，买个书童，若得可意之人，留他在府招亲。

——《四贤册》《陕西传统剧目汇编·阿宫·第一集》

第四章　西北皮影戏剧本语法研究　　115

魏　贤：哎夫人,你和女儿<u>以在</u>内宅用饍,我和定邦<u>以在</u>大庭用膳。

——《四贤册》《陕西传统剧目汇编·阿宫·第一集》

福　　：只因我家老爷见你女儿生得天仙一般,要将他作妾,这是花红彩礼,你且收下,我老爷<u>以在</u>紫云楼摆宴,今晚就要抬亲。

——《九联珠》《陕西省乾县弦板腔剧团剧本》

康　氏：住了,所有的武艺都见了。今儿晚上,<u>以在</u>店中,先和我女娃子成亲。

——《九华山》《环县道情皮影改编新创剧目选集(第二辑)》

吴　荣：老夫吴荣,<u>以在</u>汉室景王驾前为臣,妹妹吴太祯身坐朝阳正院。

——《裙边扫雪》《环县道情皮影改编新创剧目选集》

骊山老母：吾骊山老母,<u>以在</u>仙山修真养性,只因吴氏千金和我有师徒之缘,今日下山将她领上山来,与她教些兵法武艺,叫她搭救东宫娘娘……

——《裙边扫雪》《环县道情皮影改编新创剧目选集》

吴太祯：本后吴太祯,<u>以在</u>景帝王驾前执掌朝阳正院。昨晚一梦甚是奇异,闻得东宫精通八卦,不免前去查看吉凶如何。

——《裙边扫雪》《环县道情皮影改编新创剧目选集》

景帝王：起来,起来,哈哈,这是梓童,孤家今晚<u>以在</u>朝阳正院宿住。

——《裙边扫雪》《环县道情皮影改编新创剧目选集》

以上这些例子中,"以+在+处所名词"结构都放在动词前作状语,没有放在动词后作补语的例子。这一结构在一般文献中暂未发现,是西北皮影戏剧本语言的一个特点。

另外,需要注意的是,在"以+在+处所名词"结构的语例中,"以"有通"已"的可能,如:

李　甲：爹爹恩宽!

李新昌：华娘娘<u>以在</u>圣上处保举,将十娘封为治化夫人,你夫妻照阙谢恩!

——《百宝箱》《陕西传统剧目汇编·阿宫·第一集》

此例中"以在"解释为"已经在"更符合句意。但此类例子不多,待进一步探究。

四、"我把你(个)+名词性成分"结构

在皮影戏剧本中,常常会出现"我把你(个)+名词性成分"这一特殊的句式结构,都出现在对话的念白中,多是用于责骂别人,表达说话者愤怒的情绪。

  魏 延:好老乞婆!何不劝你儿归降?
  姜 母:魏延,<u>我把你个</u>贼呀!
  姜 维:母亲,你把魏延于我骂来,只管骂来。
  姜 母:魏延,<u>我把你个</u>贼呀!
      (唱)我儿城下大放声,倒叫老身好伤情。
      人活百岁总要死,免叫冤家把心操。
              ——《天水关》《华阴老腔剧本选辑》

《天水关》中,诸葛亮用计为难姜维,并以姜维母亲胁迫其投降,姜母大骂魏延,对话中,姜维也是让母亲继续骂,用的就是"我把你个贼呀!",再看阿宫腔中的《百宝箱》剧本:

  鸨 儿:哎,李甲!<u>我把你个</u>挨刀子的,你这一下,把我的米面甕甕子,
      给我打了,这一下子吃不成了!(下)
  ……
  杜十娘:李郎莫走,转来再作商议!噫!杜、杜十娘,杜小薇!哎,<u>我把</u>
      <u>你</u>瞎眼的贱人,哎哎哎!(打自己脸)
  ……
  杜十娘:哎,<u>我把你</u>狼心的<u>个</u>贼呀!你看我和李郎非容易而到此,历尽
      苦甘,你那奸淫之计,夺人之妻,断人恩爱,你真来人面兽心!
           ——《百宝箱》《陕西传统剧目汇编·阿宫·第一集》

老鸨怨恨李甲拐走了杜十娘,断了自己的财路,骂李甲是"挨刀子的";杜十娘怨恨自己有眼无珠,骂自己是"瞎眼的贱人";杜十娘恨孙富挑拨夫妻关系,骂孙富是"狼心的个贼"。在这三句中,有用"个"的,有不用"个"的,也有将"个"放在定语"狼心的"后面的。

皮影戏剧本中,使用"我把你个……"这一结构,语句节奏感更强,责骂的语气更加强烈。如环县道情《裙边扫雪》中,正宫娘娘吴太帧遭到景帝王的责骂和奸人唐氏父女的陷害,愤怒地控诉三人:

正　宫：唐风高<u>我把你个</u>小贱人!

……

唐丹,<u>我把你</u>害人的奸贼!

……

死也死得值,不免将昏君,再叫骂几句,以解我心头之恨。景帝王,<u>我把你</u>无道的昏君。

……

(正宫换披发、血脸)景帝王,唐风高,唐丹,<u>我把你</u>三个害人之贼!

——《裙边扫雪》《环县道情皮影改编新创剧目选集》

再如《白狗卷》中,宋母和宋妻责骂不孝不义的宋百良:

宋　母：宋百良,<u>我把你个</u>奴才!

……

宋　妻：<u>我把你个</u>无义的强盗。

——《白狗卷》《中国皮影戏全集 9 剧本 4》

《紫金簪》中,夏昌时怒骂屈打逼供的县官:

夏昌时：(唱尖板)恨狗官他对我用尽刑杖……

<u>我把你个</u>狗官……(转苦音正板)

——《紫金簪》《乾县弦板腔剧团剧本》

"我把你个……"结构中,不用"个"的情况也很常见:

方文珍：嗯,好贱人,你竟叫起为丈夫的名讳来了。

赵月娥：哎,<u>我把你</u>负恩的贼呀!(打巴掌)

——《四贤册》《陕西传统剧目汇编·阿宫·第一集》

宋　王：费龙,<u>我把你</u>杀剐的贼呀!

(唱伤音代板)费龙奸贼似虎豹,宋江山火炼冰消。

不由寡人珠泪掉,无奈把忠臣收狱牢。(切)
——《九华山》《环县道情皮影改编新创剧目选集(第二辑)》

孙天豹：<u>我把你</u>这些瞎了眼的奴才、这是忠义之士、拏他为何。哈哈。你夫妻莫要害怕、我名孙天豹、因为武后篡位、俺家不服、所以聚兵与主复仇。
——《万福莲》《陕西传统剧目汇编·华剧·第一集》

张　飞：好红氏。<u>我把你</u>不仁不义,投曹贪图富贵,封你寿亭侯之职,岂能容汝？看枪！
——《出五关》《华阴老腔剧本选辑》

如果"我把你+名词性成分"结构中,名词的修饰语较长,则"个"放在定语和中心语的中间,如:

凤　主：哎呀,<u>我把你</u>不人、不禽、不兽大胆的<u>个</u>孽障！
——《屎巴牛招亲》《陕西传统剧目汇编·阿宫·第一集》

有学者研究发现,"我把你个+名词性成分"是近代汉语中的一个特殊句式结构。这一结构只用于人物对话中,句中不出现谓语动词。能看到的这种用法的较早用例是《元曲选》,其中找到了8例。通过对《西游记》《水浒传》《金瓶梅词话》《醒世姻缘传》《红楼梦》等进行穷尽性的查找,发现《西游记》有18例,《醒世姻缘传》有10例,《红楼梦》有7例,《金瓶梅词话》有7例,而《水浒传》似无用例。"我把你个+名词性成分"是一种口语化程度很高的句式,《元曲选》中仅有一例用于韵文,其他七例均在宾白对话的场合。学者认为,这一结构是语义自足的特殊结构,并不是"把"字句的省略,其语义结构就在宾语"名词性成分"中,"名词性成分"本身就是由詈词构成的。在人物对话中,以主语"我"来对对话方发出责骂,这种责骂主要是詈称或戏称对方,渐渐地这种结构就成为一种特殊的称谓语。这种句式在近代文献中用例不多,现在仅存于某些方言中①。

而这一语言结构存在的时间,学者也作了一定的研究。上面提到,最早用例是在《元曲选》中,而现在主要存于方言中。那么这一结构是什么时候消失的

---

① 张美兰.论近代汉语"我把你个+名词性成分"句式[J].语文研究,2000(3):40－46.

呢？人民文学出版社1972年版《西游记》依据的是明"世德堂"本（明万历十五年前后）；中华书局1993年本《西游记》则依据的是清代的刻本，"它的正式名称叫作《古本西游证道书》，在文字上更优于明刻百回本，是《西游记》演化成书后最臻成熟的一个本子"①。当研究者对比这两个版本时发现，人民文学出版社版本中有"S把O"式的地方，中华书局本中直接用"O"表示，而且前者中"我把你个＋……"的句子比后者中同类句子多得多，反映了明"世德堂"本与清代刻本在语言上的差异，即到清代，这个语言结构就不多见了。而现在主要存在在一些方言中，如山西临汾、运城及内蒙古仍在责骂、怪罪人的场合使用这类句子②。

"我把你个＋名词性成分"这一语言结构在陕西、山西、内蒙古、宁夏、河南、甘肃等地都能够见到③。通过对西北皮影戏剧本语言中这一结构的考察，可以看到其在不同剧种的剧本中都普遍存在。这一结构主要出现在对话中，用于责骂别人，名词性成分为詈词。此结构中去掉"我把你个"意义并不变，"把"字并无处置意义，只是加强语气，表现说话人强烈的主观情绪。

五、"说是＋你……"结构

在碗碗腔和阿宫腔的皮影戏剧本语言中，有一个特殊的表达结构，在句子的开头加上"说是……"，此情况仅出现在面对面的对话中。如：

孟　　明：你有双戟,我有双剑,领教何妨？

皇甫女：说是你来！

孟　　明：你走！（三人同下）

————《百里奚拜相》《陕西传统剧目汇编·华剧·第七集》

百里奚：观见这位妇人莫不是夫人到了。

杜　　氏：说是你听：

（唱）我家居住虞国地,自幼配夫百里奚；

————《百里奚拜相》《陕西传统剧目汇编·华剧·第七集》

---

① 张美兰.论近代汉语"我把你个＋名词性成分"句式[J].语文研究,2000(3):40-46.
② 张美兰.论近代汉语"我把你个＋名词性成分"句式[J].语文研究,2000(3):40-46.
③ 邢向东.陕北晋语语法比较研究[M].北京：商务印书馆,2006:227-240.

香花公主：杨堂，说是你入囊来！

肖九堂：来了。（入介）

——《恩阳关》《陕西传统剧目汇编·华剧·第六集》

鸨　儿：哎呀我的舅。此地已是，料留你不下了，平日穿戴的衣裳首饰，一齐与我款下，说是你来来来。（扯下，杜十娘被打，跑出院门，鸨儿后边追赶，李甲拦住）

——《百宝箱》《陕西传统剧目汇编·阿宫·第一集》

以上语例都是祈使句，句子开头带有"说是"，有提醒别人注意、不容拒绝的功能。再看剧本《四贤册》（《陕西传统剧目汇编·阿宫·第一集》）中的两段语例：

魏　贤：夫人，说是你且坐着，你且坐着。这是新郎，我有一言，讲出口来，从不从只在你心，千万莫要烦恼。

方新郎：老爷有何贵言请讲，小人无不从命么。

魏　贤：我有一女，情愿许你足下为婚，日后靠你夫妻，好结我二老的晚局，不知你意下如何？

方新郎：小人怎敢乱主仆名分。

魏　贤：这是我二老情愿，与你无干，说是你拜父来。

这一段中魏贤要认方新郎为义子，先是让妻子坐着听，后是让方新郎拜自己为父，都用了"说是"。再有：

秦　氏：哎老爷，说是你与我坐去，随着你来，可不如随着我来。伢我半辈可离不得我娃么。

魏　贤：哎夫人，你和女儿以在内宅用膳，我和定邦以在大庭用膳。

秦　氏：哎，说是你先坐去，我一时都离不得我娃。定邦儿呀！

方新郎：娘呀。

这段两次提到"说是"的都是秦氏，因对新认的义子非常喜爱，她让丈夫坐着不要动。这些语料的语气虽然不容拒绝，还相对还客气、平缓一些。

再看剧本《百宝箱》（《陕西传统剧目汇编·阿宫·第一集》）中的一些用例：

杜十娘：说是你来看！就是那一描金小箱，内藏百宝，不下万金。

第四章 西北皮影戏剧本语法研究 121

> 杜十娘：(滚白)我叫、叫一声，李郎李郎！<u>说是</u>你来看，我一箱内，有玉箫金管，牙梳宝镜，也值数百金，如今我要她何用了。

> 杜十娘：(滚白)叫、叫一声，李郎、李郎！<u>说是</u>你来看，这一抽中内，绣簾缨络，琼瑶琥珀，约值数百金！

> 杜十娘：李郎，<u>说是</u>你来看！这一抽中，有夜明珠一颗，还有数百双猫眼。

这几例集中在杜十娘怒沉百宝箱这个情节，杜十娘将小箱中的宝物拿出来一一展示给李甲，这里"说是"所带的祈使句的使令语气就较为强烈了，很好地衬托了杜十娘悲愤的心情。

同样在剧本《四贤册》(《陕西传统剧目汇编·阿宫·第一集》)中，因家境贫寒无奈要卖子求生，方文珍、赵月娥夫妇因为卖哪个孩子起了争执，后决定让兄弟俩抢草来定结果。其对话如下：

> 方文珍：<u>说是</u>你兄弟抢草来。(同下，方文珍又上)方林郎，方新郎，<u>说是</u>你兄弟，哎！都抢草来。(下，方林郎、方新郎同上抢草)

> 方新郎：哥哥，你就与我。

> 方林郎：兄弟<u>说是</u>你撒手！(赵月娥上拉住方林郎，方新郎将草抢去)

> 方新郎：母亲<u>说是</u>你拉牢。(下)

> ……

> 赵月娥：啊是。(挡住方林郎)

> 方林郎：婶娘你快丢手，兄弟呀！<u>说是</u>你不去！

两个孩子因为孝顺懂事，争着抢草要父母将自己卖出，言语中都用了"说是"，略带强制的态度，表明了各自急切的情绪。

在剧本《四贤册》(《陕西传统剧目汇编·阿宫·第一集》)中，还有两处使用"说是"的语料较特别一些，不是用于祈使句，而是用于疑问句，表示质问的语气：

> 方文珍：事到如今，或者卖你，或者卖我，你说该拿一番主意，<u>说是</u>你骂我是怎的？

> ……

> 赵月娥：哎！(滚板)我叫叫一声强盗强盗，你我夫妻十数年间，也不

能并头百年,也不能偕守黄泉,事到如今,说是你不舍为妻着怎的?

可见,"说是+你……"结构多用于祈使句中,着重表达使令意义。这一结构在近代文学作品中并不常见。

六、"这是+人名/称谓"结构

在西北皮影戏剧本语言中,还有一种特殊的结构,即"这是+人名/称谓"。在现代汉语中,"这是+人名/称谓"表示介绍某人或表明某人的身份,如"这是田圆圆""这是侯校长"。在皮影戏中,对话中使用"这是+人名/称谓"时,有的用例是说明介绍,有的用例则只表示称呼,去掉"这是"意思也相同。如在阿宫腔剧本《百宝箱》中,杜十娘称呼李甲时,就多用"这是李郎"这一结构:

杜十娘:<u>这是李郎</u>,妾与你情重恩深,你怎忍一别,数日不见踪迹,难道说你忘却了枕边之盟呀?

杜十娘:<u>这是李郎</u>,你且听妻叮咛!

杜十娘:<u>这是李郎</u>,你今天为何悽惨,想是前去银两不能如数?

杜十娘:(上)<u>这是李郎</u>,你我夫妻去拜柳兄之恩。

杜十娘:<u>这是李郎</u>!你携妾回家,但不知公公可能容妾否?

杜十娘:<u>这是李郎</u>!你去客船,有何见教,你我夫妻情重恩深,有话尽可商议,不妨对妾讲来?

杜十娘:计若果善,哪有不从之理?<u>这是李郎</u>,交千金之事,妾要亲眼看过,你莫若与他人说明,我自然过舟。

——《百宝箱》《陕西传统剧目汇编·阿宫·第一集》

杜十娘称呼"这是李郎",表达一种既亲热又敬重的情感。故交、新识之间也可以使用此类称呼,表示尊重:

柳遇春:贤弟承问。<u>这是贤弟</u>,是我那日相劝你回家,怎么你还在烟花院中?

……

李　甲:<u>这是仁兄</u>,说你与弟留情,与弟留情!

……

华　凯：既是公子，立起讲话。<u>这是公子</u>，你和十娘甚么瓜葛？缓缓讲来！

——《百宝箱》《陕西传统剧目汇编·阿宫·第一集》

而同在《百宝箱》剧本中，老鸨称呼李甲时，用"这是李甲"，表达一种客气但略带严厉的语气：

鸨　儿：<u>这是李甲</u>！你看我一家，吃客穿客，前门里送旧，后门里迎新。自从你到我家，我女儿这几日闭门谢客，反弄的吃我穿我，成甚么规矩？

鸨　儿：<u>这是李甲</u>。今天都已定第九日了，还未办齐备不成？

——《百宝箱》《陕西传统剧目汇编·阿宫·第一集》

在其他皮影戏剧本中，"这是+人名/称谓"这一结构有时是表示敬意，用以尊称对方，如：

赵　云：<u>这是关兴</u>，<u>这是张苞</u>，你二人到此为何？

关　兴、张　苞：奉丞相之命，特来接应老将军。

——《天水关》《华阴老腔剧本选辑》

书　童：(上)<u>这是夏公子</u>，我家公子请你书馆会文。

夏昌时：我今日有事，不便前去。

——《紫金簪》《陕西省乾县弦板腔剧团剧本》

花　严：(引)气象巍巍栋宇深。信是金马玉堂人。<u>这是吴老爷</u>、小老有礼。

吴志宁：老丈何人。

——《十王庙》《陕西传统剧目汇编·华剧·第一集》

阿宫腔剧本《四贤册》中，"这是+人名/称谓"多用于家人之间，如：

赵月娥：(出门望)天爷爷，怎么门外着无有！(方文珍上)<u>这是方郎</u>，你去县府领粮，领的粮在哪里，领的粮在何处？

方文珍：什么？只说你问我着是怎得，我去领粮，正正领了三天，穷民极多，县府并无散粮的消息，因此上我空拳赤手回来了！

……

方文珍：自从卖儿之后，回得家来，是我父子习就一身武艺，秦国的白起,楚国的黄歇,杀的我国闭兵不出,我父子心想吃一份粮饷,不知娘子意下如何?

赵月娥:<u>这是方郎</u>,你父子既要前去,听妻叮咛!

……

魏　贤:夫人,说是你且坐着,你且坐着。<u>这是新郎</u>,我有一言,讲出口来,从不从只在你心,千万莫要烦恼。

方新郎:老爷有何贵言请讲,小人无不从命么。

……

魏　贤:<u>这是新郎儿</u>呀,你我父子名胜不同,如何是好?

方新郎:望爹爹与儿赐个名讳。

……

方文珍:不知二位老大人到来,我父子失误远迎,多得有罪。

宁庄子:好说。<u>这是方亲公</u>,你看今天就是良辰之日,命他夫妻同拜花毡。

——《四贤册》《陕西传统剧目汇编·阿宫·第一集》

以上几例用来称呼家人,语境都颇为庄重,其他剧本中也有语境较为日常随意的:

郑　氏:<u>这是吕子欢</u>、花瓣儿、你们到此为何。

吕子欢:可怜孩儿三天未曾见饭了。

——《紫霞宫》《陕西传统剧目汇编·华剧·第一集》

阳　:云阳公主。

太　:<u>这是妹妹</u>。

——《九联珠》《陕西省乾县弦板腔剧团剧本》

飞彦彪:<u>这是妹妹</u>,你二人前往苏林镇搬王姑娘同上九华山。

玉　娘:是我晓得。(二旦下)

——《九华山》《环县道情皮影改编新创剧目选集(第二辑)》

环县道情剧本《白狗卷》中,"这是+人名/称谓"结构出现得比较多,主要用于称呼,如"这是儿""这是兄弟""这是婆婆"等:

张金孝:母亲上边谢坐。

张　母：<u>这是儿</u>呀,请娘到来讲说什么?

……

王　忠：只因二老爹娘去也,留下我弟兄二人。兄弟每日打柴供我读书,使我心中不忍。<u>这是兄弟</u>,你每天打柴供我读书,叫我心中难忍。

……

宋　妻：媳妇有请婆婆!

宋　母：(上)<u>这是媳妇</u>,你先揽娘来!

……

宋百良：<u>这是刘氏</u>,你把咱的犬娃子引上,随后和咱老娘往来走,我先到街上抖个风。

宋　妻：<u>这是婆婆</u>,咱们快走吧!

宋　母：媳妇儿,揽娘来。(同下)

……

都　牛：我乃都牛。

王　义：<u>这是都兄弟</u>,你看这几天山中不知出了什么妖怪,光盗面饼。

——《白狗卷》《中国皮影戏全集9剧本4》

在《白狗卷》中的"这是+人名/称谓"结构还有一个特点,就是这一结构可以作主语。如:

宋百良：哎哟,饿煞我也!

宋　妻：<u>这是强盗</u>你也饿了,我有辈古人讲说,你可曾爱听?

……

宋百良：<u>这是娘子</u>你给咱看去,咱的妈今天见我牛的很,说不成话,你看去。

——《白狗卷》《中国皮影响全集9剧本4》

以上两例中,"这是强盗"和"这是娘子"都和"你"构成复指短语作主语。也有直接作主语的例子:

宋　母：<u>这是媳妇</u>不必啼哭,站起来。

——《白狗卷》《中国皮影戏全集9剧本4》

这一例中"这是媳妇"就直接作主语。"这是+人名/称谓"结构作主语的用例目前只在《白狗卷》中出现。

总结以上这些用例,说明在西北皮影戏剧本中,除了表示介绍说明以外,"这是+人名/称谓"结构可以用来单单表示称谓,多用于家人之间称呼,也可以用于宾客之间敬称,表达亲近、客气、敬重等语气。

"这是+人名/称谓"结构单单表示称谓的用法在其他文献中很少见,目前只发现《反三国演义》中的两例。《反三国演义·第十四回》:"这是兄弟乡间有句俗话:斗了龙船再认亲,正是孙权这时光景。"《反三国演义·第六十回》:"到了后来,却是小说一栏,另无新著,补充旧稿,以塞篇幅,这是兄弟句句实言,并无假饰。"两例中"这是兄弟"直接作主语。《反三国演义》又名《反三国志》,是民国文人周大荒所撰写的白话文章回体小说。但用例很少,且暂无其他语料,无法确定"这是+人名/称谓"结构单单表示称谓的这一用法是否属于民国时期的特殊用法。

七、"那是+人名/称谓"结构

与上一节的"这是+人名/称谓"结构的功能相同,在西北皮影戏剧本语言中,"那是+人名/称谓"结构可以用来单单表示称谓。如:

方文贵:咦!那是林郎,父、父的儿呀!哎,父的儿呀!
(唱浪头)小林郎年纪幼要你教训,
(喝场)那,那是兄弟呀!那,那是贤弟妇呀!

——《四贤册》《陕西传统剧目汇编·阿宫·第一集》

这是方文贵临终前呼唤儿子、弟弟和弟媳,将自己的儿子方林郎托付给弟弟夫妇。

在皮影戏剧本中,"那是+人名/称谓"与"这是+人名/称谓"这两个结构都可以用来单单表示称谓,在人物对话中使用。"那是+人名/称谓"的用例远少于"这是+人名/称谓"结构,且只用于家人之间称呼。如究其原因,则虽然"这""那"指称意义都已弱化,但"这"原是近指,更适用于人物当面对话场景;"那"原是远指,与当面对话场景略有冲突。如以下"那是+人名/称谓"的用例,都有生离死别的情景:

方文贵：那，那是贤弟妇！

赵月娥：兄长。

——《四贤册》《陕西传统剧目汇编·阿宫·第一集》

马蕙兰：(哭)那是母亲，老娘！难见的娘呀！

(滚白)我叫叫一声母亲呀、母亲！自从你那日得病，儿只说你冒感风寒，谁知你一旦病故，

——《拿童昌》《陕西传统剧目汇编·弦板·第三集》

张七姑：(上唱)仙姬云头观分明，只见董郎放哭声。

那是董郎！

董　永：那是贤妻！

——《槐树荫》《陕西传统剧目汇编·弦板·第三集》

"这是+人名/称谓"结构多表达亲近、客气、敬重等语气，而"那是+人名/称谓"结构略有疏远之意，如：

赵月娥：那，那是方文珍。

方文珍：嗯，好贱人，你竟叫起为丈夫的名讳来了。

赵月娥：哎，我把你负恩的同贼呀！（打巴掌）

——《四贤册》《陕西传统剧目汇编·阿宫·第一集》

这一例中方文珍夫妇有了争执，故妻子用"那是"后直接带了丈夫名字，故意犯了名讳。还有《九华山》中有一例是当面称呼，用了"那是+人名/称谓"结构：

玉　娘：从今往后，我将你叫妹妹，你将我叫哥哥。

翠　莲：奴家记下了。

玉　娘：那是妹妹。

翠　莲：那是哥哥。

——《九华山》《环县道情皮影改编新创剧目选集(第二辑)》

这一例玉娘是女扮男装，两人之间并不是真正的兄妹关系。

综合来看，在西北皮影戏剧本语言中，"那是+人名/称谓"与"这是+人名/称谓"结构的功能相同，可以用来单单表示称谓。但"那是+人名/称谓"用例较少，适用的对话场景不如"这是+人名/称谓"结构丰富。

第五章　西北皮影戏剧本用韵研究

第一节　韵文材料的韵例分析

整理剧本中的韵文时,首先要审定韵例,再归纳韵段和韵脚字。韵例的审定是重要的基础工作,不同的韵例会产生的不同的分韵结果,韵部的划归也会因此不同。故而厘清剧本韵文材料的韵例及归韵原则非常重要。

一、韵文材料释例

皮影戏剧本中韵文材料类型多样,例如老腔剧本的押韵材料有唱词、引子、诗等,碗碗腔剧本的押韵材料主要有唱、念、诗、引、白等。综合来看,韵文材料的主要形式是唱词和念白。

(一) 唱词

唱词即配合乐律演唱的有韵语言。不同种类的皮影戏唱腔不同,唱词也有不同形式特点。如老腔是一种板腔体剧种,它的板式主要有慢板、流水板、哭板、滚板、飞板、花战、走场子、拉坡、科子板[①]。唱词以四句、六句等偶数句为主,每句字数以五字、七字为主,也有十字句。

碗碗腔主要唱板有慢板、慢紧板、紧板、滚白、叠腔、三不齐、单句送等。碗碗腔唱词结构有六种格式:一是七字句和十字句,这是最基本的;二是五字句,这种格式运用较少,只是在吟唱三不齐中得以表现;三是长短句,即三不齐;四是散文结构式,如滚白;五是单句送,即上句落板;六是混合式,即将上述各式混

[①] 杨甫勋.华阴老腔[M].西安:陕西人民出版社,2011:28.

合使用①。

阿宫腔唱腔属于板式变化体音乐,唱腔板式分为六类:①慢板,其中又分为慢塌板、紧拦头板;②二六板,也有播板、原板、七锤二六、慢带摇板、小带摇板;③二倒板;④带板;⑤箭板;⑥浓板。曲牌有弦乐400余种,管乐300余种。打击乐有开场曲、动作曲、板头曲三类。唱词结构以规整句为主,多为七字句与十字句,上下句相对应,长短句很少出现,且讲究平仄押韵②。

弦板腔的板式有十多种。正板(即慢板)是它的核心板路。另外,用得较多的还有紧板、滚白、撇板等。气死人(即阴死板)、伤音子、提头等,实际上是变化局部唱腔的正板;伤音子是在正板子紧板的首句加上了一个较长的拖腔,基本属于一种带字叫板的唱法。弦板腔的唱词,主要是七字句和十字句,也有六字句、八字句、九字句③。

道情音乐属典型的民族徵调式,有花音和伤音两种声腔体系。花音是五声徵调式,伤音是七声徵调式。环县道情唱腔音乐以板腔体形式为主,少量兼有曲牌体形式。板腔体板式有坦板(亦称弹板)、飞板和散板三种。"坦"和"飞"是一种形象化表述,坦有坦缓、缓慢之意,飞有飞快、快速之意。近几十年,民间艺人们已逐渐改"板"为"慢板"。其中慢板类、飞板类的主要特征即是唱词以七字头(句)和十字头(句)为主④。

皮影戏剧本中的唱词大多数都是韵文,句末字押韵,如:

曹　操:(唱)孟德闻言泪汪汪,不由叫人痛断肠。
　　　　　实想搬亲有场好,谁料路途把命亡。
　　　　　早知路途把命丧,怎肯搬亲离故乡?
　　　　　可恨陶谦太狂妄,害我椿萱实可伤。
　　　　　痛哭一场总是枉,定要与贼排战场。
　　　　　　　　　　　　——《借赵云》《华阴老腔剧本选辑》

高　干:(唱)自幼生来秉性刚,一心只想定家邦。

---

① 鱼讯.陕西省戏剧志·渭南地区卷[M].西安:三秦出版社,1994:74.
② 王含润.陕西阿宫腔用韵研究[D].西安:陕西师范大学,2019.
③ 鱼讯.陕西省戏剧志·咸阳市卷[M].西安:三秦出版社,1994:56.
④ 环县道情皮影志编纂委员会.环县道情皮影志[M].兰州:甘肃文化出版社,2006:61.

护身宝剑随身带,为访英豪走四方。(下)

——《追风骥》《陕西传统剧目汇编·华剧·第七集》

梁惠王:(唱慢板)梁惠王打坐银安殿,为着此事锁眉尖;

宁大夫上殿拿本谏,河东粟移河内救民之安;

叫常随与孤趱车辇,后宫陆军先对梓童言。(同下)

——《四贤册》《陕西传统剧目汇编·阿宫·第一集》

陈碧玉:(上)(唱〔花音慢板〕)小桶挑来大江浪,父女耕读过时光。

爹爹年迈没绛账,碧玉自小爱田庄。

天阔地大精神爽,浇菜绣花作文章。

——《紫金簪》《陕西省乾县弦板腔剧团剧本》

吴　荣:(唱伤音代板)一道圣旨颁下金殿,立逼我一家离长安。

耳内里忽听兵呐喊,想必是老贼来杀家眷。

——《裙边扫雪》《环县道情皮影改编新创剧目选集》

唱词中也有不押韵的情况,但较为少见,如:

李静光:(唱)收住飞鸟出笼去。钓得鲤鱼脱金钩。

——《四明珠》《陕西传统剧目汇编·华剧·第四集》

(二)念白

除唱词外,皮影戏剧本中的念白部分也包括一些韵文材料,可分为以下几类:

1.念

念多为人物上场或下场时吟诵的音乐性念白,采用诗文的形式,一般为五言或七言,也有六言、十言、十二言,或其他长短句结构,但较为少见。在句式长短方面,一段念多以二句式和四句式为主。如:

张雁行:(念)自矜勇武刚果。堪夸智谋颇多。

昨岁乡试已登科。才称英雄心窝。

春闱一字差错。名堕孙出遗落。

英雄不惯受寂寞。谁肯世间闲坐。

——《春秋配》《陕西传统剧目汇编·华剧·第一集》

平秀吉:(念)占船纷纷列湖上,旌旗飘飘扑疆场;

杀刁不论将和相,抢夺哪怕遇帝王。

——《百宝箱》《陕西传统剧目汇编·阿宫·第一集》

吴德利:(上)(念)

做官谄,做官谄,做官不愁吃和穿。

山珍海味家常饭,绫罗绸缎身上穿。

不会做官惹麻烦,我会做官有银钱。

前堂板子响连天,后堂金银堆成山,堆成山。

——《紫金簪》《陕西省乾县弦板腔剧团剧本》

张金孝:(念)天上星星撒撒稀,地上穷人穿破衣。

衣衫烂了不遮体,一片东来一片西。

——《白狗卷》《中国皮影戏全集9 剧本4》

2. 诗

诗是韵文体诗句,人物多在上场或下场时吟诵。其作用主要是介绍剧情和人物,联系前后情节,如上场诗常常位于引之后。诗以五言、七言为主,一段诗多为四句式。如:

姜子牙:(上,诗)乾坤斗大统貔貅,杀法从来鬼神愁。

吕望当时登台后,万里山河数西周。

——《渑池关》《华阴老腔剧本选辑》

龍象乾:(诗)自幼曾經习圣贤。文事武备要兼全。

春雷一声鱼龙变。扬眉吐气列朝班。

——《万福莲》《陕西传统剧目汇编·华剧·第一集》

宁庄子:(上诗)春景桃花隔岸红,夏季莲叶河池中。

秋风丹桂香千里,冬雪寒梅伴冷松。

——《四贤册》《陕西传统剧目汇编·阿宫·第一集》

王 :(诗)可恼番奴太猖狂,兴兵犯境欺孤王。

忧心忡忡设早朝,宣来文武作商良。

——《九联珠》《陕西省乾县弦板腔剧团剧本》

嘉庆王:(坐诗)先君根基是北鞑,因伐闯王乱中华。

万里江山为民主,四海清风帝王家。

——《地风剑》《环县道情皮影改编新创剧目选集(第二辑)》

3. 引

引一般是人物首次登场时半唱半念的韵文押韵材料,剧本中常写为"上引",常用于背景介绍或人物的自我介绍。引一般为五言或七言,少数引是四言、十言,也有少量的长短句结构。一段引以二句式和四句式较为常见。如:

杜真人:(上引)入山修炼数千年,八卦炉中炼仙丹;
将身且坐古洞里,心血发潮为那般?

——《恩阳关》《陕西传统剧目汇编·华剧·第六集》

尤　氏:(上引)常把太极檐前耍,全凭腹内丝成家。
为国求贤大门挂,腾蛟起凤由我家。

——《屎巴牛招亲》《陕西传统剧目汇编·阿宫·第一集》

王　　:(引)烽火照边关,愁云锁长安。

——《九联珠》《陕西省乾县弦板腔剧团剧本》

4. 其他类型的念白

在阿宫腔中,还有对、板歌、叹等。"对"类似"引",用于人物交代内心想法,多为对仗工整的五字句和七字句。板歌是以快板形式说念或说唱的念白,节奏感强、节拍整齐,具有浓厚的民间说唱色彩。板歌句式灵活,字数不定,多长短句,常由丑角演唱。"叹"多为七言,对仗规整。[①] 如:

鸨　儿:(对)昼夜思想逐客计,要叫他们两分离。

——《百宝箱》《陕西省艺术研究所所藏阿宫腔剧本抄本》

牢　头:(上说板歌)
早晚在禁监,苦处最难堪。吃的活人饭,挣的死人钱。
未登阎王殿,常有鬼作伴。昧心把钱骗,害理又伤天。
有心不要钱,妻子少吃穿。私心安计算,进退实两难。
只得把心变,先顾眼目前。活鬼实有限,死鬼最难见。
睡到三更里,忽听鬼叫唤。抬起头观看,鬼在床边站。

[①] 王舍润.陕西阿宫腔用韵研究[D].西安:陕西师范大学,2019.

满头青丝乱,两眼如闪电。鲜血流满面,铁索手中缠。
扯我见崔判,同去把账算。吓的团团战,通身都是汗。
东方曙色烂,鬼形才消散。人心须向善,鬼的钱难见。
列位听我劝,休吃这碗饭。
———《双生贵子》《陕西省艺术研究所所藏阿宫腔剧本抄本》

程明义:(上坐叹)大事未成两鬓须,苦受熬煎二十年。
　　　　　传家诗书济世道,乐得无事消安宁。
———《通天犀》《陕西省艺术研究所所藏阿宫腔剧本抄本》

以上是皮影戏剧本中常见的韵文材料类型,不同类型的韵文材料在押韵比例上是不同的,唱词基本押韵,而念白不押韵的比例较大。

二、韵例分析

通过对皮影戏剧本中韵文材料押韵格式的分析,将较为典型的韵例归纳为以下几种:

(一)句句押韵

在一段韵文材料中,不管偶数句还是奇数句,末尾字均入韵,且一韵到底,中途不换韵。例如:

高寄玉:(唱〔苦音慢板〕)
　　　更漏残烛泪尽人影消瘦,纱窗外星辰散残月如钩。
　　　昼夜间紫金簪不离我手,倒教我高寄玉泪洒胸头。
　　　……(滚白略)
(唱〔正板〕)
紫金簪本是金丝纽,你和寄玉命相投。
爹爹逼我无路走,他也把你往外丢。
我愿与你常相守,簪断人亡两不留。
钢刀难断紫金扣,玉碎金销不低头。
紫金簪,匣内收,(见匣)一见嫁妆恨心头。(取嫁衣,摔)
———《紫金簪》《陕西省乾县弦板腔剧团剧本》

此例中高寄玉的两个唱段用了不同板腔,且中间还有一段滚白,但各句的句末字"瘦""钩""手""头""纽""投""走""丢""守""留""扣""头""收""头"均押韵,属于句句入韵的体例。

(二)偶句押韵

一段韵文材料中,偶句句末字一定押韵,奇句句末字可押可不押,亦称"隔句押韵"。通常是首句句末字入韵,其他奇句句末字不入韵。

黄　忠:(唱)先生以老待黄忠,气的英雄面通红。
　　　　　三千人马随定我,此去舍命立奇功。
　　　　　黄忠法正行人马,前哨军人报一声。
　　　　　　　　　　　　　——《定军山》《华阴老腔剧本选辑》

崔　祥:(唱)子路负米千里外,高财女跨海路万千。
　　　　　王祥为母把冰卧,曹庄奉亲把柴担。
　　　　　前朝多少孝顺事,我崔祥岂为不孝男。(下)
　　　　　　　　——《崔祥打柴》《陕西传统剧目汇编·华剧·第五集》

杜若霞:(上唱慢二板)冷冷清清坐书斋,独伴银灯好凄凉。
　　　　　自从遭祸离原郡,梦魂夜夜归故乡。
　　　　　　　——《璧寒犀》《陕西省艺术研究所所藏阿宫腔剧本抄本》

(三)交韵

交韵是指在一段韵文材料中,奇偶句押韵不同,即奇句押奇句,偶句押偶句。这是一种特殊的韵例格式,例如:

尉迟仁豪:(诗)醉里来兴舞宝刀。红霓曲迴现毫光。
　　　　　　可恼龙泉久归鞘。无有韬畧佐唐王。
　　　　　　　　——《玄都观》《陕西传统剧目汇编·华剧·第二集》

此例中一、三句末字"刀""鞘"押韵,二、四句末字"光""王"押韵。再如:

赵　云:(唱)直杀得天昏地暗无光线!
姜　维:(唱)直杀得天愁地哭鬼神惊!
赵　云:(唱)赵云姜维交一战,
姜　维:(唱)一百余合不见输赢。
　　　　　　　　　　　——《天水关》《华阴老腔剧本选辑》

此例中一、三句末字"线""战"押韵,二、四句末字"惊""赢"押韵。

(四)抱韵

抱韵是指在一段韵文材料中,首尾两句共押一韵,中间数句共押一韵,韵脚字呈现环抱式的一种韵例。这种韵例形式在皮影戏剧本中只有极少的数例,如:

> 燃灯教主:(上唱)被公明杀的我提心在口,造化高遇见了两个道童。
> 　　　　　　如不是二仙童上前救命,急忙忙上机了命赴九幽。
> 　　　　　　　　——《七箭书》《陕西省艺术研究所所藏阿宫腔剧本抄本》

这一例首句和末句句末字"口""幽"押韵,第二、三句句末字"童""命"押韵。再如:

> 吴太祯:(上唱)昨夜晚打三更偶做一梦,解不开此梦儿主何吉凶。
> 　　　　　　莫不是哪里遭灾难,莫不是四路起狼烟。
> 　　　　　　莫不是奸贼谋龙位,莫不是偏妃谋正宫。
> 　　　　　　　　——《裙边扫雪》《环县道情皮影改编新创剧目选集》

这一例中,首两句句末字"梦""凶"和最后一句末字"宫"押韵,第三、四句句末字"难""烟"押韵。

> 魏　续:(唱)忽闻丞相传将令,三将披挂去出征。
> 　　　　　头戴银盔缨乱翻,锁子金甲扣连环。
> 　　　　　丝鸾宝带腰间系,护心宝镜耀胸前。
> 　　　　　胯下千里追风马,手执大刀去当先。
> 　　　　　催马来至两军阵,叫骂贼兵早出营。
> 　　　　　　　　——《出五关》《华阴老腔剧本选辑》

这一例中,首两句句末字"令""征"和最后一句末字"营"押韵,中间几句句末字"翻""环""前""先"押韵。

(五)换韵

换韵指一段韵文材料中,先后出现押两个及两个以上韵部的韵例。韵和韵之间不会相互交错,界限分明。换韵往往是出于舞台表演和艺术表达的需要,如曲牌音乐、句式字数的变化,大段唱词中一个韵部的韵字不能满足需求等。如:

> 李善甫:(上)(唱〔正板〕)

恨高家失了火教人扫兴,可惜把千金体火里丧生。

眼睁睁好事儿成了泡影,莫奈何到陈家另系红绳。

天台自有花世界,家花不开野花开。

喜上心头脚步快,叩双环单等玉人来。(叩门)

——《紫金簪》《陕西省乾县弦板腔剧团剧本》

此例中,前四句唱词末字"兴""生""影""绳"押韵,后四句中的三句末字"开""快""来"押另一个韵。再如:

王士俊:(唱)假湖山前梅花树,杨柳垂丝掩鱼池。

我就在这里把她遇,那里含羞弄罗衣。

欲得合我交言语,后边随的小侍女。

最喜得角门儿半开半斜,是玉人留门等候咱。

今夜可自觉得色胆比天大,想是坐后我入踏。

只见明月射窗前,人影忽后又忽前。

我这里小宿偷眼看,一盏残灯尚自然。

——《夜梦记》《陕西省艺术研究所所藏阿宫腔剧本抄本》

这一例共有十四句,先后三次换韵。前六句韵字为"池""遇""衣""语""女",押一韵。接着四句韵字为"斜""咱""大""踏",换押另一韵。最后四句韵字为"前""前""看""然",又换押另一韵。再如碗碗腔《藏金寺》中的一长段唱词:

林爱珠:(唱)一不该悔婚姻忤逆亲上。直逼得父和母无有主张。

我的父着了急悬梁命丧。多亏了一家人救他还阳。

出无奈将无瑕顶名代往。那时节方遂了我的心肠。

到今日金郎夫官拜卿相。将夫人反让与丫环梅香。

……(略去二十四句,同韵)

[换韵]五不該起貪心不顧臉面。全不怕王法律天道循环。

翁貪財理应当良言解劝。你为何无仁心助他貪婪。

[换韵]直害的众百姓田地变卖。直害的众黎民夫妻分开。

积下的银和钱如今何在。到今日只落得駡名难挨。

……(略去二十八句,同韵)

[换韵]二次里命丫环傳詩送柬。又誰知被金郎解破机关。

用五刑将丫环拷問一遍。

[换韵]她不該将眞情細訴出来。

只气得那金郎怒发天外。见奴面执宝劍就要杀来。

吓的奴战兢兢魂魄不在。跪流平只求恩头不敢抬。

[换韵]多亏了石观音前来救难。林爱珠方得了活命回还。

立赶奴离汎地不容停站。臨行时又送奴盘费衣衫。

……(略去二十二句,同韵)

——《藏金寺》《陕西传统剧目汇编·华剧·第三集》

上例中大段的唱词先后换了五次韵,"上张丧阳往肠相香(略去唱词韵字为:党柱样肠上娘望房妄当讲场样肠上王上忘荡凉上双上扬)"押韵,"面环劝婪"换押一韵,"卖开在挨(略去唱词韵字为:败怀戒哉害台外来害开待来害该外开害才解灾外谐害灾拐谐盖来)"换押一韵,"柬关遍"又换押一韵,"来外来在抬"又换押一韵,"难还站衫(略去唱词韵字为:远般玩前遍难浅男站连产天满钱贱边院衫饭眠贱天)"又换押一韵。

第二节 韵文材料的韵字特点

传统韵文自近体诗产生之后,关于格律的规定趋向严格,随着官修韵书的颁布发行,诗词曲赋的用韵也有了明确的标准。而宋元之后,一是汉语语音面貌有了发展变化,二是民间文学的兴起,其用韵情况与传统文学作品有了较明显的差异。特别是地方戏曲的用韵,本身就带有地方语言的特点。

在对西北皮影戏剧本韵文材料进行整理时,我们发现押韵字有如下特点:

一、不忌重韵

重韵,指韵文材料中同一个字重复押韵。近体诗中是忌讳重韵的,但在戏曲韵文中并无如此严格的要求。在皮影戏剧本中不时能看到一些重韵的例子,如:

茶青壶:(唱)你也错、我也错。有此话就该早些说。

　　　　你老子是个糊涂货。你在后边胡指戳。
　　　　有了我儿这人物。相遇之后待我说。
　　　　　　　——《鸳鸯墨》《陕西传统剧目汇编·华剧·第二集》
此例中出现了相同的韵脚字"说"。再如：
　李　华：（唱）她那里恶森森語言应咱。必不是寻常的路柳牆花。
　　　　細看她梳云髻尚未出嫁。却怎么在荒郊来撿蘆花。
　　　　　　　——《春秋配》《陕西传统剧目汇编·华剧·第一集》
　李　永：（唱）兄妹居住太行下。每日出外訪豪侠。
　　　　那日山前曾玩耍。遇一后生过山下。
　　　　跟着仆童也不大。行礼甚重活喜煞。
　　　　来在虎亭把店下。次日店中不見他。
　　　　有一和尚说譚話。指馬为証禀公衙。
　　　　宫府不問眞和假。項带铁鎖又带枷。
　　　　若能順便把手下。一定要把狗官杀。
　　　　眞眞把人胆气炸。
　　　　　　　——《虎皮传》《陕西传统剧目汇编·华剧·第三集》
上两例中，韵脚字"花""下"重复出现，与其他句末字共同押韵。

二、异调相押

　　近体诗规定韵脚字均用平声字，不能以仄声入韵。古代戏曲的创作在韵脚字声调方面同样也有一些规定。在西北皮影戏剧本韵文材料中，押韵字并无必须是平声字或同声调字的规定。偶句还是多数押平声韵，奇句相对自由，入韵字可平可仄。例如：
　清虚道人：（唱）我弟子年纪幼性如烈火，诚恐怕金鸡岭命难逃脱；
　　　　　劝世人必须要结些善果，早烧香晚点灯口念弥陀。
　　　　　（下）
　　　　　　　——《金鸡岭》《陕西传统剧目汇编·阿宫·第一集》
　吴德利：（接唱）高吏部来告狀证据确凿，因强奸杀丫环不会有错。

我劝你招实情知过改过,有本县我与你笔下开脱。
　　　　　　——《紫金簪》《陕西省乾县弦板腔剧团剧本》

第一例中奇数句末入韵字"火""果"为上声,偶数句末入韵字"脱""陀"为平声字。第二例中"错""过"为去声,"脱"为平声,分布并无奇偶句的区别。

三、异部互押

同一韵段里出现不同韵部的字,且并不是因为换韵或交韵、抱韵等原因,即属于异部互押。异部互押通常是临近韵部、音近韵部相押,此类韵部间的主要元音音色相近。但临韵相押的韵部并不跨类,即阴声韵和阴声韵互押,阳声韵和阳声韵互押,阴声韵不与阳声韵互押。如:

吴晚霞:(唱)那样人当不得姊妹兄弟。必定要在家中翻弄是非。
　　　　　今日里你不肯早为之计。恐怕你到后来悔之晚矣。
　　　　　　——《紫霞宫》,《陕西传统剧目汇编·华剧·第一集》

此例句末字"弟""计""矣"押一七辙,"非"则为灰堆辙,两个韵部音色接近,属于临韵相押。再如:

辛　强:(唱)我只说是贱人房中苟且,到那里见贤妻心中惧怯。
　　　　　我不知将何人用刀杀坏,杀人命这祸事怎样安排。
　　　　　忙行走只怨我做事莽撞,不晓得将何人头割下来。
　　　　　我一生胆量大事不密切,到家中与兄弟细细说来。
　　　　　　——《齐寡妇造反》《陕西传统剧目汇编·华剧·第七集》

这一例中,"且""怯""切"为乜斜辙字,"坏""排""来"为怀来辙字,两个韵部音近相邻,也属于临韵相押。

四、虚词可以入韵

当韵文材料的句末字是虚词时,有两种情况:一是句末虚词前有实词押韵,此时虚词并不入韵。

王海子:(唱)我把你这生疮的害黄的,江水罐罐歇凉的。
　　　　　跟上木匠上樑的,泥水匠絮墙的。

　　　　　　　点下坑儿水凉的,我把你个光头鬼奴儿呀。
　　　　　　　——《三婆娘顶嘴》《陕西省艺术研究所所藏阿宫腔剧本抄本》
　　此例几句句末字为助词"的",而押韵为倒数第二字"黄""凉""樑""墙""凉","的"并不入韵。
　　第二种情况是虚词直接入韵,例如:
　　赵　云:(上,唱)号令一声披挂了,提枪上马怒难消。
　　　　　　　丞相道吾年纪老,先看子龙逞英豪。
　　　　　　　归刘斩将有多少,杀得孙魏血水漂。
　　　　　　　赵云实实不服老,扫灭魏邦兴汉朝。
　　　　　　　　　　　　——《天水关》《华阴老腔剧本选辑》
　　此例第一句句末字"了"是虚词,但与其他句末字"消""老""豪""少""漂""老""朝"共同押韵。再如:
　　玉　英:(花音慢板,唱新板)玉英听言喜气生,原来他是飞相公。
　　　　　　　　正要寻他把亲招,谁料今晚他来了。
　　　　(转要孩簧)
　　　　　　　　扭身且把小房进,说与我娘得知情。(下)
　　康　氏:(上)好么。(花音代板)
　　　　　　　　今夜晚上受煎熬,谁料他是飞彦彪。(切)
　　　　　　　——《九华山》《环县道情皮影改编新创剧目选集(第二辑)》
　　此例属于隔句换韵,"招""了"和"熬""彪"押韵。再如:
　　魏佐清:(唱)喜今日和风起雀鸣四野,楼窗上见佳人半掩半遮;
　　　　　　　见一对楚仙子忽然下界,引的我在马上魂灵去也。
　　　　　　　　　——《金色鲤鱼》《陕西传统剧目汇编·华剧·第五集》
　　此例第四句句末字"也"是虚词,但与前三句句末字"野""遮""界"共同押韵。再如:
　　王海子:(唱)称到碗里端扎下,吃到肚里发干哇。
　　　　　　　肚子疼的只想尼,巴弃了扑腾吐了疙瘩,
　　　　　　　我把你个赶生丏的呀。
　　　　　　　——《三婆娘顶嘴》《陕西省艺术研究所所藏阿宫腔剧本抄本》

此例中语气词"哇""呀"与韵字"下""厄""瘩"共同押韵。句末虚词前的"干""的"并不入韵,此例为虚词入韵,但此种用例并不多①。

第三节　西北皮影戏剧本的韵辙系统

一、韵辙参照系统

"辙"本是古代双轮车的车轮轧出的痕迹,常常用于民间文艺中,指戏曲、曲艺在创作演唱时遵循的声韵规律,又被称作"辙口"或者"辙儿"。前面车轮子留下的痕迹,指引后面车辆再次通行,"合辙"比喻押韵要有规律痕迹可循。在戏曲中,押韵也叫作"合辙"。

十三辙是在北方戏曲创作和演唱中经常使用的十三个韵字集合,相当于韵书中的十三个韵部,指江阳辙、中东辙、言前辙、人辰辙、发花辙、梭波辙、遥条辙、怀来辙、由求辙、灰堆辙、姑苏辙、一七辙、乜斜辙。

十三辙多年来流行于民间,是一部有目无书的韵书。罗常培先生曾指出:"十三辙的演成,已然经过六百多年的历史了。不过,现在北方流行的十三辙是有目无书的。究竟那些字应该属于那一辙,并没有成书可供检寻。"②元代周德清编撰的《中原音韵》是我国最早出现的一部曲韵著作,它以元代北方官话为标准,把曲词里常用作韵脚的5866个字,按字的读音进行分类,编成一个曲韵韵谱,分十九个韵部。周德清"工乐府,善音律",他编写《中原音韵》是为了让北曲的体制、音律、语言都具有明确的规范,发挥更高的艺术效果。经后代民间艺人的长期实践,《中原音韵》的十九个韵部与十三辙有一定的沿革关系,但十三辙形成和衍变的过程没有书面文字记载,北方戏曲押韵用的十三辙常由老艺人口耳相授,据传是始于明清。1937年,张洵如《北平音系十三辙》出版,这是一本以十三辙编制的韵书。

关于十三辙的性质,究竟是合乎实际语音的用韵分类还是因循沿袭传统韵

---

① 刘玉杰.陕西碗碗腔皮影戏用韵研究[D].西安:陕西师范大学,2018.
　王含润.陕西阿宫腔用韵研究[D].西安:陕西师范大学,2019.
② 罗常培.北京俗曲百种摘韵[M].天津:天津古籍出版社,1986:6.

书而脱离实际的语音特点呢？罗常培认为："所谓'辙'便是车轮子自然碾出来的轨迹，并不象火车那样，先制成一定尺度的铁轨，然后再把车轮纳在定型里的。在北方流行的歌谣和小调里有所谓'十三道辙'的，那便是这种自然押韵的轨迹。"①他在文章《中州韵和十三辙》里曾有说明："从《韵略易通》到十三辙一系韵书，大部分是为一般平民据音识字而作，本来不是为填词唱戏时候押韵的。所以他们大胆的打破了文人的因袭方式，力求切合于当时当地的活语言。在这个时候，新兴的民间戏剧——皮黄——已然代替了渐趋僵化的南曲的地位，它所用的辙韵自然而然的也要根据当时当地的活语言，而不再去因袭南化的曲韵；这和北曲崛兴的时候，大家都依据革命的韵书《中原音韵》而不去理会《广韵》和《礼部韵略》的情形是一样的，——十三辙就是应着这种需要而产生的一部民间剧韵"②。

除十三辙外，魏建功《中华新韵》将韵部系统分为十八韵。两者的主要异同如下：

异同	十三辙	魏建功《中华新韵》
相同	江阳辙	唐部
	言前辙	寒部
	人辰辙	痕部
	发花辙	麻部
	遥条辙	豪部
	怀来辙	开部
	由求辙	侯部
	灰堆辙	微部
	姑苏辙	模部
	乜斜辙	皆部
差异	中东辙	庚部、东部
	梭波辙	波部、歌部
	一七辙	支部、儿部、齐部、鱼部

---

① 罗常培.北京俗曲百种摘韵[M].天津：天津古籍出版社,1986:1.
② 罗常培.北京俗曲百种摘韵[M].天津：天津古籍出版社,1986:4.

十八韵保留了一些传统韵书的痕迹，分韵更细，而十三辙相对分韵较宽。一方面，将梭波辙分为"波""歌"两韵，中东辙分为"庚""东"两韵，这两组韵在现代汉语中韵母确实有区别；另一方面，十八韵将一七辙分为"支""儿""齐""鱼"四韵，更加贴近现代语音的发展实际。罗常培就指出："一七辙把咬齿的'资雌私''之吃尸'和撮口的'居驱吁'都同'基欺希'之类的齐齿字混成一韵，那自然没有北京音合乎实际的语言。"①可见十八韵分韵更能以现代汉语（北京音）的实际情况为参照。

地方戏是以地方方言为基础的，各地方言不同，戏曲创作时所依据的实际语音自然也是不同的。十三辙没有正式的韵书规范，多是有目无书，是活的韵书。由于方言的差异，十三辙的分类特别是韵母收字必然也不是整齐统一的。"因此，根本就不可能有所谓北方戏曲普遍遵守的统一韵辙存在，各地的十三辙只能各有自己的具体韵值。它与十八韵不同，十八韵是以'国音'为基础，由政府出面组织全国专家制定的。……十三辙作为'民间戏曲韵辙的总称'，大概既反映着历史的痕迹，又交织着地域的特征……总而言之，十三辙是一个历史现象和区域性方音现象，是北方方言民间戏曲韵辙的总称。在不同时期，各地有各地的十三辙，十四韵，十五音之类的不同韵辙系统。各地的韵辙的韵值并不完全相同。"②根据罗常培先生的研究，相关韵书有《山东十五音》（15 韵部）、《湖北字音汇集》（14 韵部）、《等音》（13 韵部）、《声位》（13 韵部）、《徐州十三韵》（13 韵部）、《滕县十三韵》（13 韵部）、《滇戏十三韵》（13 韵部）等。

分韵不同的最大分歧是对一七辙的划分处理。从分韵实际来看，一七辙包含五个韵母，即"i"" -i[ʅ]"" -i[ɿ]""ü"和"er"。"er"与其他几个韵母差别较大，实际上不满足通押的条件，但十三辙却将其归为一辙。温颖《论十三辙》中指出，如果十三辙产生于"er"韵分化之前，那么一七辙中保留"er"韵很可能就是时代的烙印，因为在当时支辞韵里还包含后来属于"er"韵的字；如果"er"韵分化后十三辙才产生，首先要考虑地域，如有的地方"i、u"不分（例如昆明），有的地方"i、-r"不分（例如山东），有的地方在一定场合下"-r、er"不分（例

---

① 罗常培.北京俗曲百种摘韵[M].天津：天津古籍出版社,1986：7.
② 温颖.论十三辙[J].语文研究,1982(2)：24-26.

武汉)①;其次要考虑到戏曲用韵的一般情况,如"i""-i[ɿ]""-i[ʅ]"三个韵母在押韵时并不需要刻意分开,而"er"韵韵字较少,为了广其押韵,民间艺人在归纳十三辙时很可能将"er"韵归入了一七辙。综上所述,十三辙的韵辙系统更加符合戏曲用韵的实际需要。

文中使用的"十三辙"韵辙系统及韵母情况如下表：

北方戏曲十三辙韵目、韵母及例字表②

韵辙	合辙韵母	合辙部分	韵尾	例字
1.发花辙	a	a	无	巴、拔、把、罢
	ia			家、夹、甲、价
	ua			挖、娃、瓦、袜
2.梭波辙	e	e	无	歌、阁、葛、个
	o	o		坡、婆、叵、破
	uo			郭、国、果、过
3.乜斜辙	ê	ê	无	欸
	ie			皆、结、姐、借
	üe			薛、学、雪、穴
4.姑苏辙	u	u	无	夫、伏、府、复
5.一七辙	i	i	无	衣、仪、以、意
	-i[ɿ]			自、私、此、子
	-i[ʅ]			志、诗、齿、止
	ü	ü		居、局、举、句
	er	er		而、尔、贰

---

① 温颖.论十三辙[J].语文研究,1982(2):24-25.
② 主要参考罗常培《北京俗曲百种摘韵》中的韵辙名称及分类。因代表儿化韵母的"小辙儿"不常见,故表中未列出。同时参考王含润《陕西阿宫腔用韵研究》。

续表

韵辙	合辙韵母	合辙部分	韵尾	例字
6. 怀来辙	ai	ai	i	哀、埋、买、迈
	uai			乖、拐、怪
7. 灰堆辙	ei	ei		非、肥、匪、费
	uei			威、为、尾、位
8. 遥条辙	ao	ao	u(o)	掏、桃、讨、套
	iao			邀、遥、舀、药
9. 由求辙	ou	ou	u	抽、愁、丑、臭
	iou			忧、由、有、又
10. 言前辙	an	an	n	贪、谈、坦、叹
	ian			千、前、浅、欠
	uan			弯、完、碗、万
	üan			渊、圆、远、愿
11. 人辰辙	en	en		分、焚、粉、奋
	in	in		音、银、引、印
	uen	ün		温、文、稳、问
	ün			晕、云、允、运
12. 江阳辙	ang	ang	ng	方、房、仿、放
	iang			央、阳、样、养
	uang			荒、黄、谎、晃
13. 中东辙	eng	eng	ng	升、绳、省、圣
	ing	ing		兴、刑、醒、性
	ueng	eng		翁、瓮
	ong	ong		通、同、筒、痛
	iong			庸、永、用

二、西北皮影戏剧本的韵辙系统

根据对西北皮影戏剧本用韵材料的分析,最后归纳出西北皮影戏剧本的十三韵辙,分别为:发花辙、梭波辙、乜斜辙、姑苏辙、一七辙、怀来辙、灰堆辙、遥条辙、由求辙、言前辙、人辰辙、江阳辙和中东辙。

1. 发花辙

发花辙的韵母主要为 a、ia、ua。如:

张雁行:(唱)西风紧雁南飞园林如<u>画</u>。果然是霜叶红胜似春<u>花</u>。
李　华:(唱)可惜了大学者十年窗<u>下</u>。一旦间入绿林要犯王<u>法</u>。
　　　　　　　　　　——《春秋配》《陕西传统剧目汇编·华剧·第一集》

宇文炎:(唱)你看他雄昂昂坐在公<u>衙</u>。气的我一阵阵咬碎银<u>牙</u>。
　　　　　　恨不得把冤家头颅找<u>下</u>。先除却害人贼祸患根<u>芽</u>。
　　　　　　如不然我和他同见圣<u>驾</u>。且看那圣天子怎样开<u>发</u>。
　　　　　　决不与贼干休<u>罢</u>。
　　　　　　　　　　——《黄陵庙》《陕西传统剧目汇编·华剧·第三集》

第一例中"画""花""下""法"押韵,第二例中"衙""牙""下""芽""驾""发""罢"押韵。

2. 梭波辙

梭波辙的韵母主要为 e、o、uo 韵母字。如:

田　氏:(唱)你北征胜败事非同小<u>可</u>。此一去实赖你定立山<u>河</u>。
　　　　　　白发的老爹娘为福为<u>祸</u>。要明白都在你一人掌<u>握</u>。
　　　　　　年未冠中状元人人称<u>贺</u>。成名后第一次动舞干<u>戈</u>。
　　　　　　掌兵权是重任非同小<u>可</u>。行一步须记着一家下<u>落</u>。
　　　　　　　　　　——《火焰驹》《陕西传统剧目汇编·华剧·第一集》

管　亥:(唱)旌旗闪闪杀气<u>恶</u>,锣鸣鼓响震山<u>河</u>。
　　　　　　马步军卒齐随<u>我</u>,此去与他动干<u>戈</u>。
　　　　　　杀贼个个难逃<u>躲</u>,要灭孔融夺山<u>河</u>。
　　　　　　排列队伍把城<u>攻</u>,扫平北海灭孔<u>融</u>。(下)
　　　　　　　　　　——《借赵云》《华阴老腔剧本选辑》

第一例中"可""河""祸""握""贺""戈""可""落"押韵,第二例中"恶""河""我""戈""躲""河""攻""融"押韵。

3. 乜斜辙

乜斜辙的韵母主要为 ie、üe。如:

　　金　桂:(唱)听他言倒教我心中欢喜。铁夫人真算得女中豪<u>杰</u>。
　　　　　　　我权且在贼巢暂度日<u>月</u>。何一日杀贼人方将恨<u>雪</u>。(同下)
　　　　　　　　　　　——《藏金寺》《陕西传统剧目汇编·华剧·第三集》

　　陶凤仙:(唱)未开言珠泪滴。英雄听情<u>节</u>。
　　　　　　　陶家庄上有寒舍。陶不净原是我<u>爹</u>。
　　　　　　　负屈在缧<u>绁</u>。那管甚枝<u>叶</u>。
　　　　　　　萱花早<u>卸</u>、手足犹<u>缺</u>。
　　　　　　　　　　　——《双凤庵》《陕西传统剧目汇编·华剧·第四集》

第一例中"杰""月""雪"押韵,第二例中"节""爹""绁""叶""卸""缺"押韵。

4. 姑苏辙

姑苏辙的韵母主要为 u。如:

　　关　羽:(唱)本是解梁一丈<u>夫</u>,桃园义生死相<u>扶</u>。
　　　　　　　实指望天长地久,有谁知河翻海<u>覆</u>?
　　　　　　　关羽若做不义事,枉读《春秋》一部<u>书</u>。
　　　　　　　　　　　——《出五关》《华阴老腔剧本选辑》

　　李隆基:(唱)想从前把李白宽恩轻<u>恕</u>,还是他寿命长转祸为<u>福</u>;
　　　　　　　王如今方显得宽宏之<u>主</u>,施厚德并日月才称山<u>呼</u>。
　　　　　　　　　　　——《逍遥亭》《陕西传统剧目汇编·华剧·第六集》)

第一例中"夫""扶""覆""书"押韵,第二例中"恕""福""主""呼"押韵。

5. 一七辙

一七辙的韵母主要为 i、ü、er、-i([ɿ]、[ʅ]),如:

　　曹　操:(唱)兵到南郑便发<u>旗</u>,贤才韬略多武<u>艺</u>。
　　　　　　　那年恢复中原地,要在凌烟把名<u>题</u>。(下)
　　　　　　　　　　　——《定军山》《华阴老腔剧本选辑》

玉　帝：（唱）湛湛青天不可欺，人心起意天早知。
　　　　　　四季功曹查善恶，忠孝自有报答时。（下）
　　　　　　　　——《崔祥打柴》《陕西传统剧目汇编·华剧·第五集》
黄　璋：（唱）最可喜无意中得了佳婿。他门户苏州城堪称第一。
　　　　　　女孩儿在绣阁颇通文艺。到将来去他家作妇相宜。
　　　　　　亦不虚闺阁里才貌二字。有半子又何愁结我晚局。
　　　　　　　　——《火焰驹》《陕西传统剧目汇编·华剧·第一集》

第一例中"旗""艺""地""题"押韵，第二例中"欺""知""时"押韵，第三例中"婿""一""艺""宜""字""局"押韵。

6. 怀来辙

怀来辙的主要韵母为 ai、uai。如：

百里奚：（唱）可恨我一生命时衰运败，推不去扯不来年难月灾，
　　　　　　你果是何处的穷鬼作怪！甚冤仇要把我活活葬埋，
　　　　　　想如今非从前年富可待，即眼前也自觉神疲智衰，
　　　　　　不思想步金门朝天礼拜，不思想食鼎烹谈笑开怀。
　　　　　　不思想绵绣帐美色欢爱，不思想霸诸侯独展雄才。
　　　　　　　　——《百里奚拜相》《陕西传统剧目汇编·华剧·第七集》
宋　母：（唱）见奴才把老婶肝胆气坏，骂一声宋百良不孝的奴才。
　　　　　　娘为你小奴才身得病在，娘怀你小冤家身受痛灾。
　　　　　　小奴才你做事良心何在，听娘把怀儿苦表说心怀。
　　　　　　　　——《白狗卷》《中国皮影戏全集9剧本4》

第一例中"败""灾""怪""埋""待""衰""拜""怀""爱""才"押韵，第二例中"坏""才""在""灾""在""怀"押韵。

7. 灰堆辙

灰堆辙的韵母主要为 ei、uei。如：

张　飞：（唱）贼子果是战中魁，看来老张命有亏。
　　　　　　翼德心内发后悔，不该当先来夺魁。
　　　　　　　　——《借赵云》《华阴老腔剧本选辑》

李善甫：（唱[花音正板]）高夏两家把亲<u>退</u>，这个机会实难<u>得</u>。

我要与小配成<u>对</u>，先请老师去说<u>媒</u>。（下）

——《紫金簪》《陕西省乾县弦板腔剧团剧本》

第一例中"魁""亏""悔""魁"押韵，第二例中"退""得""对""媒"押韵。

8. 遥条辙

遥条辙的韵母主要为 ao、iao。如：

张　奎：（唱）一见尸首双泪落，屈死老娘在今<u>朝</u>。

张奎奉母不到<u>老</u>，提起叫人哭嚎<u>啕</u>。

恨一声仰面把天<u>叫</u>，骂一声杨戬仇怎<u>消</u>？

我与你杀母之仇实难<u>了</u>，今日里丹心一片扶纣<u>朝</u>。

——《渑池关》《华阴老腔剧本选辑》

赵　云：（上，唱）号令一声披挂<u>了</u>，提枪上马怒难<u>消</u>。

丞相道吾年纪<u>老</u>，先看子龙逞英<u>豪</u>。

归刘斩将有多<u>少</u>，杀得孙魏血水<u>漂</u>。

赵云实实不服<u>老</u>，扫灭魏邦兴汉<u>朝</u>。（下）

——《天水关》《华阴老腔剧本选辑》

赵月娥：（唱带板）强盗作事太奸<u>巧</u>，想卖林郎度昏<u>朝</u>；

甩子蹬妻弃偕<u>老</u>，湛湛青天岂肯<u>饶</u>。

——《四贤册》《陕西传统剧目汇编·阿宫·第一集》

第一例中"朝""老""啕""叫""消""了""朝"押韵，第二例中"了""消""老""豪""少""漂""老""朝"押韵，第三例中"巧""朝""老""饶"押韵。

9. 由求辙

由求辙的韵母主要为 ou、iou。如：

高　干：（唱）错把英雄扮女<u>流</u>，夜伴嫦娥情不<u>休</u>。

只怕一时漏脚<u>手</u>，思想何日得出<u>头</u>。

——《追风骥》《陕西传统剧目汇编·华剧·第七集》

高寄玉：（唱[苦音慢板]）更漏残烛泪尽人影消瘦，纱窗外星辰散残月如<u>钩</u>。

昼夜间紫金簪不离我<u>手</u>，倒教我高寄玉泪洒胸<u>头</u>。

　　　　　（〔滚白〕）金簪,金簪,我的紫金簪……
　　　　　（唱〔正板〕）紫金簪本是金丝纽,你和寄玉命相投。
　　　　　　　　爹爹逼我无路走,他也把你往外丢。
　　　　　　　　我愿与你常相守,簪断人亡两不留。
　　　　　　　　钢刀难断紫金扣,玉碎金销不低头。
　　　　　　　　紫金簪,匣内收,(见匣)
　　　　　　　　一见嫁妆恨心头。(取嫁衣,摔)
　　　　　　　　　　　——《紫金簪》《陕西省乾县弦板腔剧团剧本》

第一例中"流""休""手""头"押韵,第二例中"瘦""钩""手""头""纽""投""走""丢""守""留""扣""头""收""头"押韵。

10. 言前辙

言前辙的韵母主要为 an、ian、uan、üan。如：

　　汉　　：(唱)我家住云家寨秦岭之南,我的父云尚书命早归天。
　　婆　　：原是云尚书的公子。
　　汉　　：(唱)我哥哥云冲霄我名冲汉,弟兄们去投军同往长安,
　　　　　　　　不料想在山中被虎冲散,因此上我一人来到此间。
　　婆　　：请问家中还有何人?
　　汉　　：(唱)我的娘年纪迈发如银线,草堂上无一人侍奉高年。
　　英　　：(唱)他本是忠良后为国遇难,不是那曲江岸浮华少年,
　　婆　　：(唱)好人品好相貌心底良善,好志气好风度名誉不凡,
　　　　　　　　倘若是与女儿结成亲眷,我情愿叫他们皆老百年。
　　　　　　　　　　　——《九联珠》《陕西省乾县弦板腔剧团剧本》

　　杨蕊莲：(唱)见得爹爹登阳关,不由叫人操心间。
　　　　　　　　若要我把愁眉展,除非爹爹得胜还。
　　　　　　　　　　　——《地风剑》《环县道情皮影改编新创剧目选集(第二辑)》

　　蹇　叔：(唱)小齐邦距西秦路途遥远,况且有许多的涉水登山;
　　　　　　　　感贤弟身荣贵又将我荐,最难逢秦主的重才好贤。
　　　　　　　　不由老夫笑满面!
　　　　　　　　　　　——《百里奚拜相》《陕西传统剧目汇编·华剧·第七集》

第一例中"南""天""汉""安""散""间""线""年""难""年""善""凡""眷""年"押韵,第二例中"关""间""展""还"押韵,第三例中"远""山""荐""贤""面"押韵。

11. 人辰辙

人辰辙的韵母主要为 en、in、uen、ün。如:

公孙瓒:(唱)把赵云之事从头起,他非虎子将门根。
　　　　内无实学胸中隐,外有虚名天下闻。
　　　　他虽生的威风仪,兵法武艺不过人。
　　　　若是遇敌逢军阵,数合之中无精神。
　　　　休道弟言兄不允,唯恐耽误大功勋。
　　　　弟今来到北平郡,兄当分拨助你军。
　　　　执意弟要赵云去,不能济事枉费心。

——《借赵云》《华阴老腔剧本选辑》

陈子昂:(唱〔紧板〕)听一言不由人心中气愤,却原来你是个奸诈
　　　　小人。
　　　　夏昌时他和你同窗情份,你竟然夺他妻大败
　　　　人仑。
　　　　夏昌时绝不会蛟龙久困,休仗你富贵家依势
　　　　欺人!

——《紫金簪》《陕西省乾县弦板腔剧团剧本》

第一例中"根""闻""人""阵""神""允""勋""郡""军""心"押韵,第二例中"愤""人""份""仑""困""人"押韵。

12. 江阳辙

江阳辙的韵母主要为 ang、iang、uang。如:

曹　操:(上,唱)连住火炮三声响,山摇地动鬼神慌。
　　　　个个骁勇精神长,五色旗号掩日光。
　　　　云起雾罩满山岗,锣鸣鼓响震八方。
　　　　马踩桃花水波浪,你看那一朵红云遮太阳。

——《借赵云》《华阴老腔剧本选辑》

尚　达：（唱）尚达下马进庙堂，行路之人真可伤。

钟沉鱼：（唱）鹅毛又大风又狂，天晚孤身意茫茫。

　　　　　　正行之间抬头望，前边原是一庙堂。

　　　　　　天色已晚，风雪交加，不免下马进庙歇息。

　　　　（唱）沉鱼牵马进庙堂，忽见一马拴殿上。

　　　　　　那里坐着一汉子，不由叫人心惊慌。

　　　　　　急忙转身出庙堂，纵然湿衣有何妨。

尚　达：君子请来。

　　　　（唱）听得他唤心惊慌，只得勉强应一坊。

　　　　　　　　——《追风骥》《陕西传统剧目汇编·华剧·第七集》

第一例中"响""慌""长""光""岗""方""浪""阳"押韵，第二例中"堂""伤""狂""茫""望""堂""堂""上""慌""堂""妨""慌""坊"押韵。

13. 中东辙

中东辙的韵母主要为 eng、ing、ueng、ong、iong。如：

杜　氏：（唱）故乡中遭年旱家无度用，同儿子避岁荒寒暑几更；

　　　　　　到齐国天助巧儿婚已定，至如今他的父无影无踪。

孟　明：哎，姨呀！

　　　　（唱）感岳父不嫌贫恩深义重！赠盘费和良马即便起程，

　　　　　　谁料想我的父本国大用，晋献公灭虞虢又动刀兵。

　　　　　　杀害许多好百姓！

　　　　　　　　——《百里奚拜相》《陕西传统剧目汇编·华剧·第七集》

张七姑：（唱）自从你我分别后，边庭吃粮立大功；

　　　　　　今夜一来把子送，二来你我再相逢。

　　　　　　赛金小姐多良善，教她把儿好看承；

　　　　　　贪打把儿骂几句，贪骂将儿说几声；

　　　　　　贪说将儿轻放过，念起仙姑咐托情；

　　　　　　起名就叫董仲舒，送他南学把书攻。

　　　　　　吩咐话儿牢牢记，莫当闲言过耳风；

　　　　　　有心与你多讲话，玉帝降罪我怎应。

放儿在,地流平,要相逢,再不能。

祥云一罩无踪影!(下)

董　永:(唱)见得仙姬上天宫,急忙抱起小儿童;

你母将你抛在地,无有奶乳怎得生?

何一日,长得成,董永哭得心酸痛。(下)

——《槐荫树》《陕西传统剧目汇编·弦板·第三集》

第一例中"用""更""定""踪""重""程""用""兵""姓"押韵,第二例中"功""送""逢""承""声""情""攻""风""应""平""能""影""宫""童""生""成""痛"押韵。

第四节　西北皮影戏剧本的押韵特点

根据对西北皮影戏剧本韵文材料的分析,我们列出了西北皮影戏剧本的十三韵辙。在实际运用时,有一些韵辙之间有互押的现象,主要有以下几种情况[①]:

一、姑苏辙与由求辙混押

姑苏辙和由求辙在十三辙中分属两个韵辙,但这两个韵辙的韵字常常混押。姑苏辙韵字如"鲁、图、渡、诉、路、露、读、族、楚、都、辱、熟、途、土、吐、助、怒、毒、徒、数"等,都出现与由求辙字混押的情况。韵段举例如下:

百里奚:(内唱)作媵臣真下贱暗暗逃走_{由求}!侍晋公我岂肯忘本事仇_{由求}?

苍天爷若保祐青云有路_{姑苏},我才能见明主宝石出头_{由求}。

千万苦楚且忍受_{由求}!

——《百里奚拜相》《陕西传统剧目汇编·华剧·第七集》

四仙姑:(唱)昔日我佛去耘田,舟飘世人渡春秋_{由求},

[①] 王含润.陕西阿宫腔用韵研究[D].西安:陕西师范大学,2019.

他留下生老与死苦_{姑苏},讲经说法我佛丢_{由求}。

——《崔祥打柴》《陕西传统剧目汇编·华剧·第五集》

上述几例中,韵字"路""苦"属于姑苏辙,与由求辙韵字"走""仇""头""受""秋""丢"混押。在关中方言区中,多数地区当声母[t]、[tʰ]、[n]、[l]、[ts]、[tsʰ]、[s]拼读韵母[u]时,读作[əu]韵母;当声母[tʂ]、[tʂʰ]、[ʂ]、[ʐ]拼读韵母[u]时,部分字读作[əu]韵母。姑苏辙与由求辙混押是受关中方言因素的影响。

二、姑苏辙与一七辙混押

姑苏辙和一七辙在十三辙中分属两个韵辙,但这两个韵辙的韵字常常混押。姑苏辙韵字如"儒、树、输"等,都出现了与一七辙字混押的情况。韵段举例如下:

百里奚:(唱)谁教你假惺惺胡言乱语_{一七},到如今我还是当年穷儒_{姑苏}!

天保佑今日里西秦相遇_{一七},可怜你受苦楚天涯找夫_{姑苏}。

——《百里奚拜相》《陕西传统剧目汇编·华剧·第七集》

黄桂英:(唱)这一节可恨那薄情天地_{一七}。安忍得教大臣断宗绝嗣_{一七}。

看不尽长途中远山云树_{姑苏}。回头看汴京城雾阻烟迷_{一七}。

——《火炎驹》《陕西传统剧目汇编·华剧·第一集》

上述两例中,韵字"语""遇""地""嗣""迷"属于一七辙,与姑苏辙韵字"儒""夫""树"混押。这种情况是因为关中方言中[tʂ]、[tʂʰ]、[ʂ]、[ʐ]拼读[u]时,其实际读音为[tʂɥ]、[tʂʰɥ]、[ʂɥ]、[ʐɥ]或[tʂʅ]、[tʂʰʅ]、[ʂʅ]、[ʐʅ]。再如:

姜子牙:(唱)眼望昆仑哭啼啼_{一七},难道师傅你不知_{一七};

下山惹起申公豹,不遵师言把我欺_{一七};

今日来在金鸡岭,吉凶祸福不能知_{一七};

把门下众徒齐擒去_{一七},十绝阵未见这法术_{姑苏};

猛然想起师傅传语_{一七}。三十六路伐西岐_{一七}。

——《金鸡岭》《陕西传统剧目汇编·阿宫·第一集》

此例中,属一七辙的"啼""知""欺""知""去""语""岐"与属姑苏辙的"术"混押。

诸葛亮:(收)吾本南阳一丈夫_{姑苏},故将弱主自匡扶_{姑苏}。
　　　　花花撒开满天网,将周瑜比作腹中鱼_{一七}。(下)
　　　　　　　　　　　　　　——《收南郡》《华阴老腔剧本》

这例中,"夫""扶"与"鱼"混押,分属姑苏辙和一七辙。"夫""扶"在《中原音韵》中本属鱼模韵,如今由于鱼模韵分化,合口字变成呼模韵,韵母为 u;撮口字变成居鱼韵,韵母为 y。因为 u 和 y 的联系紧密,音近使得姑苏辙和一七辙时常混押。

三、灰堆辙与一七辙混押

灰堆辙和一七辙在十三辙中分属两个韵辙,但这两个韵辙的韵字常常混押。灰堆辙韵字如"备""飞""非""眉""威""辉""对"等,都出现与一七辙字混押的情况。韵段举例如下:

孔　宣:(上唱)昨日交战未防备_{灰堆},谁料贼人神石奇_{一七};
　　　　　　龙吉公主随后至_{一七},祭起仙剑伤左臂_{一七};
　　　　　　怎知吾的丹药妙,你的法术何足奇_{一七};
　　　　　　今日临阵再交战,管教你魂散魄又飞_{灰堆}。
　　　　　　　　　　——《金鸡岭》《陕西传统剧目汇编·阿宫·第一集》

孟　明:(唱)未结亲男和女先试武艺_{一七},看一坊舞宝剑敌战双戟_{一七}。
皇甫恭:(唱)喜今日得佳婿十分可意_{一七},不由人心愉快喜上双眉_{灰堆}。
　　　　　　——《百里奚拜相》《陕西传统剧目汇编·华剧·第七集》

黄　忠:(立,诗)苍须临大敌_{一七},皓首逞雄威_{灰堆}。
　　　　　　力趁雕弓发,风迎雪刃辉_{灰堆}。
　　　　　　雄声如虎吼,骏马似龙飞_{灰堆}。
　　　　　　先斩功勋重,开疆展帝基_{一七}。
　　　　　　　　　　——《定军山》《华阴老腔剧本选辑》

白水林:(唱花音飞板)先把那小鹦鹉捉上一对_{灰堆},铁硬嘴小鹌鹑捉上三七_{一七}。

身揹上小火枪把药装满,遇猎物放一炮难走难飞_灰堆_。

到会上戏鹦鹉人人拥挤_一七_,再放那小鹌鹑热闹第一_一七_。

——《地风剑》《环县道情皮影改编新创剧目选集(第二辑)》

上述几例中,都出现了一七辙与灰堆辙混押的情况,原因主要有:一方面,普通话韵母为[ei]的字,关中方言常读为[i]。另一方面,一七辙的[i]韵母在《中原音韵》中属支思、齐微两韵;而灰堆辙的[ei]韵母在《中原音韵》中也属齐微韵,两辙部分韵字在《中原音韵》中同属齐微韵。

四、人辰辙与中东辙混押

人辰辙和中东辙在十三辙中分属两个韵辙,但这两个韵辙的韵字常常混押。人辰辙韵字如"臣""真""神""亲""人"等,都出现与中东辙字混押的情况。韵段举例如下:

吴　荣:(唱)作忠良应以那社稷为重_中东_,直言谏劝吾主勤理朝政_中东_。

水不清都是那鱼儿作混_人辰_,朝不明尽由着卖国奸臣_人辰_。

——《裙边扫雪》《环县道情皮影改编新创剧目选集》

柳树精:(唱)天有三宝日月星_中东_,地有三宝云雨风_中东_。

人有三宝精气神_人辰_,此乃三宝论的眞_人辰_。

——《崔祥打柴》《陕西传统剧目汇编·华剧·第五集》

宋　妻:(唱)尧让位舜登基年代不近_人辰_,说几句古人言强盗你听_中东_。

国王家爱的是万民清静_中东_,有王祥为老娘身卧寒冰_中东_。

有郭巨曾埋儿感动神灵_中东_,老天爷赐黄金身不受贫_人辰_。

有董永卖本身把父葬送_中东_,老天爷差仙女和他成亲_人辰_。

有丁郎去刻木把娘奉敬_中东_,何况你贼强盗抛母山中_中东_。

是乌鸦它也有报哺之意,那羊羔它也有报母恩情_中东_。

有飞禽和走兽它把恩报,你这个窝囊贼不如畜生_中东_。

只说你还是个人_人辰_!

——《白狗卷》《中国皮影戏全集9剧本4》

上几例中，人辰辙与中东辙韵字混押。关中方言内部把前后鼻音的分合看作是划分东府片和西府片的主要依据，西府片方言不分前后鼻音，皮影戏剧本中的两个韵辙混押可能是受到了西府片方言的影响。除此之外，中东辙和人辰辙的主要元音相同或相近，且两者均为阳声韵，音色相近，容易混押。

五、乜斜辙与梭波辙混押

乜斜辙和梭波辙在十三辙中分属两个韵辙，但这两个韵辙的韵字常常混押。韵段举例如下：

姜　维：（唱）一见娘两眼泪落_{梭波}，气的我心肝碎裂_{乜斜}。

老娘无故遭祸殃，这场冤枉哪里结_{乜斜}？

老娘若有好和歹，报仇冤何年何月_{乜斜}。

无奈心中思想着_{梭波}，实恨诸葛用计绝_{乜斜}。

——《天水关》《华阴老腔剧本选辑》

张　飞：（唱）翼德披挂怒气恶_{梭波}，可恼大哥太得错_{梭波}。

赵云他比谁能过_{梭波}，也要与他见方略_{乜斜}。

翼德当先来出马，看谁强来看谁弱_{梭波}。

大哥言语气煞我_{梭波}，抖擞精神动干戈_{梭波}。

乌骓马儿世无双，丈八神矛手内握_{梭波}。

任尔曹将哪一个_{梭波}，叫儿个个见阎罗_{梭波}。

——《借赵云》《华阴老腔剧本选辑》

李　绶：（唱）到北番出奇兵逆贼早破_{梭波}。保封疆安万民永息干戈_{梭波}。

既与那臣子分问心得过_{梭波}。也显儿是英雄素习韬略_{乜斜}。

李彦荣：（唱）兒须要辖士卒少贪坐臥_{梭波}，为将的夜披甲头枕干戈_{梭波}。

——《火炎驹》《陕西传统剧目汇编·华剧·第一集》

上几例中，梭波辙与乜斜辙韵字混押。在关中方言中，薛韵合口、月韵影母字、药韵开口三等精母、见母、影母和觉韵开口二等见母、晓母字，其韵母读作[yɤ]。因此，关中方言把"结""月""略""绝""学"等字的韵母读作[yɤ]，乜斜辙和梭波辙混押是方言因素导致的。

另外，在皮影戏剧本的用韵材料中，还出现了少数三个韵辙相押的情况，例如：

关　羽：(唱)本是解梁一丈夫_姑苏_,桃园义生死相扶_姑苏_。
　　　　　实指望天长地久_由求_,有谁知河翻海覆_姑苏_?
　　　　　关羽若做不义事_一七_,枉读《春秋》一部书_姑苏_。

——《出五关》《华阴老腔剧本选辑》

此例"夫""扶""久""覆""事""书"押韵,韵字分属姑苏辙、由求辙、一七辙。前面我们提到有姑苏辙与由求辙、姑苏辙与一七辙混押的情况。

翠　莲：(唱伤音慢板)我爹爹王元达保宋世_一七_,奉王旨意征边戍_姑苏_。
　　　　　兵无粮草失边地_一七_,费龙贼害他入牢狱_一七_。
　　　　　(转伤音飞板)我和奶娘远逃避_一七_,王保他中途生是非_灰堆_。
　　　　　多谢恩人救命回_灰堆_。(切)

——《九华山》《环县道情皮影改编新创剧目选集(第二辑)》

此例"世""戍""地""狱""避""非""回"押韵,韵字分属一七辙、姑苏辙、灰堆辙。前面我们提到有姑苏辙与一七辙、灰堆辙与一七辙混押的情况。

第五节　韵字归属的特殊情况分析

地方戏曲的用韵自然要受到方言的影响,由此一些字的归韵就有了特殊的处理。除方言因素外,文白异读、音近通押、一字多音等也是造成皮影戏剧本中出现个别字归韵特殊的原因。具体有以下几类：

一、"德""刻""得""国""白""麦"等归入灰堆辙

"德""刻""得""国""白""麦"等字为中古入声字,今普通话韵母分别为 e、uo、ai,属于不同韵辙。在皮影戏剧本中,这组中古入声字同归入灰堆辙。具体韵段举例如下：

张　飞：(唱)闻得一声是典韦,马上怒了张翼德。
典　韦：(唱)黑贼休要称雄威,料你兵法有几回。
张　飞：(唱)丈八神矛手中握,叫儿难脱大险危。
典　韦：(唱)你也非是魁中手,叫尔命丧在倾刻。

张　飞：(唱)休夸儿精神吾不服,你的尸灵难回归。

——《借赵云》《华阴老腔剧本选辑》

李善甫：(唱〔花音正板〕)高夏两家把亲退,这个机会实难得。

我要与小配成对,先请老师去说媒。(下)

——《紫金簪》《陕西省乾县弦板腔剧团剧本》

沙里真罗汉：(引)加鞭将马催,奔上祭赛国。

——《破金绕》《陕西省艺术研究所所藏阿宫腔剧本抄本》

以上三例中,中古入声字"德""刻""得""国"归入灰堆辙,与"回""危""归""催"等共押一韵。这是由于在关中方言中,这些字的韵母读作[ei]、[uei]。

二、"偕""堦""街""解""界"等归入怀来辙

"偕""堦""街""解""界"在普通话中韵母为[iɛ],属于乜斜辙,在皮影戏剧本中归入怀来辙。例如:

百里奚：(唱)何曾见为人的一生落魄,这几年谁与那牛马相偕。

想富贵只有个梦里冠带,可恨我一生命不脱穷胎。

古今罕见时运败！

——《百里奚拜相》《陕西传统剧目汇编·华剧·第七集》

秦穆公：(唱)百里奚是兰桂谁能比赛,真个是夜明珠土内暗埋。

灵芝草现隐在长寿山寨！得此人众诸侯朝拜金堦。

咸阳道上久等待！(同下)

——《百里奚拜相》《陕西传统剧目汇编·华剧·第七集》

方新郎：(唱浪兴板)母亲不必泪满面,听儿把话说心间;

将我哥哥好看待,我的父领儿奔大街。

……

方林郎：(唱浪兴板)见叔父他把兄弟卖,林郎有口说不来;

婶娘丢手莫要扯,愿追我兄弟转回来。

——《四贤册》《陕西传统剧目汇编·阿宫·第一集》

准提道人：(上念)佛准人难解,庶民解不开;

      吾今遵佛命,孔雀下凡<u>来</u>。
        ——《金鸡岭》《陕西传统剧目汇编·阿宫·第一集》
  李善甫:(唱〔正板〕)……天台自有花世界,家花不开野花<u>开</u>。
      喜上心头脚步快,叩双环单等玉人<u>来</u>。
        ——《紫金簪》《陕西省乾县弦板腔剧团剧本》

  以上五例,"偕堦街解界"与怀来辙"带""胎""赛""埋""寨""待""卖""来""来""开""来""开""来"等字押韵。原因有三:其一,关中方言最典型的文白异读现象即为,原本韵母应该读作[iɛ]的部分字白读作[iai]。马毛朋《陕西渭南方言的研究》、韩瑜《渭南方言语音研究》和田晓荣《渭南市临渭区方言同音字汇》均对这一方言现象进行了探讨,发现"街""解""阶""介""界""届""戒""谐"在现代关中方言中韵母读为[iai],可以押入怀来辙。其二,"街""解""阶""介""界""届""戒""谐"等字在《中原音韵》时代均属于皆来韵,与怀来辙有着共同的历史来源。其三,怀来辙的主要元音为[a],乜斜辙的主要元音为[ɛ],属于临近音位,因而可以混押。①

三、"嗟""斜""邪"等归入发花辙

  "嗟""斜""邪"属于乜斜辙,皮影戏剧本中也与发花辙押韵。韵段举例如下:
  徐彦清:(唱)在馬上低下头自叹自<u>嗟</u>。结发妻反成了水月镜<u>花</u>。
      自审录见贱人将胆气<u>炸</u>。怒冲冲定死罪轉面回<u>衙</u>。
      遵父命提贱人二堂问<u>話</u>。他竟敢杀提差逃走天<u>涯</u>。
      猛然間倒教我心中惊<u>訝</u>。见那人不住的叫卖梅<u>花</u>。
        ——《梅花簪》《陕西传统剧目汇编·华剧·第二集》
  杜十娘:(唱)天连水水连天长江如<u>画</u>,烟云起幕山色红日西<u>斜</u>;
      怕的是浪荡子言语轻<u>诈</u>,况且是与李郎并无葛<u>瓜</u>;
      又怕他存瞎心指鹿为<u>马</u>,惹是非那时节盗柳偷<u>花</u>。
        ——《百宝箱》《陕西传统剧目汇编·阿宫·第一集》

---

① 王含润. 陕西阿宫腔用韵研究[D]. 西安:陕西师范大学,2019.

柳　氏：(唱塌板)举家人在庭前听我讲话,止不住伤心泪点点如麻。
儿的父莫良心听信邪话,说为娘怀的是妖魔鬼邪。
儿嫡母多贤德将娘救下,中秋节背夫逃只为冤家,
那时节顾不得风吹雨洒,莫奈何玉花庵去躲凶煞。

——《祥麟镜》《陕西省艺术研究所所藏阿宫腔剧本抄本》

以上三例中,"嗟""斜""邪"与"下""假""煞""画""诈""瓜""马""花""话""麻""话""下""家""洒""煞"共同押韵,归入发花辙。其原因如下:其一,"嗟斜邪"在《广韵》时代属假摄麻韵,拟音为[ia],与发花辙有共同的历史来源;其二,"嗟斜邪"与发花辙混押也可能是刻意存古的原因;其三,"斜"在关中方言里存在文白异读的现象,文读为[ɕiɛ²⁵],白读为[ɕia²⁵];其四,通过对《关中方音调查报告》①中50多个方言点面貌的分析归纳,"嗟"在富平地区有两读现象,一读[tɕyɛ],一读[tɕyɑ],后一种读音可归入发花辙。王怀中在《范紫东秦腔剧本所见民国时期关中方音特点》中提到,基于对秦腔材料的整理,怀疑在关中地区"嗟"还可读为[tɕia],属于文白异读现象②。

四、"做"归入由求辙

"做"在皮影戏剧本中常和由求辙韵字一起押韵。例如:

茶春英：(唱)听说郎君把官做。提起面喜心又愁。
不料人把正位受。不觉春英面含羞。

——《鸳鸯墨》《陕西传统剧目汇编·华剧·第二集》

李　逊：(唱)把笔管抓在手十分难做,瞒娘儿我做出故意点头;
说什么曾八拜交情甚厚,岂知我未见面闻名託投;
这一部十七史从何开口,并不曾见半面怎么交遊。
思量半晌难下手!

——《双生贵子》《陕西传统剧目汇编·华剧·第五集》

---

① 白涤洲.关中方音调查报告[M].喻世长,整理.北京：中国科学院出版,1954.
② 王含润.陕西阿宫腔用韵研究[D].西安：陕西师范大学,2019.

徐　能：(唱)想从前江湖中咱为魁首,我的儿上京去必把官做。

　　　　——《双罗衫》《陕西省艺术研究所所藏阿宫腔剧本抄本》

上述三例中,"做"归入由求辙,与"愁""受""羞""头""厚""投""口""游""手""首"共押一韵。孙立新《陕西方言漫话》中指出,"'做'字文读与'作'字同音,白读西安、宝鸡、咸阳等处为zu,蓝田、渭南为zou(与'奏'字同音)"①。受到方言的影响,"做"归入由求辙。

五、"角""脚""药"归入梭波辙

"角""脚""药"的韵母为[ɑu]、[iɑu],应当归入遥条辙,但在皮影戏剧中却与梭波辙押韵。如：

蒋清扬：(唱)自幼儿咱生来性如烈火,天不幸把一双爹娘早殁；

　　　　似蛟龙困沙滩双眉倒锁,但愿得风云会改换头角！

　　　　——《金色鲤鱼》《陕西传统剧目汇编·华剧·第五集》

文飞蛾：(唱)杜兄讲话多有错,为何平地起风波；

杜　义：(唱)非我平地起风波,关王庙内露手脚。

　　　　——《婚姻箭》《陕西传统剧目汇编·华剧·第五集》

陈怜怜：(唱紧带板)咬牙切齿恨贼婆,你害吾兄见阎罗。

　　　　身上失血都难坐,分明酒内有毒药。

　　　　——《珍珠衫》《陕西省艺术研究所所藏阿宫腔剧本抄本》

上述四例中,"角""脚""药"与"火""殁""锁""角""错""波""波""婆""罗""坐"共同押韵,归入梭波辙。在关中方言中,"脚""角""药"等字的韵母读作[yɤ]。

六、"物""拂"归入梭波辙

"物""拂"本属姑苏辙,但在皮影戏剧本中和梭波辙韵字押韵。如：

夏　凉：(唱)我孩儿、你有错。有这话、该明说。

　　　　为何身后胡指戳。老子是个懵懂货。

---

① 孙立新.陕西方言漫话[M].北京：中国社会出版社,2004：52.

不知你意思为什么。

不妨。

有我儿、这人物。范相公、必允诺。

回家慢慢再对挪。

是缘法终久躲不过。(同下)

——《紫霞宫》《陕西传统剧目汇编·华剧·第一集》

茶青壶：(唱)你也错、我也错。有此话就该早些说。

你老子是个糊涂货。你在后边胡指戳。

有了我儿这人物。相遇之后待我说。(下)

——《鸳鸯墨》《陕西传统剧目汇编·华剧·第二集》

胡楚卿：(唱)一个姿容怀疑多，月夜真似张红拂。

当日看的真不错，果然两个是一个。

——《花魂鸟梦》《陕西省艺术研究所所藏阿宫腔剧本抄本》

以上三例中，"物""拂"归入梭波辙，与"错""说""戳""货""么""诺""挪""过""错""说""货""戳""说""多""错""个"押韵。原因有二：其一，以[u]开头的零声母合口呼字，在关中方言中读作[vɤ]，如"物勿"；其二，"拂"有两读，一读[fu²⁵]，一读[fuɤ²⁵]，属于文白异读①。

七、"跃"归入遥条辙

皮影戏剧本中"跃"归入遥条辙，如：

呼延彪：(唱)深可羡韩公子情深意厚。熊耳山结成了异姓同胞。

有一日天雷震龙门跳跃。但看这新丰县起凤腾蛟。

——《红叶诗》《陕西传统剧目汇编·华剧·第二集》

胥先春：(唱)修养的鳞甲就龙门飞跃，大江业都争美贯世才高。

想做官那件事有甚难到，占春威魁多士笑夺锦袍。

——《苦节传》《陕西省艺术研究所所藏阿宫腔剧本抄本》

"跃"与遥条辙韵字"胞""蛟""高""到""袍"押韵。这是因为"跃"在关中

---

① 王含润.陕西阿宫腔用韵研究[D].西安：陕西师范大学，2019.

方言中存在文白异读现象,文读为[yɛ⁵¹],白读为[iau⁴⁴]。①

第六节　西北皮影戏剧本用韵反映出的方音特点

　　地方戏曲创作和表演都会受到地方语言的影响,地方戏曲的剧本语言自然会反映出一些方言的特点。戏曲剧本的韵文材料自然会对方言研究有一定参考作用,然而不能夸大这种作用,韵文材料只是用以研究押韵字的韵辙分类,而韵辙分类毕竟和韵母分类不同,且韵辙对于声母和声调没有参考意义,故戏曲剧本的韵文材料对研究方言的作用是有限的。

　　我们仍然可以通过西北皮影戏剧本韵文材料的用韵特点来探究其反映出的部分方音特点。鉴于我们考察的五种皮影戏有四种都在关中地区,且环县道情和陕西陇东地区的戏曲也有不少关联,我们将研究的目光主要聚焦在关中方言的特点上。

　　关中地区指陕西省中部包括西安、宝鸡、咸阳、渭南、铜川、杨凌等地区。关中地区分"东府""西府","西府"指关中西部,即宝鸡市范围内的地区,"东府"则指除此以外的其他地区。

　　关中方言是一个方言地理概念,对关中方言的研究是建立在方言点的调查基础上的。1933年,白涤洲先生调查了关中42县50个方言点的语音系统,后来由喻世长先生整理出版了《关中方音调查报告》②。2010年至2015年,邢向东先生主持完成了国家社科基金重点项目《近八十年来关中方言微观演变研究》,项目调查了48个方言点③。关于关中方言的一些特点,很多学者都有了不少具体的分析和结论。

　　下面我们以碗碗腔和阿宫腔为例,介绍一些从皮影戏剧本用韵反映出的一些关中方音特点。

---

　　① 王含润.陕西阿宫腔用韵研究[D].西安:陕西师范大学,2019.
　　② 白涤洲.关中方音调查报告[M].喻世长,整理.北京:中国科学院出版社,1954.
　　③ 邢向东.方言地图反映的关中方言地理[J].云南师范大学学报(哲学社会科学版),2017,49(4):16-25.

刘玉杰以93部碗碗腔剧目为研究对象,通过韵脚字系联法,归纳整理分析得出碗碗腔戏曲用韵为十三辙。又据对异部互押的考察分析,具体得出如下结论[①]:

(1)个别乜斜辙字能够和发花辙相押,很可能是保留了古音的原因。

(2)梭波辙和乜斜辙相押分为两种情况:一种是梭波辙押入乜斜辙,其原因一方面是语音相似,另一方面则是来源相同,联系紧密,故而能够相押,如"舍""蛇"等字;另一种情况是乜斜辙押入梭波辙,其原因是方言所致,如"学""约"等字。

(3)怀来辙和乜斜辙的互押分为两种情况:一种是乜斜辙的字能够押入怀来辙,原因是方言所致,如"解""谐";另一种情况是怀来辙押入乜斜辙,因为语音相似,所以能够互押,如"才""台"。

(4)"回""对""灰""辈"等灰堆辙的字押入怀来辙可能是存古原因,并且可能是文白两读的现象。故而能够两押,可押入灰堆辙,又可入怀来辙。而"白""拆""摘""麦"等怀来辙的字押入灰堆辙则是因为方言所致。

(5)遥条辙和梭波辙相押分为两种情况,一种是方言原因形成的,像"脚""药""钥""角"等字的情况;另一种是两个韵辙之间的个别通押,与方言无关,像"报""裹""梢"等的情况。

(6)一七辙和姑苏辙相押分为两种情况,一种是以"主""书"为代表的姑苏辙字,有可能是因为方言原因和一七辙相押,但从碗碗腔戏曲的分布来看,又值得存疑;另一种是以"铺""夫"为代表的姑苏辙字,因为语音相近,来源一致,又是押宽韵,所以能够和一七辙相押。

(7)灰堆辙和一七辙相押分为两种情况,一种是"飞""非""眉""备""废""肺""妃""扉""匪""肥""费""碑"等字以方音押入一七辙,同时又有极个别情况受官话影响押入灰堆辙;另一种是"悲""桂""罪"等字以本来语音押入灰堆辙,因语音接近从而可以和一七辙通押。

(8)姑苏辙字能够押入由求辙,是方言引起的。例如"路""诉"。

---

① 刘玉杰.陕西碗碗腔皮影戏用韵研究[D].西安:陕西师范大学,2018.

(9)人辰辙和中东辙的相押问题,一种情况是因为方言相同所致,另一种情况则是因为音色相近引起的相押。

从用韵特点中可以看到与今天的关中方言(主要是华县等东府地区)特点的一些关联。具体特点如下:

(1)通摄合口一等定母、透母入声字,通摄合口三等来母、章组入声字,遇摄合口一等端系字,遇摄合口三等庄组字,臻摄合口一等定母入声字,即北京话部分韵母为 u 的字,在碗碗腔中读作 ou。

(2)部分蟹摄见系开口二等字,即北京话部分韵母为 iɛ 的字,在碗碗腔中读作 iai。

(3)宕摄开口三等药韵,江摄开口二等觉韵字,宕江开合口三等药韵字,山摄合口三等精组薛韵,山摄合口四等屑韵,山摄撮合口三等月薛两韵逢见晓影三组声母字,即北京话部分韵母为 yɛ、iau 的字,在碗碗腔中韵母为 yo。

(4)非组声母逢蟹摄合口三等废韵,止摄合口三等微韵字,即北京话部分韵母为 ei、uei 的字,在碗碗腔中韵母为 i。

(5)曾深臻摄开口三等庄组入声字,曾摄开口一等入声字,梗摄开口二等见系、帮系、知庄组字,即北京话部分韵母为 ai、ɤ、uo 的字,在碗碗腔中韵母为 ei、uei。

(6)碗碗腔中人辰和中东是两个独立的韵辙,很少混押。只是北京话的个别人辰辙字归入中东辙,中东辙字归入人辰辙。

碗碗腔剧本反映的是清至民国初年这一历史阶段的语音面貌,对比现在变化不大,但又略有不同,如北京话中部分韵母为 ɤ 的字,在碗碗腔中还可能带有《中原音韵》时代的一些特点,归入乜斜辙,韵母为 iɜ。但在今天的关中方言里,因受普通话影响,其韵母变成 ɤ。

王含润考察了阿宫腔剧本,分析出其用韵的主要情况如下[①]:

(1)方言原因导致的混押及个别字归韵:姑苏辙与一七辙混押,一七辙与灰堆辙混押,姑苏辙与由求辙混押,梭波辙与乜斜辙混押,"德""得""国""白"

[①] 王含润.陕西阿宫腔用韵研究[D].西安:陕西师范大学,2019.

"麦"归入灰堆辙,"白""脉""策""侧""隔""科"归入一七辙,"偕""鞋""谐""喈""街""涯""崖"押入怀来辙,"脚""角""药"归入梭波辙,"绿"混押由求辙,"物"归入梭波辙,"做"归入由求辙,"耳""二"混押梭波辙。

(2)文白异读导致的混押及个别字归韵:姑苏辙与一七辙混押,"外"归入灰堆辙,"嗟""斜""邪"归入发花辙,"拂"归入梭波辙,"跃"混押遥条辙,"姻"混押言前辙。

(3)历史来源导致的混押及个别字归韵:姑苏辙与一七辙混押,一七辙与灰堆辙混押,梭波辙与乜斜辙混押,"白""脉""策""侧""隔""科"归入一七辙,"偕""鞋""谐""喈""街"押入怀来辙,"嗟""斜""邪"归入发花辙。

(4)音近相押导致的混押及个别字归韵:一七辙与灰堆辙混押,"偕""鞋""谐""喈""街"押入怀来辙,"耳""二"混押梭波辙。

(5)一字多音导致的混押及个别字归韵:"薄"归入梭波辙,"么"混押发花辙。

(6)存古仿古导致的混押及个别字归韵:"嗟""斜""邪"归入发花辙。

将陕西阿宫腔十三辙所对应的富平方言韵母与北方戏曲十三辙所对应的普通话韵母进行对比分析,归纳得出陕西阿宫腔用韵所反映的一些富平方言语音特点。具体有:

(1)曾摄开口一等入声韵端母字、曾摄合口一等入声韵见母字、梗摄开口二等入声韵见母、并母、明母字、宕摄合口一等入声韵帮母字、臻摄合口一等入声韵明母字,读作[ei]、[uei]。

(2)大部分蟹摄开口二等见母、匣母字,存在文白异读现象,白读作[iai]。

(3)山摄合口的薛韵、月韵影母字、宕摄开口三等药韵精母、见母、影母和江摄开口二等觉韵见母、晓母字,其韵母读作[ɣɤ]。

(4)以[u]开头的零声母合口呼字,在富平方言中读作[vɤ]。

(5)在富平方言中,[tʂ]、[tʂʰ]、[ʂ]、[ʐ]拼读[u]时,即古知系合口字及宕江摄开口字,其实际读音为[tʂu]、[tʂʰu]、[ʐu]、[ʐu]或[tʂʅ]、[tʂʰʅ]、[ʂʅ]、[ʐʅ]。

(6)蟹摄合口三等废韵、止摄合口三等微韵非母字,在富平方言中读作[i]。

因此在陕西阿宫腔中,灰堆辙与一七辙混押。

(7)当声母[t]、[tʰ]、[n]、[l]、[ts]、[tsʰ]、[s]拼读韵母[u]时,读作[əu]韵母;当声母[tʂ]、[tʂʰ]、[ʂ]、[ʐ]拼读韵母[u]时,部分字读作[əu]韵母。即遇摄合口三等庄组字、合口一等端组、泥组、精组字,通摄合口一等屋韵、沃韵的端组、泥组、精组字和屋韵、烛韵的知组、章组字及日母字。

从以上两位的研究结果看,两个剧种的用韵特点及反映出的方音特点有异有同,这也正反映出不同方言点的方音差异。

但需注意的是,戏曲用韵有时还有存古的性质,一是文人创作可能会重用韵传统,二是戏曲艺术经过艺人的口耳相传,个别字也会强调保留古音。刘玉杰就分析了"回、对、灰、辈"等字押入怀来辙,很大程度上是对《广韵》音系的保留①。碗碗腔用韵有一例如下:

岳　俊:(唱)天門中断楚江开。碧水东流至北回。

郧丽娘:(唱)两岸青山相对处。孤帆一片日边来。

岳　俊:(唱)恍惚身飘天涯外。

……

郧丽娘:(唱)风急天高猿啸哀,渚清沙白鸟飞迴,

　　　　　无边落木萧萧下,不尽長江滚滚来。

　　　　　不知老爷今何在。

——《玉燕钗》《陕西传统剧目汇编·华剧·第一集》

前后两段唱词有两个共同点,一是都引用了唐诗,二是都在原诗的基础上又加了一句,形成一个完整的韵段。对于戏曲中引用古诗的情况可以分为两种,一是单纯的引用,押韵情况和当时方言不一致;另外一种则是引用了之后,在用方言演唱时是押韵的,和方言一致。上述的两个引用,既然能和新造的唱词"恍惚身飘天涯外""不知老爷今何在"共同押韵,说明引用诗句的韵脚字合于当时的方言。刘玉杰认为,清末至民国初年关中地区,"回""对""灰""辈"等字很可能保留着灰韵字的古音 ɑi,有文白两读现象,既和灰堆辙相押,又能和怀

---

① 刘玉杰.陕西碗碗腔皮影戏用韵研究[D].西安:陕西师范大学,2018.

来辙相押,但以押入灰堆辙为主要押韵方式。例如:

张　飞:(唱)闻得一声是典韦,马上怒了张翼德。

典　韦:(唱)黑贼休要称雄威,料你兵法有几回。

张　飞:(唱)丈八神矛手中握,叫儿难脱大险危。

典　韦:(唱)你也非是魁中手,叫尔命丧在倾刻。

张　飞:(唱)休夸儿精神吾不服,你的尸灵难回归。

——《借赵云》《华阴老腔剧本选辑》

在老腔的这一段唱词中,"回"就是和灰堆辙韵字押韵的。

第六章　西北皮影戏剧本修辞及表达特点研究

戏曲剧本的表达和日常的交流沟通不同，其语言有着符合其表演形式的艺术特色。为了加强演出的效果，戏曲语言更注重可理解性和感染力。修辞充分利用语言本身的特点，使用表达效果强的词语和句式。

西北皮影戏剧本中，常用的修辞方法有用典、对偶等，表达时文白交融、注重语言的描摹性，剧本程式化特点也较为突出。

第一节　西北皮影戏剧本的修辞方法

一、用典

用典也称"稽古""用事"，是一种常用的修辞方式，即引用历史故事、寓言故事或人物事迹等，含蓄地表达有关的内容和思想。

皮影戏中传统剧本偏多，剧本语言文白交杂、雅俗共融。在文人创作的剧本中，文辞多古语典故，但也并无堆砌之嫌。试以李芳桂作品为例，李芳桂是清朝乾隆、嘉庆年间的戏剧家，著有碗碗腔皮影戏十大本，史称《李十三十大本》。李芳桂19岁考中秀才，因生活所迫，以教书糊口。教书之余，常与皮影艺人往来，参与创作。其作品深受百姓喜爱，剧本语言很有特色，多结合人物性格特点，虽有用典，但与情节故事相应，易懂但不浅白，有韵味但不艰涩。如：

　　李彦贵：（诗）欲攀天上三秋桂。须读人间五车书。
　　　　　　男兒但奋青云志。那不高乘驷马车。
　　　　　　　　　　——《火炎驹》《陕西传统剧目汇编·华剧·第一集》

李彦贵是武状元,诗文用典较少,但也语句工整。短短四句中,也有不少古语词。三秋指秋季。七月称孟秋,八月称仲秋,九月称季秋,合称三秋。攀桂即折桂,比喻科举登第。"五车书"源自《庄子·天下》"惠施多方,其书五车",后代用以形容读书多,学问渊博。青云指高空的云,比喻高官显爵。汉代扬雄《解嘲》:"当途者升青云,失路者委沟渠。"驷马指显贵者所乘的驾四匹马的高车,表示地位显赫。短短四句,道出了李彦贵辛勤努力,心高志远的特点。再如《紫霞宫》中谷梁栋出场自我介绍的念白:

> 谷梁栋:小生複姓谷梁名棟、字隆吉、山東新城縣人氏。年方弱冠、娶妻吳氏晚霞、琴瑟和好。先君黌門鳳彥、早赴玉樓。生母閨閣賢媛、身遊閬苑。繼母鄭氏、甚是慈良、視我夫妻、不啻己出、且有熊丸畫荻之風。因此小生得以肆力芸窗。昨歲秋闈、巳魁多士。今逢正德初元、皇都開科、不免赴選一回。
> ——《紫霞宫》《陕西传统剧目汇编·华剧·第一集》

此剧中谷梁栋是解元,其学识文采自不一般。单出场自白这一段就包括不少古语词和典故。

弱冠谓男子二十岁。古时以男子二十岁为成人,初加冠,因体犹未壮,故称弱冠。琴瑟即弹奏琴瑟。《诗·周南·关雎》:"窈窕淑女,琴瑟友之。"后比喻夫妇间感情和谐,亦借指夫妇匹配。黉门就是学宫之门,借指学宫、学校。凤是素有的、旧有的。彦,古代指有才学、德行的人。玉楼是传说中天帝或仙人的居所,早赴玉楼意即早逝。阆苑就是阆风之苑,传说中仙人的住处。身游阆苑是去世的婉辞。不啻就是无异于、如同。熊丸、画荻都是赞颂贤母教子的典故。唐代柳仲郢幼年嗜学,其母曾将熊胆制成的药丸让他服用,以苦志提神,事见《新唐书·柳仲郢传》。宋代欧阳修四岁而孤,家中贫困,母郑氏以荻草管画地写字,教他读书,事见《宋史·欧阳修传》。芸窗指书斋,古人藏书多用芸香驱蠹虫,所以书籍也称"芸编"。秋闱指秋试,科举时代地方(唐宋为州府,明清为省)为选拔举人所进行的考试,于秋季举行。魁为夺取第一。多士古指众多的贤士。

可见,短短的一段就使用了很多典故,如果没有注释,很难一下子读懂这段道白。除了用典外,有的剧本中还直接化用古代典籍原文。如《华阴老腔剧本

选辑》《定军山》中杨修解字谜一段,就用了《三国演义》第七十一回中的原文:

丞相,黄绢乃颜色之丝也:色傍加丝,是绝字。幼妇者,少女也,女傍少字,是妙字,外孙乃女之子也:女傍子字,是好字;齑臼乃受五辛之器也:受傍辛字是辞字。总而言之,是绝妙好辞四字。此是伯喈赞美邯郸,春后之文,绝妙好辞也。

剧本语言用词典雅,使其有一定的艺术高度,满足观众的审美需求。同时,老腔的剧本语言直率,不事渲染,少于含蓄。用典和引用古语之处,也多是耳熟能详、普及度较高的语言材料,以方便大家的理解。

附:皮影戏剧本常用典故例释

萱花、椿萱

郑　氏:(念)到处家中有北堂。萱花不是旧时香。

——《紫霞宫》《陕西传统剧目汇编·华剧·第一集》

萱花:萱草的花。《诗经·卫风·伯兮》:"焉得谖草,言树之背。愿言思伯,使我心痗。"毛传:"背,北堂也。"北堂:古代居室东房的后部,为妇女盥洗之所,也指母亲住的居室,可代指母亲。陆德明《经典释文》:"谖,本又作萱。"谖草即萱草。后世因以萱草或萱花称母亲。

曹　操:(唱)孟德闻言泪汪汪,不由叫人痛断肠。
实想搬亲有场好,谁料路途把命亡。
早知路途把命丧,怎肯搬亲离故乡?
可恨陶谦太狂妄,害我椿萱实可伤。
痛哭一场总是枉,定要与贼排战场。

陶谦老匹夫,吾与你往日无冤,近日无仇,无故害吾一双椿萱,如何容得,我想杀父之仇不得不报。

——《借赵云》《华阴老腔剧本选辑》

椿萱:椿,香椿。《庄子·卷一·逍遥游》:"上古有大椿者,以八千岁为春,八千岁为秋。"其谓大椿长寿,故后世以椿称父。椿萱比喻父母。《全唐书·卷四六七》牟融《送徐浩》:"知君此去情偏切,堂上椿萱雪满头。"《警世通言·第三十四卷》:"暂为椿萱辞虎卫,莫因花酒恋吴城。"《牡丹亭》:"当今生花开一红,愿来生把萱椿再奉。"有时也作"椿树萱草"或"椿树萱花"。椿萱并茂意思就是父母都健在。《幼学琼林·卷二》:"父母俱存,谓之椿萱并茂;子孙发达,谓之兰桂腾芳。"而"椿萱早谢""椿萱早逝""椿萱仙游"则意为父母早逝。如:

> 龙象乾:小生、龙象乾、表字现天、中州卫辉人氏。<u>椿萱早谢</u>、花萼楼空。自幼读书、身游泮水。先父在日、与小生聘定贡生篇泰之女慧娘、只因游学、未完花烛。
>
> ——《万福莲》《陕西传统剧目汇编·华剧·第一集》
>
> 李　华:小生、姓李名华、表字春发、南阳罗郡人氏。自幼读书、早年入泮。不幸<u>椿萱早逝</u>、雁行寂寞、虽有采芹之荣、不能庭前舞綵、实为一不幸。
>
> ——《春秋配》《陕西传统剧目汇编·华剧·第一集》
>
> 百里奚:小生虞国人氏复姓百里名奚字井伯。<u>椿萱仙遊</u>,花萼寥寥,荆妻杜氏,颇有贤德。
>
> ——《百里奚拜相》《陕西传统剧目汇编·华剧·第七集》

衔环、衔环结草

> 马　谡:我马谡实该万死,望丞相法外恕人。丞相若是恕了我,万代<u>衔环</u>报深恩。
>
> ——《空城计》

"衔环"典出南朝梁吴均的《续齐谐记》。东汉时,杨宝曾救治遭鸱枭袭击的黄雀,后黄雀伤愈飞走。某夜有黄衣童子赠杨宝白环四枚。后以衔环比喻报恩。如唐代王缙的《青雀歌》:"莫言不解衔环报,但问君恩今若为。""结草"典故出自《左传·宣公十五年》,魏武子有一小妾,武子病了,给自己的儿子魏颗说死后可以让小妾改嫁。后来病情又加重,则改变主意要小妾陪葬。武子死后,魏颗依从父亲清醒时的嘱咐,让小妾改嫁。后来在与杜回交战时,一老人用草绳将杜回绊倒,帮助魏颗获得了胜利。魏颗做梦梦到老人自称是小妾之父,报答魏颗之恩。后世"结草""衔环"连用,为受厚恩而虽死犹报之典。

> 翠　莲:(接唱伤者飞板)奴家玉娘小花童。
>
> 　　　　妈妈起了不良心,

　　　　　　　望小姐救性命结草衔环报不尽。
　　　　　　　　——《九华山》《环县道情皮影改编新创剧目选集(第二辑)》
艾　　谦：多谢老爷。今荷大恩、如同再造、誓以结草唧环报答。
　　　　　　　　——《火炎驹》《陕西传统剧目汇编·华剧·第一集》
宋飞燕：(唱)你果能救解元出狱免难。我夫妻还正要结草唧环。
　　　　　我将你称姐姐偕老相伴。作聘物暂与你如意金簪。
　　　　　　　　——《十王庙》《陕西传统剧目汇编·华剧·第一集》
龙象乾：(唱)又将我功名事再三苦劝。
箫慧娘：(唱)是何日报深恩结草衔环。(下)
　　　　　　　　——《万福莲》《陕西传统剧目汇编·华剧·第一集》

　　明清话本演义中也多见，如《初刻拍案惊奇·卷八》："早回家乡,誓当衔环结草。"《西游记·第三十七回》："千乞到我国中,拿住妖魔,辨明邪正,朕当结草衔环,报酬师恩也!"《老残游记·第十四回》："俺田家祖上一百世的祖宗,做鬼都感激二位爷的恩典,结草衔环,一定会报答你二位的!"

螟蛉

罗　　春：母亲苏醒！母亲苏醒！
傅兰英：(醒介,哭)正走阴曹路,忽听唤一声。猛然睁开眼,罗春在眼前。
　　　　　(唱)哭一声将军你在何处,少年英雄丧了生。
　　　　　哎呀！倒是奴差矣,罗春他是螟蛉之子,观子不雅,我有道理。罗春,你鞍马劳困,且用过茶饭。
　　　　　　　　——《罗成征南》《华阴老腔剧本选辑》
赵生春：(白)听他讲说一遍真真可怜,老夫半辈无后,观见那一相公生的顶平额宽,心想收他为螟蛉儿子,不知他心意如何！待我当面讲过,这一汉子,我心想收你为螟蛉儿子,不知你心意如何?
　　　　　　　　——《白狗卷》《中国皮影戏全集9 剧本4》

　　螟蛉是螟蛾的幼虫,一种绿色小虫。蜾蠃是一种寄生蜂,常捕捉螟蛉存放在窝里,产卵在它们身体里,卵孵化后就拿螟蛉作食物。古人误认为蜾蠃不产子,喂养螟蛉为子。《诗经·小雅·小宛》："螟蛉有子,蜾蠃负之。"因此用"螟蛉"比喻义子。因罗春是罗成的养子,故傅兰英称罗春为"螟蛉之子"。

金兰

徐茂公:千岁,臣与薛万江有<u>金兰</u>相交。臣凭两行流利齿,三寸不烂之舌,愿说五人来降。

——《五虎投唐》

《周易·系辞上》:"二人同心。其利断金。同心之言。其臭如兰。"自此,金兰指契合的友情。《晋书·列传第三十八》:"故《书》称明良之歌,《易》贵金兰之美。"后金兰指结义兄弟。《艺文类聚·卷二十一》:"山涛与阮籍嵇康。皆一面契若金兰。"《全元杂剧·郑光祖·醉思乡王粲登楼》:"当初老丞相曾与令尊老先生金兰契友,二人指腹成亲。"《孽海花·第三回》:"一路上辛苦艰难,互相扶助,自然益发亲密,就在船上订了金兰之契。"

连理

杨素贞:(诗)<u>连理</u>枝头花正开,好花急雨便相害。
　　　　愿教青帝长为主,莫遣迢迢点翠苔。

——《杨公圣挂帅》《华阴老腔剧本选辑》

吴绛仙:屈轶知佞、桐叶知閏。荆花枯死、知兄弟之將分。<u>連理</u>樹生、知夫妻之相守。

——《十王庙》《陕西传统剧目汇编·华剧·第一集》

黄桂英:(唱)黃泉路一定要幽魂相依。也不枉奴與你名為夫妻。
　　　　生不能錦幃賬比目比翼。只落得塚墓上<u>連理</u>生枝。

——《火焰驹》《陕西传统剧目汇编·华剧·第一集》

水若素:果然一位好人物。做个<u>连理</u>也不錯。
　　　　但只是这话兒羞答答怎样对他说。

——《清素菴》《陕西传统剧目汇编·华剧·第一集》

不同根的草木,其枝干连在一起。旧时看作吉祥的征兆。汉代班固《白虎通》:"王者德至草木,则木连理也。"《晋书·志第十九》:"异根同体谓之连理,异亩同颖谓之嘉禾。"后来比喻夫妇或相爱的男女。唐代白居易《长恨歌》:"在天愿作比翼鸟,在地愿为连理枝。"纳兰性德《芳树》:"连理无分影,同心岂独芳? 傍檐巢翡翠,临水宿鸳鸯。"

南柯

姜子牙：（唱）子牙心中似火烧，不由叫人哭嚎啕。

实想东征有场好，谁料你们丧荒郊。

若要今世重相会，除非南柯梦一场。

——《渑池关》《华阴老腔剧本选辑》

多振威：（唱）正讲话忽听得天鼓响动，昏沉沉我入梦里南柯。

——《打回羌白》《华阴老腔剧本选辑》

吴晚霞：（唱）是几时我入了南柯一梦。魂飘飘绕遍了阴府路程。

——《紫霞宫》《陕西传统剧目汇编·华剧·第一集》

四仙姑：咱二人今日里夫妻离散，要相逢除非是南柯梦间。（下）

——《崔祥打柴》《陕西传统剧目汇编·华剧·第五集》

唐代李公佐作《南柯太守传》，讲述淳于棼梦至槐安国，娶公主，任南柯太守，荣华富贵，显赫一时。后率师出征战败，公主亦死，遭国王疑忌，被遣归。醒后，见槐树南枝下掘得蚁穴，即梦中所历。后人因此谓梦境为"南柯"，亦比喻空幻。宋代范成大《题城山晚对轩壁》："一枕清风梦绿萝，人间随处是南柯。"《牡丹亭·第十出·惊梦》："正待自送那生出门，忽值母亲来到，唤醒将来。我一身冷汗，乃是南柯一梦。"《全元杂剧·关汉卿·刘夫人庆赏午侯宴》："要相逢一面，则除是南柯梦里得团圆。"《西厢记杂剧·第二本·崔莺莺夜听琴杂剧》："谁承望月底西厢，变做了梦里南柯。"

东床

夏侯楙：俺复姓夏侯，名楙，字子休。只因吾父夏侯渊丧于黄忠之手，魏王怜之，招吾为东床驸马，命吾提调关西诸路兵马，迎敌孔明，为何不见蜀兵消息？

——《天水关》《华阴老腔剧本选辑》

东床，女婿。典故源自郗鉴选王羲之为女婿之事。《晋书·列传第五十》："时太尉郗鉴使门生求女婿于导，导令就东厢遍观子弟。门生归，谓鉴曰：'王氏诸少并佳，然闻信至，咸自矜持。惟一人在东床坦腹食，独若不闻。'鉴曰：'正此佳婿邪！'访之，乃羲之也，遂以女妻之。"《初刻拍案惊奇·卷二十四》："老丈差了。老丈选择东床，不过为养老计耳。"《全元曲·白兔记》："李家庄上，招赘做东床。"《喻世明言·第二十七卷·金玉奴棒打薄情郎》："齐声荐他才品非凡，堪作东床之眩。"

凌烟（凌烟阁）

曹　操：（唱）兵到南郑便发旗，贤才韬略多武艺。

那年恢复中原地，要在<u>凌烟</u>把名题。（下）

——《定军山》《华阴老腔剧本选辑》

刘　备：（上，唱）三人结义在桃园，白马午牛曾祭天。

大破黄巾威名显，建功立业表<u>凌烟</u>。

——《借赵云》，《华阴老腔剧本选辑》

瓜天龙：（上，诗）男儿立志在疆场，胸怀韬略锁边疆。

<u>凌烟阁</u>上表名姓，八方声名万古扬。

——《杨公圣挂帅》《华阴老腔剧本选辑》

多振威：（上，唱）振威随后坐团营。

行兵时候多热闹，灭贼就在这一遭。

若得大功成就了，<u>凌烟阁</u>上姓名高。

正是人马往前进，前哨小军报一声。

——《打回羌白》《华阴老腔剧本选辑》

凌烟：凌烟阁。庾信《周柱国大将军纥干弘神道碑》："天子画凌烟之阁，言念旧臣；出平乐之宫，实思贤傅。"古时为表彰功臣勋绩而建的绘有功臣图像的高阁，后泛指表彰功臣的殿阁。以唐太宗贞观十七年画功臣像于凌烟阁之事最著名。唐代刘肃《大唐新语·卷十一》："贞观十七年，太宗图画太原倡义及秦府功臣赵公长孙无忌、河间王孝恭、蔡公杜如晦、郑公魏征、梁公房玄龄……二十四人于凌烟阁。太宗亲为之赞，褚遂良题阁，阎立本画。"白居易《题酒瓮呈梦得》诗："凌烟阁上功无分，伏火炉中药未成，更拟共君何处去，且来同作醉先生。"杜甫《丹青引赠曹将军霸》："凌烟功臣少颜色，将军下笔开生面。"张居正《寄严少师三十韵》："所希垂不朽，勋业在凌烟。"《水浒传》第五四回："且教：功名未上凌烟阁，姓字先标聚义厅。"

斗牛

刘　冲：（率番兵上诗）杀气冲天<u>斗牛</u>寒，虎踞龙盘山海关。

埋名隐姓整几载,何时才把双翅展。

——《九华山》《环县道情皮影改编新创剧目选集(第二辑)》

尚　达:(引)剑气冲霄汉,文光射斗牛。(坐)

(诗)苍天何故困英豪,鞘中空藏斩将刀。

——《追风骥》《陕西传统剧目汇编·华剧·第七集》

斗牛:北斗星与牵牛星,泛指天空。寒:害怕,畏惧。"杀气冲天斗牛寒"意思是杀气冲冲连天都觉得害怕。《说苑·卷十八》:"所谓二十八星者:东方曰角亢氐房心尾箕,北方曰斗牛须女虚危营室东壁,西方曰奎娄胃昴毕觜参,南方曰东井舆鬼柳七星张翼轸。"《晋书·列传第六》:"初,吴之未灭也,斗牛之间常有紫气。"《全唐诗·卷八百一十三》无可《冬晚与诸文士会太仆田卿宅》:"风回松竹动,人息斗牛寒。此后思良集,须期月再圆。"《水浒传·第三十三回》:"使点钢枪的壮士,威风上逼斗牛寒。舞狼牙棒的将军,怒气起如雷电发。"《西游记·第三十四回》:"那个威风逼得斗牛寒,这个怒气胜如雷电险。"

"斗牛"也作"牛斗",剧本中也有"气冲牛斗"的说法:

吕　秀:好狂徒,讲出此话真道放屁!

(唱花音代板)

听一言不由我气冲牛斗,平白的讲此话不如马牛。

仗官势欺压人出怪弄丑,打你个狗吃屎头破血流。

——《地风剑》《环县道情皮影改编新创剧目选集(第二辑)》

《三国演义·第八十三回》:"兴见马忠是害父仇人,气冲牛斗,举青龙刀望忠便砍。"《封神演义·第六十五回》:"殷郊乃是一位恶神,怎肯干休,便气冲牛斗,直取过来。"

霄汉

魔礼寿:(唱)威风凛凛冲霄汉,杀气腾腾逼斗星。

今日一战得了胜,报于兄长得知情。(下)

——《四圣归天》《华阴老腔剧本选辑》

岳　俊:(诗)满腔恨气冲霄汉。几回搔首问青天。

三司未遇空往返。未知何日报仇冤。

——《玉燕钗》《陕西传统剧目汇编·华剧·第一集》

第六章　西北皮影戏剧本修辞及表达特点研究　●　179

　　鸣喇哈：（唱）杀的官兵抱头窜。个个胆战心又寒。
　　　　　　大兵一路抢州縣。眼看金陵起狼烟。
　　　　　　军声直震达霄汉。
　　　　　　　　——《清素菴》《陕西传统剧目汇编·华剧·第一集》

霄汉：云霄和天河，指天空。《长生殿·第卅三出·神诉》："行路中间，只见一道怨气，直冲霄汉。"《西游记·第二回》："悟空按下云头，直至花果山。找路而走，忽听得鹤唳猿啼，鹤唳声冲霄汉外，猿啼悲切甚伤情。"《镜花缘·第二十二回》："烟非烟，似雾非雾，有万道青气，直冲霄汉，烟雾中隐隐现出一座城池。"

引风（凤）吹箫
　　玉　娘：（唱花音飞板）那人物生的甚是好，何一日引风吹箫。
　　　　　　——《九华山》《环县道情皮影改编新创剧目选集（第二辑）》

引风吹箫：应作引凤吹箫，有时也作弄玉吹箫。古代民间故事，典故出自西汉刘向的《列仙传》：

　　箫史者，秦穆公时人也。善吹箫，能致孔雀白鹤于庭。穆公有女，字弄玉，好之，公遂以女妻焉。日教弄玉作凤鸣，居数年，吹似凤声，凤凰来止其屋。公为作凤台，夫妇止其上，不下数年。一旦，皆随凤凰飞去。故秦人为作凤女祠于雍宫中，时有箫声而已。

箫史是秦穆公时人，擅长吹箫，箫声能够引来孔雀、白鹤飞落庭院。穆公有个女儿叫弄玉，喜欢箫史，穆公就把她嫁给了箫史。箫史每天教弄玉吹箫模仿凤的叫声。过了几年，弄玉吹箫的声音和凤鸣声相似，凤凰闻声都飞来停息在他们的屋上。秦穆公就造了一座凤台。箫史夫妇居住在台上数年之久，一天早上，随着凤凰一起飞去。秦人在雍宫内造了一座凤女祠，在祠中时时能听到箫声。《东周列国志·第四十七回》回目为"弄玉吹箫双跨凤　赵盾背秦立灵公"，专门讲述了秦弄玉吹箫学凤鸣引来凤凰之事。明清话本小说中，多用"弄玉吹箫""吹箫引凤"来喻女性追求佳偶。《牡丹亭·第十八出》："不闻弄玉吹箫去，又见嫦娥窃药来。"《今古奇观·第二十九卷》："又因秦弄玉吹箫引得凤凰来，遂取此名。"《西游记·第九十四回》："凤台之上，吹箫引凤来仪；龙沼之间，养鱼化龙而去。"

在皮影戏剧本中,也用"吹箫"指做人女婿。

  李 绶:(唱)愧小兒做不得东床一座。今日事喜吹簫惭愧亦多。

         ——《火炎驹》《陕西传统剧目汇编·华剧·第一集》

乘龙

  魏绛霄:吕姑娘休要取笑、奴家命薄如纸、焉有乘龍之望。

         ——《香莲佩》《陕西传统剧目汇编·华剧·第一集》

  宋飞燕:(唱)看朱郎虽不比当年子建。論德行也賽过后世伯鸞。

    有一日鵬高飞龍門鯉变。自愧我容貌丑怎带鳳冠。

  难称才郎乘龍願。(下)

         ——《十王庙》《陕西传统剧目汇编·华剧·第一集》

  陈子昂:高大人,昌时是你家乘龙佳婿,理应同席共饮才是。

  高元贵:高能,赐他小宴半桌,叫他自斟自饮吧。

         ——《紫金簪》《陕西省乾县弦板腔剧团弦板腔剧本》

乘龙:比喻得佳婿。《艺文类聚·卷四十》引《楚国先贤传》:"孙俊,字文英,与李元礼俱娶太尉桓焉女。时人谓桓叔元两女俱乘龙,言得婿如龙也。"杜甫《李监宅》诗:"门阑多喜色,女婿近乘龙。"明代汤显祖《牡丹亭·第二十出·闹殇》:"恨不呵早早乘龙。夜夜孤鸿,活害杀俺翠娟娟雏凤。"

燕然

  李彦荣:(詩)少年志气万夫雄。欲铭燕然第一名。

    虽少班馬才学富。常思郭李汗馬功。

         ——《火炎驹》《陕西传统剧目汇编·华剧·第一集》

燕然:指汉班固所撰《封燕然山铭》。《后汉书·窦融列传第十三》:"(窦)宪、(耿)秉遂登燕然山,去塞三千余里,刻石勒功,纪汉威德,令班固作铭……"班固《封燕然山铭》:"遂逾涿邪,跨安侯,乘燕然,蹑冒顿之区落,焚老上之龙庭。"勒功就是把记功文字刻在石上,亦指建立功勋。燕然亦泛指歌颂边功的诗文。故"燕然勒功"即在边疆立下军功。刘勰《文心雕龙·铭箴第十一》:"若班固《燕然》之勒,张昶《华阴》之碣,序亦盛矣。"范仲淹《渔家傲·秋思》词:"浊酒一杯家万里,燕然未勒归无计。"《隋唐演义·第三十六回》:"薄伐狎犹,周元老之肤功;高勒燕然,汉嫖姚之大捷。"

夙兴夜寐

李　绶：老夫姓李名绶、字天章、官居兵部尚书。奉君二十余载、上而忠君、下而爱民。夙兴夜寐、惟有平治之意。

——《火焰驹》《陕西传统剧目汇编·华剧·第一集》

夙兴夜寐：夙，早；兴，起来；寐，睡；早起晚睡，形容勤奋。语出《诗·卫风·氓》："夙兴夜寐，靡有朝矣。"《后汉书·左周黄列传第五十一》："朕以不德，仰承三统，夙兴夜寐，思协大中。"《三国演义·第一百三回》："丞相夙兴夜寐，罚二十以上皆亲览焉。"《封神演义·第七回》："可怜数载宫闱，克勤克俭，夙兴夜寐，何敢轻为妄作，有忝姆训。"

丝萝

黄　璋：（唱）得如此風流婿十分荣我。幸同鄉又同僚又結絲蘿。

——《火炎駒》《陕西传统剧目汇编·华剧·第一集》

婆　　：大公子。

　　　　（唱）熊广贼抢民女欺压与我。

英　　：（唱）今夜晚抢逼我要结丝罗。

——《九联珠》《陕西省乾县弦板腔剧团剧本》

丝萝：菟丝和女萝，菟丝、女萝均为蔓生，缠绕于草木，不易分开，故诗文中常用以比喻结为婚姻。《古诗十九首·冉冉孤生竹》："与君为新婚，兔丝附女萝。"《警世通言·第五卷》："学生有一女年方十二岁，欲与令郎结丝萝之好。"《儒林外史·第九回》："少年名士，豪门喜结丝萝；相府儒生，胜地广招俊杰。"

冰人

崔　祥：大姐，快快出去，我母亲来了。

四仙姑：正要婆婆前来，方有冰人月老。

——《崔祥打柴》《陕西传统剧目汇编·华剧·第五集》

簫九三：我叫你張手接銀子。你不曉得、昨日龙相公回来、將我請到酒館中、与我緞子二疋、銀子一百二十兩、説是納采之礼。

簫慧娘：这就不象了，纳采自有冰人、何用这些銀子。况酒館之中、亦非納采之地。

——《万福莲》《陕西传统剧目汇编·华剧·第一集》

蒋　蟹：小姐这般才貌、何愁冰人不临门乎。

柳碧煙：（唱）閨中卖画失雅道。出身在蓬茅。

怎与貴人賦桃夭。紅叶随風飘。

隔帘卖俏。惹人嘲笑。

寒門那有冰人到。

——《蝴蝶媒》《陕西传统剧目汇编·华剧·第一集》

冰人：媒人。典出《晋书·列传第六十五》："孝廉令狐策梦立冰上，与冰下人语。紞曰：'冰上为阳，冰下为阴，阴阳事也。士如归妻，迨冰未泮，婚姻事也。君在冰上与冰下人语，为阳语阴，媒介事也。君当为人作媒，冰泮而婚成。'"后因称媒人为冰人。叶宪祖《素梅玉蟾》第五折："传家无子叹伶仃，幸有多才似舅甥。闻知冯女貌娉婷，特遣冰人系赤绳。"清代李渔《意中缘·先订》："既然如此，趁我们两个冰人在这边，就订了百年之约。"《隋唐演义·第六十回》："兄住在此同到乐寿，烦兄作一冰人，成其美事，有何不可？"《醒世恒言·第九卷》："有诗为证：月老系绳今又解，冰人传语昔皆讹。"

二、对偶

结构相同或基本相同、字数相等、意义上密切相连的两个短语或句子，对称地排列，这种辞格叫对偶①。古人很早就在诗文中运用对偶了，《周易》《尚书》《诗经》等书中都有许多对偶用例。不过在近体诗兴起之前，对偶只是一种普通的修辞手段，用与不用取决于作者本人的需要。

"对仗"指在律诗、骈文等文体中，按照字音的平仄和字义的虚实作成对偶的语句。"对仗"一般认为取义于古代两两相对的仪仗队。在唐代，"对仗"常单称"对"。"对仗"与"对偶"（六朝时期或称"对耦、骈俪、丽辞"等）的不同之处是，对仗要求避同字，对偶不避同字；对仗要求平仄相对，对偶则没有这种讲究②。近体诗兴起后，"对仗"成为创作形式上的硬性要求。

---

① 黄伯荣，廖序东.现代汉语（增订四版）：下册[M].北京：高等教育出版社，2007：206.

② 胡安顺，郭芹纳.古代汉语：下册[M].北京：中华书局，2007.

皮影戏剧本中有不少唱词,唱词的字数、音律均有一定要求,其中不乏多用对偶之例。如前所述,皮影戏剧本中的语言有着文白融合的特点,一方面创作者自身熟悉传统诗词文赋,有一定的文化素养;另一方面戏曲受众多为普通百姓,作家创作时要考虑接受程度,语言上不能过于典雅晦涩。皮影戏剧本中的语言往往有着典雅与浅白同现的特点,对偶的修辞也不再限于唱词中的诗句,表达形式较为灵活。如:

正　宫:唐丹,我把你害人的奸贼!

（唱伤音飞板）

奸贼也不知羞惭,枉受厚禄坐高官。

<u>凭你文没见你写上几篇,凭你武没见你马战当先</u>。

不过是凭女儿油头粉面,你父女乱朝纲狼狈为奸。

恶贯满盈罪滔天。（切）

——《裙边扫雪》《环县道情皮影改编新创剧目选集》

这一段是正宫娘娘控诉奸臣唐丹的唱词,其中"凭你文没见你……""凭你武没见你……"朗朗上口,易于传唱。

在人物念白中,也有不少运用了对偶的修辞,如:

诸葛亮:将军勿急,且听吾言。你主曹睿篡汉之流,吾主刘禅大汉宗子,将军若肯归顺,决不失封侯之位。你若不降,令堂若有差错,<u>上不能保国,下不能安家</u>,你<u>忠在哪里? 孝在何处?</u> 将军再思再想,三思而可也。

姜　维:(介)哎!罢,罢,罢,为母降了吧! 丞相在上,姜维愿意归降。

——《天水关》《华阴老腔剧本选辑》

其中诸葛亮对姜维的劝降并没有大道理的陈述,单从普通人的忠孝观出发,简单地议论,用易于接受的对偶语言形式,"上不能保国,下不能安家""忠在哪里? 孝在何处?"说服力很强。

再如剧本《紫金簪》中高元贵老爷因嫌夏家贫困要与之退亲,高家小姐高寄玉不愿接受父亲的安排,唱道:

高寄玉:哎爹爹,儿女百年,已从父母之命,孩儿非不知也,将孩儿许与那家,是已从父母之命矣。<u>彼富贵,是儿之福也,彼贫贱,是儿</u>

之孽耳,儿岂敢归过于父母乎。

——《紫金簪》《陕西省艺术研究所藏阿宫剧本抄本》

高寄玉:(接唱)荆钗布裙儿情愿,粗米淡饭儿心甘。

——《紫金簪》《陕西省乾县弦板腔剧团剧本》

"彼富贵,是儿之福也,彼贫贱,是儿之孽耳""荆钗布裙儿情愿,粗米淡饭儿心甘",对偶并举,说明了高寄玉不在乎贫富贵贱,不愿悔亲的决心。

高寄玉让丫鬟秋虹私下去夏家约夏昌时当晚相会,并打算赠金给夏生,但夏生的第一反应是不愿意相信,要赶秋虹出门,他说道:

夏昌时:走!你我两家刀割水洗,会的什么面,赠的什么金?我家虽贫,岂能受此不义之财?出去!

——《紫金簪》《陕西省乾县弦板腔剧团剧本》

"会的什么面,赠的什么金"本是非常浅白的表达形式,但用对偶形式贴切地表达出了夏生被高家羞辱之后的悲愤心情。再如,巡按宋德昌审断清楚案件,得知是李善甫冒夏生之名去花园会见高家小姐,被秋香发现就害死了她。宋巡按略带讽刺的语气劝说夏生:

宋德昌:我劝你日后寡世交,你家的门脉,结交不下好人。尊大人交的令岳,你交的李善甫,一个嫌贫,致你于死地;一个为财,害你于死地。你两辈人,真没结交下好人。

——《紫金簪》《陕西省艺术研究所藏阿宫剧本抄本》

"一个嫌贫……一个为财……",一则说明了夏家父子老实被人欺,一则暗讽了高元贵和李善甫。对于自己的职责,宋德昌这样描述:

宋德昌:奉天命抚一方物物理理,秉公心察众隐曲曲直直。

——《紫金簪》《陕西省艺术研究所藏阿宫剧本抄本》

"奉天"对"秉公","命抚"对"心察","一方"对"众隐","物物理理"对"曲曲直直"。这里运用的对偶形式,清晰鲜明,使表达有了不一般的修辞效果。

除了用典、对偶等修辞方法外,皮影戏剧本语言中,也常常利用谐音、词义相通等语言特点,设计谐谑幽默的语言,诙谐逗趣。如环县道情《地风剑》剧本中,讲述清嘉庆年间,西北豆家二番造反,杨风直领兵征巢之事。二番将上场的台词如下:

二番将：(上诗)

家住西地豆沙洼。豆家沙洼我长大。

豆家盆口练人马,打进中原吃豆渣。

豆儿土沙,豆儿火沙。大清为上,我邦为下,年年进贡,岁岁来朝。心想颠邦倒国,未知天意如何？喜逢异人传授,善能飞沙走石,撒豆成兵。打去连环战表,要夺大清江山。适才小番报到,杨凤直父子统兵前来,哪里容得,小鞑子！(应)杀上前去。

——《地风剑》《环县道情皮影改编新创剧目选集(第二辑)》

豆家沙洼并不是真实存在的地名儿,而在番将的唱词中,出现了"打进中原吃豆渣""豆儿土沙""豆儿火沙""撒豆成兵"等多个含"豆"的语句。暗讽二番将见识短浅,使用的语言滑稽而略带戏弄,有很强的讽刺意味。

第二节 西北皮影戏剧本语言的文白交融特点

皮影戏传统剧本历史题材居多,用典丰富,但这并不是说剧本语言都晦涩难懂。上一小节我们举的例子中,谷梁栋的文人身份决定了他的台词自然用典较多。而剧中其他普通人物的语言就很鲜活,通俗易懂。如：

小　徒：师傅是一丈长的棺材。

海　慧：此话怎讲？

小　徒：大才。

——《紫霞宫》《陕西传统剧目汇编·华剧·第一集》

吕子欢：(念)量小非君子。无毒不丈夫。

吕花瓣：还是不婆娘。

吕子欢：总是不丈夫。

吕花瓣：婆娘毒深。(同下)

——《紫霞宫》《陕西传统剧目汇编·华剧·第一集》

以上两段是奸人海慧和其小徒,吕子欢、吕花瓣兄妹的对话,浅白的语言还带有一些调笑的意味,也突出了其奸恶的伎俩。

皮影戏剧本中兼有说唱念诗,故而其语言口语化程度高。虽然多有用典和引用古语的情况,但在剧本中,往往将文言与白话自然地融合在一起。如在《三国演义·第七十一回》,杨修解完字谜之后,曹操并无多言,仅是"大惊曰:'正和孤意!'"而老腔剧本《定军山》此处描写曹操的反应用了一段唱词:

  曹 操:(唱)可恨杨修有大才,累累欺吾太不该。
      若还但有差错意,难免老夫刀下灾。
             ——《定军山》《华阴老腔剧本选辑》

这段唱词用的皆是"有大才""太不该""刀下灾"等浅白易懂的词汇,描写又符合民间对曹操性格特点的认知,很容易将观众带入戏曲内设的场景氛围。再如:

  诸葛亮:既愿归降,可带汝的降军一百,内藏吾军,去对杨陵说明。
             ——《天水关》《华阴老腔剧本选辑》

《三国演义·第九十二回》:"孔明曰:'此事至易:今有足下原降兵百余人,于内暗藏蜀将扮作安定军马,带入城去、先伏于夏侯楙府下。'"《三国演义》中作"今有足下原降兵百余人",老腔剧本中作"可带汝的降军一百",词汇趋向口语化,而语法结构上还是采用半文言格式。再如:

  诸葛亮:既不舍命,你把姜维卖于我吧!
  夏侯楙:姜维不由我管,怎么卖于丞相呢?
             ——《天水关》《华阴老腔剧本选辑》

《三国演义·第九十三回》:"孔明曰:'目今天水姜维现守冀城,使人持书来说:但得驸马在,我愿归降。吾今饶汝性命,汝肯招安姜维否?'楙曰:'情愿招安。'"《三国演义》中使用"招安"一词,而老腔剧本中直接使用"卖"一词,浅白直接。再如:

  赵 云:(上,唱)子龙马上怒气生,可恨小贼太逞雄。

      一时误中你的计,今想得生万不能。(下)
             ——《天水关》《华阴老腔剧本选辑》
  崔 亮:呵!到了!来至城下,你二人莫要近吾的身,待吾向前叩城。
             ——《天水关》《华阴老腔剧本选辑》

这两段中"一时误中你的计""你二人莫要近吾的身"加入了结构助词"的",使剧本语言趋向口语化。

可见,皮影戏剧本的语言文白交融,典雅但不难懂、浅白但不低俗,兼具观赏性和艺术性,传承性较强。

第三节　西北皮影戏剧本语言的描摹性

皮影戏在表演时,演唱者隔着皮影的幕布唱戏,观众只闻其声。剧中人物的一般动作可以通过操作皮影实现,而心理活动带来的表情变化及细微的肢体动作则无法展现。除了通过唱腔音乐变化来表现不同情感及场景氛围以外,剧本语言的描摹性还极强,从而加强了戏剧冲突,提高了观赏性。

一、用语言突破空间限制

皮影戏幕布是一个平面,和舞台空间毕竟不同。在皮影戏剧本中,语言很注重空间描述,以此克服皮影只能展示二维动作的局限。如《天水关》中姜维被困试图突围的唱词:

姜　维:(杀介)哎呀!诸葛蜀兵将我围住,不能得脱,吾今人困马乏,
　　　　不免下马休息锐气,抖擞精神起来再战,杀条血路好来逃生。
　　　　(唱)忽听得信炮连天,见蜀兵围我如山。
　　　　　　往前杀关兴拦路,扭回头张苞来迎。
　　　　　　向南杀马岱阻挡,往北杀王平威风。
　　　　　　只落得单人独马来回闯,难出重围舍命咱和蜀兵拼。
　　　　　　　　　　　　　　——《天水关》《华阴老腔剧本选辑》

从前、后、南、北等多个方向描写战况,即便是舞台上的皮影只能在上下左右的二维空间舞动,也能让观众在听到唱词后想象完整的场景。再如《定军山》中黄忠被曹军所围、向外冲杀时的唱词:

黄　忠:好杀也!
　　　　(唱)直杀得——
　　　　　　头上盔少缨无翅,身上甲扭东列西。

勒甲绦纠为两段,护心镜掉落阵里。
狼牙箭少头无尾,只留得斩将大刀。
战兢兢举它不起,打将鞭拦东遮西。
我这里——
往东杀曹兵势重,往西杀急紧相围。
往南杀密密迫定,往北杀难脱困厄。
杀的我入地无门,要上天缺少翅飞。
盼救兵全无一个,眼巴巴命丧阵中。
罢,罢,罢——
舍身咱把曹兵挡,纵死重围把名扬。(下)

——《定军山》《华阴老腔剧本选辑》

除了分不同方向,对所处困境进行了逐一叙述外,还对"头上盔""身上甲""勒甲绦""护心镜"等不同部位的穿戴进行描述。再如:

姜子牙:传:大兵速往金鸡岭进发了!
(唱)昨日上了出师表,君臣不由锁眉稍;
八百诸侯会孟津,要伐商纣灭昏君。(同下又骑马同上)
五营四哨人马动,摆阵以毕好立功。
先摆一字长蛇阵,二摆蛟龙出水行,
三摆三战白虎阵,四摆四门金锁形,
五摆五虎巴山阵,众将纷纷往前行。

——《金鸡岭》《陕西传统剧目汇编·阿宫·第一集》

此例中,结合数字详细地说明了不同的阵型特点,形象生动。

二、用语言塑造人物形象

戏曲中人物形象多样,作者要按照不同人物特点,写出符合其身份的台词,既要突出戏曲冲突,还要能突出个人特点。同时,台词还要有吸引力,能够迅速为观众接受。如碗碗腔《万福莲》中第九三这个人物,他的唱词及念白设计就非常出彩。第九三的妹妹箫慧娘早年许配给寒门学子龙象乾,龙象乾游学三年未归,第九三就有了想让妹妹改聘的念头。正好官宦子弟张宏家要买一个丫头,

九三为了一百二十两银子就打算卖掉亲妹。九三和张宏的对话,很鲜明地呈现出他贪财的人物特点:

> 張　宏:慢着、聞得人說、你有個妹子、肯与老爷作丫环么。
>
> 簫九三:就是这件事吗。先父在日、將我妹子許与龍門結親。即未許人、我老簫的妹子、也不是与人作丫环的。豈有此理。
>
> 　　(唱)舍妹容貌賽天仙。豈肯与人作丫环。
>
> 　　　　況与龍門結親眷。做倒的買卖豈能翻。
>
> 張　宏:这又是銀子二十两。看。
>
> 蕭九三:老爺眞乃豈有此理。
>
> 　　(唱)我妹子容貌賽天仙。豈肯与人作丫环。
>
> 張　宏:这又是銀子几封。
>
> 蕭九三:哎老爺。
>
> 　　(唱)我妹子容貌賽天仙。不妨与人作丫环。
>
> 　　　　縱与龍門結親眷。做倒的買卖容易翻。
>
> 張　宏:这就是了。哈哈。

——《万福莲》《陕西传统剧目汇编·华剧·第一集》

开始张宏提出要买其妹为丫头时,簫九三还颇有骨气地提出:"舍妹容貌赛天仙,岂肯与人作丫环。况与龙门结亲眷,做倒的买卖岂能翻。"张宏加上二十两银子后,九三仍唱道:"舍妹容貌赛天仙,岂肯与人作丫环。"但已没有了后两句,表现出其主意已经开始变化。之后张宏又加上银子几封,九三则直接改口:"我妹子容貌赛天仙,不妨与人作丫环。纵与龙门结亲眷,做倒的买卖容易翻。"经过两次加价,"岂肯"改成了"不妨","况与"改成了"纵与","岂能"改成了"容易"。仅仅改动几个词,就突出了这个人物贪财、奸滑的特点。

簫慧娘猜到哥哥悔婚之后,毅然出走,途中偶遇龙象乾,因慧娘拿走了卖身的银两,追来的簫九三坚决地将二人告至官府。所幸谢瑶环巧判案,成全了龙氏夫妇。龙象乾得了功名被任知县之后,落魄的九三前去投靠,完全不顾脸面:

> 簫九三:好妹子奶奶哩、你將我收留下吧。
>
> 簫慧娘:(唱)想当日害的我出怪弄丑。到今日只问你羞也不羞。

我和你有什么骨肉情厚。你还望那一个将你收留。

篱九三：妹子奶奶、人都把哥叫九三哩、明明不足色、你是晓得的。哥总要抱妹子的粗腿哩。

——《万福莲》《陕西传统剧目汇编·华剧·第一集》

称妹妹为"妹子奶奶"，自己说自己"不足色"（方言指脑子有问题，智商不足），直言要"抱妹子的粗腿"，讽刺了其自私势利的特点。

三、用语言突出人物心理

由于皮影戏的表演条件限制，无法通过演员的具体表情、动作来展现人物的心理活动，凸显戏剧冲突。故皮影戏的剧本处理中会特别选择相应情节来进行艺术处理，一是刻意制造人物冲突，吸引观众的注意；二是通过生动的口头语言来刻画人心的内心活动，且唱腔具有特色，引人入胜。

《借赵云》的故事出自明朝小说《三国演义》，书中记载刘备向公孙瓒借赵云时这样描写：

且说玄德离北海来见公孙瓒，具说欲救徐州之事。瓒曰："曹操与君无仇，何苦替人出力？"玄德曰："备已许人，不敢失信。"瓒曰："我借与君马步军二千。"玄德曰："更望借赵子龙一行。"瓒许之。玄德遂与关、张引本部三千人为前部，子龙引二千人随后，往徐州来。

——《三国演义·第十一回》

《三国演义》中提及借赵云之事，只有两句："玄德曰：'更望借赵子龙一行。'瓒许之。"赵云是三国故事中的一员传奇大将，深受人们喜爱。文学和戏曲都多有对赵云事迹进行渲染的作品，《借赵云》就是戏曲的一个传统剧目，京剧中也有此剧本。以下为京剧《借赵云》的片段节选：

刘　备：（白）啊，公孙兄。

公孙瓒：（白）刘使君，请坐。

刘　备：（白）有座。

公孙瓒：（白）不知使君驾到，有失远迎，望乞恕罪。

刘　备：（白）岂敢，备来得卤莽，公孙兄海涵。

公孙瓒：（白）使君到此，必有所为？

刘　　备：（白）只因曹操，攻打徐州甚紧，陶恭祖众寡不敌，我弟兄蒙孔融相约救应，怎奈兵微将寡，恐难取胜，特到公孙兄帐下借兵相助，以解此围。

公孙瓒：（白）如此，借你三千人马如何？

刘　　备：（白）这……还望借一勇将相助。

公孙瓒：（白）这勇将么……

刘　　备：（白）望求赵云一往。

公孙瓒：（白）赵云此去虽好，怎奈北鄙需人。

刘　　备：（白）解围之后，即刻送回。

公孙瓒：（白）好。中军听令。

中　　军：（白）在。

公孙瓒：（白）命赵云带领三千人马，随定刘使君往徐州解围。不得有误。

中　　军：（白）得令。（中军下。）

——《借赵云》《京剧丛刊》

较之《三国演义》，京剧剧本中略做发挥，刘备在提出借赵云的请求时，念白表现出少许的犹豫，似乎是担心公孙瓒不答应。而公孙瓒的回答也先强调一下赵云的好，但还是爽快地答应了。

华阴老腔《借赵云》剧本的情况就有很大的不同，剧本中用近两千字的篇幅描写了公孙瓒和刘备有关借赵云的对话，因为这一过程颇为曲折。公孙瓒因为舍不得将赵云借给刘备，不断强调赵云实际并无长处，说："这北平郡上将有得无数，任从贤弟挑选，你为何只求赵云，无谋无才无兵法之辈，可笑你目不识人也！"刘备并不被迷惑，问道："弟闻子龙韬略过人，精力充沛，兄何言子龙乃无能之辈呢？"公孙瓒直接回答："这赵云实实的不能济事，万万去不得，另选一员大将去吧！"连用两个叠音词"实实""万万"来否定。讨论赵云是否有过人本领，两人还进行了针对赵云战颜良的讨论：

刘　　备：仁兄，不可灭那子龙之志。兄言子龙百无一能，不记那年磐河打战，袁绍麾下一将，名曰颜良，乃是本初麾下的虎将。杀的吾兄身跌荒丘，若非子龙，休怪弟言，吾兄焉有今日也？

公孙瓒：这个——（笑介）贤弟，你是个聪明睿智之夫，竟说下不明道理之言。

刘　备：何谓不明道理之言？

公孙瓒：贤弟你想，当日我与颜良久战了一百余合，那时我精力稍衰，身体困倦，就敌他不住了，将我身跌荒丘。偶逢赵云从山坡闪上，杀退颜良。贤弟你想，那颜良他也是人困马乏，身体困倦，那赵云却是逍逍遥遥任意散拨来的，精力尚有，因此退了疲困之人。若是赵云初逢此人，那颜良定斩一百赵云，精神万分之中才可取之一也，他只能退得些残军败将之能，你何故言此一节。

——《借赵云》《华阴老腔剧本选辑》

从公孙瓒的话中可知，他明知赵云之能却刻意贬低，就是舍不得借给刘备。而刘备心中也非常清楚，执意劝说想让公孙瓒同意。有意思的是以下一段，刘备不断恳请，而公孙瓒干脆选择支支吾吾地回应。

刘　备：仁兄不可执固，灭却赵云之志，你且听弟道理来——

公孙瓒：嗯。

刘　备：仁兄你不奈烦了。

公孙瓒：这个，哎，嗯。

刘　备：仁兄——

公孙瓒：嗯……

刘　备：仁兄——

公孙瓒：嗯……

刘　备：（唱）叫声长兄须当听，休要执固灭英雄。
　　　　　赵云非比寻常辈，我识他的武艺精。

公孙瓒：你不识，你实实不识。

刘　备：仁兄——
　　　　（唱）休道弟不识贤愚，只是仁兄不允从。

公孙瓒：贤弟，这赵云实实的当不得一军，万万的不能济事，那有不从之理。

刘　备：仁兄——

公孙瓒：嗯……

刘　备：(唱)兄恐子龙不能济,弟看子龙必成功。

公孙瓒：玄德弟,你错了主意了,你大大的错了主意了。

刘　备：仁兄——

公孙瓒：嗯……

刘　备：(唱)纵是为弟错主意,悔后亦不怨长兄。

公孙瓒：哎,赵云此去武艺不精,愚兄总不放心。

刘　备：仁兄——

公孙瓒：嗯……

刘　备：(唱)仁兄你把心放定,但望今日把情通。

　　　　　只为曹操兵势重,故借常山赵子龙。

——《借赵云》《华阴老腔剧本选辑》

对话中,"刘备:'仁兄——'公孙瓒:'嗯……'"反复出现,简单直接地表现出刘备求将心切,而公孙瓒敷衍搪塞、不愿面对的场景。公孙瓒又反复使用了"实实的当不得一军,万万的不能济事"这样的表达,也有"你错了主意了,你大大的错了主意了"这样的强调。在实际的演出中,特别是一声"仁兄——"配以婉转的唱腔和地方方言声调,反复唱喝,感染力强,演出效果绝佳。与京剧版《借赵云》相比,这出戏口语特色非常突出,令人印象尤为深刻。

四、用语言突出场景描写

在皮影戏的传统剧目中,战争题材是一个重要的组成部分。在表演激烈交战的场面时,戏剧中常以擅长武艺的武生表演为主,以演员精彩的武打动作吸引观众,戏剧中还有专门扮演以武打为主、不重念唱的武净角色。而在皮影戏中,皮影的动作幅度有限,且舞台也很小。除了靠激昂的音乐之外,主要靠人物的唱词来烘托战争的气氛。唱词可以突出对人物的心理刻画,展现不同的表现角度。下面我们选择传统剧目《天水关》来进行比较。

《天水关》的故事基于《三国演义》第九十二回、九十三回内容改编创作。其中赵云为夏侯楙之军围困、奋力突围时,《三国演义》这样描写:

赵云从辰时杀至酉时,不得脱走,只得下马少歇,且待月明再战。却才卸甲而坐,月光方出,忽四下火光冲天,鼓声大震,矢石如雨,魏兵杀到,皆叫曰:"赵云早降!"云急上马迎敌。四面军马渐渐逼近,八方弩箭交射甚急,人马皆不能向前。云仰天叹曰:"吾不服老,死于此地矣!"

——《三国演义·第九十二回》

《三国演义》的描写是一种第三者的叙事角度。在老腔剧本中,对这一情节的处理,则通过赵云的诗、白、唱,说明其思想活动来表现情况的危急:

赵　云:(上,诗)忽听得呐喊一声,四下里尽是魏兵。

实想得前来取胜,却不料误入牢笼。

(杀介)好杀也!你看他兵势甚重,将我围住,从辰至午不能得脱,吾今人困马乏,不免下马休息片刻,抖擞精神,杀条血径,好来逃走。

(唱)军呐喊兵刃出难以遮拦,魏营里英雄将闪上千员。

叫关兴和张苞不能相见,叫魏延和王平却在哪边?

叫高祥和张翼快来相救,叫马岱邓伯苗何不向前?

四肢无力实实难以交战,眼看吾性命就在倾刻间。(下)

——《天水关》《华阴老腔剧本选辑》

和《三国演义》的描述相比,老腔剧本中没有"火光冲天,鼓声大震,矢石如雨""八方弩箭交射甚急,人马皆不能向前"之类典雅的场景描写,而是用赵云的唱词来凸显其内心活动。特别是唱词中对于关兴、张苞、魏延、王平等众将前来救援的期盼,"四肢无力实实难以交战,眼看吾性命就在倾刻间"的哀叹,很容易让观众产生共鸣。

再如姜维与赵云交战的情节,《三国演义》这样描写:

当先一员少年将军,挺枪跃马而言曰:"汝见天水姜伯约乎!"云挺枪直取姜维。战不数合,维精神倍长。云大惊,暗忖曰:"谁想此处有这般人物!"正战时,两路军夹攻来,乃是马遵、梁虔引军杀回。赵云首尾不能相顾,冲开条路,引败兵奔走,姜维赶来。亏得张翼、高翔两路军杀出,接应回去。

——《三国演义·第九十三回》

其中对双方争斗仅一句"战不数合,维精神倍长"来说明姜维占了上风。京剧也有《天水关》剧目,其中对赵云、姜维之战是这样呈现的:

赵　云:(西皮流水板)
　　　　韩德父子命丧了,不由老夫喜眉梢。
　　　　催马来把战场到,那旁来了小儿曹!
(姜维上。)
姜　维:(西皮散板)上战场见一将年迈衰老,叫老儿通上名好把兵交。
赵　云:(西皮散板)你老爷常山的赵子龙谁人不晓;黄毛贼通上名好把兵交。
姜　维:(西皮散板)你老爷姓姜名维伯约起号,今日里生擒你要立功劳!
(姜维打,赵云下。关兴上,砍一刀。姜维盖。关兴下。)
姜　维:(西皮散板)
　　　　正要擒拿赵子龙,忽然闪出一孩童。
　　　　手使大刀多勇猛,亚赛当年美髯公!
　　　　三军起打得胜鼓,都督台前报头功!
(姜维下。)

——据《传统剧目汇编》第十四集:张少甫口述本整理[①]

京剧中增加了一些对话描写,通过赵、姜对话亮明彼此身份,用"小儿曹""黄毛贼"说明赵云对姜维的轻视,用"年迈衰老""老儿"表现姜维对赵云的不屑。老腔剧本的相关情节如下:

姜　维:好蜀兵!你可认得姜维否?
赵　云:吾乃常山赵子龙。尔等中吾计策,早献城池,免遭诛戮。
姜　维:吾今故来等你,交手便见高低。
赵　云:列开旗门!
　　　　(唱)白龙马走如飞压赛蛟龙。

[①] 参见中国京剧戏考网站,http://scripts.xikao.com/play/05014009。

姜　　维：(唱)青鬃兽来闯阵敌人惧惊。

赵　　云：(唱)赵子龙握银枪双手摇动,杀小贼归营晚务要成功。

姜　　维：(唱)有姜维柳叶枪锐利磨明,一霎时送老贼命丧军中。

赵　　云：(唱)你就是小哪吒前来交战,我赵云今日里也不惧惊。

姜　　维：(唱)你就是活太岁降下凡界,遇姜维来交战要你丧生。

赵　　云：(唱)你就是四天王前来交战,遇赵云照样你难逃性命。

姜　　维：(唱)你就是大金刚星神莅临,我姜维放大胆也要相争。

赵　　云：(唱)直杀得天昏地暗无光线!

姜　　维：(唱)直杀得天愁地哭鬼神惊!

赵　　云：(唱)赵云姜维交一战,

姜　　维：(唱)一百余合不见输赢。

　　　　　　赵云老匹夫,莫走! 看吾擒汝!

(杀介)

赵　　云：(上)姜维年幼,骁勇也!

　　　　　(诗)姜维年幼性气刚,撑得苍天驾海浪。

　　　　　　　年纪虽幼力气壮,不弱张飞在当阳。

(杀介,赵云败)

——《天水关》《华阴老腔剧本选辑》

此处的描写比《三国演义》和京剧都精彩,先是用"白龙马""青鬃兽"等自称来突出人物气势,再描写双方的兵器及威力,再用"小哪吒""四天王""活太岁""大金刚"等厉害人物表现双方的无所畏惧,还有"天昏地暗无光线""天愁地哭鬼神惊"等说明战争的紧张场面,"一百余合不见输赢"表现胶着的局面。最后赵云"年纪虽幼力气壮,不弱张飞在当阳"的感叹说明姜维占据了上风。

五、用语言拓展想象空间

如前所述,因为舞台表演受限,皮影戏在剧本语言设计上,尽可能地加强描摹性,让观众能跟随艺人的语言表达,想象剧本描述的场景。阿宫腔剧本《屎巴牛招亲》特色非常突出,其故事设计、角色塑造、语言表达等都有鲜明的

艺术特点。如剧中在描写蝙蝠和京官(屎巴牛哥哥)打架时,两位的台词如下:

蝙　蝠:屎巴牛,我把你个貓尼下的,你把我打的包的一下,这奴才把我放粪场子拽呢,把你娃打的给我滚几个屎蛋蛋呢,我也把靴子拉了,帽子卸了,和娃排个战场,屎巴牛,你瞅我的工夫咋着呢,这是个端顶,你娃要吃这端顶的亏呢,屎巴牛,我给你娃使一个哨狗揭尾。(互打)

京　官:给你娃使一个小鬼掮枪。

蝙　蝠:再给你娃一个金丝缠蔓。

京　官:我给你娃再用这个猴儿扭蒜。

蝙　蝠:给你娃抬手使一个龟腿。

京　官:给你娃使一个连环足。

蝙　蝠:给你娃再使一个脑后摘金瓜。

京　官:给你娃使一个二鬼抱腿。

蝙　蝠:给你娃弄一个双风贯耳,这娃的二鬼抱腿,怕怕的要紧。

京　官:这灾龟娃子的双风贯耳,一下子给我老汉贯到后脑子了。

蝙　蝠:这娃还在这控刺的,再给你娃一个黑虎倒拉鞭,来一个小鬼掇胡基。

京　官:我问你个灾鬼,你把我端的咋咋?

蝙　蝠:我把你端起敦咔。

京　官:不敢,看把头上的病敦犯了。

蝙　蝠:我管敢不敢,我给你个连颠带敦,把娃敦的血不痴痴的,你但看着办去,我走了。

京　官:哎,这一下子把我敦重拉,敦破拉,打的好,打的好。

在描写二位打架的招式时,用了"哨狗揭尾""小鬼掮枪""金丝缠蔓""猴儿扭蒜""使一个龟腿""使一个连环足""脑后摘金瓜""二鬼抱腿""双风贯耳""黑虎倒拉鞭""小鬼掇胡基",这些词语的形象特色非常突出,听到后不禁可以充分想象具体的动作形式。像"双风贯耳,一下子给我老汉贯到后脑子了"的表达,平实幽默,既能让想象具体化,又能让观众哄堂大笑。

六、用语言加强情感表达

环县道情剧本《白狗卷》中,宋家因为旱灾逃荒在外,路上宋百良嫌老母亲拖累,将其弃置废窑不顾死活。幸而白狗每日为老母叼来面饼充饥,王忠、王义得知此情之后将宋母接回家中奉养,如同亲母。宋百良反而诬赖王氏兄弟抢母夺财,将王氏兄弟告上官衙。知府招宋母求证,宋母悉数养儿之苦,痛斥宋百良不孝不义:

宋　　母:唉,我晓得你是个狠人。(唱)
　　　　　见奴才把老婶肝胆气坏,骂一声宋百良不孝的奴才。
　　　　　娘为你小奴才身得病在,娘怀你小冤家身受痛灾。
　　　　　小奴才你做事良心何在,听娘把怀儿苦表说心怀。
　　　　　娘怀儿一个月无踪无影,娘怀儿两个月沙里澄金。
　　　　　娘怀儿三个月成了血块,娘怀儿四个月四体分开。
　　　　　娘怀儿五个月分开五肢,娘怀儿六个月六道轮回。
　　　　　娘怀儿七个月分开七窍,娘怀儿八个月八宝全身。
　　　　　娘怀儿九个月随娘出气,娘怀儿十个月冤家身。
　　　　　娘抓儿一岁到两岁,时时刻刻要吃的。
　　　　　左边尿湿右边睡,右边尿湿往左移。
　　　　　娘抓儿三岁到四岁,每天啼哭不吉利。
　　　　　娘点长灯来看你,不时抱在娘怀里。
　　　　　娘抓儿五岁到六岁,你在外边玩耍去。
　　　　　儿在外边哭一声,娘在家里吃一惊。
　　　　　娘抓儿七岁到八岁,娘与你定下刘氏妻,
　　　　　娘抓儿九岁到十岁,娘送你到南学里。
　　　　　天爷那日下大雨,奴才哭的不到学校去,
　　　　　娘手拄木棍身背你,命你叔与你挖路去。
　　　　　冤家成人娘脱累,娘与你娶来刘氏妻。
　　　　　刘家女哪里不如你?你为何与娘弄是非?
　　　　　　　　　　——《白狗卷》《中国皮影戏全集9剧本4》

此段唱词先没有说宋百良做了什么坏事,而是从母亲怀孕每个月的身体变化,唱到孩子出生后每个年龄段母亲的操劳,一一历数,细细道出了养育孩子的艰辛和不易,很自然地衬托出宋百良抛弃母亲的忘恩负义。此段唱词强调了宋母悲愤的情感,非常容易让观众产生共鸣。

第四节　西北皮影戏剧本的程式化特点

民间文学都有一定的程式性内容,程式是在相同的格律条件下为表达一种特定的基本观念而经常使用的一组词。[①] 除了重复性("经常使用")外,程式的另一个前提和特征是它们必须能够体现出相同的格律价值[②]。皮影戏的表演形式说唱结合,剧本语言的口语化特点突出,为方便听众理解,常常用特定的程式来表达内容。

一、程式化表达的普遍性

戏曲中某一类的题材都会有较为固定的程式。如皮影戏传统剧本多取自古代英雄战争故事,人物、情节多有重叠,题材较为单一,就存在明显的程序化特点。如一场武戏,多按照战前准备、矛盾激化、出征打仗、决出胜负、宴请将士的发展顺序进行,情节较为固定。除了情节外,戏文中还使用大量的套语和固定格式。这些程式化的表达在不同剧种的皮影戏中是共通的,例如描写战争场面时,切换情节时的过渡,都会用到一些固定的语句。如果是军情有变,往往会说"帅旗无风自动,必是……",如:

　　士　卒:报——营中帅旗无风自动。
　　姜子牙:帅旗无风自动,必是贼人偷营,我自有道理。军校,晓于韦护巡内营,杨任巡外营,小心一二。

[①] 洛德.故事的歌手[M].尹虎彬,译.北京:中华书局,2004:30.
[②] 赵学清,孙鸿亮.社会语言学视角下的民俗语言研究方法刍议:以陕北说书研究为例[J].陕西师范大学学报(哲学社会科学版),2016,45(2):150-154.

（唱）安排打虎牢笼计,准备偷营劫寨人。

　　　　　　　　　　　　——《渑池关》《华阴老腔剧本选辑》

　　剧情随后是军情呈报,便会说"帅旗无风自动,必有大事（军情）来报。",如:

英　布：（白）孤家辽王英布,昔日汉王驾前为臣,曾与韩信、彭越结为生死之交。不意吕后斩了韩信,汉王又斩彭越,是我闻听此言,即在辽东招兵聚将,要与二公复仇,今日兵精粮足,要反长安,哎呀! 怎见<u>帅旗无风自动,必有</u>什么军情。

辛　　　：禀千岁,马上常报要见。

英　布：命常报随旗而进。

辛　　　：报子随旗而进。

　　　　　　　　　　　——《张良归山》,老腔,党光弟整理,李亚权校改①

李自成：打的是贪官污吏,赏得是孝子贤孙。打富济贫,不落百民叫骂! 我身坐都堂,（笑）哈哈,观见<u>帅旗无风自动,必有大事来报</u>。

报　子：（上）报!

李自成：军报何事?

报　子：禀爷,红天祥统兵杀奔前来。

　　　　　　　　　　　　——《白狗卷》《中国皮影戏全集9剧本4》

司九堂：本公司九堂,自幼昆仑山学艺,下得山来,刘王见爱,招为东床驸马。奉王旨意把守恩阳二关。早坐帐下,<u>帅旗无风自动,必有军国大事来报</u>。

辛　　　：（上）报,敖总兵到。

　　　　　　　　　——《恩阳关》《陕西传统剧目汇编·华剧·第六集》

　　"帅旗无风自动,必有大事（军情）来报。"属于戏曲中常用的转乘性表达,在秦腔中也常出现,如:

赵乾吉：……今地方安靖,心想卷报进京。清晨升帐,只见<u>帅旗无风自</u>

---

① 参见秦腔秦韵数据库:http://www.sxlib.org.cn/dfzy/qyqq/。

动,必有什么军情来报。

校　　尉：禀王爷,圣旨下。

赵乾吉：传出有请。

——《玉凤钗》,秦腔,陕西省剧目工作室①。

乌廷庆：……梦醒惊得我一身是汗,因此上早坐帅堂。呵嘿呀,观帅旗无风自动,必有军情来报。左右。

辛　　：有。

乌廷庆：中军进帐。

辛　　：有请副爷。

——《铡丁勇》,秦腔,陕西省艺术研究所②

这一承接性表达还出现在陕西很多剧种中,如弦子戏、汉剧、跳戏、线戏等：

都啰弥：俺,某家完贡朱追都啰弥,在高建庄王驾下为臣,命吾镇守白玉关。今日帅旗无风自动,必有奇事。小番儿!（番兵应介）辕门伺候。

（探子匆上）

探　子：走呀!（对）打听军情事,报与我爷知。

——《白玉关》,弦子戏,樊礼三③

许　远：本督姓许名远、字绍伯,与唐为臣。官拜总督之职,奉王旨意镇守锁阳;这座城池乃是通西大道,自从本督到任,幸喜各国蛮王,未敢兴兵妄动,今坐帐中,忽见帅旗无风自动,必有什么军情。站堂军!（辛应介）辕门候事。（报子上）

报　子：报!

许　远：军报何事?

——《锁阳城》,汉剧,冯成秀口述④

公子繁：本帅公子繁。今逢大操之日,操练人马,忽见帅旗无风自动,

---

① 参见秦腔秦韵数据库:http://www.sxlib.org.cn/dfzy/qyqq/。
② 参见秦腔秦韵数据库:http://www.sxlib.org.cn/dfzy/qyqq/。
③ 参见秦腔秦韵数据库:http://www.sxlib.org.cn/dfzy/qyqq/。
④ 参见秦腔秦韵数据库:http://www.sxlib.org.cn/dfzy/qyqq/。

看有何事来临？

胡　　华：（上、念）离了咸阳宫，来此将军营。手持主公虎符，自己进去。（进营介）元帅请了！

公子繁：请了。那里来的，到此何事？

——《龙门山》，跳戏，郃阳行家庄东中社①

郭　　威：免参，列坐两旁。本帅郭威，与汉为臣，官拜铜台节度使，朝内苏逢吉与我言气不和，清早升帐，观见帅旗无风自摆，必有军情来报。

中　　军：（上）禀元帅，史彦超慌慌张张到了要见。

郭　　威：传出有请。

——《破凤台》，线戏，郃阳晨光线戏社②

程序化使表演特点更加突出，唱词及故事情节更容易理解，观众更容易产生共鸣，有利于戏曲这种文化形式的开展和传承。

二、程式化表达的应用

1. 表现特定场景

以老腔剧本为例，剧目中有很多是关于军事题材的，在描写战争过程时，常见以下这样的结构：

关　　兴：（上，唱）关兴当先开了路。

张　　苞：（上，唱）张苞提枪随后行。

王　　平：（上，唱）王平披挂为后应。

马　　岱：（上，唱）马岱催军怎敢停。

高　　祥：（上，唱）高祥不敢违军令。

张　　义：（上，唱）张义急急掠后营。

魏　　延：（上，唱）魏延上了追风兽。

诸葛亮：（上，唱）闪上元戎一卧龙。

---

① 参见秦腔秦韵数据库：http://www.sxlib.org.cn/dfzy/qyqq/。
② 参见秦腔秦韵数据库：http://www.sxlib.org.cn/dfzy/qyqq/。

正是人马往前进,前哨军人报一声。

——《天水关》《华阴老腔剧本选辑》

这是众将领兵套语,一般为接唱,一个人物唱完以自身姓名开头的唱句,另外一个接着唱。一般是将军级人物先唱,以"元帅传令"等类似语句开头,每个将领唱完后,下令的元帅、军师级别的人物收尾,有时以"某某领兵坐团营"结束一段接唱,但一般自己还要再唱,描述战争场面、将士精神面貌、兵器配置等情况,最后以"正是人马往(催)前进,……报一声"等类似语句结束,其中第二句类似"报一声"之意的可以根据押韵等要求适当变化。"正是人马往(催)前进,……报一声"便成为说明军队行进常常会用到的固定句式:

李世民:(上,唱)正是人马往前进,小军前来报一声。

——《斩五王》《华阴老腔剧本选辑》

杨继业:(唱)正是人马向前进,前哨军人报一声。

——《金沙滩》《华阴老腔剧本选辑》

多振威:(上,唱)正是人马往前进,前哨小军报一声。

——《打回羌白》《华阴老腔剧本选辑》

姜子牙:(上,唱)正是人马往前进,小军前来报一声。

——《渑池关》《华阴老腔剧本选辑》

以上数例都使用了两个七言对句,上、下句皆是"2+2+3"的结构。其中"报一声"作为固定成分,置于下句句尾。其中"正是""人马""往(向)前进""前哨""小军(军人)"为程式中反复再现的语言单位。以上句式还会根据描写的需要进行调整,而程式的构成基本不变,如:

孙光普:(唱)人马闯闯往前进,前哨儿郎报一声。

——《杨公圣挂帅》《华阴老腔剧本选辑》

邓九公:(上,唱)浩浩荡荡往前进,探马前来报一声。

——《四圣归天》《华阴老腔剧本选辑》

上句末尾"往前进"不变,而两句前四字都有调整,但仍按"2+2"的结构组词。描写进一步具体化时,会利用上句传递具体信息,下句基本不变,承担切换场景的功能。如:

刘　备:(上,唱)人马好似风云往,小军前来报一声。

——《借赵云》《华阴老腔剧本选辑》

黄　忠：(上，唱)黄忠法正行人马，前哨军人报一声。

——《定军山》《华阴老腔剧本选辑》

穆桂英：(上，唱)本帅马上传将令，前哨人马报一声。

——《傲天关》《华阴老腔剧本选辑》

夏侯楙：(唱)催马来到城楼下，守门军人报一声。

——《天水关》《华阴老腔剧本选辑》

姜子牙：(上，唱)急命杨戬去打探，忽听辕门报一声。

——《四圣归天》《华阴老腔剧本选辑》

除了军事化题材以外，在其他主题的剧本中，有行军情节的描述中，也会使用这一程式。如：

包文正：(唱)奉王旨意往西征，大小儿郎敢慢行。

偶然傳下風火令，山遙地动鬼神惊。

那个大胆犯将令，耳边插箭去遊营。

正是人馬向前進，前哨軍人报一声。

辛　　：报！

包文正：軍报何事？

辛　　：来到西秦。

——《崔祥打柴》《陕西传统剧目汇编·华剧·第五集》

在描述战争打斗场面时，常常出现的语句还有"偃月刀、大凯刀如同雪片，二龙剑、三股叉排列悬天""号令一声振山川，人披衣衫马上鞍""打响三军齐呐喊，天斜地动鬼心寒"……这些说书中的程序性语句在老腔戏的许多不同戏文中屡见不鲜[①]。老腔剧本语言程式化特点突出，学者认为此与老腔起源有关。有观点认为"泉店村处黄、渭、洛三河交界处，是汉代京都的粮仓基地，是西通长安的水路码头。当时船工云集，他们以曳船号子为基础，吸收当地的一些民间

---

① 杨甫勋.华阴老腔[M].西安：陕西人民出版社，2011：15.

第六章　西北皮影戏剧本修辞及表达特点研究　　205

艺术,创造了一种说唱艺术,自行演唱,借以娱乐"①。老腔语言注重口语化,程序化使表演特点更加突出,唱词及故事情节更容易理解。

2. 塑造人物形象

我们再举例说明一下碗碗腔中主角自我介绍的程式化表达。碗碗腔剧本中多才子佳人主题,男主人公出场自我介绍时,在谈及家庭背景时,往往都是早年入学,即"早年入泮""泮水早游";父母早逝,即"椿萱早逝""椿萱早谢""幼失椿萱";家中兄弟不多,即"雁行寂寞""华萼楼空""终鲜兄弟""棠棣难赓";尚未婚娶,即"中馈虚席""琴瑟未调",如:

> 李　华:小生、姓李名华、表字春发、南阳罗郡人氏。自幼读书、早年入泮。不幸椿萱早逝、雁行寂寞、虽有采芹之荣、不能庭前舞綵,实为第一不幸。兼之、中馈虚席、只有老僕为伴。因而小生无心功名、有意林泉、虽不能享天伦之乐事、且自游桃李之芳圜。今日重阳佳节、岂可虚度、须索夜饮一宵。李骥那里。
>
> ——《春秋配》《陕西传统剧目汇编·华剧·第一集》

> 卢　充:小生,姓卢名充,字克成。汴梁陈留郡人氏。椿萱并逝,来葬故茔。小生筑室于兹。一来与爹娘守墓,二来还可读书。且喜岁试已入黉门。今乃清明佳节,东华庙中大设胜会,不免前去礼拜一回。
>
> ——《金碗钗》《陕西传统剧目汇编·华剧·第二集》

> 于　佑:小生、薄州解梁人氏、姓于名佑、字恩远。椿萱并逝、琴瑟未调。志力云窗、身游泮水。欲祈朱再点、怎奈青巾难离。不免长安谒访名师、以图上进。狗儿那里。(狗儿上)
>
> ——《红叶诗》《陕西传统剧目汇编·华剧·第二集》

> 胥　韻:小生姓胥、名韻、字先春、吴中人氏。祖上寄居扬州、幼失椿萱、终鲜兄弟。窃喜早游泮水、如今岁试已过、秋闱尚远、闻

---

① 陕西省戏曲志编纂委员会.陕西省戏曲志(渭南地区卷)[M].西安:三秦出版社,1994:73.

得西湖岸上、古今第一佳境、不免去到那里遊玩一回。仓儿。

——《苦节传》《陕西传统剧目汇编·华剧·第三集》

同样家境,有的已经有妻室或者婚约,如:

朱尔旦:小生陵陽人氏、姓朱名尔旦、表字小明。累世簪缨、一經衣鉢。泮水雖然早遊、桂枝尚未高攀。不幸椿萱早謝、華萼樓空。娶妻宋氏、貌雖等于无鹽、賢卻称乎德耀,宗祧之續方望、喜賦弄璋。天殇之惨忽逢、才經湯餅。因此心中不快、悠悠若失。今日十王廟中、迎神賽会,不免閒步散心一回。零干。(零干上)

——《十王庙》《陕西传统剧目汇编·华剧·第一集》

龙象乾:小生、龙象乾、表字现天、中州卫辉人氏。椿萱早谢、花萼楼空。自幼讀書、身遊泮水。先父在日、与小生聘定貢生簫泰之女慧娘、只因遊学、未完花燭。我今去訪高人傑士、学些文韜武略、成名之后、再好完娶。只得前去。

——《万福莲》《陕西传统剧目汇编·华剧·第一集》

百里奚:小生虞国人氏复姓百里名奚字井伯。椿萱仙遊,花萼寥寥,荆妻杜氏,頗有賢德。所生一子名喚孟明。常言幼而学之,壯而行之,要去献策求官,不免和娘子商議。娘子,請这里来!

——《百里奚拜相》《陕西传统剧目汇编·华剧·第七集》

其中,也有亲人不多,与朋友交好的,如:

柳　毅:小生潼津人氏,姓柳名毅,表字士堅;年方弱冠,未謀室家,不幸椿萱早謝,棠棣难赓。只有一位盟弟張羽,目空千古,才拔一時,因他也是孤身,与我同居度日,不啻同胞骨肉,可称异姓天倫。今日海上探亲,不免請他到来,吩咐一番。有請張賢弟。

——《柳毅传书》《陕西传统剧目汇编·华剧·第五集》

李清彦:小生姓李、名清彦、表字堯天。椿萱早卸、華萼楼空、四壁蕭然、室如悬磬。年紀弱冠、也算男子标梅之時,未知赤繩系在誰家。这也莫要説起。目今元順帝在位、开科取士。意欲赴选、怎奈斧資空乏。幸有同窗朋友、名喚董寅、他父做过府尹、约我一路上京。盘费尽出于他、只求我在场屋中与他润色一二。不知何日起程、且候他的消息。

——《白玉钿》《陕西传统剧目汇编·华剧·第一集》

有的剧本中,也有早年入学,双亲同在的,如:

萧　彦：小生萧彦、字君佐。三楚江夏县人氏。椿萱并茂、年方弱冠、幸占榜魁。荆妻张氏芸娘、甚是贤德。今岁圣上会试在即、拜别了双亲、嘱妻以毕、只得起程。书童。收拾琴剑书箱、即日起程。

——《洪山寺》《陕西传统剧目汇编·华剧·第三集》

鱼化龙：小生姓鱼、名化龙、表字云生、陕西潼关人氏。年方弱冠、已游泮水。委禽陶氏、桃夭未赋。且喜椿萱俱茂、得尽晨昏。今乃嘉庆元年、长安开科、不免禀过父母、赴选一回。喜童。

——《双凤鸯》《陕西传统剧目汇编·华剧·第四集》

3. 推进剧情切换

剧本中对故事情节的设定,也会运用程式来推进。如常常运用做梦来提示人物对吉凶事件的预感,以顺承切换到下一场景或下一人物上场。如:

多振威：(上,唱)本帅多振威,奉王旨意秦川征贼。昨夜鼓打三更,偶得一梦,上见一颗明珠,落在白虎帐,本帅想来必有出头之人。

——《打回羌白》《华阴老腔剧本选辑》

此处用将军多振威梦见明珠落入白虎帐引出刘汉投军。再如:

李　氏：(唱)昨晚一梦太不祥,我梦见乌云遮太阳。

莫不是我朝折大将,莫不是老爷遭祸殃？心思恍惚坐后帐。

——《打回羌白》《华阴老腔剧本选辑》

马　超：无事不来唤你,是吾适才一梦,梦见身临雪地,群虎来咬,惊觉心疑。不知是何吉凶,故请将军解梦。

——《西凉遇马超》(渭南市人民政府网站文化频道——华阴老腔剧本)

这两例皆是用梦见不祥之事来预示其亲人遇害。也有用梦中之事作为实施行动之托词:

宋　王：(上,诗)是我昨晚偶得一梦,梦见兄王言说,许下五台山愿心未还,叫我前去还愿,不免和众文武商议。

——《金沙滩》《华阴老腔剧本选辑》

剧本开始就用替兄还愿的梦解释了宋太宗去五台山的缘由。常用于推进剧情切换的套语和固定格式有:

不知……如何,令人打探还不见消息。(场面转换,统军将领套语)

军校(左右,中军,武士,侍臣,家院,校尉,院子),听吾传令,晓于……(发号施令套语)

金殿堂皇紫阁崇,仙人掌上玉芙蓉。太平天子朝元日,五色云中驾六龙。(帝王的上场诗)

三、常用的程式化表达举例

1."若要……把(将)心放下(定),除非……"

先假设,再从反面说明,一般表达人物强烈的意愿,或想象对方无法得逞的得意之情。在描述对事情结果的期望时,常常用下面的句式结构:

多振威:(上,唱)刘汉前去不见还,不由叫人把心担。

若要我把心放下,除非将军转回还。

——《打回羌白》《华阴老腔剧本选辑》

穆桂英:(上,唱)杨唐出兵不见到,不由叫人把心操。

若要我将心放定,除非贤弟转回来。

——《傲天关》《华阴老腔剧本选辑》

纣　王:(唱)魔家弟兄是英雄,可与西岐大交锋。

若要朕把心放下,除非凯旋朝歌城。(下)

——《四圣归天》《华阴老腔剧本选辑》

公孙瓒:(唱)玄德借去赵子龙,倒叫公孙不安宁。

唯恐此去无踪影,枉想回来不可能。

他若心意顺刘备,想杀公孙不得生。

若要我将心放定,除非来了赵子龙。

——《借赵云》《华阴老腔剧本选辑》

见得他父子吃粮去,不由月娥操心里;

若要我把心放下,除非他父子得功回。

——《四贤册》《陕西传统剧目汇编·阿宫·第一集》

用"若要……把(将)心放下(定),除非……"这样的结构来强调心愿。"若要……,除非……"也成为唱词中常用的关联词,如:

姜子牙:(唱)子牙心中似火烧,不由叫人哭嚎啕。

实想东征有场好,谁料你们丧荒郊。

若要今世重相会,除非南柯梦一场。

——《渑池关》《华阴老腔剧本选辑》

宁继愈:(引)人人都说坐清官。坐了清官没银钱。

上司要钱官不清。弄的清官不安宁。

若要常把清官作。除非滥懂要红砖。

——《紫霞宫》《陕西传统剧目汇编·华剧·第一集》

高寄玉:昔日王允为丞相,嫌贫不认薛贫郎。

父女席棚三击掌,王宝钏至今人不忘。

若要退还紫金簪……除非他死儿也亡!

——《紫金簪》《陕西省乾县弦板腔剧团剧本》

2."正走阴曹路,忽听唤一声"

剧本中描述人物因某种原因忽然晕倒又转醒时,常会使用这样的表现方式:

傅兰英:(醒介,哭)正走阴曹路,忽听唤一声。猛然睁开眼,罗春在眼前。

——《罗成征南》《华阴老腔剧本选辑》

多振威:正走阴曹路,忽听耳边唤一声。慢慢睁开愁眉眼,原是将军在面前。

——《打回羌白》《华阴老腔剧本选辑》

李 氏:(哭)正走阴曹路,忽听唤一声。慢慢睁开愁眉眼,原是女儿在面前。

——《打回羌白》《华阴老腔剧本选辑》

用"走阴曹路忽被唤醒"生动地说明了短暂失去意识的情形。"阴曹"也可

以说成"阴间""阴城",如:

  人 役:老爷速醒!

  张 苍:(唱)昏沉沉正走阴间路,忽听耳边人唤声,

       猛然睁开愁眉眼,原来是人役守尸灵。

         ——《崔祥打柴》《陕西传统剧目汇编·华剧·第五集》

  中 军:这一少年苏醒——

  汉盘龙:(唱还阳板)昏沉沉正在阴城行,听得耳边有唤声。

      挣扎扎睁眼用目奉,我在何人宝帐中。

      请问这是何人室帐?

        ——《裙边扫雪》《环县道情皮影改编新创剧目选集》

 3."管教……"

  管教是保证使得、定得之意,在皮影戏剧本中,主要用来说明行动的目的或决心。"管教"的后面可以是具体的人,也可以泛指其他人。

  诸葛亮:(唱)吾今故放夏侯楙,管教姜维落圈套。(下)

         ——《天水关》《华阴老腔剧本选辑》

  柳 妻:(唱)为怜十娘生巧计,管教翰林双屈膝。

        ——《百宝箱》《陕西传统剧目汇编·阿宫·第一集》

  秋 虹:即刻就去呀!(唱〔正板〕)

      喜鹊搭桥天河上,管教织女会牛郎。(下)

        ——《紫金簪》《陕西省乾县弦板腔剧团剧本》

  李彦荣:(唱)奉君命儿要把玉关直过。管教他一个个臂断头落。

      愿爹爹放宽心安然高卧。看孩儿展旌旗归唱凯歌。

        ——《火焰驹》《陕西传统剧目汇编·华剧·第一集》

  孔 宣:(上唱)怎知吾的丹药妙,你的法术何足奇;

      今日临阵再交战,管教你魂散魄又飞。

        ——《金鸡岭》《陕西传统剧目汇编·阿宫·第一集》

  这一表达主要运用在唱词中,节奏紧凑有力。

第七章　西北皮影戏剧本版本对比研究

现存的皮影戏剧本有传本、手抄本、整理本等不同的版本,历经文人创作、艺人演出,再到现场记录或口述整理,剧本的语言和风格都有一定的变化。我们选择几个角度,对不同版本的剧本语言进行比较,力图探究各个版本的不同特点。

第一节　不同剧种的剧本语言对比

一个好的戏曲故事,往往能引发不同剧种剧作家共同的改编热情。传统戏曲故事中的武王伐纣、东周列国、三国、隋唐五代英雄等,都是戏曲故事创作的源泉。例如三国故事的《借赵云》,既是京剧的传统剧目,也是川剧的经典剧目,华阴老腔中也有此剧。

同在西北地区,语言文化背景近似,戏曲剧目之间也常有互通和借鉴。如清末剧作家李十三创作的《万福莲》,用碗碗腔皮影戏曲形式演出,后来又被改编为剧场版《女巡按》,而秦腔、京剧也分别有据此改编的《谢瑶环》。

再看五类西北皮影戏之间,也有同一剧本不同戏种的情况。如《紫金簪》讲述因穷书生夏昌时和官宦之家小姐高寄玉之间的婚事变动而发生的一系列变故。该剧既有弦板腔剧本,也有阿宫腔剧本。下面,我们将两版剧本进行对比,试着分析一下不同剧类对同一故事的处理方式有何异同。

两个版本的故事主线是一样的,因高寄玉不愿屈从父亲退婚的决定,便与丫鬟秋虹商量好约夏昌时花园赠金,不料事情被夏昌时的同窗李枢密之子李善甫知晓,李善甫故意灌醉夏生,冒名赴约,被秋虹发现后害死了秋虹。夏昌时因嫌疑最大被收入监,后终得昭雪。

但两个版本的场次设置、剧情细节大有不同。弦板腔剧本《紫金簪》(以下简称弦板《紫》)共分十场。第一场就是悔亲,讲述吏部尚书高元贵嫌女婿夏昌时家道中落,当众羞辱夏昌时并命女儿高寄玉退回聘礼紫金簪另嫁。阿宫腔剧本《紫金簪》(以下简称阿宫《紫》)共分十二场。第一场是辞归,从皇上恩准高元贵辞官回乡,全家收拾家当准备出发讲起。第四场才是退亲。弦板《紫》中高元贵用权势逼迫定海县县令将夏生问成死罪,并令寄玉自尽。家人高能放走寄玉,寄玉与夏生妹妹夏秋莲、塾师陈子昂之女陈碧玉一起,向巡按宋德昌告冤。案件重审,夏生得救,正犯得惩。阿宫《紫》中高元贵将夏昌时押送至县衙,下狱待罪。高寄玉独自奔赴夏家,以儿媳身份侍奉夏母。巡按宋德昌设计引李善甫上钩,判明了案情,救夏昌时出狱,并引荐其入京得点翰林。两个版本在案情由冤至明的情节设计上有很多差别。

剧中主要人物高元贵、高寄玉、夏昌时、李善甫、秋虹、高能、宋德昌、高妻、夏母等人物设定相同,但一些配角设置并不一样。如弦板《紫》中陈子昂女儿陈碧玉、夏昌时妹妹夏秋莲,在阿宫《紫》版中就没有。再如弦板《紫》中陈子昂是夏昌时和李善甫的老师,夏昌时被冤捕,陈子昂去沉冤也一同被收入监牢。而在阿宫《紫》中陈子昂(陈杰)只是乡间教官,虽也厌恶高元贵的做法,为夏昌时抱不平,但在剧中并无帮助夏昌时的实际行为。

下面,我们对两个版本的语言进行一些对比:

夏昌时:(拂杯)(唱)
　　气得人,眼目花,
　　拂袖儿离客厅心绪如麻……

高元贵:夏生无礼,老夫念起旧交,

夏昌时:唉咦!(摔杯于地)
　　……

夏昌时:我今日来拜,为与先父同乡同井,两榜同年,是不得已而来,非诣媚门墙者可比。我虽穷,决不食嗟来之食,大人如是骄我,我岂能安受,有所欲言,无不从命,甚勿以白眼视人。

高元贵:有什么欲言处,不过有你家

今日以酒席款待。不料你如
此恃才傲物,目无尊长。像
你这样女婿,日后亲事过门,
必无善果。不如趁早刀割水
洗,永断瓜葛。

陈子昂:啊?!
高元贵:今有老先生为证,从此你就
　　　另婚,我女另嫁,紫金簪改日
　　　差人送来。
……
夏昌时:(唱〔尖板〕)
　　　池中水得了风能起波浪,
　　　何况我夏昌时满腹文章?
　　　把你家富与贵何在心上……
　　　(下)
　　——《紫金簪》《陕西省乾县弦报
腔剧团剧本》

几件微物,改日璧回就是。

夏昌时:礼物完璧,固所愿也,大丈夫
　　　只患功名不成,何患无妻子
　　　乎?(下)

　　——《紫金簪》《陕西省艺术研究
所藏阿宫剧本抄本》

　　高元贵有悔亲之意,故意让管家高能取一杯酒让夏昌时到一旁喝。弦板《紫》中夏昌时有两段唱词,心情悲愤但以悲为主,语气也委婉一些。阿宫《紫》此段则没有唱词,只是念白。念白中直接指责高元贵"甚勿以白眼视人",并强调自己并不在意。两版中虽然夏生都摔了杯子,但前者重在抒发委屈,后者则直述对高元贵做法的鄙夷。再如:

高　妻:老爷,既然当日允亲,今天就
　　　不应该嫌贫退婚呀!
　　　(唱〔正板〕)
　　　他父当日官爵显,和你同窗
　　　又同年。
　　　两家相好结亲眷,为何今日

高元贵:怎能不退?
白　氏:咳老爷,你怎么做回官来,成
　　　了那个人物,夏老爷与你是
　　　两榜同年,当日亲厚而结亲,
　　　又是我求他家,并不是他求
　　　我家。结亲之后,夏老爷居

悔前言?

高元贵：(接唱)门户不当结亲眷，
布衣女婿辱天官。

高　妻：(接唱)言而无信把心变，
嫌贫爱富枉为官。

高元贵：(接唱)掌上明珠宦门女，
岂能下嫁那穷酸?!

高　妻：只要公子品行端正，何愁不能上进?你今嫌贫退婚，岂不教人笑你炎凉负义?

高元贵：亲事已退，不必多口!

高　妻：婚姻名份已定，岂是随便退的?

——《紫金簪》《陕西省乾县弦板腔剧团剧本》

官未久，早登仙籍，为人廉洁，宦囊无物，今日穷了，莫非我女儿女命宫使然，就是他母子穷了，你要比富贵人待的好些，才是大人之局面，况那生衣物虽不整齐，人才十分轩昂，下苦读书，力行孝道，天岂无知，忍今终于穷乎?你就是家累万金，可怜根蒂全无，转瞬之间，俱属他人之物。……

高元贵：胡说。

白　氏：为名教中人物，做朝廷大臣，其行如此，所谓名教中罪人，衣冠中禽兽，非你其谁与归乎。

高元贵：越发胡说。

——《紫金簪》《陕西省艺术研究所藏阿宫剧本抄本》

高元贵气走夏昌时后，妻子前来劝解，此处两个版本差别较大。弦板《紫》中有唱词也有念白，阿宫《紫》中只有念白，且白氏(即高妻)的台词特别多(因篇幅较长，此处略去了大半)。前版中高妻主要是劝说、质疑，希望丈夫不要做出退亲的不当举动，而后版中除了大段的指责外，高妻直斥丈夫是"名教中罪人，衣冠中禽兽"，语气十分强硬。再如：

高寄玉：爹爹啊！（唱〔慢板〕）
　　　　老爹爹莫上气容儿讲话，
　　　　我母言如金玉望父详察。
　　　　夏公子虽贫穷心雄志大，
　　　　秋闱后他定能飞黄腾达。
　　　　老爹倘若还将儿还另嫁，
　　　　难免得在朝中惹人笑话。
高元贵：（唱〔紧板〕）
　　　　为父今日要退婚，
　　　　原为我儿不受贫。
高寄玉：（接唱）荆钗布裙儿情愿，
　　　　　　粗米淡饭儿心甘。
高元贵：（接唱）为父面前敢多言，
　　　　　　快快退还紫金簪！
高寄玉：爹爹呀！（唱〔慢板〕）
　　　　昔日王允为丞相，嫌贫不认薛贫郎。
　　　　父女席棚三击掌，王宝钏至今人不忘。
　　　　若要退还紫金簪……除非他死儿也亡！
高元贵：蠢材！（〔紧板〕）
　　　　蠢材乱把古人讲，为父哪有坏心肠。
　　　　配夏生，休妄想，结亲咸门户要相当。（气下）
　　　　——《紫金簪》《陕西省乾县弦板腔剧团剧本》

高寄玉：哎爹爹，儿女百年，已从父母之命，孩儿非不知也，将孩儿许与那家，是已从父母之命矣。彼富贵，是儿之福也，彼贫贱，是儿之孽耳，儿岂敢归过于父母乎。为何爹爹忽生嫌贫之念教儿怎样活人。唉，爹爹，儿非驴马，爹爹怎么以驴马待孩儿。
白　氏：哎儿呀！你非驴马，遭逢下驴马父亲了。
高元贵：胡说。
高寄玉：爹爹，是不容儿活了！
　　　　（唱）虽女子颇读书几行，
　　　　　　肯教百代臭名扬；
　　　　　　粉身碎骨任磨障，
　　　　　　断断不将伦理伤。
　　　　……

高元贵：唉！
　　　　（念）大义责来虽甚通，
　　　　　　但是予心终不平。
　　　　（下）

　　　　——《紫金簪》《陕西省艺术研究所藏阿宫剧本抄本》

高妻劝丈夫不该退婚,女儿高寄玉也表示反对。在弦板《紫》中,高寄玉都用唱词,其中还引用了王宝钏和薛平贵的民间传说。王宝钏是唐代丞相王允的幼女,因为要嫁给平民薛平贵,被父亲拒绝,与父三击掌断绝父女关系。婚后薛平贵随军出战,王宝钏苦守寒窑十八年,最终薛平贵立下战功荣归,夫妻团圆。京剧传统剧目《红鬃烈马》、秦腔传统剧目《五典坡》讲述的就是王宝钏和薛平贵的故事。在阿宫《紫》中,高寄玉既有念白也有唱词,言辞更为犀利,语气更加尖刻。

从对比的几段人物对话来看,弦板《紫》中的人物唱词比例高一些,而阿宫《紫》中念白的比例高一些,其中不乏一些大段的道白。弦板《紫》人物对话节奏更为紧凑,更适合现场演出;阿宫《紫》中个人表述偏多,更像是戏曲创作底本。

再看一例,《金鸡岭》讲述周武王伐纣时,两军在金鸡岭对峙,商将孔宣连擒数名周将,最终准提道人收了孔宣,逼其化为孔雀原身,众将得救。该剧既有阿宫腔剧本(以下称阿宫《金》),也有老腔剧本(以下称老腔《金》)。武王伐纣的军队在金鸡岭和商军交战,以下为伯夷和叔齐前去劝阻武王和姜子牙的片段:

伯夷、叔齐:臣民敢问主帅,今日兵行何地?	叔齐:我乃叔齐,请问千岁、丞相何往?
姜子牙:二位不知。只因纣王荒淫无道,孽罪靡深,神人共怒,因此诸侯同心,兵会孟津,共伐昏君。	周武王:只因纣王无道,逆命于天,残暴非人,屡害忠良,惟我先王若日月之照临,光于四方,显于西土。惟我西周延及多方,天下诸侯一德一心,大会于孟津,直取朝歌,此乃孤家之志也。
伯夷、叔齐:元帅不可。自古臣不言君恶,子不言父过。君若有过,臣谏之,臣之道也;倘谏而不听,只宜退	伯夷、叔齐:千岁、元帅不必执固,请听我弟兄一言。古人有云,子不言父之过,臣不彰君之恶。只闻以德而

第七章 西北皮影戏剧本版本对比研究 217

隐。今纣虽失政,不纳忠谏,为人臣者,各宜恪守乃职,何必管那些闲事!	感君,未闻以下而伐上者。纣王乃君也,纵然无德,何不倾诚觐见,以尽臣节,亦不失先君姬昌之忠也。依我弟兄愚见,当退守臣节,千岁丞相想好哇。 (唱)千岁、丞相莫行兵,听我弟兄讲分明。 商纣虽把妲己宠,先尊受过他封赠。 今朝聚众把兵领,万古流传落不忠。
——《金鸡岭》《陕西传统剧目汇编·阿宫·第一集》	——《金鸡岭》《华阴老腔剧本选辑》

阿宫《金》此段双方对话台词较短,且都是念白,老腔《金》则念白和唱词都有,表达更详细一些。前者由姜子牙回话,后者由周武王回应。再对比《封神演义》便会发现,老腔《金》中的念白语言参考《封神演义》较多,伯夷、叔齐劝说之语基本相同,如"纵然无德,何不倾城觐见,以尽臣节,亦不失先君姬昌之忠也"。《封神演义·第六十八回》作"虽有不德,何不倾城尽谏,以尽臣节,亦不失为忠耳"。然而老腔《金》中又多了唱词,较之阿宫《金》表达更深入,表演意味更浓厚。伯夷、叔齐指责武王、姜子牙伐纣属不义之举后,两人的回应如下:

武　王:哎呀!今听二位之言,金石之论也。 姜子牙:哎!二位言之虽是,奈今纣	周武王:(唱)二位讲话大理通,倒叫孤家满面红。 纣王昏迷废朝政,我父沾过皇恩荣。 今日小王把兵整,只恐皇天不容情。 相父即刻传将令,偃旗息鼓保太平。

王失政,三纲已灭,大义有乖。今天下百姓,如在水火之中;吾主若不应天顺人,而拯民于水火之中,我必有坐视之罪。你还敢如此多言,左右,将他二人赶去首阳山下。

卒　：是。(赶伯夷、叔齐下)

姜子牙：主公呀——

(唱)以臣伐君尊天命,生民如坐水火中。

姜后皇妃把命倾,苦害宫人七十名。

妖狐媚君乱朝政,昏君贪恋守先宫。

以臣行兵非妄动,拿住奸妃碎尸灵。

夷齐数语感世故,众家将士心不平。

叫声车夫忙催动,准备马踏朝歌城。

——《金鸡岭》《陕西传统剧目汇编·阿宫·第一集》

——《金鸡岭》《华阴老腔剧本选辑》

这一段是受到伯夷、叔齐指责以后,武王和子牙的反应。两版的差别较为明显,阿宫《金》中,武王感到理亏,觉得二人言之凿凿,姜子牙则用念白说明商纣失政,无须再恪守纲常;老腔《金》中,武王唱词进行了自我反省,并提出让姜子牙传令退兵。姜子牙反驳时使用的是唱词,并没有说明大道理,而是悉数了纣王的恶行,让听者可以更直观地了解讨伐商纣的合理性。

在与孔宣几番作战之后,周军损失了数员大将,周武王又生退兵之心,便与姜子牙商议。两版剧本如下:

武　王：哎,相父!今日看来,悔不听伯夷、叔齐之言,致有今日之苦。失了多少名将,失了无数的宝贝,哎,相父呀!(唱)

仰面只把苍天叫,忍不住双目泪嚎啕;

周武王：(唱)姬发低头泪汪汪,叫声相父听其详。

纣王昏迷行无道,宠信妲己害忠良。

赵起梅伯将命丧,商容目下丧无常。

孤的命薄如蒿草，至使忠烈赴阴曹；
三山门人丧多少，五岳仙长命不牢；
倒不如兵回西岐好，免得军民把难遭。

姜子牙：千岁！自古胜败兵家之常，何可灰心如此！但老臣奉师之命征讨，倘若回兵，恐违天意。

武　王：相父之言虽是如此，即天意灭商，必不生孔宣；既生孔宣，必不灭商。相父何不再思！

姜子牙：哎！师傅呀！师傅呀！你当初在昆仑对弟子说的明白：言成汤气数将终，命我下山扶佐武王，去灭商纣，到今无有应验。难道八百诸侯，俱死于孔宣之手乎？（唱）
眼望昆仑哭啼啼，难道师傅你不知；
下山惹起申公豹，不遵师言把我欺；
今日来在金鸡岭，吉凶祸福不能知；
把门下众徒齐擒去，十绝阵

六百天下该数尽，西岐当兴周武王。
岐山脚底公明死，黄河阵内三肖亡。
岐州金台曾拜将，大破朝歌擒昏王。
伯夷叔齐五论讲，教孤收兵保安康。
武吉真是英雄将，把弟兄双双推道旁。
个个行兵如飞往，金鸡岭前排战场。
可怜天化死得苦，孔宣善使五路光。
相父若不收兵将，你明明逼孤丧黄梁。

姜子牙：主公——
（唱）劝主公放宽心容臣细讲，莫悲伤休动泪眉头展放。
商纣王宠妲己纲常败坏，有姜后抱铜斗火化阶前。
西岐城筑金台挂臣为帅，黄天化作先锋才把路开。
兵行在金鸡岭安营下寨，头一阵斩陈庚得胜回来。
继能贼他善使蜈蚣宝袋，可惜把黄门后命赴幽阴。

未见这法术；
猛然想起师傅传语,三十六路伐西岐。
千岁!老师对臣言道,有三十六路大兵征伐西岐。臣适才屈指细数,孔宣亦在此数之内,不过多费周折耳。

——《金鸡岭》《陕西传统剧目汇编·阿宫·第一集》

孔宣儿五道光实实厉害,众军卒一个个惊惧十分。
臣算就六百年周兴殷亡,戊午日商纣王火焚鹿台。
君臣们行义兵曾以等待,破朝歌擒纣王与民消灾。
小哪吒雷震子不识好歹,军营里兵卒们雪散冰开。
我主公一心收兵将,臣不该离了钓鱼台。

——《金鸡岭》《华阴老腔剧本选辑》

阿宫《金》中此段念白与唱词结合,唱词以七言一句为主要形式,武王台词重在表达悲苦情绪,为免众将丧生,要姜子牙退兵。而姜子牙没有明确反对武王,而是通过回忆师傅的嘱咐,试图证明孔宣之祸只是命数中之事。老腔《金》武王和姜子牙都只用唱词,武王唱词用七言一句,共二十二句,更为详细地陈述了战争的损失,强调退兵的必要性。姜子牙唱词以十言一句为主,共二十句,侧重于说明讨伐商纣的原因和金鸡岭交战的战况。阿宫《金》中姜子牙并没有动摇,认为孔宣必然会被收服。而老腔《金》中姜子牙也心生退意,有了"臣不该离了钓鱼台"的感叹。再看:

武　王：哎,相父为孤如此劳苦,将士俱受灾殃;想来还是孤无洪福,当如何退兵,能救将士之命!

周武王：(哭)相父,相父,如今兵到岭下,累战不利。兵屯于此,众将受倒悬之苦,三军担不测之忧,六十万军卒抛母撇妻,两下忧心,不能安然。小王远离膝下,不能尽人子之道,又负先王之言,千万罢兵回国,何必强要

第七章　西北皮影戏剧本版本对比研究　221

——《金鸡岭》《陕西传统剧目汇编·阿宫·第一集》

行兵？
相父呀——
(唱)叫一声相父听孤劝，
孤实实不愿坐金銮。

——《金鸡岭》《华阴老腔剧本选辑》

这一段阿宫《金》中周武王的唱词较为简明，还是强调让姜子牙传令退兵。老腔《金》中周武王念白语言较多借用《封神演义》原文①，叙述更为详尽，抒情更为深入。

第二节　不同版本的剧本语言对比

以老腔剧本为例，其多为私家收藏，手抄相授，不公开流传。随着老腔被列入国家首批非物质文化遗产名录，老腔相关材料的整理成为学者们关注和研究的热点。不少学者在审定剧本时遇到难题，同一剧目的不同剧本语言差别很大。政协华阴市文史委员会编著的《华阴老腔剧本选辑》及杨甫勋先生编著的《华阴老腔》在2011年6月同时结集出版，收录了部分老腔剧本，其中，《四圣归天》《定军山》《天水关》三个剧目两个文集中都有，对比后就会发现，虽剧目相同，但剧本的语言还是有许多明显的差异。

一、唱词的对比

下面，我们选择《定军山》剧本两个不同版本的一些差异，对剧本语言进行对比。

---

① 《封神演义·第七十回》："(武王曰)今阻兵于此，众将受羁縻之厄，三军担不测之忧，使六十万军士抛撇父母妻子，两下忧心，不能安生，使孤远离膝下，不能尽人子之礼，又有负先王之言……"

夏侯惇：（上，走场，唱）
　　丞相将令怎敢停，好似弩箭离弦弓。
　　个个儿郎如猛虎，三军呐喊似雷声。
　　夏侯惇开路先锋将。
曹　休：（上，唱）曹休急上马蛟龙。
徐　晃：（上，唱）徐晃披挂不急慢。
许　褚：（上，唱）许褚听言不消停。
杨　修：（上，唱）杨修只得随后往。
曹　操：（上，唱）
　　魏王随后统大兵。
　　正是人马过了潼关地，忽见那树林以内有庄城。
　　人来，前边什么地方？
　　——《定军山》《华阴老腔剧本选辑》

夏侯敦：（上唱）
　　丞相有令怎敢停，好似弩箭离弦弓，
　　个个健儿如猛虎，三军呐喊是雷声，
　　夏侯敦开路先锋将。
曹　休：（上唱）曹休只得随后行，
徐　晃：（上唱）徐晃披挂莫急慢
许　诸：（上唱）许诸听言怎敢停，
杨　修：（上唱）杨修只得随后往。
曹　操：（上唱）
　　才看魏王起大兵，
　　正是人马往前进，
　　只见那树林内有庄城。
　　（白）人来，前边什么地方？
　　——《定军山》《华阴老腔》

　　在这一段的行军描述中，两个剧本运用了不同的词语，如"儿郎"和"健儿"，"似"和"是"，"不"和"莫"，"不消停"和"怎敢停"，"统"和"起"，另外，"急上马蛟龙"和"只得随后行"，"过了潼关地"和"往前进"的表述也不同，前者更加具体、清晰。

　　在不同版本的剧本中，唱词和赋诗的部分差别比较大，特别是押韵部分应该不易改变，不知为何，改变的字很多，有的并不押韵。如：

曹　操：（哭，唱）
　　好个先知管先生，早把吉凶算的清。
　　痛哭一场总是枉，可恨老贼黄汉升。
　　——《定军山》《华阴老腔剧本选辑》

曹　操：（唱）
　　好个管辂灵先生，莫就吉凶不差分，
　　痛哭一场总是枉，可恨老贼黄汉升。
　　——《定军山》《华阴老腔》

这一例曹操的唱词,相比《选辑》第二句的"早把吉凶算的清",《华阴老腔》中为"莫就吉凶不差分",语义不详,但"分"与"生""升"押韵,倒是反映出人臣辙与中东辙混押的地方语音特点。

夏侯渊:(唱)
　　吾今差人上蜀营,未知老贼从不从。
　　若得黄忠依此事,搭救侄儿小残生。
　　——《定军山》《华阴老腔剧本选辑》

夏侯渊:(唱)
　　吾今差人上蜀营,未知老贼愿不愿,
　　若得黄忠依此事,搭救侄儿小残生。
　　——《定军山》《华阴老腔》

在这一例中,按照韵例,第二句和第四句的末字应该押韵,第一句末字可押可不押。《选辑》和《华阴老腔》中该段第二句末分别用"从不从""愿不愿"。在《中原音韵》中"营""生"都属于"庚青"韵,"从"属于"东钟"韵,"愿"属于"先天"韵,属于不同的韵部。按十三辙分,"营""生""从"和"愿"也不在一个韵辙中。

刘　备:(唱)
　　好个老将黄汉升,还有常山赵子龙。
　　真乃金梁白玉柱,他于刘备定太平。(下)
　　——《定军山》《华阴老腔剧本选辑》

刘　备:(唱)
　　好个老将黄汉升,还有常山赵子龙,
　　真乃金梁白玉柱,他与孤家定江山。
　　——《定军山》《华阴老腔》

此例刘备唱词末尾,《选辑》中为"定太平",而《华阴老腔》为"定江山","山"是前鼻音,无法和"升""龙"押韵。与前例相同,都属于中东辙和言前辙混押的情况。

另外,不同版本的剧本中,词语选用和句式都有所不同,有时通过对比,也可以进行勘误。如:

夏侯渊:(上,诗)
　　杀气蒸云漫四方,三略六韬隐胸藏。

夏侯渊:(上诗)
　　杀气征云漫四方,三略六韬胸中藏,

干戈纷纷扰此地,士马纵横列战场。
——《定军山》《华阴老腔剧本选辑》

干戈纷纷绕此地,士马山前列战场。
——《定军山》《华阴老腔》

第一例夏侯渊的赋诗中,两个版本诗句中选用的词语不太一致,如"蒸云"与"征云"、"扰"与"绕"、"纵横"与"山前"等,《选辑》中的用词更合适一些,且"扰"比"绕"更准确。

黄　忠:(上,唱)
老将英雄志气高,铁弓宝马练成钢。
杀气昏昏惊虎豹,征云霭霭整貔貅。
——《定军山》《华阴老腔剧本选辑》

黄　忠:(上唱)
老将英雄志气踌,铁马连成起战楼,
杀气腾腾惊虎豹,征云荡荡整皮休。
——《定军山》《华阴老腔》

在这一例中,黄忠唱词所选词语多有不同。如"高"与"踌";"铁弓宝马练成钢"和"铁马连成起战楼"。选用的重叠形容词也不一样,如"昏昏"和"腾腾","霭霭"和"荡荡"。"皮休"是"貔貅"的谐音简写。

黄　忠:(立,诗)
苍须临大敌,皓首逞雄威。
力趁雕弓发,风迎雪刃辉。
雄声如虎吼,骏马似龙飞。
先斩功勋重,开疆展帝基。
——《定军山》《华阴老腔剧本选辑》

黄　忠:(白)
仓皇临大敌,皓首逞雄威,
趁力雕弓发,风迎雪刀辉,
洪声如虎豹,战马似龙飞,
先斩功勋重,开疆展帝基。
——《定军山》《华阴老腔》

这例黄忠的诗中,《选辑》作"苍须临大敌,皓首逞雄威……雄声如虎吼,骏马似龙飞……","苍须"对应"皓首","如虎吼"对应"似龙飞"。在《华阴老腔》中作"仓皇临大敌,皓首逞雄威……洪声如虎豹,战马似龙飞……","仓皇""如虎豹"的使用就不符合对仗要求。

赵　云：(杀介,诗)
　　　昔日战长坂威名尤未减,
　　　要是显豪强单骑永当先。

　　——《定军山》《华阴老腔剧本选辑》

赵　云：(诗)
　　　昔日战长坂,威名犹未减,
　　　突阵显豪强,被围施勇敢,
　　　常山赵子龙,一身都是胆。

　　——《定军山》《华阴老腔》

这例中,两个版本中赵云的诗,用了不同的字数句式,前者用了十字两句,后者用了五字六句。词语使用并不相同,《华阴老腔》版还增加了"常山赵子龙,一身都是胆",使用这一众所周知的俗语,更加容易引起观众的共鸣。

刘　备：(上,唱)
　　　志气凌云到天边,领兵带将
　　　葭萌关。
　　　可爱黄忠年老将,立功又斩
　　　夏侯渊。

　　——《定军山》《华阴老腔剧本选辑》

刘　备：(上唱)
　　　志气灵之张王还,领兵带将
　　　葭萌关,
　　　可爱黄忠年老将,立功先斩
　　　夏侯渊。

　　——《定军山》《华阴老腔》

这一例刘备的唱词,《华阴老腔》版第一句是"志气灵之张王还",应是传写错误。

我们再来看看老腔剧本《借赵云》两个版本的一些语言差异,一个是整理出版本,一个是手抄本。如：

曹　操：(上,诗)
　　　献帝为君民不安,朝有谗臣
　　　在君前。
　　　何进董卓遭凶险,李榷郭汜
　　　乱朝班。

　　——《借赵云》《华阴老腔剧本选辑》

曹　：(诗)
　　　献帝为君民不安,四方慌、动
　　　刀弦,
　　　吾遇董、遭凶险,李榷郭,乱
　　　朝班。

　　——李五常1980年手抄本《借赵云》

这一例中,手抄本中将曹操赋诗的四句七言改为了一句七言,六句三言,语义有些零散,人名也不全。

曹　操：(唱)
　　孟德闻言泪汪汪，不由叫人痛断肠。
　　实想搬亲有场好，谁料路途把命亡。
　　早知路途把命丧，怎肯搬亲离故乡？
　　可恨陶谦太狂妄，害我椿萱实可伤。
　　痛哭一场总是枉，定要与贼排战场。
　　——《借赵云》《华阴老腔剧本选辑》

曹　：(唱)
　　孟德听言泪汪汪，不由叫人动断肠。
　　骂声陶千太狂望，害我家卷十可商；
　　可恨张凯贼见小，杀人害命暗里逃。
　　动哭一场总是往，定要于贼排战场。
　　——李五常1980年手抄本《借赵云》

此例两个版本中曹操的唱词《选辑》版是十句七言，手抄本是八句七言，且选用词语不太一样，中间几句差别较大。手抄本曹操的唱词指出了陶千(即陶谦)和张凯(即张闿)两人的过失，并明确说了是张凯贪图小利，谋财害命。而《选辑》中只提到了陶谦是可恨之人。

曹　操：(唱)
　　一声号令震山川，人披衣甲马上鞍。
　　十万貔貅齐呐喊，定要除了贼陶谦。(下)
　　——《借赵云》《华阴老腔剧本选辑》

曹　：(叹)
　　一声号令振三川，人披衣甲马上鞍。
　　十万人马齐呀喊，定要除了贼桃谦。
　　——李五常1980年手抄本《借赵云》

这一例《选辑》唱词中的"貔貅""呐喊"，手抄本作"人马""呀喊"。

有时不同版本的剧本中，人物的唱词分配也有不同的情况，以下是环县道情皮影剧本《白狗卷》中的一例：

张金孝：(全家上)杀人的老天。　　　　张金孝：母亲快走,杀人的老天。
　　　　(唱伤音慢板)　　　　　　　　　　　　(唱)
　　　　恨老天不落雨连遭年旱,　　　　　　　恨老天不落雨光遭年旱,
　　　　这几年没收成百草齐干。　　　　　　　这几年没收成百草齐干。
　　　　众百姓只饿得逃荒要饭,　　　　　　　饿的我一家人逃荒躲难,
　　　　我一家三口人流浪外边。　　　　　　　无奈何三口人逃出外边。
张　母：哎,老天。　　　　　　　　　　　　　逃出门整三天未曾见膳,
　　　　(唱伤音慢板)　　　　　　　　　　　　饿得我肚内疼两腿发酸。
　　　　一家人整三天未曾见膳,　　　　　　　昏沉沉到阳关命不周全。
　　　　饿得我肚内疼两腿发酸。
　　　　大料我命难周全。(切、倒
　　　　地)
张　妻：婆婆为何不走?　　　　　　　　　张　妻：罢了,杀人的天那! 这是婆
　　　　　　　　　　　　　　　　　　　　　　　婆,你为何不走了?

——《白狗卷》《环县道情皮影改编新　　——《白狗卷》《中国皮影戏全集9剧
　　创剧目选集(第二辑)》　　　　　　　　　本4》

此例中,在《中国皮影戏全集9剧本4》中,唱词是由张金孝一人完成的。而在《环县道情皮影改编新创剧目选集(第二辑)》中,这段唱词由张金孝、张母分唱,且唱句有些许的差异。

二、念白的对比

我们还是先看老腔《定军山》剧本两个不同版本的一些差异：

刘　备：先生不知,这如今曹操领大　　刘　备：(白)先生,探军报到曹操领
　　　　兵于夏侯渊报仇,张郃又将　　　　　　兵四十万来与夏侯渊报仇,
　　　　粮草移于汉水北山脚下,先　　　　　　张郃又将粮草囤积于汉水
　　　　生这该怎处?　　　　　　　　　　　　脚下,却该如何用兵?

——《定军山》《华阴老腔剧本选辑》　　　　——《定军山》《华阴老腔》

这例中刘备的自白,《选辑》中没有提到曹操大兵的数量,说张郃将粮草"移"于汉水北山脚下,最后问"这该怎处?"。《华阴老腔》中提到曹兵四十万,用"囤积"而不用"移",最后问"如何用兵?"。再如:

夏侯渊:俺夏侯渊,字妙才,今在定军山把守。小军报到,黄忠领兵到此。是吾紧守不出,魏王有手诏到来,叫我依令而行,不免与张郃商议。人来,有请你张爷。 ——《定军山》《华阴老腔剧本选辑》	夏侯渊:(白)本帅夏侯渊,字慢才,今在定军山把守,小军报到,黄忠领兵到此,是我紧守不出,魏王有手诏到来,叫我依令而行,不免与张郃再议,人来,请你张爷。 ——《定军山》《华阴老腔》

这例《选辑》言夏侯渊字妙才,而《华阴老腔》言其字慢才,据《三国演义》,应为"妙才"。

夏侯渊:军校,命吾侄儿夏侯尚领兵三千,前去打战,多败少胜,<u>吾自有妙计擒之</u>。 ——《定军山》《华阴老腔剧本选辑》	夏侯渊(白):军校,命吾侄夏侯尚领兵三千,前去打战,多败少胜,<u>吾自有道理</u>。 ——《定军山》《华阴老腔》

在两个版本中,夏侯渊的自白末尾用了"自有妙计擒之"和"吾自有道理"两种不同的表述。

再来看老腔剧本《借赵云》的两个版本的比较:

陶　谦:(上,唱) 　　分封裂土霸一方,操兵练将定家邦。 　　徐州大印吾执掌,只愿太平永世长。 　　老夫单阳人氏,姓陶名谦字恭祖,镇守徐州,深得民心。只因曹操权势好大,吾有意于他结识,忽有曹父过吾州	逃　潜:(上)(叹) 　　分咐列士怕一方。曹兵練将定漢邦。 　　徐州大忍吾知掌。只想太平落安康。 　　(白)念吾姓倜名谦,字公祖,镇守徐州,只因曹兵世大,吾意于结失他人,我命張凱護送家卷,自事不记之数,沿路

第七章 西北皮影戏剧本版本对比研究　229

| 郡，吾命张闿护送曹嵩家眷，此乃黄巾降将。不料张闿贼心不改，路途图财，杀坏曹嵩满门，罪在吾身，孟德必不肯罢休，为此叫我日夜忧心。
士　卒：禀府君，曹操领大兵于他父报仇。
——《借赵云》《华阴老腔剧本选辑》 | 途才，殺怀曹高满门，罪在吾身，為自教我日夜由心。
卒　：（报）曹曹令兵于他父报酬。
——李五常 1980 年手抄本《借赵云》 |

此例《选集》版陶谦的自白比手抄剧本要详细一些，多了自我介绍的"老夫单阳人氏……深得民心"，也有说明事情经过的"忽有曹父过吾州郡"，张闿此人"乃黄巾降将"，"孟德必不肯罢休"等。

以下是环县道情皮影剧本《白狗卷》两个版本中的几例：

| 宋百良：我小子中州人氏，宋百良的便是。家父在世之日，家豪富大，家父去世，被我踢了个精光。如今天遭荒旱，我不免奔上远方逃荒。娘子走来。
——《白狗卷》《环县道情皮影改编新创剧目选集（第二辑）》 | 宋百良：（白）我小子中州人氏，姓宋名百良的便是。只因本郡天遭荒旱，三载六料未收，饿死百民千万。我适才大街经过，听得众人纷纷乱嚷。言说奔上远方逃难躲荒。我便回得家来和娘子商议，也奔上远方逃荒。便是这个主意了。娘子过来。
——《白狗卷》《中国皮影戏全集 9 剧本 4》 |

在《环县道情皮影改编新创剧目选集（第二辑）》的剧本中，宋百良的念白中说明了其父在世时的家境，而《中国皮影戏全集 9 剧本 4》的版本中，只是说明因旱灾，导致三年六谷无收，家境陷入窘困。

宋百良：哎，你就像羊把羔丢了，一天到黑哭的干啥呢，想必是没吃上没喝上？我给你说，今天离了此地就可能吃能喝。

——《白狗卷》《环县道情皮影改编新创剧目选集（第二辑）》

宋百良：哎，我把这个老害祸，你就像羊把羔丢了。一天介哇啦啦，你嚎的咋呢吗？哭的就是没吃没穿。听我给你说，今天离了此地，就能吃饱穿暖，离不了此地就吃不饱穿不暖，听见了没有，老害祸。

——《白狗卷》《中国皮影戏全集9剧本4》

第二段，宋百良辱骂母亲，《选集》的版本更简略一些。

宋百良：（跺足）
哎，这个老害祸把人整死呀。（背身）观见前边有一破窑，莫若把她放在内边，我两口岂不零干。便是这个主意。娘子过来。

宋百良：哎呀，这个老害祸把人都整死哩。刘氏，就是你的不对，我说把她挪到高窑里边。你说她是个天是个地，把她领上，她为何不走了？哎！这个老害不死，活在世上把我夫妻害死呀。只说这、这、这……哎，有了，我观见坡低下有个破窑。我把这个老害祸用树梢盖在里边，我夫妻二人逃难岂不零便吗？便是这个主意了。母亲。

——《白狗卷》《环县道情皮影改编新创剧目选集（第二辑）》

——《白狗卷》《中国皮影戏全集9剧本4》

在《全集》的版本中，念白更加凸显了宋百良由出口辱骂到生出恶念，再到实施恶行的过程，结合《白狗卷》的剧情，《选集》的描述更符合宋百良败家毁德、无赖流氓的人物形象特点。

念白部分本身就是开放性的,故而不同版本之间,句数、字数多有调整。

三、剧本语言的详略对比

我们还是先看老腔《定军山》剧本两个不同版本的一些差异:

夏侯渊:将军,今有蜀兵来取定军山,如今魏王率大兵屯于南郑,要讨刘备,你我久守此地,岂能建功立业?吾今前去生擒黄忠。	夏侯渊:(白)将军,今有蜀兵来取定军山,如今魏王率领大兵屯于南郑,要讨伐刘备,你我兵守此地,定能建立功业,吾今前去,生擒黄忠,<u>可立奇功</u>。
张 郃:不可。黄忠甚勇,<u>更兼有</u>法正多谋,只宜紧守,<u>久必自退</u>。	张 郃:(白)元帅不可,黄忠英勇,法正多谋,只宜紧守为吉。
——《定军山》《华阴老腔剧本选辑》	——《定军山》《华阴老腔》

这例中,《华阴老腔》中夏侯渊的自白多一句"可立奇功",《选辑》中张郃的自白中多出了"更兼有""久必自退"。

夏侯渊:人来,放陈式回营。(放介)<u>老将军且莫放狂弓冷箭</u>。	夏侯渊:(白)人来,放陈式回营。(下)
黄 忠:一言提醒吾了,放夏侯尚回营。(放介)好贼,看箭!(杀介,夏侯渊败,立)好贼,吾暗发一矢,夏侯尚带箭,夏侯渊逃走,且自回营。	黄 忠:人来,放夏侯尚回营,好贼看箭围了![杀介,渊败,黄忠立白]好贼,吾暗发一矢,夏侯尚带箭,杀夏侯渊逃走,且自回营。
(唱)老将马上长笑容,箭射小贼逃了生。且自收兵回营去,再与法正商议通。	(唱)老将马上展笑容,箭射小贼逃了生,且自收兵回营去,再与法正商量通。
(下)	(下)
夏侯渊:(上,唱)	夏侯渊:(上唱)

可恨老贼黄汉升,暗放雕翎理不通。 何日拿得匹夫到,千刀万剐不容情。 ——《定军山》《华阴老腔剧本选辑》	可恨老贼黄汉升,暗放雕翎理不通, 何日拿得老贼到,千刀万剐不容情。 ——《定军山》《华阴老腔》

第二例中,《选辑》中点出了夏侯渊一句"老将军且莫放狂弓冷箭",而正是这句话提醒了黄忠,让他在放夏侯尚回营时在背后射了一箭。这样处理使得黄忠的人物形象更加正面化。

黄　忠:(诗) 忽听得大喊一声,四下里尽是曹兵。 实指望偷劫粮草,谁料想误入牢笼。 (杀介)哎,不好了,你看他兵势甚重,将我围住,直杀得从晨至午。我不免下马来,休息片刻,抖擞精神,杀条血路,再好逃走。(下) (又上,诗) 头上盔忙往下按,丝鸾带紧扣牢拴。 黄膘马来往闯阵,举大刀遮后拦前。 (杀介)连杀数十员将,不能得出重围,前边又来一支人马,无奈只得努力向前。	黄　忠:(诗) 忽听得大喊一声,四下里尽是曹兵。 实指望搬劫粮草,到今日误入穴中。 头上盔往下一按,丝蛮带紧扣牢拴。 黄表马来往闯阵,锋大刀遮后拦前。 黄　忠:(白)连杀数十余合,不能杀出重围,前边又来一支人马,没奈何,只得努力向前。 [杀介]

（杀介，唱）
黄忠心下甚慌忙，曹兵势重难抵挡。
子龙为何不见到，又不见张著在那厢。
——《定军山》《华阴老腔剧本选辑》

（唱）
黄忠心下甚慌忙，曹兵势重实难挡。
子龙为何不见到，又不见张主在哪厢。
——《定军山》《华阴老腔》

第三例中，黄忠为曹军所围，《选辑》中有一段黄忠的自白："哎，不好了，你看他兵势甚重，将我围住，直杀得从晨至午。我不免下马来，休息片刻，抖擞精神，杀条血路，再好逃走。"起到了很好的承接和说明作用，而《华阴老腔》中并没有这一段。

曹　操：（上）魏王北山顶上观看，只见一将在阵中东杀西冲，哪是何人？

士　卒：那是常山赵云。

曹　操：呀，此人当年英雄尚在，不可轻敌。只看吾山头红旗打战，指东围东，指西围西，于我围住捉拿。

——《定军山》《华阴老腔剧本选辑》

曹　操：（白）魏王背山顶上观看，只见一将营中东冲西冲，数将无敌，威不可当，军校，营中东冲西冲那是何人？

卒　：（白）那是常山赵子龙。

曹　操：（白）呀，此人当年英雄尚在，军校，早传吾令，碰上赵云时，不可轻敌，只看吾山头招旗打战，指东围东，指西围西，与我围住。

［杀介］

——《定军山》《华阴老腔》

第四例中，曹操问士卒英勇冲阵之士为何人，《华阴老腔》剧本中曹操之语多了"数将无敌，威不可当""军校，早传吾令，碰上赵云时"两句，意思更加清晰易懂。

曹　操：哎,孟德观见赵云持枪勒马,全无惧色,又见营门大开,孔明必有诡计,我心中惧怯,不敢前进。左右,急速退兵。

士　卒：退了兵了。(下)

赵　云：众将官,曹操退兵,乘得胜之势,追杀一阵。(下)

(杀介,众曹兵死,曹操败逃)

赵　云：好曹贼,被吾追杀一阵,夺下军器粮草,大获全胜,回见主公来。(下)

——《定军山》《华阴老腔剧本选辑》

曹　操：(白)孟德亲见赵云提枪勒马,全然不惧,必有埋伏,众将官,急速退兵。

赵　云：(白)众将官,曹兵急急退去,只得追杀一阵。[杀介,赵云又上白],好曹兵被吾追杀一阵,夺下军器粮草,只得回报主公来。(下)

——《定军山》《华阴老腔》

第五例中,《选辑》中曹操的自白提到"又见营门大开,孔明必有诡计,我心中惧怯,不敢前进",详细指明了其心理活动,而《华阴老腔》中,只有"必有埋伏"一句。另外,《选辑》中还多出"乘得胜之势""大获全胜"等语句,将战争的情势描写得更为具体。

再来看看《四圣归天》剧本两个不同版本的一些对比情况。

魔礼青：吾乃魔礼青,周兵何人?姜尚为何不敢见我?

金　吒：吾乃太子金吒。姜丞相随后即到。(下)

姜子牙：(上,走者)将军请了!

魔礼青：好一姜尚,姬发父子西岐作乱,你等焉敢助恶反叛朝廷。吾今奉旨西征,若能束手纳降,还则罢了,若待迟延,悔之何及?

摩礼青：吾乃摩礼青,周兵何人?

金　吒：吾乃大太子金吒,休走。

姜子牙：将军言之差矣，纣王罪恶深重，听我道来——

(唱)醢大臣不思功绩，斩元铣有失司天。

造炮烙不容谏言，治虿盆难及深宫。

杀叔父剖心疗疾，造鹿台百姓遭殃。

欺臣妻五伦灭尽，宠小人大坏纲常。

吾的主坐守西岐，为百姓奉法守仁。

在朝里君尊臣敬，众百姓子孝父慈。

三分天二分归周，我西岐民乐安康。

保西岐军心顺悦，望将军仔细思量。

魔礼青：满口胡道，休走！

（姜子牙下，金吒上，战介，金吒败）

魔礼青：好一金吒，如此本领，敢来对敌。放起青云剑，破了轩仙剑，金吒逃走，收兵回营来。

(唱)子牙巧言敢欺君，活活气煞魔礼青。

蛤蟆敢与龙相斗，雄鸡怎敢与凤争？（下）

——《四圣归天》《华阴老腔剧本选辑》

摩礼青：好一金吒，如此本领敢来交战。放起昆元伞，破了他的轩仙剑，金吒逃去，收兵回营。

(唱)虾蚂敢与龙相斗，雄雉怎敢斗凤凰。

——《四圣归天》《华阴老腔》

在这段魔礼青与周兵的对话中,《选辑》中有魔礼青和姜子牙的对话,特别是有一大段姜子牙细数纣王罪恶的唱词,然而《华阴老腔》中就没有这一段,只有魔礼青和金吒的对话。由此魔礼青唱词中也没有"满口胡道""子牙巧言敢欺君,活活气煞魔礼青"等回应的语句。另外,选用词语也有所不同,如"青云剑"与"昆元伞","蛤蟆"与"虾蚂","雄鸡"与"雄雉"等。

再如下面《借赵云》两个版本剧本的对比

曹　操:吾沛国谯郡人氏,曹参之后曹嵩之子,姓曹名操字孟德。当日吾与王允谋杀董卓,谁料大事未成,是吾逃奔谯郡,路经中牟县,幸遇了陈公台,与吾同心共事。因吾误杀了吕伯奢全家,陈宫舍吾,逃上东郡去了。那时收服军马万余,上将数十员,是吾会同众诸侯,杀董卓、吕布,迁地赴回长安去了,汉王封吾为镇东大将军,权威势大。因而命人琅琊郡搬取家眷,还不见到来。	
士　卒:禀爷,我们琅琊郡搬取家眷,路过徐州,被陶谦杀坏。	辛　　:(报)禀爷,路过徐州,比桃千杀怪。
曹　操:(哭)不,不,不好了,难见的爹娘呀——	曹　操:(哭)罢了,难见的娘呀
——《借赵云》《华阴老腔剧本选辑》	——李五常1980年手抄本《借赵云》①

---

① 手抄剧本中有不少别字,为呈现剧本原貌,此处原文没有改正错字。具体说明见第二章皮影戏用字研究。

第七章　西北皮影戏剧本版本对比研究　237

这一例在剧本《借赵云》的一开始,《选辑》版曹操有一段自白,简要说明自己的经历,但在手抄本中没有这段自白。

士卒：报——兵至徐州。	卒　：（报）丙爷兵到徐州。
曹　：既然如此,安营下寨,叫陶谦受死来。 （唱）孟德传令气满腔,骂声老贼太不良。 今日一怒发兵将,要把徐州一扫光。	曹　：（白）即然如此,安营下寨,教逃潜送死来。 （叹）今日一怒發兵将,要把徐州一掃光。
——《借赵云》《华阴老腔剧本选辑》	——李五常 1980 年手抄本《借赵云》①

这一例《选辑》中曹操的唱词是四句七言,而手抄本中只有两句七言。

再来看看环县道情《白狗卷》两个不同版本的例子：

王　忠：兄弟讲的哪朝哪代？	王　忠：你讲的是那朝那代？
王　义：兄长你听。 （唱花音代板） 伯夷叔齐二大贤,他弟兄推国让江山。 兄让弟来弟不坐,弟让兄来兄不登。 十万里江山无人管,他弟兄双双逃外边。 天降鹅毛大雪片,二贤人冻死首阳山。 蒲国王爷发慈念,才封哼哈二大仙。	王　义：哎呀,你听。昔日有一君主,所生二位殿下,一名伯夷,一名叔齐。只因君王身染重疾在床,将他弟兄唤在殿前再三叮咛,日后父王晏驾,国家江山你弟兄二人让位而坐。兄登基弟保国,万莫可争夺江山！老王晏驾之后,兄让,弟不坐；弟让,兄不坐,因让而逃走。一人尊的天理为重,一人尊的父命为重,他兄弟推来推去,一个从正阳

---

① 手抄剧本中有不少别字,为呈现剧本原貌,此处原文没有改正错字。具体说明见第二章皮影戏用字研究。

	门逃走，一个从尾门西逃出。二人逃到寿阳山，天降鹅毛大雪，可怜二贤人头抱头儿活活冻死在首阳山下。兄长不信听我道来。（唱） 这伯夷叔齐二殿贤，他弟兄推国让江山。 兄让弟来弟不坐，弟让兄来兄不登。 十万里江山无人管，他弟兄一双逃外边。 无处去来无处躲，二贤人冻死首阳山。 蒲国王爷发慈念，才封哼哈二大仙。 首阳山下盖穷庙，万古千秋受香烟。
——《白狗卷》《环县道情皮影改编新创剧目选集（第二辑）》	——《白狗卷》《中国皮影戏全集9剧本4》

此例中，《环县道情皮影改编新创剧目选集（第二辑）》中王义在回复兄长时，只有唱词。而《中国皮影戏全集9剧本4》的版本中，王义还有一段念白，先陈述了伯夷和叔齐之事，再用唱词加强表达。

四、剧本细节描述的对比

我们还是先看老腔《定军山》剧本两个不同版本的一些差异：

士　卒：报——蓝田县蔡邕庄。 曹　操：吾素与蔡邕相善，他有一女名叫蔡琰，乃卫仲道之妻，后	卒　　：蓝田县蔡容庄。 曹　操：（白）<u>我想蔡容庄袁善他有一女，名叫蔡晏，乃是卫到</u>

第七章 西北皮影戏剧本版本对比研究 239

被北方掳去,于此地生二子,作胡笳十八拍,流入中原。吾甚怜之,使人持千金于北方赎之。左贤王惧吾之势,送蔡琰还汉,吾以琰配董祀为妻。我今到此,不免前去观望一回。	界之妻,当年被达旦国掳去,与胡人为妻,生下二子,作胡笳十八拍,流入中原,吾心念之是吾令人持时节入番,取得蔡晏还汉,我今到此,何不顺路一观,杨修随吾到庄上,观看蔡晏一回。
——《定军山》《华阴老腔剧本选辑》	——《定军山》《华阴老腔》

第一例是通过曹操之口对蔡琰经历的描述,《选辑》较为清晰,《华阴老腔》中可以看出有几处语句不通,应为传写错误。如"我想蔡容庄袁善他有一女",句中袁善并非人名,亦造成语义矛盾。如"乃是卫到界之妻",应为"卫仲道之妻"。再如"吾令人持时节入番"中"持时节"义不通,"节"为古代出使官员所持符信,应是"持节"。但出使人单凭符信是无法赎回蔡琰的,《选辑》中"使人持千金于北方赎之",则更符合此事的情理。

曹　操:我想管辂曾言,三八纵横,黄猪遇虎,定军之南,伤折一股。夏侯渊乃与吾有兄弟之亲情也,今果应其言。人来,唤管辂!	曹　操:(白)我想当初管辂有言,己亥三年,南山之南,主伤一爪,南山之南者定军山也,伤主一爪者即夏侯渊也,夏侯渊与吾是亲情弟兄,到今日方知句句相应验也,人来,唤管辂。
——《定军山》《华阴老腔剧本选辑》	——《定军山》《华阴老腔》

第二例是曹操在得知夏侯渊死后抒发悲痛心情。《三国演义·第六十九回》辂卜曰:"三八纵横,黄猪遇虎;定军之南,伤折一股。"《选辑》即引用此十六字,只多说了"夏侯渊乃与吾有兄年之亲情也"一句。而《华阴老腔》中,没有用管辂占卜的原文,而是直接陈述卜文的意思,"己亥三年,南山之南,主伤一爪"。不过"己亥三年"时间不正确,"三八纵横"乃建安二十四年,"黄猪遇虎"乃己亥

年寅月,即建安二十年正月。"南山之南者定军山也"也是直接解释了卜文。另外,将"伤折一股"直接改为"主伤一爪",更加利于理解,"到今日方知句句相应验也"的表述也非常口语化。

诸葛亮:且住。你二人不可相争,我让法正写阄,拈着者先去。

黄　忠:也罢,你且写来!

法　正:法正将阄写就,放在尘案,你二人拈阄便了。

黄　忠:正是。

(黄忠、赵云两人拈阄,拆开同观。)

黄　忠:我拈着了。

诸葛亮:既然老将军拈着,你二人约定,明日午时,老将军若应时而还,子龙按兵不动。若老将军不能应时而还,子龙出马接应。休得有误!

——《定军山》《华阴老腔剧本选辑》

法　正:(白)且住,你二人不可相争,我法正写阄拈着者先去。

黄　忠:(白)也罢,就抓阄。

法　正:(白)法正将阄写就,丢在地上,你二人拈阄便了。

黄　忠:(白)正是,各人拈阄打开,同观,我拈着了。

法　正:(白)既然老将军拈着,你二人可约定时刻,约定明天午时,老将军若应时归来,子龙按兵不动;若老将军按时不归,子龙可出阵相救。

——《定军山》《华阴老腔》

第三例是黄忠和赵云拈阄决定谁先出兵。《选辑》中由诸葛亮来主持抓阄,法正只负责写阄,抓阄后由诸葛亮来安排之后的军事行动。在《华阴老腔》中,则是由法正写阄并主持抓阄,直接宣布了军事安排。而《三国演义》第七十一回中是黄忠和赵云两人自己抓阄决定的。

再如《定军山》中两处出现了数字信息上的不同:

黄　忠:哎咳,先生你好藐视人也。昔日廉颇年近八十,尚食斗米肉十斤,诸侯畏惧,皆不敢犯赵界,何况黄忠未及七十乎?军师言吾老,吾今并

黄　忠:(白)先生,你好蔑视人也,昔日廉颇,年近八十,尚食斗粟,诸侯畏其勇,不敢侵犯赵界,何况吾未及七十乎,军师既言吾老,我今不

不用副将,只领本部兵三千人去,立斩夏侯渊首级,献于麾下。	用副将,只用三五十人马,前去要斩夏侯渊首级,献于麾下。
——《定军山》《华阴老腔剧本选辑》	——《定军山》《华阴老腔》

这一例黄忠的自白中,《选辑》中提到"领本部兵三千人去",而《华阴老腔》中说明是"只用三五十人马",数字相差甚多。《华阴老腔》版应该是为了突出黄忠的自信和勇敢,据《三国演义》第七十回,《选辑》版的数字"三千人"是正确的。

士　卒:报——我们骂阵,从中至午,并无一兵一卒。	卒　　:(白)我们骂阵,从申时骂到午时,并无一军一卒。
夏侯渊:众将疲困,下马休息片时,再好骂阵。	夏侯渊:(白)众将疲乏,下马休息,再好骂阵。
——《定军山》《华阴老腔剧本选辑》	——《定军山》《华阴老腔》

这一例中,士卒报告向敌军骂阵时间,《华阴老腔》中称"从申时骂到午时",旧式计时法"申时"指下午三点钟到五点钟,"午时"指上午十一点至下午一点,可知此处应该是"从午时到申时"。《选辑》中言"从中至午"是对的。

再来看看不同版本的《四圣归天》剧本中的一些对比:

姜子牙:啊,魔家四将如此厉害,晓于周世子三十六人出马来。 (下) (众将与魔礼寿战,魔礼寿使花狐貂食众)	姜　尚:(白)啊,魔家四将如此厉害,命周世子三十六人出马对敌。 [杀介]
魔礼寿:被吾使起花狐貂,食了三十六人。且自回营来。 (唱)可笑周将尽饭袋,无人领兵上阵来。 花狐貂勇猛世罕见,管叫周兵血染红。 (下)	摩礼受:(白)被吾使起花虎貂,食了三十六人。且此回营来。 (唱)花虎貂勇猛世罕见,管叫周兵血染红。

姜子牙：（上，唱）世子出马对纣兵，不知阵前吉和凶。

士　卒：报相爷，周世子三十六人，被花狐貂食了。

姜子牙：哎呀，不好！

（唱）纣王无道败纲常，宠信妲己害忠良。

独夫遗臭枉为君，生灵涂炭实可伤。

可怜三十六世子，尽遭魔手丧无常。

我想魔家众将英勇，倚仗宝贝，焉能取胜？啊，有了。军校，挂出免战牌，歇兵三日，再好用兵。

（唱）斜门外道伤众生，不由子牙好伤情。

我兵屡战不能胜，但等数日再交锋。

（下）

——《四圣归天》《华阴老腔剧本选辑》

姜　尚：（唱）世子出马对纣兵，不知阵前吉和凶。

报　　：（白）报相爷周世子三十六人被花虎貂食了。

姜　尚：（白）哎，不好了，个个不胜，怎样用兵啊？有了，军校挂出免战牌，歇兵三天，再好用兵。

（唱）我兵屡次不能胜，但等数日再交锋。

——《四圣归天》《华阴老腔》

《选辑》中的剧本描写更为详细，比较起来，多出很多细节。如唱词中"可笑周将尽饭袋，无人领兵上阵来""斜门外道伤众生，不由子牙好伤情"等，而姜子牙数落纣王过失的六句唱词，在《华阴老腔》中也没有呈现。

以下是两个版本剧本《借赵云》其中一段的对比：

曹　操：陶谦老匹夫，吾与你往日无冤，近日无仇，无故害吾一双椿萱，如何容得，我想杀父之

曹　　：（上白）桃谦老匹夫，無故殺我一双春萱，□想殺父之仇不得不报。

仇不得不报。左右,(介),听我吩咐,命荀攸、程昱把守鄄城、范县、东阿三县,命夏侯惇为前战先锋,典韦、于禁、曹洪、郭嘉起兵十万,杀上徐州来。

(唱)一声号令震山川,
人披衣甲马上鞍。
十万貔貅齐呐喊,
定要除了贼陶谦。
(下)
(行兵)

夏侯惇:(上,唱)
明公传令快如风,方似怒箭离弦弓。
人似南山白额虎,马如东海浪里龙。
临风交战何谓苦,冒雨冲锋不惮劳。
元让开路先锋将。

典　韦:(上,唱)典韦扳鞍性气刚。
于　禁:(上,唱)于禁飞身上了马。
曹　洪:(上,唱)曹洪催军盖世强。
郭　嘉:(上,唱)郭嘉领兵随后往。
曹　操:(上,唱)孟德率众坐团营。
连住火炮三声响,山摇地动鬼神慌。
个个骁勇精神长,五色旗号掩日光。

(白)军校,吩咐荀彧、程昱把守城池,命夏侯惇前战先锋,典章、于進、曹红、郭加起兵十万,殺上徐州来。
……
(下)

上下叹:忽听明公传将令。
急忙出征上馬去。
元讓闹路先鋒將。
典章披掛性氣綱。
于進急忙上了馬。
曹红崔軍蓋世强。
郭加只德遂後往。
孟德領兵坐围营。
先看那槍是南山竹出筍。馬入東海狼千曾。金家黃登登。金坤是于中。將是藍路虎。馬是入水龍。今日令兵去打战。將賊殺个銀馬泉。正是人馬往前進。你看那一多红雲遮了太陽。
……

陶　谦：（哭）哎，罢，罢，罢了，不好了——
（唱）陶谦闻言泪滔滔，吓的我魂飞九霄。
实想护亲有场好，谁料今日把祸招。
可恨张阎贼小儿，图财害命暗暗逃。
曹操今日领兵到，自恨当初见不高。
获罪于天天数到，何人领兵去退曹？
人来，命曹豹、陈登、糜竺三将来见。（报介）

——《借赵云》《华阴老腔剧本选辑》

陶　：（哭）唉，不好了。（唱）
（唱）陶潛闻言淚汪汪。嘿的我魂飛上九肖。
实想起送有场好。稚料今日把祸召。
可恨張凱贼見小。獨才害命暗脫逃。
曹曹今日令兵到。只恨我当日見不高。
護非于天無祝祷告。是何人令兵去退曹。
（白）人来。命陈登、糜竹、曹报三将来见。

——李五常1980年手抄本《借赵云》①

对照两个版本，《选辑》中的台词更加充实，如曹操的自白中有"陶谦老匹夫，吾与你往日无冤，近日无仇"，详细说明曹的心理活动。也有"命荀攸、程昱把守鄄城、范县、东阿三县"这样的具体安排，而手抄本只是说"把守城池"。《选辑》中夏侯惇的唱词有六句七言，而手抄本中只有"忽听明公传将令，急忙出

---

① 手抄剧本中有不少别字，为呈现剧本原貌，此处原文没有改正错字。具体说明见第二章皮影戏用字研究。

征上马去"两句。《选辑》版曹操的唱词比较工整,而手抄本中这一段语义不详,像"金家黄登登。金坤是于中。将是蓝路虎。马是入水龙。今日令兵去打战。将贼杀个银马泉。"不明其意,里面的别字也很多。

另外,在手抄本中,人物出场时姓名会用小一号字打括号标出。而在描写行军的唱词中,因姓名会出现在唱句开头,故一般不再标出人物姓名。

五、剧本语言风格的对比

再从情节描述方面来看,两个版本的风格也不相同。《三国演义》第七十一回中赵云被曹兵所围,但临危不乱,反而用计吓退曹兵。以下一段为赵云的道白:

（赵）云喝曰:"休闭寨门。汝岂不知吾昔在当阳长阪时,匹马单枪,觑曹兵八十三万如草芥?如今有军有将,又何惧哉?"遂拔弓弩手于寨外壕中埋伏,将营内旗枪尽皆倒偃,金鼓不鸣。云匹马单枪,立于营门之外。

《选辑》和《华阴老腔》中《定军山》剧本两个版本此段的比较如下:

赵　云：哎,你岂不知,吾昔日长阪坡前,匹马单枪,杀曹兵八十三万,如剪草芥。如今有兵有将,吾何惧哉?你且安排弓弩手,于寨外壕中埋伏,偃旗息鼓,看吾行事。 (张翼下) 赵　云：俺只得勒马挺枪立于营前,大喊一声。 (张郃上) 赵　云：哎,好曹兵,谁敢向前!吾不惧敌,谁敢向前! ——《定军山》《华阴老腔剧本选辑》	赵　云：(白)走,你其不知吾昔日长阪坡前匹马单枪,杀曹兵八十三万如同草芥,如今有兵有将,何以惧哉,你且守营,待吾自挡。俺只得勒马挺枪,站立营前大喊一声,呆,谁敢近前,吾不惧敌。 ——《定军山》《华阴老腔》

《选辑》所录剧本语言描述较为清晰,细节更加接近《三国演义》,通过赵云

的描述,将其计谋描述得较为清晰,特别指出了让张翼依计埋伏,突出了赵云的谋略,而不是一味强调其英勇。《华阴老腔》所录剧本语言则更加口语化,虽然细节简略一些,但更具感染力。如"你且守营,待吾自挡"虽然没有详细说明计谋的具体部署,但语言简短有力,突显出赵云的英勇和当机立断。另外,戏剧剧本语言都有一定的夸张之处,如两个版本都有长阪坡前,匹马单枪,杀曹兵八十三万的描述,而《三国演义》中是"昔在当阳长阪时,匹马单枪,觑曹兵八十三万如草芥?"。"杀""觑"一字之差,意思也相差万里。"觑"为"看",有轻视之意。"觑曹兵八十三万如草芥"就是视八十三万曹兵为草芥,而不是杀曹兵八十三万。剧本中用"杀",是基于民间对赵云敬仰之情的夸张化处理,使表演更具戏剧性。再如:

夏侯尚:吾乃夏侯尚,汝是哪个?

——《定军山》《华阴老腔剧本选辑》

夏侯尚:(白)吾乃夏侯尚,尔是何人?

——《定军山》《华阴老腔》

简单的"汝是哪个"和"尔是何人",也体现了不同的语言风格。综合来看,《选辑》中的《定军山》剧本语言风格更倾向于传统文学作品的语言特点,而《华阴老腔》中的语言表述多含有本地艺人再创作的成分。但这并不是说《选辑》中的所有剧本都有同样的特点,如两个不同版本剧本《四圣归天》的例子:

士 卒:报——兵至岐州。
魔礼青:如此,安营下寨,叫姜子牙马
　　　　前答话。
　　　　(唱)兵至西岐安营寨,来日
　　　　马前降子牙。

——《四圣归天》《华阴老腔剧本选辑》

报　　:兵至岐州。
摩礼青:(白)安营下寨,叫贼纳
　　　　降来。
　　　　(唱)兵至西岐安营寨,晓
　　　　于姬发姜子牙。

——《四圣归天》《华阴老腔》

《选辑》中魔礼青的自白和唱词中"叫姜子牙马前答话"和"来日马前降子牙",都是较为口语化的表达。《华阴老腔》中的语言风格就典雅一些。这样就与两个版本的《定军山》情况正好相反,说明不同版本的剧本并没有在同一个剧本汇编本中表现出同一种风格,即并不是《选辑》中的剧本语言风格都是典雅的,或者《华阴老腔》中的剧本语言风格一定是口语化强的。可见剧本的来源较为分散,艺人及研究者搜集和整理剧本的工作无法系统地进行,同一剧本汇编的内部风格是无法统一的。

第三节 不同版本剧本角色设定及其语言特点的对比

在同一剧本的不同版本中,还有角色设计的差异,有的版本增加了人物且该人物有着鲜明的形象特点。下面,我们以阿宫腔皮影戏剧本《百宝箱》为例,选择《陕西传统剧目汇编》和陕西省剧目工作室手抄版两个不同版本来进行对比。此剧又名《杜十娘》《杜薇出院》等,故事出自《警世通言·第三十二卷·杜十娘怒沉百宝箱》。杜十娘因与书生李甲相好赎身从良,但李甲却因财出卖杜十娘,以下内容选自剧本第十一场归舟,富商孙富许李甲千金买杜十娘为妾,杜十娘船头怒斥李甲,抛尽百宝箱中珍宝,随后跳江。在《陕西传统剧目汇编·阿宫·第一集》(下简称《阿宫》版)中的这一场中,有杜十娘、李甲、孙富、黑儿、奴儿五个人物,后两人都是孙富的仆役。在陕西省剧目工作室手抄版(以下简称手抄版)中只有杜十娘、李甲、孙富三个人物。通过对比也可以发现,黑儿、奴儿的语言特色非常鲜明,充分体现了其人物设定的戏曲冲突。

先来看杜十娘和孙富第一次对话的情节:

孙　富:(内)黑娃走,给大爷抬亲走!

杜十娘:嘿呀!耳听鼓乐之声,想是贼人抬亲到了,我不免将百宝箱,抱在怀内,船头苦诉冤枉,只落一死之名也!(孙富、奴儿、黑儿、李甲上)哪一位是孙富?

奴　儿:哎,大爷!伢唤正人呢,八分是相看人哩。

孙　富:嘿嘿,她一见大爷,她就中啦!

杜十娘:你们住着说甚么。那个可是孙富么。

黑　　儿：中了你的气啦。	
孙　　富：正是吾大爷。	孙　　富：正是我大爺。
杜十娘：你的好计！	杜十娘：你的好计,将他人之妾计成自己之婦了,為公子献此策者,真良友也。奴今送舊迎新,转盼即為郎君之婦。奴有一描金小箱,内藏李公子路引一張,待我交付明白,自然我就过舟。
孙　　富：嘿嘿,咻是我的碎计,为朋友的,不说咻话。	
杜十娘：为公子献此计者,真良友也。奴今送旧迎新,转瞬即为你家之妇。你看我有一描金小箱,内藏李公子路引一张,待我交付清毕,我自然过舟。	
孙　　富：呵是理么,你们夫妻一场,话别、话别,有何不可?	孙　　富：是礼是礼,慢慢交物,夫婦一场,也该话别话别,有甚么话,此时尽言,过了今天,再不得交言了。
黑　　儿：哎！大爷,你今天说话得了想着。	
孙　　富：有甚么话,有甚么话今天一言而尽,过了今天,永不得交言了！	
杜十娘：感情！	
黑　　儿：大爷！伢给你在咻凉呢。	
孙　　富：伢给大爷在咻感情呢！	
杜十娘：李郎,你向妾处来。	
奴　　儿：哎,李公子！你咻主儿唤你哩,有啥话说上几句,我就走了。	
——《百宝箱》《陕西传统剧目汇编·阿宫·第一集》	——《百宝箱》《陕西省剧目工作室手抄版》

可以看到,手抄本内容明显要少一些。黑儿、奴儿的戏曲人物设定是"杂",其语言口语化特点非常突出,如奴儿第一句提出"哎,大爷！伢唤正人呢,八分

是相看人哩。"伢"口语中用作第三人称代词,其后黑儿提到"大爷!伢给你在咻凉呢。""咻"即指示代词"那"或"那儿",是关中方言。可读阴平,也可读去声。《阿宫》版中两人的台词主要的作用就是烘托戏曲的气氛,再如杜十娘怒抛珠宝一段:

杜十娘:李郎,你向妾处来,妾有话说!

黑　儿:快去吗!看你就没卖过婆娘,卖的生成啥了,有了置呢,没了废呢,咻一年遭年馑,人爱给了我半斤锅盔,把我婆娘引求着去了,把咻可是个啥事吗?

李　甲:十娘,你讲说甚么?

杜十娘:李郎,千金可曾交过?

李　甲:千金倒也如数。

杜十娘:哼!李郎,妾有一物,你可曾见过?

李　甲:何物?

杜十娘:说是你来看!就是那一描金小箱,内藏百宝,不下万金。

黑　儿:有咻些金子,你卖婆娘呢!呵,想是没零使换的钱啦。

杜十娘:奴家生命不辰,身落风尘,实想与李郎同偕到老,不料郎君相信不深,中途听了浪荡之言,要妾身反事他人。今天船舱众人,各有耳目,还是妾负了君,君负了妾?你如若不信,箱内层层抽出。

杜十娘:敢请李郎,李相公近前来,妾有话说。

李　甲:十娘说甚么?

杜十娘:千金可曾交是否?

李　甲:到也如数。

杜十娘:呵!妾有一物,李郎请看。

李　甲:是甚么?

杜十娘:就是这个描金小箱,妾在风尘数年,私有所蓄,本為终身之计,自與君山盟海誓,约下共偕琴瑟,百年和好,不料郎君相信不深,听了浮言,中途见棄,負妾一片苦心,前者出都之时,妾與君诧言此箱众家姐妹相赠,箱内藏有百宝,不下萬金。(生孙驚)以作從君之粧奩,歸見翁姑或念妾是有心之人,得充中馈,生

(滚白)这一抽中,内有翠玉宝贝,瑶钗明珰,约值数百金,你想我要牠何用?

(唱)翠玉宝贝神异样,瑶钗明珰自生光;
当年收你作陪嫁,今日送你入长江。
哎!(抛)

黑　儿:哎!怪啥伢卖咻呢,咻才是个败家子,把咻们好的宝贝,往江里撂呢!哎!还说要钱呢,干脆叫伢把咻引着去。

杜十娘:(滚白)我叫、叫一声,李郎李郎!说是你来看,我一箱内,有玉箫金管,牙梳宝镜,也值数百金,如今我要牠何用了。

(唱)玉箫金管出海江,牙梳宝镜自辉煌;
喜的与你同欢畅,怕的你我相偕亡。
哎!(抛)

(滚白)叫,叫一声,李郎,李郎!说是你来看,

死無憾。不料中途見棄,妾身反為他人所有,今日当众目共覩之地,開箱出视,使郎易此千金亦非难事。唉!李郎呀,我恨你有眼無珠,妾命不辰,方脫風塵,又遭捐棄。今朝众人各有耳目,共作明察,還是妾負了君,君負了妾?你如不信,層層抽出。君請细看,这一匣中,內有翠玉宝珥,瑶簪明珰,約值数百金,我如今還要他何用?

(唱)翠玉明珰出江海,宝珥瑶簪非尋常;
當年收藏作陪嫁,今日送你入水鄉。(生低头介)

这一匣中,內有玉箫牙梳宝镜,約值数金,要他何用。

(唱)玉箫金管價無双,牙梳宝镜自生光;
宝物成效無定数,今日送你往长江。

这一匣内有绣簾纓絡,瓊瑤琥珀,约值数百金,李郎你想。

第七章　西北皮影戏剧本版本对比研究　251

这一抽中内，绣簾缨络，琼瑶琥珀，约值数百金！

（唱）绣簾缨络神异样，琼瑶琥珀自生光；
当年收你存着宝，今日送你入长江。
（抛）

黑　儿：哎：咻把宝贝一个劲往江里摞呢！大爷，看你咻家当吃得住咻摞？

杜十娘：李郎，说是你来看！这一抽中，有夜明珠一颗，还有数百双猫眼。

黑　儿：争成色的，把猫的眼睛，一下就挖了咻些。

杜十娘：猫儿眼你看这约值万金，如今要牠何用！

黑　儿：哎，李相公！咻们好的宝，上前还不接了去！

李　甲：哎呀，十娘！

杜十娘：（打李甲一巴掌）哎嘻！
（唱）休言人在人情在，自古人长天也长；
妇随夫唱你休想，只落鬼魂回故乡。

杜十娘：敢请李郎，李相公近前来，妾有话说。

——《百宝箱》《陕西传统剧目汇编·阿宫·第一集》

（唱）绣簾缨络好异样，瓊瑤琥珀甚輝煌；
喜的與你仝欢暢，□□□你我偕亡。

这又是一匣，内有夜明珠一颗，米珠盈掬，還有数百双猫兒眼，走水塵不計其数，约值萬金，李郎你来過目，说你说你，再思再想。

李　甲：我我我好自悔也。

杜十娘：（唱）
休言人在人情在，自古人长天亦长；
夫唱妇随你休想，只落陰魂歸故鄉。

李　甲：（生扯旦）十娘妻啊。（旦打介）

——《百宝箱》《陕西省剧目工作室手抄版》

这一段内容两个版本的共同点是李甲的台词很少,只是简单的应答。两个版本的主要差别在,《阿宫》版中杜十娘和黑儿的台词形成鲜明反差,而手抄版中是大段的杜十娘的独白和唱词。《阿宫》版中黑儿的语言,一方面提供了一个旁观者的视角。从杜十娘拿出百宝箱说明其价值万金开始,到一层一层展示宝物并抛却,每一步黑儿都会发出感慨和评论,突出宝物的价值不菲。另一方面,黑儿的语言颇具讽刺意味,如"有咻些金子,你卖婆娘呢!""哎!怪啥伢卖咻呢,咻才是个败家子"等,其实是讽刺了李甲因财弃妻却人财两空。

再如杜十娘怒骂孙富一段:

杜十娘:孙富!

黑　儿:哎!大爷,伢这一下给你交宝贝咖。

孙　富:吾大爷在。

杜十娘:哎,我把你狼心的个贼呀!你看我和李郎非容易而到此,历尽苦甘,你那奸淫之计,夺人之妻,断人恩爱,你真来人面兽心!

黑　儿:哎!大爷,伢骂你呢!骂咻兽心重的狼,咻就是狗的心。

孙　富:嘿,这没咋呢,就可骂呢!黑娃,你在不要拉我。

黑　儿:拉住,拉住。

孙　富:哎,不怕伢骂呢!伢骂的好,你叫伢骂,哎你骂的好!

杜十娘:哎,好贼呀!

(唱)祸福由来从天降,是非到头自昭彰;
行善之人百祥降,作恶之人受百殃。

杜十娘:唉噫、那是孙富哎,我把你狼心的贼呀,我与李公子歷尽苦甘,非容易到此,你乃奸淫之徒,巧言利口,断人恩爱,夺人之妻,欲遂已慾,人面獸心,天理何容,我与你贼不共戴天之仇,你還妄想枕蓆之歡,冤家!狼心的贼呀。

(唱)祸福從来由天降,是非到頭自昭彰;
行善之家百祥降,作惡之人受百殃。

罢了！李郎,李公子,哎呀李郎！(抱住李甲)

黑　儿：大爷！你拿眼看一下吗。

孙　富：哎呀！黑娃,你看伢俩口,抱头恋恋不舍,伢把大爷比成雪地镰把,成了凉桄桄了,哎！黑娃,难道说叫咱人钱两丢,叫咱的丫环娃,给咱掺人！

杜十娘：嘿,罢了！李郎,李公子,哎唉！(扑江下)

黑　儿：哎,大爷把活做下了！(奴儿、黑儿跑下)

孙　富：哎呀,不好！(跑下)

李　甲：罢了！杜十娘,杜恩卿！
　　　　(踏三脚扑水下)

——《百宝箱》《陕西传统剧目汇编·阿宫·第一集》

李郎李相公,唉！罷了夫呀。

孙　富：孩子们请新人过舟。
　　　　(旦投水,众丑下,生投水卒,花上)

——《百宝箱》《陕西省剧目工作室手抄版》

这一段在手抄版中,全是十娘骂孙富的念白及抒情的唱词,只有末尾一句是孙富让仆役们请十娘过舟。而在《阿宫》版中,多了好几段孙富与黑儿的对话。孙富是反面人物,也是丑角形象；要猥琐可恨,也要插科打诨；要让观众觉得可气,也要让观众觉得滑稽可笑。这时,孙富和黑儿对话的语言设计就十分重要。这一场孙富并没有唱词,都是念白。杜十娘的念白和唱词较为典雅,而孙富和黑儿的念白口语化特点就非常突出,这也是从观众的角度对十娘唱词的一个解读,如十娘骂孙富："你那奸淫之计,夺人之妻,断人恩爱,你真来人面兽心！"黑儿就说："哎！大爷,伢骂你呢！骂咻兽心重的狠,咻就是狗的心。"自作聪明地解释十娘的话,而孙富回答："嘿,这没咋呢,就可骂呢！"语言中又透露出自己的愚蠢。孙富在看到杜十娘抱住李甲痛哭时,说："伢把大爷比成雪地镰把,成了凉桄桄了,哎!"还用俗语自嘲一番。比较起来,通过人物语言的比较,《阿宫》版的人物塑造更为生动,戏剧化特征更为明显。

《陕西传统剧目汇编》是1958年10月至1963年12月连续编印的,其中阿宫腔一集,选录了十二个剧目,是富平县人民政府为抢救阿宫腔剧种,邀请老艺人一起整理汇编的。在1956年至1960年,渭南地区协助省有关部门进行了戏曲的挖掘与整理工作,收集传统剧目有300余种,剧本109部。剧本收集主要以老艺人口述、研究员笔录的方式进行,剧本年限大致为清末至新中国成立前后。阿宫腔剧本中同一剧目的副本数量较多,加之少量剧本毁损严重、无法识别,可供使用的剧本共50种,都保存在陕西省艺术研究所艺术成果陈列室。

《陕西传统剧目汇编·阿宫·第一集》收录的《百宝箱》剧本是根据著名的阿宫腔老艺人段天焕先生口述而撰写的,手抄版的《百宝箱》则是目前保存在省艺术研究所的50种剧本之一,剧本年限大致在清末至新中国成立前后。

通过对不同版本的对比我们能够发现,《阿宫》版人物形象突出、语言特色鲜明、表演性特别强。应该是在多次真实的演出中,老艺人结合表演实践,根据观众反应,不断调整修改而成。而手抄版则更像是传统的剧本底本,文辞规范、典雅,但人物形象不够多样,缺少戏剧化要素,演出的效果逊色一些。

第八章 西北皮影戏中的地域民俗文化

皮影戏作为一种地方民间戏曲艺术,从其内容到形式都蕴含着当地的民俗文化。剧本中的人物和情节发展在一定程度上都反映了地方的文化传统和民俗特征。

第一节 西北皮影戏的地域文化特点

一、尚勇尚武的文化精神

戏曲在发展的过程中,每一种声腔形式,都会受到当地的地域语音特征、歌谣传统、文化传承等因素的影响,从而形成地方独特的艺术风格。从声腔特点来看,我国南北方原本就存在较明显的差异。北方民族性格多硬朗直爽,说话直接干脆,"故而形成北方戏曲旋律多有大幅度跳跃,硬挺直截,声悄少而词情多。如王骥德《曲律》所说:'北之沉雄,南之柔婉'[①]"。

西北皮影戏剧本中,特别是传统剧本中的题材,军事化色彩浓厚是其一大鲜明特色和区别特征。即便在以感情戏为主的剧本中,也一定会有人物上战场的情节设计,以突出角色忠义、英勇的特点。如弦板腔剧本《槐荫树》讲述董永和七仙女的神话爱情故事,剧情的冲突应该集中在神仙与凡人无法相守的曲折爱情,突出的是情感。然而剧本中依然设计了董永投军立功、让番邦归降的情节。即便是才子佳人题材,才子光通过科举考试还不够,还需要经过战场的考验,方能成为国家之才。

在表现尚勇尚武的文化精神方面,华阴老腔尤为典型和突出。这一特色的

[①] 曹冠敏."老腔影子"史考[J].当代戏剧,1988(6):50.

形成原因大致有二：一是老腔发源地的河岳的地理环境和尚武的文化背景,二是老腔的声腔特点。

老腔发祥和传承的故土位于华阴东北隅黄、洛、渭三河交汇处的老泉店(今华阴市碨峪乡双泉村)一带,属秦岭支脉的凤凰山麓区,以自然风貌和人文历史内涵驰誉天下的西岳华山屏障于南,具有特殊的古文化地位,故为"河岳文化"。老泉店所在的三河口地区曾长期是秦陇与中原地区水运交通的要津。这一地区的险要地势和粮仓漕运的建立,确定了其重要的军需民生地位。自秦汉以来,此处战争频繁,为历代屯兵之地,军营遍布,京师粮仓又设在泉店村附近,多军事屯田。这些都造就了当地人民崇尚勇悍、进击、骄胜的豪强性格。大家习惯描述激烈的战争场景、纪念英雄的勇武事迹。这种威武逞强的精神,也自然地渗透到民间文化生活领域。

从声腔特点看,老腔"粗犷豪放,高亢昂扬"[1]。这同样与老腔的发源有一定关系,据考古发现,碨峪地带曾是西汉京师的粮仓和码头,这里很可能是当时粮仓的粮食加工基地。水运码头的劳作孕育了悠扬、亢奋、苍凉的船工号子,船工号子演化出了拉坡腔,拉坡腔成就了华阴老腔。

可以说,尚武精神贯穿老腔的题材剧目、语言特色、音乐特点到情节设计的方方面面。下面我们着重从语言特色上加以分析。

前文中我们讨论了西北皮影戏剧本语言中使用修辞的情况,其中也提到了语言描摹性很强的特点,这使表达更加生动、形象、活泼,给人深刻的印象。而在老腔中,这种描摹性特点集中在比喻、夸张和排比等修辞手法,这不仅是深层次表情达意的需要,也与老腔整体的张扬风格密不可分。由于皮影戏中只能以皮影为载体,对人物动作的表现就呈现出夸张性、外显性和张扬性,语言上也就具有了同样的风格。如多用排比、比喻和夸张来描绘兵器、装扮、场面等。下面是《五虎投唐》(渭南市人民政府网站文化频道——华阴老腔剧本)中敬德和薛万池的唱段:

敬　德:这一个戈来好似穿林蟒。

薛万池:这一个鞭去尤如凤飞腾。

---

[1] 曹冠敏."老腔影子"史考[J].当代戏剧,1988(6):50.

第八章　西北皮影戏中的地域民俗文化　257

敬　　德：这一个金蹬四件无其数。

薛万池：这一个银蹬四件数不清。

敬　　德：乌骓马上山踏石如平地。

薛万池：青鬃马过海登山似水平。

敬　　德：二人打战不相让,不见胜负不收兵。

这段接唱是两人对战场景的典型唱词,气势宏伟,情绪激昂。修辞手法的运用起到了渲染气氛、宣泄情感等作用,表现出了战争的紧张和激烈。再如形容战士勇猛时,多用龙、虎、豹、鹰、鹞、貔貅等喻体：

黄　　忠：(上,唱)老将英雄志气高,铁弓宝马练成钢。

　　　　　　杀气昏昏惊<u>虎豹</u>,征云霭霭整<u>貔貅</u>。

　　　　　　　　　　　　　　——《定军山》《华阴老腔剧本选辑》

韩　　德：(上)吾乃韩德。驸马有令,命吾父子对敌。众将官,听吾传令,韩瑛、韩瑶、韩琼、韩琪,众将随吾杀向前去。

　　　　　(唱)头戴包巾烈火飘,锁子金甲襟罗袍。

　　　　　　护心宝镜似月样,丝鸾宝带紧束腰。

　　　　　　率领人马似<u>鹰鹞</u>,捉拿孔明走一遭。(下)

　　　　　　　　　　　　　　——《天水关》《华阴老腔剧本选辑》

虎豹、貔貅、鹰鹞都是猛兽,用来比喻勇猛的将士。

另外,在剧本中也常运用有代表性的感叹词来突出情感表现。老腔武戏中的人物通常感情丰沛、情绪激昂,他们时常用感叹词和叹语来表达和宣泄强烈的情感。例如,唗、呔、吓、哼、呵、哼、哈、呀、呼、嘿等。最典型的是"唗(dōu)",通常用在句首,原本用于打招呼或叹息,例如"唗,老头啼哭什么？""唗,休提也！休提也！"在老腔中通常表达人物的责备、厌恶之情,有引起注意、震慑的作用。例如,《呼延庆征南》(渭南市人民政府网站文化频道——华阴老腔剧本)中谢翠屏与父亲谢天虎的一段念白：

谢翠屏：……不如归宋以图富贵。儿观豪王终不能成其大事。

谢天虎：唗！胜败乃兵家常事,何言归宋！你且站下。(翠下)武士,将宋将押上来！(二人上介)唗！好大胆！尔贼见俺为何立而不跪？

这一段中谢天虎不满女儿提出的归宋建议和宋将不愿下跪,"唉"把他的淫威展现得淋漓尽致。"唉"更多地用于对战场景双方互相震慑时,例如,《渑池关》中高兰英与邓婵玉的对战:

> 高兰英:唉!好一邓婵玉,还不受死,自来送命!
> 邓玉婵:呀,唉!好一个高兰英,你夫妻设谋定计,杀了我丈夫,岂能与你干休!(杀介,邓死)

又如,《扫北平》(渭南市人民政府网站文化频道——华阴老腔剧本)中敬德与秦雄对战:

> 敬　德:吓!昨日虽打你爷一鞭,吾何惧哉!
> 秦　雄:呔!小小婴儿,敢出大言!你在教场敢和兄比武?

感叹词的运用充分表现了人物的厌恶、愤恨之情,也为武打场面营造了紧张激烈的气氛,是老腔尚勇尚武文化特征的一个表现。

二、突出的道教思想文化

中国传统文化中有儒、佛、道三教合一的特点,西北皮影戏中道家及道教的文化思想较为突出。秦岭南北是早期道教重要的孕育地,相传老子就是在秦岭终南山的楼观台讲授《道德经》的。秦岭秀丽的山峰之中,至今存在着大量的道观。渭南市是陕西东路皮影如老腔、碗碗腔、阿宫腔等的重镇,渭南市华阴南面的屏障华山,自古以来就是道教名山,流传着众多的传奇和典故,如劈山救母、华山论剑、吹箫引凤等。华山及周边地区有众多的道观,如玉泉院(全真道观)、镇岳宫、东道院、西岳庙等,都是著名的道教圣地。道教的神仙超度、虚无、无常、淡泊、出世等思想是当地文化的一个鲜明特征,自然地融入了民间精神生活和艺术创作中。例如,华阴老腔剧本《韩湘子探母》(渭南市人民政府网站文化频道——华阴老腔剧本)中韩湘子的唱段:

> 天也空来地也空,人生渺渺在其中。山也空来地也空,水流一去无影踪。日也空来月也空,来来往往有何功。田也空来苗也空,换过多少主人公。金也空来银也空,死后何曾在手中。夫也空来妻也空,黄泉踏上不相逢。娘也空来儿也空,阎王要命谁替承。世上尽是空空事,婶娘啊,临危自落一场空。

五行思想在剧本中也多有体现。例如：

清虚道人：(上引)金炉不断千年火,玉盏常明万载灯。(坐)

(诗)昆仑门下苦用功,炼就三花并五行;

西周原应玉符命,万仙难逃榜上名。

……

姜子牙：(唱)大战军前好惊怕,华光五道真奇讶;

洪锦阵前被他拿,祭起宝鞭未伤他;

交战之时将身化,光华一现将人拿;

不知孔宣是何物化,不明根基怎破他。

众门人！这厮交战之时,身后有五道华光,按五行之状。今将洪锦拿去,不知吉凶,如之奈何？

——《金鸡岭》《陕西传统剧目汇编·阿宫·第一集》

《金鸡岭》讲述周武王姬发讨伐纣王,行兵至金鸡岭,被守将孔宣阻住。孔宣法术强大"身后有五道华光,按五行之状",周军中数位大将都被孔宣擒拿,最终准提道人收了孔宣,逼其化为孔雀原身。

此外,祭拜神仙、做梦预兆、占卜预言、死后归阴、死后显灵等场景在西北皮影戏剧本中也经常出现,大大增强了其传奇性、魔幻性和浪漫性,也是民间宗教信仰在戏曲艺术中的体现。

在环县道情剧本《裙边扫雪》中,因受到奸相、奸妃的迫害,皇后吴太帧身亡,小太子也差点儿被害死,所幸得到东宫娘娘的帮助,偷偷出宫渡江去向舅父求助。小太子找到了舅父,重回皇宫登上王位,封赏有功之人,并为死去的生母举办法事,超度亡灵。

汉盘龙：众卿听封：

东宫国母,封为皇太后,后宫养老。吴国舅封为伴驾王,专理朝政。二位表兄封为国舅大元帅,吴表妹封坐昭阳正院。

众　　：万万岁

汉盘龙：宫人设了我龙母的灵位,搭上七七四十九天罗天大醮,超度我龙母的灵魂。

——《裙边扫雪》《环县道情皮影改编新创剧目选集》

剧中提到设四十九天的罗天大蘸（应为罗天大醮），醮是一种祷神的祭礼。罗天大醮是道教的一种隆重的祭天神的仪式，道士举行规模盛大的道场以禳除灾祟。"罗天大醮由道教早期的斋醮发展而来……据现存史料所见，最早一次举行罗天大醮是在唐朝。……从有限的资料可以发现，前2次是由皇帝下令，在宫廷内修建。3次修建的目的，应是祈求国家、皇帝及个人平安而修建。从倡议修建的人来看，前两次是皇帝，第三次是王建。王建虽不是皇帝、但已封王。故可以看出唐朝修建罗天大醮的是帝皇及大臣，目的是以消灾或祈福为主。"[1]

《云笈七签》是宋代学者张君房主编的一部著名道书，集中摘录了《大宋天宫宝藏》菁华，引书达两千余种，世有小《道藏》之称，是研究道教的重要文献。书中对醮礼的介绍如下：

> 真君曰：结坛之法有九。上三坛则为国家设之。其上曰顺天兴国坛，凡星位三千六百，为普天大醮，旌旗鉴剑弓矢法物罗列次序，开建门户具有仪范。其中曰延祚保生坛，凡星位二千四百，为週天大醮，法物仪范，降上坛一等，其下曰祈谷福时坛，凡星位一千二百，为罗天大醮，法物仪范，降中坛一等。

——《云笈七签·卷一百三·纪传部》

在史书中，也有关于"罗天大醮"的记载。《宋史·志第五十七·礼七》："二日，帝服衮冕，诣天兴殿奉上圣祖天尊大帝册宝、仙衣，荐献如上仪。乃改服诣保宁阁焚香，还宫，群臣入贺于崇德殿。命诸州设罗天大醮，先建道场二十七日。"《续资治通鉴·卷第三十三》："春，正月，辛丑朔，改元。奉天书升太初殿，行荐献礼，上玉清皇大天帝宝册、衮服；又诣二圣殿，奉上绛纱袍，奉币进酒；诸路分设罗天大醮。壬寅，奉上圣祖宝册仙衣于天兴殿，礼毕，车驾还内。"

罗天大醮估计在宋朝非常流行，或具有相当的影响力。不单是中原，当时入侵宋朝的金人，亦举行罗天大醮。宋代的罗天大醮由帝王及王室的祈福和消灾，推展至为皇室以外的人士超度，仪式还是由帝皇修建。元代开创了不同道派合作启建罗天大醮的先河。明代罗天大醮的修建仍是以帝皇为主。现有明朝修建罗天大醮的数据集中在明初和明末，明朝中、后期200多年则不甚清

---

[1] 青城山道协.罗天大醮之历史沿革[J].中国道教,2018(5):45-46.

楚。明朝应该出现过一个过渡阶段,即罗天大醮开始从帝皇走向民间,渐渐流行于民间。①

在明代文学作品中,也有提及"罗天大醮"的,如《水浒传·楔子》:"目今天灾盛行,军民涂炭,日夕不能聊生。以臣愚意,要禳此灾,可宣嗣汉天师星夜临朝,就京师禁院修设三千六百分罗天大醮,奏闻上帝,可以禳保民间瘟疫。"说明仪式的作用确实是为了祈福和消灾。但其中的"三千六百"星位,如果按照《云笈七签》的介绍,应该是普天大醮。

在《西游记·第四十五回》中,唐僧师徒四人来到车迟国,与三清观的三位道士斗法。其中"鹿力大仙上前,又拜云:'扬尘顿首,谨办丹诚。微臣归命,俯仰三清。自来此界,兴道除僧。国王心喜,敬重玄龄。罗天大醮,彻夜看经。幸天尊之不弃,降圣驾而临庭。俯求垂念,仰望恩荣。是必留些圣水,与弟子们延寿长生。'"鹿力大仙提出的"罗天大醮"自然是道教仪式,而"兴道除僧"也明确说明了道佛之间的对立情况。然而,正如前文提出的,《西游记》中也出现很多道家的概念与思想,儒、佛、释三教并立是明代的实际情况,作品"为调和教派冲突而提出的三教合一主张"②也就不难理解了。

"清朝及民国年间举行罗天大醮的次数不多,这时期启建罗天大醮的人士,已是老百姓为主;昔日举行的地点多在宫廷或名山道观,现转移至民间,祈求的内容亦与老百姓的生活相关。"③

在民间,"罗天大醮"后泛指各种消灾求福的法事。在皮影戏的很多剧本中,我们都能看到民间信仰的宽容性,老百姓不执着于哪一个教派,只要是可以祈福避祸,拜什么神都可以。如同样在环县道情《裙边扫雪》中,东宫娘娘帮助太子偷偷出宫渡江去向舅父求助。东宫娘娘送别小太子时,向上苍祈祷,愿神灵能保佑小太子平安过江:

汉盘龙:孩儿记下了

东　宫:(滚白)啊!苍天在上,过往神灵,保佑太子过江搬兵到来,灭

---

① 青城山道协.罗天大醮之历史沿革[J].中国道教,2018(5):45-49.
② 游国恩,王起,萧涤非.中国文学史·四[M].北京:人民文学出版社,1964:116.
③ 青城山道协.罗天大醮之历史沿革[J].中国道教,2018(5):49.

了奸贼,我与神灵重塑金身,翻修庙宇!

(唱)祷告一毕用目看,波涛滚滚往上翻。

(伤喝音)恨一声把儿推下岸,说是罢罢罢!哎呀。(下)

——《裙边扫雪》《环县道情皮影改编新创剧目选集》

东宫娘娘的念白点明了"过往神灵",就是不论何门何派,只要能够让许愿人得偿所愿,便"与神灵重塑金身,翻修庙宇"。

第二节 西北皮影戏中的西北民俗

一、西北皮影戏中的信仰习俗

西北皮影戏中体现出来的信仰习俗主要就是儒、道、佛三教合一。中国传统文化具有很强的包容性,在民间信仰中,凡可以为我所用者,都被民间加以供奉。如佛教与道教尽管有所争斗,但也还能互相容纳。

有的皮影戏作品中,十分明确地提出了三教合一的思想。碗碗腔剧本《崔祥打柴》讲述天帝四女儿下凡婚配孝子崔祥的故事,其中有一段四仙姑和柳树精论道斗法的情节,涉及佛家、道家、儒家三家的具体情况讨论:

柳树精:女善人。

(唱)那一国里佛出世?那一国里降老君?

那一国里生孔子?那三国降生三圣人?

四仙姑:(唱)西域国里佛出世,灵宝陕州降老君。

山东鲁国生孔子,这三国降生三圣人。

柳树精:(唱)那一年间佛出世?那一年间降老君?

那一年间生孔子?那三年降生三圣人?

四仙姑:(唱)周灵王元年佛出世,周灵王二年降老君,

周灵王三年生孔子,这三年降生三圣人。

柳树精:(唱)那一个圣母怀佛象?那一个圣母怀老君?

那一个圣母怀孔子?那三母怀胎三圣人?

四仙姑:(唱)骊山老母怀佛象,李梅夫人怀老君,

颜氏夫人怀孔子,这三母怀胎三圣人。

柳树精:(唱)佛象怀胎年多少?老君怀胎有几春?

孔子怀胎有几载?三圣人几百单几春?

四仙姑:(唱)佛象怀胎十六载,老君怀胎八十春,

孔子怀胎十二载,共是一百单八春。

柳树精:(唱)那一月里佛出世。那一月里降老君?

那一月里生孔子?那三月降生三圣人?

四仙姑:(唱)四月初八佛出世,二月十五降老君,

十月初四生孔子,这三月降生三圣人。

柳树精:(唱)那一时辰佛出世?那一时辰降老君?

那一时辰生孔子?那三时降生三圣人?

四仙姑:(唱)日出卯时生佛像,正到午时降老君,

日落酉时生孔子,这三时降生三圣人。

柳树精:三圣人道是什么根基?

四仙姑:(唱)昔日我佛去耘田,舟飘世人渡春秋,

他留下生老与死苦。讲经说法我佛丢。

昔日老君去耘田,他化世人渡春秋,

他留下金木水火土,八卦五行老君丢。

昔日孔子去耘田,文教世人度春秋,

他留下仁义礼智信,五经四书孔子丢。

柳树精:(念)一僧一道一儒家。

四仙姑: 三教原来是一家。

——《崔祥打柴》《陕西传统剧目汇编·华剧·第五集》

除了讲述三家圣人出生的地点、时间等情况外,谈到了三家的"根基",分别是"生老与死苦""金木水火土""仁义礼智信",其传载形式是"讲经说法""八卦五行""五书四经"。特别是最后一段对话:"一僧一道一儒家。三教原来是一家。"在戏曲创作中,以这样一种非常通俗的讲述方式,道出中国传统哲学思想的一个重要特点,即僧道儒三家的共通存在。民间百姓并不执着于固守某一种思想信仰,而更多关注其实用性。

二、西北皮影戏中的婚姻习俗

爱情无疑是各种戏曲艺术形式中的重要题材,西北皮影戏中也有很多描写爱情的故事,其中也反映出很多婚姻的民俗特点。如:男女婚嫁都有一定的年龄要求:

> 李善甫:嘻嘻嘻嘻!世妹呀!你看,我年弱冠,你已及笄,你若能和我结为夫妇,管保你轿上来马上去,享不尽的荣华,受不尽的富贵呀。

——《紫金簪》《陕西省乾县弦板腔剧团剧本》

从这段内容来看,男子要求弱冠,即二十岁,女子要求及笄,即十五岁。《礼记·内则》:"(女子)十有五年而笄。"传统婚事有六礼的要求,即纳采、问名、纳吉、纳征、请期、亲迎。

> 萧九三:我叫你张手接银子。你不晓得、昨日龙相公回来、将我请到酒馆中、与我缎子二疋、银子一百二十两、说是<u>纳采</u>之礼。
>
> 萧慧娘:这就不象了、<u>纳采自有冰人</u>、何用这些银子。况酒馆之中、亦非<u>纳采</u>之地。

——《万福莲》《陕西传统剧目汇编·华剧·第一集》

纳采就是男方向女方送求婚礼物,即下聘礼。纳采还需要有中间人,也称媒人、冰人、月老等,媒人做媒就称为作伐。如:

> 土　地:(上)吾乃槐荫树神,你二人争端不息,吾神与你二人<u>作伐</u>,放心成婚,日后有人揭告,有我老槐承当,速拜天地,吾神去了!(下)

——《槐荫树》《陕西传统剧目汇编·弦板·第三集》

"作伐"的用典出自《诗经》,《诗经·豳风·伐柯》:"伐柯如何,匪斧不克;取妻如何,匪媒不得。"接受了聘礼就表示定下了婚事,便不能随意更改了。

> 黄　璋:如不嫌弃、弟有一女、闺中读书、有心攀门第之荣、但不知肯容弟沾光否。
>
> 李　绶:吾兄嫁女、必择胜吾家万万者、何必俯就。小弟惟恐有玷名门。

黄　　璋：哈哈哈、过谦了。

李　　绶：我先谢过金诺、容日行聘。

　　　　　　　　——《火炎驹》《陕西传统剧目汇编·华剧·第一集》

高元贵：好气也！（唱〔紧板〕）

　　　　自悔当日错主见，接受聘礼紫金簪。

　　　　另设法，从权变，千金女怎配那穷酸?!（坐）

　　　　　　　　——《紫金簪》《陕西省乾县弦板腔剧团剧本》

以上第一例口头定下婚约，但一定要择日行聘。第二例高元贵嫌亲家家道衰落，后悔收下聘礼。是否正式下聘，决定着婚事的合法性。

孙　　富：兄台！你莫若割爱还乡，弟愿千金相赠。你回家见了尊大人，你就说在外出馆，不曾花费，尊大人必然喜欢，须臾之间，转祸为福。弟非贪丽人之色，实是与兄保全天伦，夫妇正聘也，兄请熟思之！

　　　　　　　　——《百宝箱》《陕西传统剧目汇编·阿宫·第一集》

正聘指婚事中正式行聘。此例中孙富为挑拨李甲和杜十娘的关系，特意指明二人结亲非正聘，不会为李甲的家庭所接受。

结婚是一件人生大事，婚礼的一些礼节也非常烦琐。婚礼当晚，有闹婚房的讲究。阿宫腔剧本《屎巴牛招亲》中，蜘蛛之女杏花和屎巴牛喜结良缘，有一场就是"闹房"，说牛虻、蜜蜂、蚊子、苍蝇等来闹洞房。剧中还提到了婚礼之后的一些礼节安排，如：

众　　　：你娃胡卖牌(派)啥？你又不叮不蜇，你娃有个啥厉害呢？

苍　　蝇：你们不晓得，我有些道行呢，今天不说，明天不讲，若到三天，等新嫂子她娘家送饭来，来下她那姑姑姨姨，坐到席里，端上那五碗四盘子，我飞到去，押在他那碗沿之上。

众　　　：你娃押在碗沿上，光能吃么，还有个啥本事呢？

　　　　　　　　——《屎巴牛招亲》《陕西传统剧目汇编·阿宫·第一集》

此例说如果杏花不给大家作诗，那大家都要使坏。苍蝇说会破坏结婚第三天的"送饭"。在关中民俗中，结婚后第三天，新娘拜翁姑及宗族亲友，叫"分大小"，然后，下厨做饭，显示手艺。女方人应邀到男方赴宴，称为"送饭"，有的叫

"摄饭"。当晚,男女双方谢媒人,盛宴款待。"五碗四盘子"也是民间对宴席菜品数量的要求。

三、西北皮影戏中的生活民俗

除了春节、中秋、重阳等传统节日外,民间还有一些带有宗教迷信色彩的祭祀活动。其中相当一部分慢慢成为当地的古会庙会,被人们作为集市贸易、物资交流的约定节日。如:正月初九是财神寿诞,二月初二是药王寿诞,二月十九是观世音菩萨寿诞……在碗碗腔剧本《万福莲》中,恶少张宏要买箫九三之妹箫慧娘为丫鬟时,箫九三因贪钱已经应允,这时就提到了观音会:

  箫九三:老爷、二月十九日普乐菴中、观音大会、小人当着会首、等把会
     事过了、即便送来。

        ——《万福莲》《陕西传统剧目汇编·华剧·第一集》

可见,箫九三是地方的会长,在有祭祀、庙会等活动时,要负责主持,故提出过了观音大会再让妹妹到张家。观音大会当天,箫九三负责主持祭神活动:

  众　　　:箫会长、奠神不过午、还不快拾掇敬神奠酒。(袁华暗上)
  箫九三:着吹打起来、怎么只叩头、总上不香。待我上香,你们放的齐
     齐整整的。这柱香、老儿家保佑国泰民安。
  众　　　:好话好话。
  箫九三:这柱香、保佑风调雨顺。
  众　　　:这句话才好的很。
  箫九三:这柱香、保佑太子千秋。
  众　　　:也是好话。
  箫九三:这柱香、保佑槽头兴旺。吐吐吐、不成话了、我当进了马王
     庙了。
  众　　　:总说你常走四外哩、马上又撂起黑版来了。

        ——《万福莲》《陕西传统剧目汇编·华剧·第一集》

从这段的描述来看,祭神的时间不能超过中午,要以祭酒上香,香要分三柱,每次都要说祝福的话。除了节日外,民间对红白喜事也都有一些既定的礼仪,如老人过寿:

张七姑：众姐妹不知，富员外明天寿诞之日，无有礼物上寿，故请你们到来，织一付寿帐，做一双寿鞋。

——《槐荫树》《陕西传统剧目汇编·弦板·第三集》

"上寿"就是拜寿，给老人祝寿要准备合适的寿礼。亲人朋友要远行的，也需要饯行，饯行可以是备酒宴，也可以以钱物资助：

范思增：这是为弟不是、怪弟莫与大哥一饯。

谷梁栋：那个怪你。我听得人说、你衣食不足、寻朋友借贷、怎么不对我说得一声。岂以我鄙客之人乎。

范思增：这倒是小弟不是。

谷梁栋：闲话不提、只问你朋友处借贷、可有得否。

范思增：如今人情炎凉、只有锦上添花、谁肯雪里送炭。在外多日、依旧束手而归。

谷梁栋：这个不当要紧。林儿。

林　儿：伺候大爷。

谷梁栋：将行李打开、与范大叔取银一百两。

林　儿：是。亏咱拏的多、先跑了一百两。

范思增：小弟无一些赆仪、反受大哥银两、于心何安。

谷梁栋：你又来了。我之川资、尚不缺乏。朋友有通财之义、何况你我、胜似同胞。只有两句话、贤弟切记。

——《紫霞宫》《陕西传统剧目汇编·华剧·第一集》

剧中谷梁栋要上京赶考，好友范思增因自己穷困无法为其饯行，谷梁栋毫不介意，还反赠一百银两为其抒困。赆仪就是送行的礼物，川资就是旅费。饯行、接风都是为百姓认可的民俗。

再如，陕西民间亲人或朋友相聚，宴席间往往少不了猜拳喝酒，赢拳者不喝，输拳者喝酒。华阴老腔《鸳鸯壶》(渭南市人民政府网站文化频道——华阴老腔剧本)中就有一段关于划拳的唱段：

闫　妃：国母果然是大贤，不由御妹心喜欢。叫宫娥去了小杯换大盏，咱姐妹饮酒又划拳。一心恭敬还不算，一个二喜并三元。四季红花齐开绽，五经魁首六艺全。

李　妃：七贤八骏人称赞，再划个九全十美乐无边。

另外，值得一提的是，进入新世纪，皮影戏的表演形式都已经有了很大的改变，基本都从皮影改为了舞台表演。由于和流行歌手进行合作，华阴老腔在电视屏幕上大放异彩，焕发了新的生命力。而老腔表演时在舞台上以条凳作为击打乐器的形式给观众留下了很深刻的印象。一方面砸条凳的气势非常粗犷，符合老腔的审美特点；另一方面能够使用条凳，是因为陕西关中农村的一个民俗就是喜蹲不喜坐。陕西关中是典型的农耕文化地区，群体性的生活方式是农耕文化的一种生存现象。大家在农耕劳动之余，在田间、村头、房前，蹲在地上吃饭、谝闲传（聊天），谈天说地，是一种很有特点的群体生活场景。陕西八大怪之一就是"板凳不坐蹲起来"，既然板凳不用来坐，那么用来当乐器也是一个便利的选择。

第九章　西北皮影戏的文化功能

第一节　西北皮影戏的实用功能

一、强调信仰的实践性

儒、释、道三家合一是我国传统文化思想的突出特点。民间信仰影响了价值观的确定，如我们常说的因果报应，佛、道教中都有此类的思想，从而也常常作为文艺作品传达的信息。老百姓在观看文艺作品时，对于其中人物的态度多是爱憎分明的，大家也都希望善恶有报。因此在剧情内容中如果遇到法治层面无法解决的问题，作者往往会在道德层面提出一些解决方法。在西北皮影戏中，不少优秀的剧本故事中，融合了儒家的忠义观、道家的神职体系、佛家的因果报应等，贴近民众的信仰习俗，引起大家的共鸣。

环县道情剧本《白狗卷》中有这样的情节，不孝子宋百良将年老体弱的母亲视为负担，在逃荒时为了自身轻省，遗弃老母。而王忠、王义兄弟俩发现被弃的宋母，在了解实情后，主动奉养老人。这一行为在剧中得到了天神的关注：

天　神：（坐诗）

　　天上祥云飘飘，地上海水涛涛。

　　一年四季查善恶，善恶之中自有报。

　　（白）吾神四值功曹，是吾领了神王命下凡，每天查看人间善恶，来到此间，待我一观。哈，观见王忠、王义他弟兄请母回家，孝心感动天地。待我早报神王得知。（下）

　　　　　　　　　　——《白狗卷》《中国皮影戏全集9 剧本4》

四值功曹是道教所奉的值年、值月、值日、值时的神。传说位于大神之下，相当于古代郡县功曹书吏之类,从事承启传递的工作。"功曹本是人间官吏的名称,后被运用到道教的神话中,作为玉皇大帝的下属,主要任务是记录人和神的功绩,同时也是守护神。……作为世人祈求神灵祝福的中介神,四值功曹的官职虽小,但职责却很大。"①道教举行仪式时,认为"上达天庭"的表文焚烧后须由"四值功曹"递送。四值功曹这一词也常出现在《西游记》中,如《西游记·第十六回》:"前闻得观音菩萨来见玉帝,借了四值功曹、六丁六甲并揭谛等,保护唐僧往西天取经去,说你与他做了徒弟,今日怎么得闲到此?"从剧本此处可以看出,"四值功曹"看守人间善恶,是人们心中的正义使者。四值功曹向神王奏明了王忠、王义的善举,领了旨意为王家赐福:

(天神上、天宫布景)

天　官:(坐诗)

吾在九霄坐天官,常在神王宝殿前。

世人若知阴德满,天官赐福下凡间。

(白)吾上天一品天官。赐福大帝,方才四季功曹奏与神王,得知王忠、王义弟兄二人请母回家,孝心感动神灵,我领了玉帝旨义,下凡与他赠银赐福。来至他家,待我开功。我赐福已毕,早报神王得知。(下)(净场)

——《白狗卷》,《中国皮影戏全集9 剧本4》

随后,王氏兄弟在自家院中挖地窖挖出了数担白银,缓解了家中贫困的局面。而剧情还有进一步发展,抛弃自己母亲的不孝子宋百良在发现母亲由王氏兄弟奉养,而且生活条件还不错时,却恶毒地向地方官员诬告王师兄弟抢夺其母,要求赔偿。公堂上宋母说出真相,痛斥其不孝心狠,宋百良狡辩,还对天盟誓:

宋百良:罢了,遇上这样糊涂的老爷。他怎么拿偏刃斧头往下砍哩?

你要偏刃斧头往下砍的话,那我就对天盟誓!

杜　荣:好一奴才,你就盟誓上来,一盟就应!

---

① 罗玉芳.广西民间宗教神"四值功曹"抄本略考[J].广西民族师范学院学报,2014,31(4):35.

宋百良：罢了，才是这么个官，要你坐在上面做什么？真个叫我盟誓哩。盟就盟誓，他还真个死人家。老天在上，我宋百良在关山有抛母之意，叫雷公将我头抓去！

（雷鸣，宋百良死）

衙　役：禀老爷，宋百良被五雷击死。

——《白狗卷》《中国皮影戏全集9剧本4》

结果他的对天盟誓，招来了天谴，得到了被五雷击死的报应。在这个故事中，宋百良不孝也不义，是儒家思想中遭受唾弃的人物，而惩罚他的是道家的神仙。王忠、王义得到赏银，宋百良发毒誓遭雷劈，同时也体现了佛教中的善有善报、恶有恶报的因果报应说。

二、强调思想的灵活性

皮影戏剧本的故事情节及人物设定，往往符合民间对儒家思想的解读，以忠、孝为中心，即可以结合具体的生活。对于传统儒家的一些思想，民间的理解也是结合实际情况，灵活运用，而并不是一味强调书本上的大道理。比如在环县道情《白狗卷》剧本中的一段，王忠、王义是兄弟俩，其人物姓名就反映出"忠""义"的价值观。弟弟王义务农打柴供哥哥王忠读书考功名，当哥哥提出不愿弟弟如此辛苦，要放弃读书与弟弟一起打柴时，王义给哥哥讲了伯夷、叔齐的故事。

王　忠：你讲的是那朝那代？

王　义：哎呀，你听。昔日有一君主，所生二位殿下，一名伯夷，一名叔齐。只因君王身染重疾在床，将他弟兄唤在殿前再三叮咛，日后父王晏驾，国家江山你弟兄二人让位而坐。兄登基弟保国，万莫可争夺江山！老王晏驾之后，兄让，弟不坐；弟让，兄不坐，因让而逃走。一人尊的天理为重，一人尊的父命为重，他兄弟推来推去，一个从正阳门逃走，一个从尾门西逃出。二人逃到寿阳山，天降鹅毛大雪，可怜二贤人头抱头儿活活冻死在首阳山下。兄长不信听我道来。（唱）

这伯夷叔齐二殿贤，他弟兄推国让江山。

兄让弟来弟不坐,弟让兄来兄不登。

十万里江山无人管,他弟兄一双逃外边。

无处去来无处躲,二贤人冻死首阳山。

蒲国王爷发慈念,才封哼哈二大仙。

首阳山下盖穷庙,万古千秋受香烟。

——《白狗卷》《中国皮影戏全集9剧本4》

伯夷和叔齐之事,孔子《论语》中就多有提及,完整的经过可参考《史记》。

伯夷、叔齐,孤竹君之二子也。父欲立叔齐,及父卒,叔齐让伯夷。伯夷曰:"父命也。"遂逃去。叔齐亦不肯立而逃之。国人立其中子。於是伯夷、叔齐闻西伯昌善养老,盍往归焉。及至,西伯卒,武王载木主,号为文王,东伐纣。伯夷、叔齐叩马而谏曰:"父死不葬,爰及干戈,可谓孝乎?以臣弑君,可谓仁乎?"左右欲兵之。太公曰:"此义人也。"扶而去之。武王已平殷乱,天下宗周,而伯夷、叔齐耻之,义不食周粟,隐於首阳山,采薇而食之。及饿且死,作歌。其辞曰:"登彼西山兮,采其薇矣。以暴易暴兮,不知其非矣。神农、虞、夏忽焉没兮,我安適归矣?于嗟徂兮,命之衰矣!"遂饿死於首阳山。

——《史记·卷六一·列传第一》

伯夷、叔齐是商代后期孤竹国国君的长子和幼子,父亲想让幼子叔齐继承王位。国君去世后,叔齐把王位让给长子伯夷,伯夷称不违父命而拒绝接受。二人相互推让都离开了孤竹国,国人只好立中子为王。伯夷和叔齐听说周文王姬昌对老人很好,就前往西岐。但到西岐后发现姬昌已经去世,而其子姬发自封周文王东伐讨纣,二人觉得文王之举不孝不仁。周灭商以后,二人不愿食周粟,往首阳山中隐居避世,后皆饿死。司马迁还有几句评论:

由此观之,怨邪非邪?或曰:"天道无亲,常与善人。"若伯夷、叔齐,可谓善人者非耶?积仁絜洁行如此而饿死!

——《史记·卷六一·列传第一》

从这几句评论来看,司马迁是赞赏伯夷和叔齐的高尚品质的。这和先秦儒家对二人的推崇是相承的。

(子贡)入,曰:"伯夷、叔齐何人也?"曰:"古之贤人也。"曰:"怨乎?"

曰："求仁而得仁，又何怨。"

——《论语·述而第七》

怨即后悔，孔子说伯夷和叔齐是古代的贤人，当子贡问他们是否会后悔，孔子回答他们的行为成就了所追求的"仁"，没有悔恨。

齐景公有马千驷，死之日，民无德而称焉。伯夷、叔齐饿于首阳之下，民到于今称之，其斯之谓与？

——《论语·季氏第十六》

齐景公有四千匹马，然而他死后，谥号为"景"，无德可称。而伯夷、叔齐虽然饿死在首阳山下，但人民到现在都称颂他们，认为他们是古代的贤人。

不降其志，不辱其身，伯夷、叔齐与！

——《论语·微子第十八》

不降低自己对志向的要求，不辱没自身，就是伯夷、叔齐啊。而《孟子》中也有对伯夷的赞赏之词。

孟子曰："圣人，百世之师也，伯夷、柳下惠是也。故闻伯夷之风者，顽夫廉，懦夫有立志。闻柳下惠之风者，薄夫敦，鄙夫宽。奋乎百世之上。百世之下闻者莫不兴起也。非圣人而能若是乎？而况於亲炙之者乎？"

——《孟子·卷十四》

可见，在儒家的价值观中，伯夷和叔齐是值得赞颂的榜样，他们的行为正符合儒家"孝""忠"的价值观。虽然他们二人没有取得什么功名利禄，没有获得世俗的物质优待，甚至穷困致死，但他们一直没有违背心中的"仁"，实现了他们追求的人生价值，所以才能为人称颂，留名千古。

然而，在剧本《白狗卷》中，王义给其兄讲伯夷和叔齐的故事时，目的却是提醒王忠，他们哥俩可不能像伯夷和叔齐一样，因为相互礼让而导致双双丧命，结局只能是"首阳山下盖穷庙，万古千秋受香烟"。

王忠、王义兄弟俩当然无法和伯夷、叔齐相提并论，但普通人可以知仁义，却不执着于仁义。正如王义劝兄长还有一段念白：

兄长莫可，曾不记二老爹娘染病在床，将你我兄弟唤在床前叮咛，叫我好好打柴供养哥哥读书，为弟虽则年幼，两膀有千斤之力，一担能担五百斤干柴。担头加力，是够你我度用，何必兄长打柴？打柴没大要紧，我怕耽误你的功名大事，日后要受世人唾骂咱们。纵然兄长功名不成，难道为弟与你要官不成？

——《白狗卷》《中国皮影戏全集9 剧本4》

这段话说得非常朴实，兄弟俩应该各司其职，发挥各自的长处。王义力大，情愿担柴助兄长成就功名，但也不是将此作为投机取利之事，这是对"忠""义"思想的灵活变通，反映出普通老百姓对于儒家思想源自生活的理解和实践。

三、强调处事智慧

人们观看皮影戏，不仅是为剧中"别人"的起起落落、悲欢离合而高兴或感叹，也是在观摩"别人"生活的同时，学习和借鉴生活处事的态度和方法。尽管戏曲中有一些程式性的情节和善恶有报的固定结局，但剧中人物有智慧地处理问题的方式还是会给观众提供很好的参考。

在阿宫腔剧本《紫金簪》中，尚书高元贵嫌女婿夏昌时家道中落，当众羞辱夏昌时并命女儿高寄玉退回聘礼紫金簪另嫁。高寄玉与丫鬟秋虹商量好约夏昌时花园赠金相助，不料此事被夏昌时的同窗李善甫知晓，李善甫故意灌醉夏生，冒名赴约，被秋虹发现后害死了秋虹。高元贵用权势逼迫县令将夏生问成死罪，幸而遇到巡按宋德昌审查此案，发现了疑点。案件的关键在订婚信物紫金簪，簪子已经落在了李善甫手中。宋德昌并没有直接审问李善甫，而是想了一个好办法让李善甫自己露出马脚。李善甫是一个不学无术，胡搅麻缠之人，这在他和夏昌时讨论学习《论语》时就可以看出来。

> 李善甫：去"子曰"，是学而时习之。这一章书，我连日还下了些苦功夫，才穷究到渊源痛快的地位了。
>
> 夏昌时：这章书最难讲，吾兄穷究到好处，却是怎么的个讲法？
>
> 李善甫：你们平日把这章书怎么样的讲里？
>
> 夏昌时：依朱注讲：学之为言效也，时习是功夫不敢间断意，之字，指所学之理，言内兼知行。
>
> 李善甫：哈哈，失之毫厘，差之千里，你们将这章书讲错，也怪不得你们，你们吃了一个人的大亏了。
>
> 夏昌时：吃了谁的亏了？

李善甫：吃了宋朝朱熹的大亏了，可笑朱熹，何尝晓得孔子的语气，就在孔子的书上，妄下起解注来，对社长说，这一章书，我把朱注都打了交叉了。

夏昌时：朱子后圣，都是打的交叉么？

李善甫：讲的不是理么。

夏昌时：兄是如何讲法？

李善甫：我问你，孔子当日聪明否？

夏昌时：天纵之圣，自然聪明。

李善甫：好道，聪明人把学问还在心么，其言学而时习之，是一时把他就习了，盖言为学之易而获学之速也。怎么你们才讲成功夫可不间断，若是功夫不可间断些，就该下个学而时时习之，怎得是单习字，就依你们功夫不可间断，孔子读书的时节，就该饿死里，先没功夫吃饭么，吃饭就把功夫间断了。陈国绝粮一事，如何等得他么。

夏昌时：这个下文怎么接？

李善甫：也没什么难处。如我们读书七八年之间，一本书不得清楚，只有煎熬，那有欢喜，孔子一时而把所学之道得了，岂有不喜，所以紧接了个不亦说乎？不亦说乎，是从时习中来，不是得的快些，焉喜。

夏昌时：就依兄之讲法做文。咳，今日之太阳，走的好难也，觉有闷意，我眈眈。（睡）

——《紫金簪》《陕西省艺术研究所藏阿宫剧本抄本》

李善甫将"学而时习之"解释为一时间就学会了，是说明学习很容易、获得知识很快速。也正是李善甫这种不愿勤学、自作聪明的人，才会做出损害他人利益的事。

宋德昌了解了李善甫的品性，就故意让生员参加统一的考试，并将李善甫成绩提为第一，面见李善甫并和他讲论《论语》。李善甫反复提到自己的"高见"，还说"其言学而时习之，是一时把他就习了，盖言为学之易而获学之速也"。所以"紧接了个不亦说乎"。又特意强调，自己在朱子注解上打了叉。

宋德昌并没有当面揭穿他,为了换取信任,故意回答说:"这才讲的是理,而且痛快,真是你们浙江一省之通人呢。"而且进一步讽刺:"你这文章,漫道眼前人不能及,就自宋朝开科以来,有名的八大家,他也做不到这步地步,照你这种文章,真可谓起前绝后矣。"宋德昌将李善甫纳为门生,瞅准机会提出要为女儿制备首饰,自己缺少银两,李善甫上钩,得意忘形,主动拿出了紫金簪及一些钗钏。

因为证物紫金簪的出现,李善甫无法再掩盖自己的罪行。宋德昌审清了案子,将李善甫收监,特意吩咐手下先重打三十大板,说:"把一个朱子后圣,都不如你了,朱子的注解,都是你打得交叉的。左右,扯下去重打三十板,这三十板,并不在你夺金害命事内,特为朱夫子出气里。"

宋德昌清廉且机敏,能够明察虚实,又能沉稳部署。不匆忙冒进,而是设计让李善甫自己暴露。再如宋德昌其实是高元贵的学生,不便直接指责自己的老师,但对高元贵嫌贫爱富、背信弃义的做法很不认同,他委婉地通过给夏昌时换旧衣服之事提了出来:

> 宋德昌:老先生昔日嫌贫,因其衣物之不堪耳,今日爱他,是因他衣物之整齐耳,那不过是学生送他几件便衣,能穿几日,转眼破烂,你又退起亲来,连学生面上都不好看了。
>
> ——《紫金簪》《陕西省艺术研究所藏阿宫剧本抄本》

穿破旧的衣服的人招人嫌弃,而同一个人换了衣装,又招人喜爱。外在条件不应作为判断人的标准,奉劝高元贵不要嫌贫爱富。足见宋德昌言行及处事方法颇有智慧,为世人提供了很好的示范。

第二节　西北皮影戏的娱乐功能

皮影戏原本就是一种大众的娱乐形式,有的剧本故事取材于历史战争和神话,并加以想象、改编和扩展,因而体现出一种张扬、魔幻的浪漫色彩;有的剧本故事虽然取材平常生活故事,但仍可以通过幽默的情节、语言设计,让观众获得轻松愉悦的审美体验。如碗碗腔剧本《紫霞宫》中的一段:

> 人　役:唤郑氏哩。

郑　　氏：伺候老爷。

宁繼愈：看这是你媳妇的头么。

郑　　氏：哎、兒呀！老爺、这不是我媳妇的头、这是我女兒、名喚花瓣。

宁繼愈：昨日竹林内尸首、你说是你兒媳妇、怎么这头又是你女兒。只说你女兒是誰杀的、尸首今在何处。你媳妇的头今在那哩。

郑　　氏：不知道。

宁繼愈：这个头你可認得么。

郑　　氏：咳、兒呀。老爷、这是我兒吕子欢与我女兒花瓣、一时出门、不知何人杀的。

宁繼愈：咳、我的好乾媽哩、你生兒养女娶媳妇、不为别的、單單为古懂我老爷来的。

——《紫霞宫》《陕西传统剧目汇编·华剧·第一集》

这一段的剧情设计中，奸人吕子欢、吕花瓣（郑氏前婚所生子女）欲害嫂嫂性命，其后两人反而各自丢了性命，头颅被割下。县府宁继愈审无头案，叫来郑氏询问，郑氏之前误以为儿媳已死，已报过官府。原本审案颇为严肃，作为知县应是官言审问，但此处剧本的处理就很有特点，因命案总是牵扯郑氏儿女，宁知县回道："咳、我的好干妈哩、你生儿养女娶媳妇、不为别的、单单为古懂我老爷来的。"知县的回应颇有调侃意味，能让观众在紧张中又顿感轻松。古懂，关中方言，意为与人故意为难，此处运用方言又增强了幽默感。利用语言的特别处理来加强幽默式的表达，再如：

役　　卒：夥契、老爷着你我南北把守、严防奸人细作。

（謝瑤环、带鶯仙上）

謝瑤环：（詩）直欲兵尋彭澤宰。自有西京作賦才。
　　　　　兩岸青山相對賽。孤舟一片日边来。

役　　卒：把細作拏了。

謝瑤环：那个是细作。

役　　卒：我看你細細的、作作的、不是细作可是甚么。

——《万福莲》《陕西传统剧目汇编·华剧·第一集》

细作就是间谍、暗探之意。这里特别让役卒说出"细细的、作作的"，以这种幽默的方式解释了细作的意思。

在碗碗腔剧本《恩阳关》中,肖九堂(杨堂)被百花公主用金丝囊套住,师傅杜真人前去搭救。杜真人先是故意取笑肖九堂,让他在袋子里多待一段时间。之后肖九堂设计将杜真人也套入囊中,故意将之前问题再问一遍,报了自己被讥笑之仇。

杜真人:我是你家师傅。

肖九堂:师傅快快解开,将弟子捂杀了。

杜真人:这布囊内边有茶有菓,你三番五次缠仗它为何?

肖九堂:内边什么都无有,快快!

杜真人:待我解开,奴才出来。

肖九堂:(出介)呀,出来了。我先谢过师傅救命之恩。

杜真人:站起来。

肖九堂:师傅恩宽,请问师傅这是什么宝贝,这等厉害。

杜真人:我弟子不知,此宝名曰金丝囊,出在崑仑山。只因前者两家不和,你师兄借下山去。

肖九堂:可借了多少年?

杜真人:十年有余。

肖九堂:师傅既命弟子下山,将此宝借与弟子暂用一时吧。

杜真人:我弟子要借此宝不难,听师傅教训与你。河东人使此宝,一家叫,一家应。我们南阳人使此宝,口号不同,须要改过。

肖九堂:改叫什么?

杜真人:天门不开地门开,大叫一声入囊来。大功必成。

肖九堂:弟子记下了。(背介)师父言道,此宝甚是灵应,我不免把师傅先试验试验。天门不开地门开,有请师傅入囊来。

杜真人:哎呀!(入介)

肖九堂:我且问你,布内边你是何人?

杜真人:我是你家师傅。

肖九堂:请问师傅,这布囊内边有茶有菓,你高大年纪,缠仗它为何,为何,为何?

杜真人：内边什么都没有，快快解开，将师傅捂杀了。

肖九堂：待我解开，师傅请出。

杜真人：哎，奴才！

肖九堂：打的咋哩？打的咋哩？

杜真人：你怎么连师傅装起来。

肖九堂：弟子试验，看此宝灵应不灵应。

杜真人：我弟子你看此宝如何？

肖九堂：果然好宝好宝。杨堂拿上就跑。（下）

——《恩阳关》《陕西传统剧目汇编·华剧·第六集》

肖九堂还是一名十五六岁的青年，这样的描写生动地展现了他调皮机智的特点。

再如碗碗腔《紫霞宫》中的一段，范思增在途中偶遇夏凉父女，念其贫困潦倒，热情赠银相助，夏云峰倾慕范思增的人品，想以身相许报恩，又羞于明说，便提示自己的父亲：

夏云峰：哎、（背）看那相公、真是可意之人。莫若着爹爹将奴面许与他、以报大恩才好。爹爹、受人点水之恩，必当涌泉相报。

夏　凉：你说怎么的报答相公。我老汉往常卖春饼、改日无事、到我家里、奉敬相公几个饼。

范思增：笑话了。

夏云峰：哎咦、爹爹、该从孩儿身上报答才是。

夏　凉：相公、我儿心灵性巧、明日有什么衣服、送来与你做做。

夏云峰：哎咦、你问他家还有什么人。

夏　凉：你家中还有什么人。

范思增：只有我一人一口。

夏云峰：这就好了。爹爹去说。

夏　凉：一人一口、有什么好处。相公你若孤寂、我老汉闲了、与你作伴如何。

范思增：不敢劳。请了。方受恩处便施恩。广积阴功不算贪。（下）

夏云峰：爹爹、你好错也。

(唱)无故银两怎消受。爹爹年迈太糊塗。
你儿今春十八九。常言女大不终留。
那人风流恩又厚。何不当面许鸾俦。
今将此人丢过手。难道把儿许王侯。

——《紫霞宫》《陕西传统剧目汇编·华剧·第一集》

哪知父亲夏凉不解风情,完全没有领会女儿的心意。女儿说要报恩,他便回答说要奉敬相公几个春饼;女儿提醒他"从孩儿身上报答",他回答让女儿做几件衣服送与相公;女儿让他问相公家有何人,他却不知女儿是想知道相公是否有妻室;得知范思增还没婚娶,女儿想让他说亲,他却说相公如果孤寂,自己可以做伴。直到范思增走后,女儿才无奈直言了父亲的糊涂。此段描写虽是剧作者为制造剧情矛盾刻意为之,但将女儿家的心思和父亲的粗疏描写得非常生动,父女对话幽默感十足。

第三节　西北皮影戏的教化功能

在教育没有普及、大众并不识字的旧社会,老百姓主要通过民间戏曲形式来了解历史、社会及生活故事,封神、三国、隋唐、水浒、西游等古典故事之所以家喻户晓,皮影戏、木偶戏、鼓词、说书等各种戏曲形式功不可没。

中国传统的道德观、价值观,同样通过戏曲中的人物形象,表现给老百姓。林语堂就说过:"实际上,一切标准的中国意识,忠臣孝子、义仆勇将、节妇烈女、活泼黠诡之婢女、幽静痴情之小姐,现均表演之于戏剧中。"[1]西北皮影戏弘扬忠孝节义的道德观,劝善惩恶,有着生动的教化作用。

一、强调个体的社会责任

个体应该积极入世,承担起社会责任,这点是儒家思想倡导的精神。儒家思想自汉代以后成为正统。皮影戏剧本也深受儒家文化影响,崇尚"仁""礼",注重个人使命,强调"修身、齐家、治国、平天下"。如描写剧中人物好学读书,也

---

[1] 林语堂.吾国与吾民[M].西安:陕西师范大学出版社,2002:245.

是以诵读儒家经典为主。如:

> 王　忠:兄弟上山打柴,待我先看书。学而第一,子曰"学而时习之不亦说乎……",哎呀!不好,兄弟快来!
>
> ——《白狗卷》《中国皮影戏全集9 剧本4》

剧本的角色也多有忠臣义士,秉持着"天下兴亡,匹夫有责"的信仰。在剧本中,会引用古代儒家经典原文,表达人物思想,如:

> 李元吉:咙!你明明贪生怕死,玩吾大法,该当何罪?
>
> 罗　成:元帅,岂不闻古之欲明明德于天下者,先治其国;欲治其国者,先齐其家;欲齐其家者,先修其身;其身正,不令而行,其身不正,虽令不从。
>
> ——《罗成征南》《华阴老腔剧本选辑》

剧本中罗成的回答直接引用了儒家经典《礼记》中《大学》篇及《论语》中的语句,表达自己的思想立场。

皮影戏剧本中的官员形象,往往忠、奸分明,衡量的标准多是用儒家的价值体系。《地风剑》剧本中开场吏部侍郎刘英的唱词:

> 刘　英:下官刘英。嘉庆王驾前称臣,官拜吏部侍郎之职。今是吾王大朝之日,不免上殿见驾一回。外班!(应)与爷打轿上朝。
>
> (唱大开板)
>
> 天有道降的是清风细雨,地有道长的是五谷田苗。
>
> 国有道出的是忠重良将,家有道出的是孝子贤孙。
>
> 水不清尽都是鱼虾作浑,国不宁尽由着卖国奸臣。
>
> 外班打轿莫久停。(切、下)
>
> (白达、杨凤直、刘英同上)(坐诗)
>
> 君为臣纲臣奉君,父为子纲子孝亲。
>
> 夫妻交言朋友信,三纲五常大人伦。
>
> ——《地风剑》《环县道情皮影改编新创剧目选集(第二辑)》

唱词中先提到的"有道"就是和顺的自然关系及社会关系,而维护"有道"就得每个人遵守各自的职分。

三纲五常的定义来自儒家经典,后泛指古代封建社会所提倡的主要道德规范。君为臣纲、父为子纲、夫为妻纲,合称三纲。班固《白虎通·三纲六纪》:"三纲者,何谓也?谓君臣、父子、夫妇也。"《礼记·乐记》:"然后圣人作,为父子君臣,以为纪纲。"孔颖达疏:"《礼纬·含文嘉》云:三纲谓君为臣纲,父为子纲,夫为妻纲。"五常指五种伦常道德。《尚书·泰誓下》:"今商王受,狎侮五常。"孔颖达疏:"五常即五典,谓父义、母慈、兄友、弟恭、子孝,五者人之常行。"五常也谓仁、义、礼、智、信。董仲舒《贤良策一》:"夫仁、谊、礼、知、信五常之道,王者所当修饬也。"

虽然封建社会中的君王有着至尊无上的权威,但是如果达不到儒家的仁义和道德标准,也可以推翻其统治。如阿宫腔剧本《金鸡岭》中,姜子牙率军讨伐纣王,伯夷、叔齐前来劝阻。伯夷就说道:"元帅不可。自古臣不言君恶,子不言父过。君若有过,臣谏之,臣之道也;倘谏而不听,只宜退隐。今纣虽失政,不纳忠谏,为人臣者,各宜恪守乃职,何必管那些闲事!"此处就是用"三纲"规范来约束臣下的行为,提出姜子牙讨伐行为的不合法性。然而姜子牙并没有退却,而是理直气壮地回应:"哎!二位言之虽是,奈今纣王失政,三纲已灭,大义有乖。今天下百姓,如在水火之中;吾主若不应天顺人,而拯民于水火之中,我必有坐视之罪。你还敢如此多言,左右,将他二人赶去首阳山下。"用"三纲已灭"反驳了二人。

《金鸡岭》故事的历史背景是商纣末年的周武王伐纣,那时还没有成熟的儒家学说,三纲五常等也还没有成为社会道德规范。戏曲剧本中出现一些儒家思想的术语,自然有"穿越不当"之嫌,但同时也可看出,儒家思想从古至今、从王公贵族到平民百姓,都有着重要且广泛的影响。

《孟子·滕文公章句上》:"人之有道也,饱食、暖衣、逸居而无教,则近於禽兽。圣人有忧之,使契为司徒,教以人伦:父子有亲,君臣有义,夫妇有别,长幼有叙,朋友有信。"儒家认为人之所以和禽兽不同,正是因为有人伦及建立在人伦之上的道德原则。人也正是因为在人伦关系中,才能得到充分的实现和发展。国家是一个政治组织,也是一个道德组织,儒家的政治哲学认为,只有圣人可以成为真正的王。阿宫腔剧本《四贤册》的故事背景是战国时期魏惠王统治时,秦、楚二国伐魏,方文珍及儿子方林朗、侄子方新郎都去投军与敌人作战,其中一段战争场面如下:

白　起：武安君白起。正在营中喧哗饮酒，小军报到，有一少将讨战。众将。

辛　　：有。

白　起：杀上前去。（同下。白起、方林郎对上杀，白起败下，方林郎追下。白起又上）观见那一少将，面黄如金，骨瘦如柴，枪头好似雨点，照住咽喉，不时环绕，旗上出字，孟夫子旗号。我想孟夫子教化魏国，我兵不能取胜。将士们。

众　　：有。

白　起：收兵收兵。（同下）

（方林郎带辛上）

方林郎：哎呀，幸喜马到成功，原地夺回。众将！

兵　士：有。

方林郎：元帅上边交令。（同下）

——《四贤册》《陕西传统剧目汇编·阿宫·第一集》

秦将白起和方林郎交战时，看方林郎英勇善战，且军旗上有孟夫子旗号。魏惠王即梁惠王，名䓨，魏武侯之子。战国时魏国国君，公元前 369 至前 319 年在位。孟子在梁惠王后元十五年（公元前 320 年）到魏国，辅佐梁惠王，阐明自己的政治主张。此处白起单是看到了孟夫子旗号，便说："我想孟夫子教化魏国，我兵不能取胜。"说明剧作者对孟子代表的儒家思想的正面倡导。

二、宣扬尽忠爱国与民本思想

儒家思想强调为臣者应该尽忠，但这并不是毫无原则地奉承君王，而是要以爱国保国为大前提。如果君主有过失，勇于进谏是尽忠的真正表现。皮影戏剧中，许多大臣上场时的念白即诗，基本都是先强调身为臣子应该尽忠爱国：

吴　荣：（上念）保国三尺剑，尽忠一点心。（坐）

（诗）苦读兵书习韬略，身经百战立功劳。

忠心耿耿保汉业，大将男儿胆气豪。

老夫吴荣，以在汉室景王驾前为臣，妹妹吴太祯身坐朝阳正院。只是吾主昏庸，每日以在西宫吃酒作乐，唐丹奸贼，在朝横行,欺太子年幼,图谋不轨,我心想去到班部朝房,会上几家忠臣,上殿劝谏吾主,只得走走。

(唱)作忠良应以那社稷为重,直言谏劝吾主勤理朝政。

水不清都是那鱼儿作混,朝不明尽由着卖国奸臣。

——《裙边扫雪》《环县道情皮影改编新创剧目选集》

《裙边扫雪》中因为君主昏庸,听任奸臣横行作乱,大臣吴荣自知肩负"保汉业"的重任,准备劝谏君主。如果君主暴虐,无德失道,那讨伐也是合理的。如姜子牙率领周军东征讨伐商纣时,在金鸡岭遇到孔宣的阻拦,姜子牙向孔宣说明商王荒淫无道,失去民心,讨伐无德独夫是顺天而为,不能称为造反。

姜子牙:孔将军!自古天命无常,惟有德者居之。今纣王荒淫无道,宠溺妲己,残虐大臣,天下共愤,人人得而诛之。况我西周,躬行仁义;以有德而伐无德,八百诸侯不约而同心共讨独夫,此乃顺天而行,何为造反!

——《金鸡岭》《陕西传统剧目汇编·阿宫·第一集》

在皮影戏剧中,还反映出朴素的民本主义思想,强调官兵都要和民众和谐相处,不能做出损害老百姓利益的事。如在行军中,不能骚扰百姓:

穆桂英:(唱)本帅马上传将令,大小三军你们听:

一路公买要行正,莫要搔扰好百姓。

那个大胆犯将今,两耳插箭去遊营。

正是大兵往前进,忽听军人报一声。

——《恩阳关》,《陕西传统剧目汇编·华剧·第六集》

杨凤直:(唱花音代板)

本帅马上传将令,大小三军你们听。

一路公买要公用,莫要骚扰害百姓。

哪个犯了本帅令,三尺青锋不留情。(留,仝下)

——《地凤剑》《环县道情皮影改编新创剧目选集(第二辑)》

在行军路上,购买物资要公允,否则在耳边插箭,以恶行示于营中或是直接使用刑罚。

三、引导建立和谐的人伦关系

儒家传统文化里强调重义轻利,个人是社会的一分子,人和人之间的关系需要利益的平衡,更需要情义的维护。在皮影戏剧中的不同故事中,设置了不少"忠""义"与利益得失的冲突,刻画出不少闪光的人物形象。从而也为观众树立了不少道德模范,成为百姓在处理亲人、朋友等关系时的准则。

《紫金簪》讲述已经定亲的夏家和高家之间的故事。因夏昌时父亲为官清廉但早年去世,夏家家道衰落,高家老爷高元贵动了悔亲的心思,但高夫人和女儿高寄玉坚持不愿退亲,这两位女性舍利向义的精神让人感动,特别是高夫人的一段长篇念白:

> 白　氏:唉老爷,你怎么做回官来,成了那个人物,夏老爷与你是两榜同年,当日亲厚而结亲,又是我求他家,并不是他求我家。结亲之后,夏老爷居官未久,早登仙籍,为人廉洁,宦囊无物,今日穷了,莫非我女儿女命宫使然,就是他母子穷了,你要比富贵人待的好些,才是大人之局面,况那生衣物虽不整齐,人才十分轩昂,下苦读书,力行孝道,天岂无知,忍今终于穷乎?你就是家累万金,可怜根蒂全无,转瞬之间,俱属他人之物。何若周济寒人,他日名成,一则做女婿,不愧门墙出入,而来分当半子,服侍你我,他与寻常的女婿不同,就是你我转眼黄泉,夏老爷死而有知,还要在冥冥之中感谢你我,所谓一举而三善备焉,谋不及此,只以退亲为心,宁不思古人有云,婿苟贤矣,今虽贫贱,安知异日不富贵乎,婿苟不贤,今虽富贵,安知异日不贫贱乎,择婿只要得人,不在眼前之成败,你的纱帽,也不是生成带来的,他是个聪明少年,安知异日不到你的地位,又说一生一世乃是交情,今日安忍负当年乎。况朝廷之设六乡,原为教化万民,使在上之作为,与愚民做观感耳,你十年大臣,印绶轩昂,做出嫌贫爱富的事来,愚民何所则效乎,方你不做官了还好,若再做官些,被你把百姓教化成禽兽了。
>
> ——《紫金簪》《陕西省艺术研究所藏阿宫剧本抄本》

这段劝说有理有据,说明夏家是清廉人家,夏生勤勉,不该以贫富取人,看重眼前成败。同时尖锐地提出,高老爷这种嫌贫爱富的行为会"把百姓教化成禽兽"。不仅高夫人有如此见解,管家也对老爷处理邻里关系的态度提出了质疑。

在高元贵返乡之后,不少乡亲上门拜会,其中也有一些以前只有一面之交的人,高老爷颇不耐烦,甚至有些不善的言语。而此时家里的管家高能,委婉表达了自己的看法。

老爷做回官来,怎么成了那个形景,乡人媚贵者多,既来拜,你认得不认得,蒙笼以待,教他有幸而来,去后之时,再向他是谁,改日到他们那里留个拜帖,他就光荣的了不了,何必当面盘问,说来说去,只是他老子与你下过棋,又通莫大相与,就不该劳动。多亏那个人脸厚,是少有面目的人些,这里万立住了。怎做大人,太无器量。

——《紫金簪》《陕西省艺术研究所藏阿宫剧本抄本》

强调了人和人之间的关系,应彼此尊重,给对方留以情面,而不应没有气量地让对方难堪。

同样,朋友之间的情谊也是以志愿一致、性情相合为基础,不应过多考虑利益。碗碗腔剧本《紫霞宫》中,谷梁栋、范思增、花文豹结拜为兄弟:

谷梁栋:贤弟请回。

范思增:你们起程。

花文豹:哎。

(唱)異姓人意气和投契刎頸。似当年在中途倾盖班荆。

请了。(下)

谷梁栋:(唱)今日里遇知己深为可幸。是几时重相遇细说衷情。

——《紫霞宫》《陕西传统剧目汇编·华剧·第一集》

谷梁栋、范思增和花文豹只是偶然相识,但三人相识不久就决定结拜。投契就是意气或见解相合。刎颈即刎颈交,指友谊深挚、可以共生死的朋友。《史记·张耳陈余列传》:"富人公乘氏以其女妻之,亦知陈余非庸人也。余年少,父事张耳,两人相与为刎颈交。"司马贞索隐:"崔浩云:'言要齐生死,断颈无悔。'"倾盖的典故出自邹阳《狱中上书》:"谚曰:'白头如新,倾盖如故。'何则?

知与不知也。"倾盖是车上的伞盖靠在一起,指短暂地相遇。倾盖如故,即相识不久但相知颇深。班荆的意思是朋友在途中相遇,铺荆坐地,共坐谈心。典故出自《左传·襄公二十六年》:"伍举奔郑,将遂奔晋。声子将如晋,遇之于郑郊,班荆相与食,而言复故。"可见是否相知是朋友关系的基础,而相识时间并不重要。

另外,皮影戏剧中,常借助剧中人物的表达来规劝人们遵守一些基本的生活规范,如《金鸡岭》中准提道人出场,先是说明了自己的身份和任务,然后唱道:

> 准提道人:(唱)奉劝世人听吾言,酒色财气休要贪;
> 　　　　　　四样贪者必伤身,贪色好酒丧黄泉;
> 　　　　　　也是天公造气运,六道轮回走一番;
> 　　　　　　用手拨的乾坤转,要度有缘归西天。(下)
> 　　　　　　——《金鸡岭》《陕西传统剧目汇编·阿宫·第一集》

规劝世人不要贪"酒色财气",其实和此处的剧情并无关联,但从中也正能看出皮影戏剧在民间的教化作用。

参考文献

著作

[1] 中国戏曲志编辑委员会,《中国戏曲志·陕西卷》编辑委员会编.中国戏曲志·陕西卷[M].北京：中国 ISBN 中心,1995.

[2] 中国曲艺音乐集成全国编辑委员会.中国曲艺音乐集成·陕西卷[M].北京：中国 ISBN 中心,1995.

[3]《中国戏曲音乐集成》编辑委员会,《中国戏曲音乐集成·陕西卷》编辑委员会.中国戏曲音乐集成·陕西卷[M].北京：中国 ISBN 中心,2005.

[4] 鱼讯.陕西省戏曲志·省直卷[M].西安：三秦出版社,2000.

[5] 鱼讯.陕西省戏曲志·渭南地区卷[M].西安：三秦出版社,1994.

[6] 鱼讯.陕西省戏曲志·咸阳市卷[M].西安：三秦出版社,1997.

[7] 魏力群.中国皮影戏全集[M].北京：文物出版社,2015.

[8] 魏力群.中国皮影艺术史[M].北京：文物出版社,2007.

[9] 李跃忠.中国皮影[M].济南：山东友谊出版社,2013.

[10] 梁志刚.关中皮影[M].杭州：浙江人民出版社,2007.

[11] 梁志刚.关中皮影叙论[M].郑州：大象出版社,2013.

[12] 屈罂洁.陕西地方剧种[M].西安：太白文艺出版社,2011.

[13] 环县道情皮影志编撰委员会.环县道情皮影志[M].兰州：甘肃文化出版社,2006.

[14] 甘肃省环县《环县道情皮影》编委会.环县道情皮影[M].北京：中国社会出版社,2006.

[15] 政协华阴市文史委员会.华阴老腔剧本选辑[M].内部印刷,2011.

[16] 杨甫勋. 华山老腔[M]. 香港：中国文化出版社, 2008.

[17] 杨甫勋. 华阴老腔[M]. 西安：陕西人民出版社, 2011.

[18] 高本汉. 中国音韵学研究[M]. 北京：商务印书馆, 1994.

[19] 胡安顺. 音韵学通论[M]. 北京：中华书局, 2003.

[20] 耿振生. 音韵学研究方法导论[M]. 北京：北京大学出版社, 2016.

[21] 游汝杰. 地方戏曲音韵研究[M]. 北京：商务印书馆, 2006.

[22] 耿振生. 诗词曲的格律和用韵[M]. 郑州：大象出版社, 2009.

[23] 杨瑞庆, 张玄. 中国戏曲经典唱腔集[M]. 上海：上海音乐出版社, 2022.

[24] 田晓荣. 李芳桂皮影戏剧本语言研究[M]. 西安：西北大学出版社, 2013.

[25] 王衡. 老腔文化研究[M]. 西安：陕西人民教育出版社, 2015.

[26] 蔺振杰. 李十三研究[M]. 西安：三秦出版社, 2013.

[27] 李荣. 西安方言词典[M]. 南京：江苏教育出版社, 1996.

[28] 熊贞. 陕西方言大词典[M]. 西安：陕西人民出版社, 2015.

[29] 任克. 关中方言词语考释[M]. 西安：西安地图出版社, 1995.

[30] 孙立新. 陕西方言漫话[M]. 北京：中国社会出版社, 2004.

[31] 程瑛. 关中方言大词典[M]. 西安：陕西人民出版社, 2015.

[32] 朱正义. 关中方言古词论稿[M]. 上海：上海古籍出版社, 2004.

[33] 景尔强. 关中方言词语汇释[M]. 西安：陕西人民出版社, 2000.

[34] 白涤洲. 关中方音调查报告[M]. 喻世长, 整理. 北京：中国科学院出版, 1954.

[35] 孙立新. 西安方言研究[M]. 西安：西安出版社, 2007.

[36] 张维佳. 演化与竞争：关中方言音韵结构的变迁[M]. 西安：陕西人民出版社, 2005.

[37] 赵林森. 西安方言跟普通话的语音对应规律[M]. 北京：文字改革出版社, 1958.

[38] 李如龙. 汉语方言学[M]. 北京：高等教育出版社, 2001.

[39] 王力. 汉语语音史[M]. 北京：商务印书馆, 2010.

[40]宁继福.中原音韵表稿[M].长春:吉林文史出版社,1985.

[41]赵荫棠.中原音韵研究[M].北京:商务印书馆,1956.

[42]教育部国语推行委员会.中华新韵[M].国语日报出版部,1941.

[43]罗常培.北京俗曲百种摘韵[M].天津:天津古籍出版社,1986.

[44]吴同宾,周亚勋.京剧知识词典[M].天津:天津人民出版社,1990.

[45]张善曾.北京十三辙及词语汇编[M].北京:中国文史出版社,2008.

[46]张洵如.北平音系十三辙[M].国语推行委员会中国大辞典编纂处,1937.

[47]中华书局上海编辑所.诗韵新编[M].北京:中华书局,1965.

[48]曾长安.阿宫腔:最后的玉兰花[M].西安:太白文艺出版社,2010.

[49]杨丁旺.阿宫腔音乐大全[M].西安:太白文艺出版社,2015.

[50]曾长安.阿宫腔音乐[M].西安:西安出版社,2013.

[51]渭南地区文化局.阿宫腔艺术丛书[M].西安:西安出版社,2013.

[52]李芳桂.李芳桂剧作全集校注[M].王相民,校注 西安:三秦出版社,2011.

[53]高海平.写意精神:非物质文化遗产背景下的陕西华县皮影艺术研究[M].西安:陕西人民美术出版社,2009.

[54]王侬群.碗碗腔音乐[M].西安:西北人民出版社,1953.

[55]黄涛.语言民俗与中国文化[M].北京:人民出版社,2010.

[56]周振鹤,游汝杰.方言与中国文化[M].上海:上海人民出版社,1986.

[57]洛德.故事的歌手[M].尹虎彬,译.北京:中华书局,2004.

[58]邢向东.陕北晋语语法比较研究[M].北京:商务印书馆,2006.

[59]中国文字改革委员会.简化字总表(第二版)[M].北京:文字改革出版社,1964.

[60]林语堂.吾国与吾民[M].西安:陕西师范大学出版社,2002.

期刊论文

[1]徐谦夫.灯影"阿宫腔"介绍[J].陕西戏剧,1959(10):66-67.

[2]温颖.论十三辙[J].语文研究,1982(2):20-27.

[3]吕自强.为"遏工腔"正名[J].陕西戏剧,1984(4):17.

[4]孟君正.阿宫乎？遏工乎？[J].陕西戏剧,1984(8):50-51.

[5]曹冠敏."老腔影子"史考[J].当代戏剧,1988(6):50-51.

[6]支山彳.老腔之老[J].当代戏剧,1989(3):62-63.

[7]张志文.碗碗腔的节拍特点[J].当代戏剧,1996(3):34-35.

[8]孙立新.关中方言略说[J].方言,1997(2):106-124.

[9]张晋元.皮影戏的渊源与流播[J].当代戏剧,1998(3):36-38.

[10]张美兰.论近代汉语"我把你个+名词性成分"句式[J].语文研究,2000(3):40-46.

[11]张美兰.再论"我把你个/这+名词性成分"句[J].河北师范大学学报(哲学社会科学版),2002(1):72-74.

[12]张维佳.关中方言片内部音韵差异与历史行政区划[J].语言研究,2002(2):15-19.

[13]王其和.《史记》同义连用研究[J].语言科学,2003(4):73-80.

[14]李海洋.环县道情皮影[J].档案,2004(1):31-35.

[15]贾红杏.道情皮影戏与敬家班[J].文史月刊,2005(7):47-49.

[16]师玉丽.浅析陕西华阴老腔的唱腔艺术特征[J].当代戏剧,2006(2):39-40.

[17]郑明钧.中国当代皮影戏保护之管窥[J].民族艺术研究,2006(5):64-67.

[18]曾长安.阿宫腔之我见[J].当代戏剧,2008(2):32-35.

[19]南璐.富平阿宫腔采访手记[J].当代戏剧,2008(2):46-47.

[20]高月红.甘肃陇东皮影民俗文化探究[J].艺术与设计(理论),2009,2(12):300-302.

[21]董晓萍.民俗学与非物质文化遗产保护[J].文化遗产,2009(1):9-13,157.

[22]杨洪冰.古老声腔艺术的表意性空间:陕西老腔戏剧艺术的个性特点[J].中国音乐,2010(3):191-195.

[23]丁静,高娟.陕西华阴老腔研究现状分析[J].当代戏剧,2010(5):34-36.

[24]苏军.现代文化背景下陕西老腔的传承与发展[J].当代戏剧,2010(6):38-40.

[25]马雅琴.陕西东路皮影戏的审美价值[J].当代戏剧,2011(5):36-38.

[26]田晓荣,卜晓梅.《李十三十大本》中的助词"加"[J].咸阳师范学院学报,2011,26(5):61-64.

[27]王衡.秦东地方戏主要剧种考察[J].华北水利水电学院学报(社科版),2013,29(4):139-141,158.

[28]花妮娜.曾长安"阿宫腔"戏曲语言艺术初探[J].文教材料,2014(9):62-63.

[29]赵学清,孙鸿亮.社会语言学视角下的民俗语言研究方法:以陕北说书研究为例[J].陕西师范大学学报(哲学社会科学版),2016,45(2):150-154.

[30]王怀中.范紫东秦腔剧本所见民国时期关中方音特点[J].陕西师范大学学报(哲学社会科学版),2016,45(2):155-161.

[31]邢向东.方言地图反映的关中方言地理[J].云南师范大学学报(哲学社会科学版),2017,49(4):16-25.

[32]青城山道协.罗天大醮之历史沿革[J].中国道教,2018(5):45-49.

学位论文

[1]李虹.富平方言研究[D].西安:陕西师范大学,2003.

[2]马毛朋.陕西渭南方言的研究[D].西安:陕西师范大学,2003.

[3]荣梅.灯影里的绝唱:环县道情皮影艺术考[D]兰州:西北师范大学:,2005.

[4]霍文艳.敦煌曲子词用韵研究[D].南京:南京师范大学,2008.

[5]张泓.碗碗腔研究[D].上海:上海戏剧学院,2008.

[6]朱丹.敦煌诗歌用韵研究[D].南京:南京师范大学,2008.

[7]曲艺.长篇弹词《再生缘》用韵研究[D].福州:福建师范大学,2009.

[8]韩瑜.渭南方言语音研究[D].西安:西北大学,2011.

[9]马月亮.河西宝卷的音韵研究[D].南京:南京师范大学,2011.

[10]张凡.华县皮影戏的民俗文化研究[D].西宁:青海师范大学,2012.

[11]仝正涛.敦煌世俗文赋体韵文用韵研究[D].南京:南京师范大学,2014.

[12]陈凤娟.南阳大调曲用韵研究[D].开封:河南大学,2015.

[13]佟香莲.陕甘秦腔传统剧目用韵研究[D].南京:南京师范大学,2015.

[14]刘玉杰.陕西碗碗腔皮影戏用韵研究[D].西安:陕西师范大学,2018.

[15]王倩美.神池道情戏用韵研究[D].西安:陕西师范大学,2018.

[16]王含润.陕西阿宫腔用韵研究[D].西安:陕西师范大学,2019.

网站

[1]中国非物质文化遗产网,http://www.ihchina.cn/project.html。

[2]陕西省非物质文化遗产网,http://www.sxfycc.com/。

[3]秦腔秦韵数据库,http://www.sxlib.org.cn/dfzy/qyqq/。

[4]中国秦腔网,http://www.qinqiang.com/juben/。

[5]国学大师,http://www.guoxuedashi.net/。

[6]汉典,https://www.zdic.net/。

[7]陕西省地方志办公室,http://www.sxsdq.cn/。

[8]渭南市志,http://www.weinan.gov.cn/info/iList.jsp?tm_id=3082&cat_id=9808。

[9]渭南市人民政府网站文化频道——华阴老腔剧本,http://www.weinan.gov.cn/rw/whcl/hq/hllk/jmjb/64894.htm。

[10]北京大学CCL语料库,http://ccl.pku.edu.cn:8080/ccl_corpus/index.jsp?dir=xiandai。

[11]北京语言大学BBC语料库,http://bcc.blcu.edu.cn/。

致　　谢

　　十年前，国家社科基金重大项目"中国西北地区戏曲歌谣语言文化研究"申报成功。《西北皮影戏剧本语言文化研究》作为该课题的研究成果之一，如今终于要出版了。能够完成此项研究，离不开诸多师友的指导和帮助。赵学清教授曾任陕西师范大学国际汉学院（曾用名）副院长，分管研究生和学科建设工作。他常常关心老师们的工作及学术研究进展，并多次赠送大家书籍资料，鼓励大家在学术上要有进取之心。赵学清教授是"中国西北地区戏曲歌谣语言文化研究"项目的主持人、首席专家，感谢他的信任，让我有幸成为研究团队中的一员。

　　感谢子课题负责人王怀中、李占平、曹强、孙洪亮四位老师，从课题申报之日起，大家就经常共同商量课题框架、交流研究细节，还一起进行田野调查、相互分享研究材料等，彼此督促、鼓励。感谢课题组蒋鹏举、王同亮、董军成、李锦、崔金明、封霁芯、王俊英等诸位老师，积极帮助我们收集整理资料、梳理研究思路、校改研究报告等。

　　皮影戏剧本语言文化研究要搜集大量的剧本材料。2013年项目开始申报之时，我正指导学院一名本科生祝婕进行毕业论文《华阴老腔剧本语言初探》的写作。她是华阴人，自小熟悉老腔皮影戏，且家人正好与国家级非物质文化遗产代表性项目华阴老腔的传承人张喜民先生相识，借阅过不少剧本材料。毕业后，她并未继续从事华阴老腔的研究工作，但还是积极地帮助我，分享了她收集整理的剧本材料，带我拜访张喜民先生。我指导的刘玉杰、王含润两位研究生，分别完成了《陕西碗碗腔皮影戏用韵研究》《陕西阿宫腔用韵研究》两篇学位论文，她们积极收集整理剧本材料，认真研究用韵情况，其论文的结论对我课题的研究也有着重要的参考价值。

  感谢渭南师范学院的蔡静波、王衡、田晓荣等教授,课题组前去渭南调研时为我们提出了很多建设性意见。后来蔡静波、王衡教授还专门带我们拜访了国家级非物质文化遗产代表性项目华阴老腔的传承人王振中先生。王衡教授还将自己收集到的环县皮影剧本材料分享给我。感谢陕西省乾县弦板腔剧团的金团长,帮我收集到了一些弦板腔的剧本材料。

  感谢学校、学院、社科处等单位对课题研究给予的支持。在申请学校优秀著作出版基金资助时,感谢外审专家的认真审读,为本书提出了非常中肯的修改建议。感谢柯西钢、王伟等教授,为本书的进一步完善提供了有益的思路。

  感谢胡安顺教授带领我走上学术研究的道路,他的耐心教导培养了我学术研究的基础能力。感谢我的家人和朋友给我诸多的关心和帮助,他们替我分担事务,帮我节省出时间精力,并为我提供精神上的支持。

  感谢出版社孙瑜鑫编辑的认真审校,剧本文字繁杂,让她费力颇多。感谢侯治中老师为我分担财务报销等琐事。最后,对所有给我关心、支持和帮助的人,再次表达心中深深的谢意!

刘　琨
2023 年秋